SAARLAND KRIMI

W0365261

Martin Conrath, 1959 in Neunkirchen/Saar geboren, ist Journalist, Autor, Dozent, Musiker, Werbetexter, Schauspieler, aber vor allem: ein Leben lang Auf-Schreiber, Geschichtenerzähler, Beobachter. Vor kurzem ist er von Saarbrücken nach Saarlouis gezogen und lebt dort mit seiner Frau.

Dieses Buch ist ein Roman. Handlungen und Personen sind frei erfunden. Ähnlichkeiten mit lebenden oder toten Personen sind rein zufällig.

Martin Conrath

Stahlglatt

Emons Verlag

© Hermann-Josef Emons Verlag
Alle Rechte vorbehalten
Umschlagzeichnung: Heribert Stragholz
Druck und Bindung: Clausen & Bosse GmbH, Leck
Printed in Germany 2004
ISBN 3-89705-332-2

www.emons-verlag.de

Die Gesellschaft hat die Strafe erfunden,
die Theologie die Hölle und für die Fälle,
in denen die irdische Sühne ausbleibt
und der Glaube ans Jenseits versagt,
hat unsere Feigheit die Reue erfunden.

Arthur Schnitzler, »Aphorismen«

EINS

Bremer stand hinter der Absperrung der Spurensicherung, betrachtete die Leiche und wunderte sich. Nicht darüber, dass der Kopf sauber vom Rumpf abgetrennt war. Auch nicht darüber, dass ein Arm einen halben Meter weiter wie eingepflanzt aus dem Waldboden ragte.

Dass er bei dem Anblick einer Leiche nichts empfand, war so normal wie der tägliche Sonnenaufgang.

Der Täter hatte die Tatwaffe zurückgelassen und sie zwischen den Beinen des Opfers in Höhe der Kniekehlen in den Boden der kleinen Lichtung am Schwarzenbergturm gerammt. Auch das ließ Bremer völlig kalt. Wanderwege kreuzten hier: Richtung Universität und Stuhlsatzenhaus, zur Stadt hinunter oder zum Schwarzenbergbad hinauf.

Bremer wunderte sich, dass niemand sein Frühstück auf den Waldboden gespuckt hatte und keiner heulend irgendwo herumsaß. Praktikanten, frisch von der Polizeischule weg im Einsatz, standen herum und diskutierten aufgeregt. Ihre rosigen Gesichter strahlten in ernstem Eifer, das Einzige, das sie als Anfänger auswies, allerdings auch so deutlich, dass es niemand übersehen konnte.

»Mafia. Organisiertes Verbrechen. Russen. Oder die Triaden, die chinesische Mafia. Uranschmuggel. Nein, Zigaretten. Hinrichtung. Ganz klar!«, sagte eine, höchstens vierundzwanzig Jahre alt, hoch gewachsen, mindestens einen Meter achtundsiebzig, gerades Rückgrat, geschmeidige Haltung, nicht zu steif und nicht lasch, gerade richtig, um jederzeit reagieren zu können. Strohblondes Haar bis auf die Schulterblätter, große Augen, schwarz und tief, griechische Nase, gebräunte Haut ohne jeden Makel.

Ein anderer Jungspund mit kleinen Goldringen in den zierlichen Ohrläppchen widersprach. Sein quadratischer Kopf glühte; wie bei einem amerikanischen Marinesoldaten waren die roten

Haare auf wenige Millimeter heruntergeschoren. Sein rotes Gesicht gesprenkelt, ein Körperbau wie ein Turner: kein Gramm zu viel, jeder Muskel austrainiert, einhundertfünfundachtzig Zentimeter groß. Ein echter Schwulentraum.

»Mafia? Im Saarland? Lyoner-Connection oder was? So ein Quatsch. Das einzige organisierte Verbrechen hier im Saarland ist das Altstadtfest in Saarbrücken! Nein, das war ein Einzeltäter, ein Psychopath. Vollkommen ausgeklinkt. Versaute Kindheit. Versaute Jugend. Wahrscheinlich wurde er gezwungen, Dinge zu essen, die er nicht leiden konnte. Und er musste in die Kirche. Zwei Stunden knien, trockene Hostien schlucken, die immer am Gaumen kleben blieben. Der hat keine Chance gehabt. Jetzt ist er ausgerastet an seinen Minderwertigkeitskomplexen. Er ist wahrscheinlich Finanzbeamter, Mitte vierzig, verheiratet, sexuell frustriert, keine Kinder. Seine Midlifecrisis stürzt ihn in ein schwarzes Loch. Jetzt hat er entdeckt, wie nett es ist, Leute umzubringen und mit Blut rumzuspritzen. Der macht weiter. Das ist sicher!«

»Hugh! Unser Profiler, unser Psychogenie, unser Wahrsager hat gesprochen!« Der Dritte im Bunde: kompakt, fast bullig, aber wie die beiden anderen ohne überflüssiges Fett. Ebenso groß wie die Frau, mit schwarzen Locken, die sich dem Willen seines Besitzers schon lange entzogen hatten. Volle Lippen, die ständig geküsst werden wollten. Mit seiner linken mächtigen Pranke machte er eine Bewegung, als wollte er Fliegen verscheuchen, aber er hätte auch einen Hornissenschwarm in die Flucht geschlagen, so zischte seine Hand durch die Luft. Er sagte: »Weder noch. Wir sehen hier einen klassischen Rachemord! Die Täterin, nicht der Täter ...«, er hob den Zeigefinger, um seine Theorie zu unterstreichen, »... hat als Phallussymbol den Arm eingegraben. Damit hat sie die Rache an ihrem Vergewaltiger vollendet.«

»Frauen tun so etwas nicht. Wir haben andere Methoden«, sagte die Frau.

Bevor der andere etwas erwidern konnte, trat Bremer hinzu. Er kannte die Akten der drei fast auswendig, ein schöner Wissensvorsprung, denn die wussten noch nicht einmal seinen Namen. Susanne Holt, die junge Frau. Werner Klöber mit den Locken. Sascha Flaumer und seine Ohrringe. Einser-Kandidaten.

Ehrgeizig bis zur Arroganz. Schlechte Voraussetzungen für gute Polizisten.

»Na wunderbar!«, raspelten Bremers Stimmbänder. »Ich dachte schon, ich müsste meinen Urlaub verschieben. Aber da der Fall so gut wie geklärt ist, kann ich mich ja getrost auf den Weg machen.«

Die drei Meisterdetektive liefen knallrot an.

»Haben wir irgendwelche Fakten?«, fragte Bremer in die Runde. Die junge Frau holte tief Luft und antwortete: »Mein Name ist Susanne Holt, ich bin Kommissar-Anwärterin. Ja, wir haben Fakten: Der Mann ist –«

»Welcher Mann?«, unterbrach Bremer.

Holts Gesicht verfärbte sich grüngelb. »Na, der natürlich, wer denn sonst!«, zischte sie und zeigte mit ihrem rechten Zeigefinger in Richtung Arm-Anpflanzung. Dort stand inzwischen der Polizeifotograf und ließ keinen Winkel aus, fotografierte jedes Detail.

Bremer schaute kurz hin und schob seine Unterlippe so weit vor, dass sie fast aus seinem Gesicht fiel. »Meine liebe Frau Holt. Sie wollen doch sicher irgendwann einmal, auch wenn das noch in ferner Zukunft liegt, einen Mörder fangen. Wenn Sie aber nicht einmal in der Lage sind, den Polizeifotografen von einem Mordopfer zu unterscheiden, dann befürchte ich, werden Sie statt des Mörders seine Mutter verhaften.«

Holts Gesicht nahm die Farbe von Kalk an. »Wer sind Sie überhaupt?«, quetschte sie heraus.

»Das war der erste Fehler. Ich könnte ein Journalist, der Milchmann, aber auch der Mörder sein.«

Bremer übertrieb genussvoll. Kein Unbefugter hätte den Tatort betreten können. Holt wollte gerade protestieren, aber Bremer schoss weiter.

»Ich bin Martin Bremer, Erster Kriminalhauptkommissar und Leiter der Mordkommission Saarbrücken. Ich werde Sie die nächsten zwölf Wochen mit meinen unwesentlichen Bemerkungen bei Laune halten. Warum haben Sie sich nicht bei mir gemeldet?«

Die unglücklichen drei zuckten zusammen. Bremer. Der Bremer. Das war ein Sprung ins Fettfass. Leibhaftig stand er da vor ihnen. Lang, dünn, knochig. Wie ein Totengräber. Bereit, die drei das Fürchten zu lehren, auszutesten, ob sie wirklich geeignet waren, jeden Tag das Grauen der Polizeiarbeit über sich ergehen zu lassen, ohne dabei wahnsinnig zu werden. Aber Susanne Holt hatte die Strapazen der Ausbildung nicht auf sich genommen, um sich von irgendeinem, auch nicht von Bremer, den Schneid abkaufen zu lassen. Ihre Eltern hatten sie enterbt, ihr erster Freund war geflohen, und ihr Bekanntenkreis war drastisch geschrumpft, als sie das Studium aufnahm. Als hätte sie die Pest. Als wäre sie auf einmal ein Spitzel, der jede kleine Verfehlung an einen Big Brother verraten würde. Aber Widerstand erzeugte bei Susanne Holt nur Widerstand.

Sie schob den Ärmel ihrer leichten Windjacke etwas nach oben, entblößte dabei einige Zentimeter ihres braun gebrannten Unterarmes, auf dem sich feine blonde Härchen senkrecht aufgestellt hatten, schielte auf ihre Uhr und sagte: »Wir sind seit genau dreizehn Minuten am Tatort und haben bereits den vorläufigen Bericht des Pathologen.« Sie stutzte. »Es ist der Tatort. Da besteht kein Zweifel. Das Opfer ist leer gelaufen wie ein Fass, dem man den Boden herausgeschlagen hat. An Ort und Stelle. Die Spuren sind eindeutig. Todesursache ist Herzkreislauf-Versagen, ausgelöst durch Sauerstoffmangel im Gehirn infolge der Durchtrennung der Halsschlagader. Das Opfer war innerhalb von fünf Minuten tot. Der Todeszeitpunkt lässt sich recht genau bestimmen: heute Morgen, zwischen sechs und sieben Uhr. Gefunden wurde die Leiche von einem Spaziergänger. Er heißt Julius Reibel und wird gerade vom Polizeipsychologen betreut. Der Mann ist vollkommen fertig. Außer der Leiche hat er nichts Ungewöhnliches wahrgenommen.«

»Hat er sich übergeben müssen?«

»Wieso?« Holt grinste dümmlich.

»Nicht wieso, Frau Holt«, sagte Bremer gottergeben. »Hat er oder hat er nicht. Dann können wir uns überlegen, wieso. Sind Sie zu einem simplen Ja oder Nein in der Lage?«

»Nein.«

»Nein? Aber Sie haben doch gerade bewiesen, dass Sie dazu in der Lage sind. Und jetzt beantworten Sie bitte meine Frage.«

Holt fühlte, wie sich der Waldboden langsam öffnete und sie

schließlich gnädig aufnahm. Dennoch antwortete sie: »Er hat sich nicht übergeben, der Zeuge, Julius Reibel, ja, genau.«

»Danke, Frau Holt. Echte Leistung. Die Polizeischulen werden immer besser«, sagte Bremer und fragte: »Was ist besonders unangenehm beim Köpfen? Für das Opfer, natürlich.«

Flaumer meldete sich, seine Augen glitzerten. »Es besteht die Möglichkeit, dass das Opfer seinen kopflosen Körper gesehen hat. Die Lage spricht dafür. Immerhin ist das Gehirn fünf bis sechs Sekunden nach Abtrennung noch voll funktionstüchtig. Danach setzt Trübung ein. Nach fünfzehn Sekunden folgt die Ohnmacht.« Wie ein Oberprimaner rasselte Flaumer die Fakten herunter.

»Zwanzig Sekunden. Eine Ewigkeit«, sagte Holt.

Bremer drückte sein Kreuz durch und dachte: Eine schöne Frau. Genau mein Typ. Das ist ihr erster Fehler. Zweiter Fehler: Ehrgeiz. Dritter Fehler: vorlaut. Vierter Fehler: unpräzise.

Bremer ließ seinen Kopf nach hinten fallen, betrachtete den Schwarzenbergturm von unten.

Seit März vergangenen Jahres durften keine Besucher hinauf auf den viereckigen Stahlturm, wegen Renovierung. Bremer hatte sich einen Schlüssel besorgt und stieg immer wieder die zweihunderteinundvierzig Stufen bis zur obersten Plattform hoch. Dort genoss er den Blick über die Stadt und das Umland. Bei schönem Wetter und guter Fernsicht konnte er die Vogesen betrachten, die er so liebte. Immer wieder rechnete er aus, wie hoch seine Nase über die Niederungen des Lebens erhoben war, wenn er auf dem Turm seinen Gedanken nachhing: ohne Sendemast sechsundvierzig Meter, der längste Saarbrücker, zuzüglich dreihundertsechsundsiebzig Metern Schwarzenberg, Saarbrückens höchster Berg, macht summa summarum vierhundertsiebzehn Meter. Symbol deutscher Kraft und Treue sollte der Turm sein, als er 1930 eingeweiht wurde.

Stahl, dachte Bremer. Viel Stahl. Glatter Stahl. Gefährlich. Glatter Stahl, schneidet schnell und lautlos, tötet leicht. Wie das Schwert, das dort unten im Boden steckt. Von oben sieht alles viel netter aus. Wie eine Puppenstube. Weit weg. Zu weit weg, um mich zu erreichen.

Jetzt aber stand Bremer mittendrin. Kein Wölkchen trübte den Himmel. Vögel zwitscherten, Spaziergänger in T-Shirts renkten sich neugierig die Hälse aus an der Absperrung, die den Schwarzenbergturm einwickelte wie ein Geburtstagsgeschenk. »Polizei« stand in Weiß auf dem grünen Kunststoffband, das in dem satten Grün des Frühlings verschwand, der gerade seinen letzten Atemzug tat und unwillig dem Sommer Platz machte. So wie der Tote: Sein Leben hatte dem Tod Platz gemacht. Jetzt atmete er nicht mehr, sondern war Gegenstand von Untersuchungen, Mutmaßungen, Ermittlungen. Ruhe in Frieden. Nein. Erst musste der Mörder gefunden und bestraft werden: das Vermächtnis eines jeden Ermordeten, und Bremer war der Vollstrecker. Sonntagmorgen in Saarbrücken. Kein Tag wie jeder andere.

»Herr Bremer, hören Sie überhaupt zu?«

Bremers Kopf klappte wieder nach vorne. »Ohnmacht nach fünfzehn Sekunden, ja sicher, ich höre immer zu, es sei denn, ich gebe Anordnung zu schweigen. Also reden Sie ruhig weiter!«

Die drei schauten sich kurz an, dachten dasselbe. Warum sind wir an den schlimmsten Schinder geraten, den es bei der Saarbrücker Polizei gibt?

Der junge Mann mit den Ohrringen setzte den Bericht fort. »Ich heiße Sascha Flaumer, bin ebenfalls Anwärter zum Kommissar. Das Mordopfer heißt Gerald Müller. Er wohnt in der Nauwieserstraße 31, ist fünfunddreißig Jahre alt. Sein Personalausweis ist anscheinend echt. Er ist nicht polizeibekannt. Vollkommen unbeschriebenes Blatt.«

»So, so, so. Da wohnt er also. Im Chinesenviertel.«

Bremers Grinsen trieb Flaumer den Schweiß auf die Stirn. Schnell schob er nach. »Müller ist dort zumindest gemeldet. Ob er da wohnt, können wir natürlich noch nicht mit Bestimmtheit sagen.«

Die Arme hinter dem Rücken verschränkt wie ein Verkehrspolizist, wippte Bremer hin und her. »Und Sie? Wer sind Sie?«, fragte er in Richtung des Dritten im Bunde.

»Werner Klöber. Anwärt...«

»Schon gut«, unterbrach Bremer. Aus seiner Jackentasche tönten die ersten Takte der D-Moll-Toccata für Orgel von Johann

Sebastian Bach. Das Wippen hörte auf, das Handy flog an sein rechtes Ohr.

»Bremer?« Seine grauen Augen fixierten Holt, Flaumer und Klöber nacheinander, als bereite er sich auf die Autopsie der drei vor.

»Ja. Klar. Nein. In einer halben Stunde. Gut. Sie stehen vor mir. Ich soll sie nicht so hart rannehmen? Zu spät. Nein. Keiner ist umgekippt. Im Gegenteil. Ich musste sie davon abhalten, ein blutiges Souvenir mitzunehmen.«

Die drei Kandidaten mussten gegen ihren Willen grinsen. Das Telefon flog in die Tasche, Bremer nahm wieder das Wippen auf.

»Das beruhigt mich und hilft beim Nachdenken«, warf er hinterher. Außerdem macht es die Leute nervös, dachte er. »Ach, ja. Bevor ich es vergesse. Warum haben Sie sich nicht bei mir gemeldet?«

Holt setzte zum Sprechen an, doch Bremer hob nur den Zeigefinger der rechten Hand an seine schmalen Lippen, dann an die Stirn. Er zog aufmunternd seine Augenbrauen hoch, dann ließ er seine Lider fallen wie einen Theatervorhang. Über dem linken Auge stach ein Haar weit aus der Braue hervor, als wolle es sich selbst ausreißen. Mit dem linken Mittelfinger strich Bremer es wieder in Reih und Glied. Obwohl er es schon oft ausgezupft hatte, war es immer wieder nachgewachsen, bei jedem Mal grauer und krummer und widerspenstiger.

Eine große, schwere Hand legte sich auf Bremers ungefärbtes Grobleinen-Jackett. »Hey, Martin.«

»Und?«, fragte Bremer, ohne sich zu bewegen.

»Ich hab's schon den Frischlingen da erzählt. Sauber abgetrennt. Kopf und Arm. Das war 'ne Hinrichtung. Die Hände waren gefesselt, als das Opfer noch lebte. Kurz vor der Hinrichtung sind ihm die Fesseln abgenommen worden. Er muss gekniet haben, als der Täter zuschlug. Zuerst der Kopf, dann der linke Arm. Vier Meter vom Lageort der Leiche findest du noch Blut, schöne Sauerei. Und das Schwert ist die Tatwaffe, kein Zweifel. Mit dem Ding kannst du dich rasieren. Abgeschlachtet wie ein Stück Vieh. Unglaublich. So was hab ich noch nicht gesehen. Ach ja, der hat mal einen Ring getragen. Linker Ringfinger. Der Ring ist weg.

Sehr wahrscheinlich kein Trauring. Wahrscheinlich ein fetter Siegelring. Ich nehme mir die Leiche gleich mal richtig vor. Wird ja wahrscheinlich ‘ne Soko geben. Heute Abend hast du den Bericht. Die Spurensicherung ist so weit fertig.«

»Danke, Rudi. Du bist einfach der Beste!«

Rudi Zerb hatte seine Hand nicht bewegt. Jetzt drückte er kurz Bremers Schulter und machte sich aus dem Staub, als hätte er einen Terminkalender wie der Oberbürgermeister.

»Sie dürfen wieder reden«, sagte Bremer, hielt aber seine Augen geschlossen.

Holt ratterte drauflos: »Na ja, Sie waren halt noch nicht da, als wir da waren, und da haben wir schon mal angefangen, und ich meine, das war die Mafia. Das kann nur ein Mafia-Mord sein. Abrechnung. Wir müssen rausfinden, in welche Machenschaften Gerald Müller verwickelt war, von wegen unbeschriebenes Blatt –«

»Immer mit der Ruhe«, unterbrach Bremer die Attacke. »Haben Sie veranlasst, dass Müllers Wohnung versiegelt wird, bis wir sie unter die Lupe nehmen können?«

Wie aus der Pistole geschossen, als hätten sie es wochenlang geübt, warfen die Kandidaten Bremer ein markiges »Jawoll, Herr Hauptkommissar!« hin, schlugen die Hacken zusammen und standen stramm, die Arme durchgedrückt an den Seitennähten ihrer Jeans.

Bremer kniff die Augen zusammen wie ein Reptil und donnerte: »Sir!«

»Jawoll, Herr Hauptkommissar, Sir!«

»Stehen Sie bequem!«

»Sir, danke, Sir!«

Ein großer Mann kam herübergeschlendert. Athletisch, kantiges Gesicht, blonde Locken. »Darf ich mich vorstellen? Kriminalhauptkommissar Weber.« Weber hatte die drei Neulinge nicht eines Blickes gewürdigt. Auf Bremer war er zugesteuert wie an einer Leine gezogen, baute sich vor seinem Kollegen auf, die Nasen der beiden Kommissare keine fünf Zentimeter voneinander entfernt. »Kompliment, Bremer. Es geht doch aufwärts mit der deutschen Polizei. Endlich wieder Zucht und Ordnung. Bremer, Sie beeindrucken mich. Ich hatte Sie immer für einen Anarchisten mit Dienstausweis gehalten. Aber ich habe mich anscheinend gründlich geirrt. Schade, dass hier keine Kaffeemaschine steht, sonst könnte uns Ihre Amazone hier mal einen aufbrühen.«

»Sir, darf ich dem Eindringling eine überbrühen, Sir?«, brüllte Holt, dass Weber zusammenzuckte und einen Schritt zurückwich. Die gesamte Versammlung am Tatort richtete ihre Aufmerksamkeit auf die willkommene Abwechslung.

Bremer winkte ab, drehte Weber den Rücken zu, dem das Grinsen vergangen war.

»Weber!« Bremers Stimme quengelte. »Ich habe Sie immer für einen gottverdammten Dummschwätzer gehalten. Und ich hatte Recht. Was wollen Sie eigentlich hier? Wenn Erwachsene sich unterhalten, sollten Sie Abstand halten und vor allem zuhören, damit Sie was lernen, Weber. Ich übernehme die Ermittlungen. Der leitende Staatsanwalt am Landgericht, der ehrenwerte Herr Bellorz, und unser verehrter und verdienter Chef und Direktor der Landespolizeidirektion, Herr Kriminaloberrat Haffner, haben Ihnen doch sicher Bescheid gegeben, Weber? Wenn Sie wissen, wen ich meine? Leider werden Sie selten von diesen wichtigen Herren kontaktiert. Wozu auch, Weber? Also, schieben Sie ab und fangen Sie ein paar Autodiebe, Weber – und lassen Sie mich und mein Team Mörder jagen, Weber. Klar, Weber?«

Mit jedem »Weber« steigerte sich Bremers Stimme zu einem gequälten, kleinkindlichen Nörgeln, das jeden Vater und jede Mutter sofort auf die Palme gebracht hätte.

Der verspottete Kommissar nestelte an seiner pissgelben Krawatte herum, die schlapp auf einem blauen Hemd hing, über dem sich eine verwaschene Jeansjacke breit gemacht hatte; sichtlich bemüht, irgendetwas Schlagfertiges zu erwidern; aber er röchelte nur, hustete dann verlegen, schaute sich nach den Kollegen um, sah nichts als Schadenfreude. Seine Kehle schnürte sich weiter zu. Schweiß trat ihm auf die Stirn, so sehr konzentrierte er sich auf das Bevorstehende. Oft hatte er das zu Hause geübt, vor dem Spiegel. Hass stieg auf. Immer mehr Hass auf diesen verfluchten Bremer. Der verantwortlich war für sein ganzes Elend, für sein Versagen. Noch mehr Hass. Wie ein Strudel verschlang der Hass

Webers letzten vernünftigen Gedanken. Jetzt war der Augenblick gekommen, auf den Weber so lange hingearbeitet hatte. Die Walther wartete im Schulterholster. Webers rechter Arm setzte sich in Bewegung. Ganz langsam, von der Krawatte aus in Richtung linke Schulter, glitt seine Hand unter die Jacke und hielt inne.

»Nur zu, Weber!« Bremer ließ ihn keine Sekunde aus den Augen, hatte sich in Stellung gebracht, keine hundert Zentimeter von Weber entfernt. Dem lief Schweiß über das Gesicht, das erstarrt war wie eine Totenmaske bis auf das unkontrollierte Zittern seiner Lippen.

Noch eine Bewegung, und Bremer würde zuschlagen wie eine Kobra, würde Weber die Dienstwaffe abnehmen, ihn im Kreuzfesselgriff an seine Hüfte nageln und dann festnehmen. Das Disziplinarverfahren wäre nur noch reine Formsache. Versuchter Mord an einem Hauptkommissar – das überlebt keiner. Arrogant zog Bremer seine rechte Braue hoch, senkte seinen Schwerpunkt in den Waldboden unter ihm, entspannte jeden Muskel. Dann zählte er den Countdown.

Zehn. Neun.

Holt erstarrte wie ein Stück Fleisch, das ins Tiefkühlfach gelegt wird. Das war eindeutig der falsche Film. Man hatte sie davor gewarnt, dass die Saarbrücker Beamten seltsam seien. Aber sie hatte das auf das Klischee der saarländischen Mentalität gemünzt. »Hauptsach gudd gess« und »Mir mache uns kään Stress – wääsche!« So hatte man ihr den Archetyp des Saarländers beschrieben. Aber das hier war Wildwest. Wenn so der saarländische Polizeialltag aussah! Die waren ja alle vollkommen krank. Dann lieber Berlin oder Frankfurt. Da war das Feindbild klar: Hier die Polizei und da die Gangster – und Gangster gab es viele. Aus den Augenwinkeln sprang sie der interessierte, ja faszinierte Gesichtsausdruck von Flaumer und Klöber an. Wieso greift da keiner ein? Holt schob ihre rechte Hand zum Achselholster. Bevor sie die Waffe greifen konnte, legte sich von hinten eine schwere Hand auf ihre Schulter, und Rudi Zerb flüsterte: »Nur die Ruhe mit den jungen Pferden. Wir haben die Sache unter Kontrolle, keine Angst. Die Saarländer sind halt ein ganz spezielles Völkchen.«

Die warme Hand von Zerb wirkte beruhigend auf die junge Polizistin. Durch den Stoff hindurch spürte sie, dass Zerb genau das erreichen wollte. »Seien Sie unbesorgt«, sagte die Hand. »Es wird nichts Schlimmes passieren, bei mir sind Sie in guten Händen. Ich kenne mich hier aus. Vertrauen Sie mir.« Wie ein Papa. Angenehm.

Jetzt sah sie, dass auch Klöber und Flaumer flankiert waren von Kollegen, die aufmerksam jede Bewegung der beiden beobachteten.

Acht. Sieben.

Bremer schien mit sich und der Welt im Reinen. Holt konnte nicht glauben, dass Weber seine Waffe ziehen würde gegen einen Kollegen. Aber sie hätte auch nicht geglaubt, dass Bremer einen Kollegen derart demütigen könnte. Sie hätte auch nicht geglaubt, dass sie neben einer kopflosen Leiche stehen und sie betrachten würde wie einen aufgespießten Schmetterling.

Vielleicht passe ich doch ganz gut hierher, dachte sie und nahm Weber in Augenschein. In dessen Augen flackerte kein Hass mehr. Sein Blick zeigte nur noch Verzweiflung, Einsamkeit und Selbstmitleid.

Sechs.

Nach und nach erstarb das Grinsen auf den Gesichtern der Umstehenden. Das war kein Spiel mehr. Es wurde ernst.

Fünf. Vier.

Zwei Schutzpolizisten hatten sich von hinten an Weber herangepirscht, aber ihre Waffen träumten in den Holstern gesichert vor sich hin. Der eine musste plötzlich grinsen, der andere stieß ihn in die Rippen. Das Grinsen verflog.

Drei. Zwei.

Jetzt wurde auch Klöber und Flaumer warm, obwohl die Nacht noch ein wenig kühle Luft zurückgelassen hatte und der Wald sie auf die Lichtung fächelte. Sie blickten rüber zu Susanne Holt und waren sich einig. Unser letzter Tag bei der Saarländischen Polizei. Nichts wie weg hier. Das Saarland ist verrückt. Vollkommen verrückt.

Eins.

Alle Blicke waren auf das Duell gerichtet. Alle wussten, nur einer kann gewinnen. Und alle wussten, wer es sein würde.

Null.

Webers Hand katapultierte aus der Jacke wie von einer Feder getrieben, Bremer hörte auf zu denken, seine Muskeln gehorchten Impulsen, die nicht bis in sein Bewusstsein drangen. Kaum sichtbar drehte er seinen Körper aus der Zielrichtung der Waffe, seine linke Hand schnappte zu – und riss Weber ein beiges Stofftaschentuch aus der Hand.

Die Streifenbeamten applaudierten spontan. Die Umstehenden fielen gleich mit ein, Bravorufe würzten die Vorstellung, Ovationen fluteten über die Wiese am Schwarzenbergturm. Nur die Leiche hielt still und benahm sich genau so, wie es von ihr erwartet wurde.

Weber und Bremer schüttelten sich die Hände, grinsten anerkennend.

»Mensch, Martin, du wirst immer besser.«

»Du aber auch. Ich hab einen Moment lang wirklich gedacht, du ziehst die Waffe«, antwortete Bremer.

»Da hast du richtig gedacht. Das macht es mir leichter. Ich versetze mich ganz in die Situation. Nehme das, was du sagst, echt persönlich – dann ist es nicht mehr schwer, mir vorzustellen, dich über den Haufen zu schießen.«

Bremer räusperte sich. »Gut, dass du ein Profi bist, sonst würde ich jetzt wahrscheinlich neben dem Herrn da hinten liegen, der seinen Kopf verloren hat, wobei auch immer.«

Weber lachte, legte Bremer einen Arm um die Hüfte und sagte: »Du wirst ja gar nicht erschossen, weder echt noch im Stück. Schließlich muss ich ja dran glauben. Noch dazu mit der eigenen Dienstwaffe.«

»Ja, ja, du hast ja Recht«, gab Bremer amüsiert zu.

Holt und ihre beiden Mitstreiter hatten vergessen, ihre Unterkiefer wieder hochzuklappen. Weber verzog sich grüßend, die anderen nahmen wieder ihre Arbeit auf, und Bremer wandte sich den dreien zu.

»Ich habe versäumt, Ihnen zu sagen, dass wir hier eine Theatergruppe haben. Andere machen Blasmusik, wir gehen auf die Bühne. Wollen Sie wissen, wie sie heißt?«

Stummes Nicken.

»Stampede 83!«

Stummes Fragen.

»Na ja. Wenn 'ne Herde Bullen durchgeht – dann ist das doch eine Stampede, oder nicht? Und 1983 ist die Gruppe gegründet worden.«

Stummes Nicken. Stummes Im-Boden-Versinken.

»Wir leben unsere Gewaltphantasien auf der Bühne aus. Ist doch besser, als beim Verhör Leute zu prügeln. Seit wir die Theatergruppe haben, sind Übergriffe im Dienst drastisch gesunken. Ehrlich.«

Stummes Dumm-vor-sich-hin-Gucken.

»Wie auch immer. Wir haben einen Mord. Und Spuren in rauen Mengen. Also! Auf geht's. Wer macht was? Vorschläge?«

Holt versuchte zu sprechen, aber außer einem Gekrächze wie bei einem Huhn, dem langsam der Hals zugedrückt wird, kam nichts heraus. Flaumer schluckte immer noch und fiel ebenfalls aus.

Klöber spulte seinen Plan ab: »Wir nehmen uns die Wohnung vor. Und dann sehen wir weiter.«

Bremers Augenbrauen hüpften hoch und runter, blieben schließlich oben kleben wie ein Insekt auf der Leimfalle. Seine Kiefer bewegten sich, als zermalmte er einen Schweineknochen. Schließlich brachte er zwei Sätze heraus: »Ist das alles? Sollen wir diesen Fall, der ab morgen bundesweit für Schlagzeilen sorgen wird, wirklich wie Amateurdetektive angehen?«

Klöbers Kiefer knackten, so sehr presste er sie aufeinander. Wie ein Nussknacker stand er da, steif, starr, unbeweglich. Kein Wort sollte diese Kehle verlassen, solange der Fall nicht aufgeklärt war.

Bremer schwieg ebenfalls vor sich hin, ließ seine Augenbrauen tanzen, wippte, wippte, wippte, wippte, klappte die Augendeckel hoch und runter, seufzte, setzte sich in Bewegung und hieß seine drei Kandidaten, ihm zu folgen. Sie passierten die Absperrung, nachdem ihnen der Leiter der Spurensicherung grünes Licht gegeben hatte, und blieben vor der Leiche stehen.

Nummerierte Fähnchen steckten im Waldboden, die Umrisse der Leiche waren mit Sprühfarbe auf der kurz geschnittenen Wiese markiert worden. Ein Zinksarg mit zugehörigen sauertöpfischen Leichenträgern stand bereit.

»Und? Fällt Ihnen nichts auf? Nein? Rein gar nichts? Absolut nichts?«

Klöber schwitzte vor Anstrengung. Seine Kiefer wollten sich öffnen, herausposaunen, was offensichtlich war. Das Schweigegelübde brach. »Doch. Mir fällt etwas auf. Vorhin habe ich das gar nicht gesehen!«

»Was Sie nicht sagen, Klöber! Wenn Sie es gesehen hätten, hätten Sie es mir wahrscheinlich gesagt, oder?«

»Ja doch, aber ...«

»Bevor Sie mir jetzt sagen, was Sie vorhin nicht gesehen haben, jetzt aber sehen, und Ihnen auch noch aufgefallen ist, dass Sie es vorhin nicht gesehen haben und Sie es mir deshalb jetzt erst sagen, was ja anders auch völlig unmöglich wäre, möchte ich Sie alle um etwas bitten: Wenn Sie nichts zu sagen haben, dann tun Sie das bitte nicht mit einer ungeheuren Anzahl an Worten. Wenn Sie etwas zu sagen haben, sagen Sie es sofort und kurz.« Bremer zeigte auf Klöber. Der wurde rot, verschluckte einen hysterischen Anfall und redete weiter.

»Der Körper muss nach seinem Tod bewegt worden sein, weil –«

»Moment.« Bremer hatte seinen rechten Zeigefinger in den Himmel geschraubt. »Sehr gut beobachtet, Klöber. Frau Holt, Herr Flaumer, jetzt sind Sie dran.«

Flaumers warme, weiche Radiostimme verwöhnte Bremers Ohren. »Blut kann nicht um die Ecke spritzen. Das meiste ist auf die freie Fläche, der Rest an den Baum gespritzt. Die beiden Orte stehen aber in einem Winkel von neunzig Grad zueinander.«

Zufrieden nickte Bremer. »Frau Holt. Ihre Schlüsse?«

»Wenn es kein Tier war, das den Kadaver herumgezerrt hat, muss es der Mörder gewesen sein oder ein Komplize. Und da die Leiche keine massiven Verbissspuren aufweist –«

Bremer unterbrach. »Herr Meier, haben Sie einen Moment Zeit für uns?« Die Stimme des Kommissars schnurrte wie die einer glücklichen Katze. Meier war sofort zur Stelle.

»Lieber Herr Meier. Haben Sie irgendeinen Hinweis auf mehrere Täter?«

»Hinweise, ja. Genau kann ich es aber erst nach Abschluss der Untersuchungen sagen. Wir haben unter der Leiche drei verschiedene Schuhabdrücke gefunden. Sehr schön erhalten. Auf der Leiche haben wir jede Menge Pollen gefunden von den ganzen Frühblühern hier oben. Aber in den Abdrücken kein Krümelchen. Das war erstens. Und zweitens sind die Abdrücke unter der Leiche identisch mit denen drum herum. Alle anderen Spuren sind vom Regen heute Nacht verwaschen. Deswegen können wir die Tatzeit schon recht genau angeben. Es hat bis heute Morgen zirka sieben Uhr geregnet.«

»Vielen Dank, Herr Meier. Das genügt uns erst einmal. Wir sehen uns dann im Präsidium.«

»Gern geschehen, Herr Bremer. Stets zu Diensten. Ach, bevor ich es vergesse: Die Probe heute Abend fällt leider aus. Ines ist krank. Und die Zweitbesetzung ist noch nicht eingearbeitet. Nächste Woche also.« Meier trollte sich.

»Den haben wir aus Wiesbaden. Ein begnadeter Kriminaltechniker. Weiß viel, lernt viel, macht viel. Die Liebe hat ihn hierher geführt. Wie auch immer. Irgendwelche Schlussfolgerungen?«

»Die Fußspuren?«, fragte Klöber. »Wieso sind die drum herum nicht verwaschen, wenn es doch geregnet hat und …« Er brach ab, setzte noch ein deftiges »Äh?« hintendran und wusste im selben Moment, dass er einen großen Fehler gemacht hatte.

Wie ein gefechtsbereiter Geschützturm drehte sich Bremer Klöber zu. Zuckersüß fragte er seine Zielscheibe: »Meinen Sie das ernst, Herr Klöber? Diese Frage? War doch sicher ein Versehen, oder?«

Klöber schluckte und nickte. Bremer war nicht zufrieden und setzte nach: »Also. Die Erklärung?«

»Natürlich sind die anderen Fußspuren nach dem Regen entstanden und niemand sonst ist dann hier vorbeigelaufen und die Spuren verteilen sich um die Leiche herum und die haben ihn ja fallen lassen und deswegen sind die anderen Spuren ohne Pollen und der Boden ist zwar weich, aber die Spuren sind trotzdem deutlich, weil der Boden hier lehmig ist, man könnte die Spuren fast im Ofen brennen und glasieren, so deutlich sind sie, nicht wahr.« Klöber hechelte.

»Danke. Das nennt man Notausgang. Nicht wahr?«

Klöber nickte. Holt mischte sich ein.

»Grober Schnitzer. Ein Glücksfall für uns.« Holt blickte sich beifallheischend um.

Bremer sagte: »Frau Holt, Sie sprachen davon, dass Sie am Tatort eingetroffen seien. Sind Sie sich da immer noch sicher? Vielleicht haben die Täter den Toten einfach fallen lassen, vorher das Blut in einem Eimer aufgefangen und dann hier damit rumgespritzt. Und damit es möglichst dramatisch aussieht, den Baum rot eingefärbt? Wäre doch möglich, oder?« Bremer fuchtelte mit dem Zeigefinger seiner linken Hand vor Holts Gesicht herum.

»Genau!«, redete Flaumer dazwischen. »Ich weiß, dass mir das einen Rüffel einbringt, aber mein Gefühl sagt mir: Das war Absicht. Hier wurde mit Sicherheit eine falsche Spur gelegt. Mit dem Schwert genauso. Läge eine Affekthandlung vor, wären von der Leiche nur noch kleine Stückchen übrig – bei dem Werkzeug. Und das Werkzeug selbst. Auf den ersten Blick handelt es sich um die Kopie eines Zeremonienschwertes aus dem Hochmittelalter. Wert: mindestens viertausend Euro. Wenn es echt ist, unbezahlbar. Eine phantastische Spur. So ein Schwert kauft man nicht im Supermarkt. Entweder will der oder wollen die Täter sehr bald im Gefängnis landen, oder sie sind komplett verrückt, oder es sind falsche Spuren. Ich denke, wir haben es hier mit präziser Planung zu tun.«

Geduldig hatte Bremer zugehört, hier und da genickt, manchmal skeptisch die Augen zusammengekniffen, aber immer wieder munterte er Flaumer mit Blicken auf, weiterzureden.

»Also sind es echte Spuren, die uns auf die falsche Fährte bringen sollen. Sie alle kennen es. Das Gefangenen-Dilemma: Was denke ich, was der andere denkt, was ich denke, was der andere denkt. Danach sieht es aus – und Sie bekommen keinen Rüffel, Flaumer. Sie haben gut gefolgert, die Fakten nicht aus den Augen verloren. Ohne Intuition werden wir diesen Fall nicht lösen können, das ist sicher. Sie scheinen einiges von Waffen dieser Art zu verstehen. In Ordnung. Das ist Ihr Job. Herr Klöber, Sie nehmen die Abdrücke unter die Lupe. Sorgen Sie dafür, dass sie gesichert werden und wir bis heute Abend wissen, um welche Schuhmarken es sich handelt. Frau Holt kommt mit mir. Wir statten Herrn

Müllers Wohnung einen kleinen Besuch ab. Es ist jetzt genau neun Uhr fünfzehn. Wir treffen uns um halb sechs heute Abend im Präsidium.«

Ohne ein weiteres Wort zog Bremer mit Holt im Kielwasser los, ließ Flaumer und Klöber zurück, drehte der Leiche den Rücken zu, spannte seine Nackenmuskeln kurz an, ohne dass er sich dessen bewusst wurde, wehrte ein Schwindelgefühl ab und wünschte sich, weit weg zu sein. Ein Geköpfter. In Saarbrücken, dachte Bremer. »Ein Wahnsinniger«, werden die Schlagzeilen schreien. Die saarländische Provinzhauptstadt Saarbrücken wird von einem Wahnsinnigen in Angst und Schrecken versetzt. Wäre es doch nur *ein* Wahnsinniger und nicht die Horden Autofahrer, die sich täglich gegenseitig abmurksen und verstümmeln. Aber das ist keine Schlagzeile mehr wert. Sechs-, sieben-, achttausend Tote im Jahr. Und einhundertfünfzigtausend sterben am fetten Leben: Rauchen, Saufen, Stress. Wenn das kein Wahnsinn ist.

Bremer zuckte die Achseln. Ich bin Polizist. Nicht mehr und nicht weniger. Und jetzt bin ich Leiter *der* Mordkommission, die den sensationellsten Mord aufklären wird, den das Saarland je gesehen hat. Ich werde bei Pressekonferenzen dabei sein und nur die halbe Wahrheit erzählen, um die Ermittlungen nicht zu gefährden. Ich werde eng mit dem Staatsanwalt zusammenarbeiten, und wahrscheinlich werden wir Verstärkung vom BKA erhalten. Endlich mal hervorragend ausgebildete Fachleute ... und nicht die ganzen Hängengebliebenen und Strafversetzten. Er blieb abrupt stehen. Hoffentlich bleibt es bei einem Mord. Noch mehr von der Sorte, und die Medienflut bricht wieder über uns herein. Wie beim Fall »Pascal«. Das war keine Flut gewesen, sondern ein Tsunami.

Bremer schaute Susanne Holt in die Augen. Volltreffer, Frau Holt!, dachte Bremer. Noch nicht trocken hinter den Ohren und schon dabei auf der Jagd nach Kriminalgeschichte. So einen Mord hat es im Saarland noch nicht gegeben. Der geht in die Annalen ein, das ist sicher. Dann ging er weiter.

Susanne Holt hatte sich gerade vorgestellt, wie sie sich Bremers Annäherungsversuchen erwehren würde. Schnell verdrängte sie das blutige Bild und erinnerte sich daran, dass Bremer als moralisch tadellos galt. Vielleicht war er ja schwul. Oder beides. Und überhaupt. Warum dachte sie darüber nach? Patrick war seit vier Tagen zu Besuch, ein Wunder an Aufmerksamkeit, Zärtlichkeit und Leidenschaft – immer dann, wenn sie es brauchte. Was also faszinierte sie an Bremer? Irgendeine Tür in ihrem Unterbewusstsein klappte so laut zu, dass Bremer sich ihr zuwandte und fragte: »Wie bitte?«

»Ich habe nichts gesagt«, erwiderte Holt.

Bremer nickte, setzte seinen Weg fort, nahm sich vor, die drei nicht mehr so hart ranzunehmen. Das würde ihn eine Menge Kraft kosten. Den Rest des Weges schwiegen beide beharrlich.

ZWEI

Das Blaulicht des Streifenwagens blendete. Immer wieder, rhythmisch. Zwei Beamte standen an der altersschwachen Haustür Nauwieserstraße 31, redeten mit einer alten Frau, die sich auf einen Spazierstock stützte. In ihrer Hand versteckte sich ein silberner Wolfskopf, ein seltsamer Knauf für den Spazierstock einer tattrigen Alten.

Bremer und Holt waren noch gut hundert Meter entfernt, da erkannte Bremer Göran Aliczik und wurde langsamer. Holt passte sich dem Tempo an. Der Wagen stand in der Johannisstraße an der Kirche.

»Sehen Sie den Kollegen in Uniform dahinten? Der mit dem dunklen Teint?«, fragte Bremer und zeigte in Richtung Streifenwagen.

»Sehe ich, ja.«

»Göran Aliczik, vierunddreißig Jahre alt, seit vierzehn Jahren bei der Polizei. Ein ganz besonderer Mensch.«

»Warum?«

»Seine Schwester sitzt im Rollstuhl. Sie ist so alt wie Sie. Ein betrunkener Autofahrer hat sie überfahren und ist dann abgehauen. Aber wir haben ihn gekriegt. Aliczik hat keinen Hass auf den Mann. Hat sich nie rächen wollen.« Bremer bewunderte Aliczik dafür. Und manchmal hasste er ihn, weil Aliczik ein so verdammt guter Polizist war, dass es schon gar nicht mehr wahr sein konnte. Obwohl Bremer ihm vorgeschlagen hatte, in den gehobenen Dienst zu wechseln und dafür zu sorgen, dass das auch funktionierte, hatte Aliczik abgelehnt.

Susanne Holt verkniff sich eine spitze Bemerkung. Bremer redete weiter. »Sein Revier ist die Straße: Streife fahren, im Viertel patrouillieren, mit den Leuten reden, kleine, manchmal auch große Probleme lösen.«

»Ein echter Strahlemann, wie? Mit Aliczik auf Streife im

Viertel. Neue Serie im Saarländischen Rundfunk. Das wär's doch.«

»Ihr Zynismus ist fehl am Platze, Frau Holt. Hätten wir mehr Kollegen wie Aliczik, es wäre um die Polizei besser bestellt. Ich würde ihn sofort in den Kriminaldienst übernehmen. Er ist korrekt, effizient, ausgeglichen, motiviert. Seine Berichte treiben manchem Kollegen vom Landeskriminalamt die Tränen in die Augen, so gut sind sie geschrieben.«

Wenn ich ehrlich bin, dachte Bremer, ist es letztendlich gut so. Wenn Aliczik in meiner Abteilung wäre, würde ich ihn entweder rausekeln oder erschießen.

»Das glaube ich gerne«, erwiderte Holt. »Diese Türken der zweiten Generation sind deutscher als die Deutschen. Es ist mir ein Rätsel, warum die Nazibrut die Türken nicht in Deutschland haben will.«

Bremer blieb stehen. »Halten Sie die Türken für Nazis? Für rechtsradikal?«

»So habe ich das nicht gemeint. Sicher gibt es rassistische Türken. Rassisten gibt es überall. Ich meine: Die Nazis wollen doch die ›deutschen Werte‹ retten. Wenn jemand entsprechende Werte über die Zeit bringt, dann die Türken. Die meisten sind wie Aliczik: sauber, fleißig, kinderlieb, kitschversessen, gastfreundlich, Familiensinn – ah, na klar. Das sind ja nicht unbedingt deutsche Werte im Sinne der Nazis. Vielleicht nicht mehr. War das mal so in diesem Land? Echte Gastfreundschaft? Unsere Gäste haben unsere Industrie aufgebaut, dann stanken sie auf einmal nach Knoblauch und sollten sich wieder in ihr Heimatland verdrücken. Ist es nicht so, Herr Bremer?«

Bremer und Holt waren vor der Stadtschenke stehen geblieben. Autos rauschten vorüber, zu schnell, um Kindern auszuweichen, die plötzlich zwischen den parkenden Fahrzeugen hervor auf die Straße hätten rennen können. Einem Ball hinterher, im Spiel, ohne auf die gefährliche Welt zu achten. Vollbremsung – zu spät.

»So ist es. Viele taten das nicht und blieben einfach hier. Weil Deutschland inzwischen ihre Heimat geworden war. Ihre zweite. Manchmal ihre erste. Wie bei Aliczik. Der sagte mir mal: ›In der

Türkei kann ich kein Polizist sein. Da kann ich nur Wärter sein. Mein eigenes Volk ist immer noch eingesperrt. Ganz abgesehen von den Kurden. Aber hier kann ich etwas bewegen. Und wenn es nur kleine Sachen sind. Und ich habe gute Gesetze, an die ich mich halten kann. Bis auf die Einwanderungsgesetze. Aber man kann nicht alles haben.‹ Aliczik ist ein Guter.«

Sie gingen weiter.

»Ich werde daran denken, wenn ich jemanden brauche. Danke«, sagte Holt.

Bremer dachte laut. »Aber ich suche einen Bösen. Wenn das immer so einfach wäre.«

Susanne Holt schaute auf ihre Schuhe und dann auf Aliczik, den sie gerade erreicht hatten. Der wandte sich Bremer zu, vergaß aber nicht, Susanne Holt kurz und eindringlich zu mustern.

Bremer nickte ihm zu. Sofort erstattete Aliczik Bericht. »Gerald Müller ist hier polizeilich gemeldet und hat in der dritten Etage seine Wohnung. Sie ist versiegelt. Niemand hat sie bisher betreten. Gestern Abend war er noch bester Laune. Da hat Frau Gerster …«, Aliczik drehte sich zu der alten Frau hin und zeigte mit der rechten Hand auf sie, wandte sich wieder Bremer und Holt zu und redete weiter, »… da hat Frau Gerster Herrn Müller noch selbst gebackene Waffeln vorbeigebracht. Gegen zweiundzwanzig Uhr dreißig. Sie weiß das so genau, weil sie Müller fast jeden Abend um diese Zeit etwas bringt. Ein Glas Milch, mal Obst oder auch ein Stück Salami für das nächste Frühstück. Frau Gerster ist schwerhörig, deswegen kann sie nicht sagen, ob Müller gestern Abend noch mal weggegangen ist. Wenn sie ins Bett geht, macht sie ihr Hörgerät aus, dann ist sie taub wie ein Stück Holz. Gerald Müller und Frau Gerster sind eng befreundet, seit zwei Jahren schon. Er schleppt immer ihre Einkäufe und sie, wie gesagt. Sonntags gegen achtzehn Uhr liest Müller ihr immer eine Geschichte vor. Bis zu den Nachrichten. Die schauen sie dann gemeinsam. Danach geht Müller in der Regel wieder in seine Wohnung.«

Frau Gerster hatte sich zwischen Bremer, Holt und Aliczik geschoben. »Was ist denn geschehen?« Ihre Stimme zitterte, und ihre wachen Augen zuckten in roten Lidern hin und her. Von Bremer zu Holt zu Bremer zu Aliczik zu Holt zu Bremer. Die tiefen Falten, die Altersflecken, die Gebrechlichkeit verrieten es: Frau Gerster war wohl über achtzig Jahre alt. Aber ihr Verstand arbeitete präzise.

»Nichts«, sagte Bremer. »Reine Routine. Wir möchten Sie aber bitten, mit den Herren Neubauer und Aliczik auf die Wache zu kommen. Wir brauchen Ihre Aussage schriftlich. Das wäre eine große Hilfe für uns. Selbstverständlich begleiten die beiden netten Herren Sie wieder nach Hause. Herr Neubauer! Wären Sie so freundlich?«

Neubauer half Frau Gerster in den Streifenwagen. Bremer hielt Aliczik zurück und flüsterte ihm ins Ohr: »Bevor Sie der alten Dame sagen, was passiert ist, holen Sie auf jeden Fall einen Arzt. Der Tod ihres Freundes wird sie schwer erschüttern.«

Aliczik nickte ernsthaft, stieg ein, und schon war die Streife verschwunden.

Das Ermittlergespann wandte sich dem Haus zu, in dem Gerald Müller gelebt hatte. »Wir brauchen Overalls«, sagte Holt.

»Die liegen im Kofferraum«, erwiderte Bremer.

»Soll ich sie holen?«

»Ich bitte darum.« Bremer übergab die Schlüssel.

»Das mache ich doch gerne.« Schon trabte Holt los, fischte aus dem Kofferraum zwei weiße Overalls, Überzieher für die Schuhe und Chirurgenhandschuhe. Sie trabte zurück, gab Bremer eine Montur.

»Müsste passen«, sagte Bremer und trat in den schlecht beleuchteten Flur. »Wissen Sie, Frau Holt, Aliczik hätte den Arzt so oder so geholt. Aber ich musste es ihm trotzdem sagen. Weil ich sein Vorgesetzter bin. Hätten Sie an einen Arzt gedacht? Ganz ehrlich?«

Susanne Holt sagte nur: »Ja.«

»Das glaube ich Ihnen, Frau Holt.«

Das flüchtige Lächeln auf Holts Gesicht blieb Bremer für immer verborgen. Er stampfte vor ihr die Treppe hoch auf dem Weg in eine fremde Welt, die er jetzt erkunden musste. Eine Welt, die er sich zu Eigen machen würde, in der er leben würde, eine Zeit lang, um zu lernen, wer das gewesen war: Gerald Müller – der alten Damen die Taschen schleppte und ihnen vorlas. Der Mörder hatte jetzt schon zwei Menschen auf dem Gewissen. Der Schmerz von Frau Gerster verursachte Bremer Übelkeit. Allein deswegen muss ich erfolgreich sein, dachte er. Wegen einer alten Frau, der das Wichtigste gestohlen wurde, was ein Lebender haben kann: die Liebe. Die Liebe eines Freundes. Die Freude des Gebens und Nehmens. Die Gemeinsamkeit, in dieser Welt einen Menschen zu haben, der wichtig ist. Unabhängig von Alter, Aussehen und materiellem Besitzstand. Hätte der Mörder zugeschlagen, wenn er das gewusst hätte? Wenn er gewusst hätte, dass er gleich zweimal tötet? Einen Menschen und eine Liebe? Natürlich hätte er. Jeder Mörder weiß das nur zu gut. Trotzdem werde ich ihn fragen. Und er wird mir eine Antwort geben. Das ist sicher. Ich werde ihn so lange fragen, bis er mir eine Antwort gibt. Und dann werde ich ihn ohrfeigen. Nicht fest. Nur so, dass er weiß, dass ich ihn verachte. Obwohl ich das nicht darf. Aber ich verachte ihn. Wegen einer alten Frau. Wegen der toten Liebe. Ich werde ihn ohrfeigen.

Dieser Gedanke stimmte Bremer fröhlich und gab ihm Kraft, darüber nachzudenken, warum Gerald Müller sterben musste.

Sie stiegen in den dritten Stock, zogen Overall, Überzieher und Handschuhe an, erbrachen das Siegel und öffneten die Tür, auf der in großen Buchstaben »G. MÜLLER« stand.

Bremer ging vor und wurde attackiert. Der Angriff kam so schnell, dass er nicht reagieren konnte. Sofort strömte Blut aus mehreren Wunden heiß über sein Gesicht, noch bevor der Schmerz einsetzte. So schnell der Angriff gekommen war, war er auch schon wieder vorüber. Vom Blut war Bremer geblendet, der Schock verschlug ihm die Sprache. Er war ein Stück zurückgetaumelt, hatte instinktiv seine Waffe gezogen, konnte aber kein Ziel erkennen. Panik erfasste ihn, gegen die er sofort ankämpfte. Er fuchtelte mit der Waffe in der Hand herum wie ein Derwisch.

Holt hatte den Angriff kommen sehen, Bremer aber nicht mehr warnen können. Ein Schatten hatte sich gelöst und war Bremer direkt ins Gesicht gesprungen. Sofort nach dem Überfall hatte sich der Angreifer unter einer langbeinigen Kommode in Sicherheit gebracht.

Jetzt schrie Holt Bremer an, er solle die Waffe wieder einstecken. Es sei doch nur eine Katze. Erst nach dem vierten Mal ließ Bremer den Arm sinken und hielt still. Als das Wort Katze in sein Bewusstsein vordrang, stieg ein unbändiges Verlangen hoch, zu lachen. Mit solcher Macht rasten die Lachsalven gegen Bremer an, dass er schließlich nachgab. Zuerst glucksend, dann schallend brach es aus ihm heraus. Die ganze Spannung des Tages, der Schock des Angriffs, die Todesangst, die Erkenntnis: Verdammt, es war eine Katze. Nichts als ein dummes Tier, das einen Einbrecher nicht von einem Polizisten unterscheiden kann.

Gut, dass Holt mitgekommen war. Jetzt tupfte sie ihm mit einem Papiertaschentuch das Blut von der Stirn. Die Schnitte waren sauber geführt, wie mit einem Skalpell. Jeweils vier auf der rechten und linken Schläfe, der Overall mit Blut durchtränkt, das Jackett und das Hemd nicht mehr zu retten. Blut tropfte auf den Flur, markierte auf dem hellen Holzboden deutlich den Tatort. Und verunreinigte möglicherweise wichtige Spuren. Bremer flüchtete aus der Wohnung in den Hausflur, bat Holt, den Verbandskasten aus dem Auto zu holen und bei der Spurensicherung nachzufragen, ob ein Team frei sei. Er bräuchte es jetzt wirklich sehr dringend, sollte sie ausrichten. Das Bluten ließ nach.

Als Holt die Treppe runtergepoltert war, ließ sich Bremer auf den Boden sinken und schüttelte immer wieder den Kopf. Eine Katze? So groß? Eine Furie! Warum geht sie auf den Erstbesten los, der zur Tür reinkommt? Wie ein Wachhund. Ohne ein Geräusch. Ohne Warnung. Kein Fauchen, nichts. Machen das Katzen? Normalerweise nicht. Aber ich tue gut daran, in diesem Fall das Wort »normal« aus meinem Vokabular zu streichen, dachte Bremer verstört. Schnell schüttelte er seine Benommenheit ab.

Langsam hob er den Kopf. Jetzt saß die Katze mitten im Flur und fixierte Bremer durch den Rahmen der Wohnungstür. Er erstarrte. Kalter Schweiß brach ihm aus allen Poren hervor, Schauer jagten ihm über den Rücken. Schwerer als ein Sack Zement wog sein Arm, den er langsam hob. Das Vieh verfolgte jede seiner Bewegungen. Bremer zog seine Waffe vorsichtig aus dem Holster, entsicherte sie, legte an. Das war keine gewöhnliche Katze. Das war ein Monster. So groß wie ein kleiner Hund, riesige Tatzen, und ein Blick … Ahab. Das war Ahab. Und Bremer war der weiße Wal. Dieses Monstrum musste Ahab heißen. Eine Glut in den Augen, dem Wahnsinn nahe vor Angst und Jagdfieber zugleich. Die schlimmste Mischung von allen. Wenn er diese Melange in den Augen eines Menschen sah …

Bremer erinnerte sich. An den einzigen Menschen, den er erschossen hatte. Angst und Jagdfieber. Nur den Bruchteil einer Sekunde hatte Bremer früher abgedrückt. Seine Kugel traf genau zwischen die Augen. Die Kugel seines Gegners durchschlug glatt seinen linken Oberschenkel. Wenn das Wetter wechselte, meldete sich die Narbe, schmerzte. Manchmal genug, um eine gute Flasche Wein als Medizin zu leeren. Ein seltenes Ereignis, das sich über Stunden hinzog. Manchmal nur wie ein Phantom, das Bremer gar nicht wahrnahm. Seine Kollegen sahen ihm dann an, dass er hinkte. Ein wenig. Gerade so viel, dass es vertrauten Menschen auffiel. Er zückte sein Handy, bestellte Verstärkung in Form eines Tierfängers, der sich mit Raubkatzen auskennen sollte.

Bremers schnelle Bewegung hatte Ahab in Alarmbereitschaft versetzt. Wie eine Peitsche zuckte sein dicker Schwanz hin und her. Bremer glaubte ein Zischen zu hören, wenn dieses dicke Ende seines Gegners durch die Luft fuhr. Dann hob Ahab plötzlich eine Tatze und setzte sie einen Schritt weiter wieder auf den Boden, als wolle er erkunden, ob das Terrain vermint war. Bremers Zeigefinger krümmte sich um den Abzug.

»Nein. Noch nicht. Nicht abdrücken«, sagte Bremer leise. »Ahab ist so schön. Voller Leben, voller Kraft, elegant, stolz. Ein Wunder. Du schießt erst, wenn er dich angreift. Wenn er auf dich zufliegt und du keine andere Wahl mehr hast. Erst dann. Töte nicht ohne Not. Bezwinge deine Angst.«

Ahab schlich Tatze für Tatze auf Bremer zu, dem der Schweiß in Bächen von der Stirn rann und sich mit seinem Blut vermischte.

Plötzlich schrie Bremer Ahab an. »Du dummes Vieh, bleib doch stehen. Verzieh dich! Du hast keine Chance gegen das blutrünstigste Raubtier auf diesem Planeten.«

Ahab erstarrte, duckte sich und setzte zum Sprung an. Bremer hob die Waffe. Doch Ahabs Ziel war nicht Bremer, der mit dem Rücken an der Wand und Unglauben in den Augen mit dem

Schlimmsten rechnete. Mit einem dumpfen Knall warf sich Ahab gegen die Wohnungstür. Die Gewalt des Aufpralls ließ sie schlagartig ins Schloss fallen, als hätte ein ausgewachsener Mann dagegengetreten.

Bremer sicherte seine Waffe, steckte sie wieder ins Achselholster. Aus der Innentasche seines Sakkos zog er ein weißes Taschentuch. Er hielt es sich vor die Augen, konnte die eingestickten Initialen »MB« gerade noch erkennen. Das filigrane Muster, das seine Mutter hineingestickt hatte, verlief zu rosa Schlieren. Dann drückte er sich das feine Tuch auf die Augen, wischte sie sauber, rubbelte sich die Stirn, tupfte Blut von seinem Hemd. Mutter wäre hysterisch geworden, hätte sie seinen Frevel mit ansehen müssen. So blieb es bei Bremers schlechtem Gewissen.

Jedes Jahr hatte sie ihrem Sohn eines dieser Taschentücher geschenkt. Stunden um Stunden zog sie die dünne Nadel durch den Stoff, die verworrenen Linien vereinigten sich zu Mustern, und Bremer hatte sich über jedes gefreut. War jedes Jahr neugierig gewesen auf die Kunst, die seine Mutter nur für ihn ausübte. Seit seinem vierzehnten Lebensjahr sammelte Bremer seine geliebten Taschentücher. Sechzehn davon verwahrte er in einem besonderen Fach im Kleiderschrank. Heute hatte er Nummer sieben ausgewählt. Eines hatte er eingerahmt und über sein Bett gehängt. Das Muster war jäh abgebrochen, das Tuch unvollendet geblieben.

Bremer stemmte sich vom Boden hoch, als wären seine Gelenke von Rheuma angegriffen. Hastende Schritte hörte er auf der Treppe. Holt sprang die Stufen hinauf, den Verbandskasten trug sie vor sich her wie eine Standarte. Sie musste nicht einmal tief atmen, obwohl sie die drei Stockwerke immer mit zwei Stufen auf einmal genommen hatte. Schnell zog sie Mull, Pflaster und Desinfektionsmittel aus dem Kasten. Ihre flinken Finger wickelten Bremers Kopf ein wie eine Mumie. Dabei summte sie ein fröhliches Kinderlied, unbeschwert und ausgelassen.

Bremer schloss die Augen, entspannte sich. Der Moment der Ruhe währte nur kurz. Schon trappelte das Mobile Einsatzkommando die Treppe hoch. Der Gruppenführer ging in die Hocke, begutachtete den Verband und fragte: »Harter Kampf, wie es scheint. Schussverletzung? Sollen wir reingehen? Wie viele sind es?«

»Nein, nein, einer«, erwiderte Bremer. »Wir warten auf den Spezialisten.«

»Die Spezialisten sind da«, sagte der Gruppenführer.

»Aber nicht für das, was da drin auf Sie wartet, glauben Sie mir.«

Der Gruppenleiter gab sich nicht zufrieden. »Wir werden mit allem fertig, das können Sie mir glauben.«

»Das mag sein, aber ich will den da drin lebend.«

»Als wenn wir gleich alles über den Haufen schießen würden, was sich bewegt«, sagte der Gruppenführer beleidigt. »Wir gehen mit Samthandschuhen vor.«

»Nein!«, entschied Bremer. Das Gespräch erstarb, Minuten vergingen, die Disziplin der Männer ließ kein Murren zu. Warten heißt Warten, da gibt es nichts. Befehl ist Befehl, und Warten ist nicht das Schlechteste. Besser als Geschosse, die durch die kugelsichere Weste hindurch die Rippen brechen können. Besser als Drill, viel besser als Wochenenddienst, rund um die Uhr auf Abruf, in voller Montur. Noch mehr Minuten zogen dahin, kein Wort fiel, nur hier und da knarrte das Leder eines Kampfstiefels, oder ein Mann atmete hörbar tief ein, gab sich beim Ausatmen aber größte Mühe, nicht aufzufallen. Vor allem nicht seufzen. Seufzen heißt schwach sein, heißt ein Problem haben. Hier und heute hatte nur einer ein Problem. Der Gruppenführer kochte immer noch vor Wut, weil Bremer ihn als blutrünstigen Rambo abgestempelt hatte. Nervös knetete er seine Hände, die er hinter seinem breiten Rücken versteckt hatte. Bewegung kam in die Gruppe. Ein Kämpfer erstattete Bremer und dem Gruppenführer Meldung.

»Da ist ein Mann, der sieht aus wie Grzimek. Er sagt, er sei bestellt worden.«

»Endlich«, stöhnte Bremer. Lassen Sie ihn durch.«

Ein Hüne im Tropenanzug quetschte sich zwischen den Kämpfern hindurch mit einem Werkzeug in der Hand, das aussah wie ein Fangnetz für Eisenschmetterlinge. In der anderen Hand trug er einen Behälter mit Tür und Gittern, groß genug, um einen Collie darin unterzubringen. Klappernd schlugen die Utensilien gegen Wände und Menschen. Sich nach rechts und links entschuldigend, kämpfte sich der Tropenmann zu Bremer durch.

»Kortic, Zoo Saarbrücken, Raubtierabteilung.« Er hielt Bremer eine Pranke hin, die ohne Mühe eine Kokosnuss hätte zerquetschen können.

Bremer ergriff sie, machte sich auf den Schmerz gefasst und wurde enttäuscht.

Kortic grinste. »Die meisten Menschen denken, ich käme aus einem Steinbruch und würde gewohnheitsmäßig Hände zerdrücken. Aber das mache ich nur bei Leuten, die ich nicht mag oder die mir Geld schulden. Wo ist denn die fiese Mieze? Sie sehen ja aus, als wären Sie in den Häcksler gefallen.«

Bremer deutete auf die Tür. »Irgendwo dahinter. Aber ich warne Sie. Das ist ein Monster. Ich habe ihn Ahab getauft. Wegen dem Backenbart. Seine Tatzen sind nicht viel kleiner als Ihre zarten Hände. Aber dafür hat das Vieh einen ganzen Stapel Klappmesser dabei. Und ist schneller, als man gucken kann.«

»Welche Farbe hat denn unser Kuscheltier?«

»Farbe?« Bremer überlegte. »Beige, mit ein paar Tupfen drin.«

»Wow!«, sagte Kortic. »Ein Luchs. Wir haben da einen ausgewachsenen Luchs drin, wenn ich mich nicht irre. Keine Katze verteidigt ihr Revier mit einem Angriff gegen Menschen. Das tun nur wilde Tiere. Sie können von Glück sagen, dass er Ihnen nicht die Augen ausgekratzt hat. Na gut. Dann wollen wir mal.«

Kortic fuchtelte mit den Armen. »Alle weg von der Tür. Sonst kriegen wir am Ende doch noch einen ernsthaft Verletzten. Die Sache läuft ganz einfach. Ich gehe rein, schnappe mir das Kätzchen und komme wieder raus. Alles klar? Gut. Bitte zurücktreten.«

Keiner hatte Lust, in der ersten Reihe zu stehen. Schnell wich das Einsatzkommando die Treppe hinunter zurück. Kortic platzierte den Behälter, öffnete das Gitter, dann die Wohnungstür, machte einen Satz in die Wohnung. Die Tür schlug zu, und sofort ging ein Fauchen und Brummen los, als wäre die gesamte Raubtierabteilung des Saarbrücker Zoos hier auf Urlaub. Dann verstummten alle Geräusche schlagartig.

»Du lieber Gott«, sagte Holt. »Jetzt hat er ihn gefressen.«

»Fragt sich nur, wer wen«, erwiderte Bremer.

Zur Antwort ging die Tür auf, und Kortic trat heraus mit dem Netz, über das jetzt allerdings ein schwarzes Tuch gehängt war. Unter dem Netz hervor drang ein klägliches leises Heulen. Schnell schubste Kortic den Luchs in den Käfig. Vollkommen verängstigt duckte sich das arme Tier.

»Platz da!«, sagte Kortic, schnappte sich den Käfig und drängte sich durch die neugierigen Polizisten. »Es ist tatsächlich ein Luchs. Ein Weibchen, gesund und munter, ein Prachtexemplar. Die sind besonders sauer, wenn man ohne anzuklopfen in ihr Revier eindringt. Gott sei Dank keine Jungen. Sonst hätte ich sie betäuben müssen. Die Lady braucht schnell entsprechende Gesellschaft, sonst geht sie mir noch vor die Hunde. Und bitte sagen Sie mir noch, wer der Idiot ist, der in einer Wohnung einen ausgewachsenen Luchs hält«, rief er Bremer über die Schulter zu.

Das Team von der Spurensicherung löste das Einsatzkommando ab, das alarmiert worden war, weil Holt in ihrer Meldung »Angriff auf Kollege« und »verletzter Kollege« gemeldet hatte.

Bremer trat zum zweiten Mal ein. Die Wohnung des Opfers. Er schnüffelte. Scharfer Raubtiergeruch. Gemischt mit Räucherstäbchen und Sojasoße. Der Gang führte etwa vier Meter geradeaus und mündete in eine großzügige Diele, die gut fünfzehn Quadratmeter maß. Von dort gab es Zugang zu fünf Zimmern, die mit Namensschildern auf den Türen als »Übungsraum«, »Meditationsraum«, »Petsy«, »Küche« und »Büro« gekennzeichnet waren.

Bremer betrat langsam den Meditationsraum. Blieb einen Moment auf der Schwelle stehen. Dann nahm er jedes Detail in sich auf. Vier große Fenster zum Innenhof. Die Wände in hellem Aprikot, kein Bild, kein Möbelstück, ein Vorhang trennte das hintere Drittel des Zimmers ab, in der Mitte des Raums ein Teppich, höchstens achtzig mal vierzig Zentimeter, darauf ein kleines schwarzes Meditationskissen, rund, vielleicht fünfzehn Zentimeter hoch, vierzig Zentimeter im Durchmesser; davor stand ein kleiner goldener Buddha. Die Decken verziert mit filigranem Stuck, weiche, fließende Muster. Sonnenlicht flutete durch die Fenster, das Buchenparkett schimmerte rötlich, Wärme breitete sich über die Wände aus, erreichte Bremer, der auf den Buddha starrte. Er beugte sich zu dem kleinen lächelnden und dickbäuchigen Mann hinunter, nahm ihn vorsichtig hoch. Besitzergreifend lag Buddha in Bremers Hand.

»Schwer. Könnte massives Gold sein. Wenn es Gold ist, dann ist unser Kerlchen hier mindestens zwanzigtausend Euro wert. »Der Fall wird immer kostbarer, Frau Holt«, rief Bremer.

»Wie bitte?« Susanne Holt antwortete aus der Küche, in der sie genug Gesundes gefunden hatte, um das ganze Landeskriminalamt einen Monat makrobiotisch zu ernähren.

»Eine Waage. Ich brauche eine Waage. In einer Küche muss es doch eine Waage geben!«

»Moment.« Susanne Holt riss ein paar Schranktüren auf und fand schnell, was sie suchte. Eine moderne elektronische Waage, die auf das Gramm genau auswog. Sie platzierte das Gerät vor Bremer. Der stellte den Buddha darauf. Die Waage zeigte sofort das Gewicht: 2.425 Gramm.

»Mann!«, sagte Bremer. »Noch mehr, als ich dachte! Wie viel ist der wert, Frau Holt, vorausgesetzt es ist massives Gold? Da zucken Sie nur mit den Schultern. Also: Die Feinunze Gold kostet zurzeit etwa dreihundertzwanzig Euro. Eine Feinunze sind ziemlich genau einunddreißig Komma eins null vier Gramm. Nun?«

»24.948 Euro. Über den Daumen.«

»Nicht schlecht. Stimmt! Knapp fünfundzwanzigtausend Euro. Womit hat Herr Müller sein Geld verdient? Schauen wir mal in sein Büro.«

Inzwischen hatte sich das Team der Spurensicherung an die Arbeit gemacht. Weiße Overalls huschten hierhin und dorthin, versprühten Flüssigkeiten, tupften Oberflächen ab, diskutierten eine Spur, saugten den Boden und die Ritzen des geölten Parketts ab, prüften die orangefarbene Kloschüssel und schraubten stinkende Abflüsse auf, um deren Inhalt fein säuberlich in kleine, zierliche Glasfläschchen abzufüllen.

Im Raum mit dem schnuckeligen Namen »Petsy« sortierten die Techniker die Exkremente der Lüchsin in verschiedene Behälter. Wie Bienen summten sie durch die Wohnung, ließen nichts aus. Das Bett, verborgen hinter dem Vorhang im Meditationszimmer, wurde peinlich genau untersucht: Irgendwelche Körperflüssigkeiten? Haare? Neben dem Bett Stapel von Kleidungsstücken. Anzüge, Hemden, ein weißer Kampfanzug mit einem schweren, abgenutzten Baumwollgürtel in Schwarz. Was die Polizisten mit ihren eigenen Sinnen nicht mehr erkennen konnten, überließen sie ausgefeilten Maschinen und der unsichtbaren Welt der Chemie. Digitale Fotos würden in weniger als einer halben Stunde bereits bei den Akten liegen, der Fotograf konnte weiterziehen, andere Orte in binäre Daten verwandeln, um dem schlechten menschlichen Gedächtnis auf die Sprünge zu helfen, wenn es an der Zeit war.

Gerald Müllers Büro war ebenso üppig ausgestattet wie der Rest der Wohnung: Außer der langbeinigen Kommode im Flur gab es kein weiteres Möbelstück. Alles auf dem Boden. Ein Teppich als Sitzgelegenheit.

Aber die Küche! Eingerichtet wie der Arbeitsplatz eines Sterne-Kochs. Dampfgarer, Gasherd mit Backofen, Elektroherd mit Backofen, ein Sortiment Messer für jeden Zweck, Küchenmaschinen vom Feinsten, eine Espressomaschine, mit der man jeden Wirt hätte neidisch machen können, Kupfergeschirr, Edelstahlgeschirr, alles blitzblank gewienert, eine Armada an Schüsseln und Gefäßen, Sieben und Kochlöffeln, die darauf warteten, mit Köstlichkeiten gefüllt zu werden. Und eine Kochschürze.

»Wenn Gerald Müller kein Koch war, fresse ich einen frittierten Besen!«, rief Holt Bremer zu, der im Büro fündig geworden war.

»Sie haben Recht. Er war Koch. Aber nicht für ein Restaurant. Er war Entwickler.«

Bremer stand jetzt in der Küchentür und blätterte in einem Buch mit schwarzem Ledereinband.

»Entwickler?«

»Für einen Nahrungsmittelhersteller. Convenience-Food. Aufmachen, heiß machen, essen, glücklich sein.«

»Sie mögen das wohl nicht?«

»Nein, das ist es nicht. Es gibt wirklich gutes Convenience-Food. Inzwischen. Mein Gott, es gibt Tiefkühlpizzas, die sind besser als die der meisten Italiener um die Ecke. Und wissen Sie, warum? Weil die Hersteller solche Mengen umsetzen, dass sie die Qualität der Rohstoffe und der Verarbeitung diktieren können. Und weil der Verbraucher heutzutage sehr pingelig geworden ist. Nein, es ist eine Frage der Koch-Kultur. Wissen Sie noch, wie man Szegediner Gulasch macht? Oder Schneebällchen? Oder Sauerbraten?«

»Na ja, so genau nicht. Aber es gibt ja Kochbücher.«

»Kochbücher! Das ist, als wollten Sie Sex nach Gebrauchsanweisung machen. Rühren Sie so und so oft herum, reiben Sie da und da das und das so und so lange, dann müsste was auf- oder auch was abgehen. Das klappt nicht!«

»Bei mir schon!«

»Da haben Sie aber ein seltsames Liebesleben!«

»Nein – Sie sind unmöglich – ja, vielleicht schon. Das geht Sie nichts an.« Holt lief knallrot an und stotterte weiter. »Aber das mit dem Kochbuch klappt bei mir einwandfrei. Danach habe ich sogar schon einen perfekten Rehrücken gebacken.«

»Rehrücken – gebacken! Sehen Sie. Das muss doch furchtbar schmecken! Einen Rehrücken brät man. Gespickt mit feinen Fettstreifen.«

»Sehen *Sie* lieber! Tja, Rehrücken ist für Eingeweihte und Kenner ein Schokoladenkuchen, gespickt mit Mandelstreifen. Dunkel vor lauter Bitterschokolade, wenig Zucker, viel Butter, eine Schokoglasur, stundenlang conchiert – es gibt nichts Vergleichbares. Ein Geschmackswunder.«

»Was um Gottes willen ist ›conchieren‹?«

»Sie müssen die Schokolade bei ständiger Wärmezufuhr rühren oder schieben oder umschütten, je länger, desto besser. Erlesene Schokolade wird bis zu zweiundsiebzig Stunden conchiert. Ich wiederhole mich ungern, aber dennoch: Rehrücken ist ein Geschmackswunder.«

»Ach was. Das glaube ich erst, wenn Sie mir einen Beweis liefern.«

»Dann müssen Sie dumm sterben. Tut mir Leid. Ich backe nicht auf Bestellung.«

»Was muss ich tun, um von Ihnen einen Rehrücken zu bekommen?«

Susanne Holt kniff die Lippen zusammen, nahm all ihren Mut und antwortete: »Behandeln Sie mich fair. Machen Sie mich nicht unnötig fertig. Ich bin hier, um zu lernen. Ich bin nicht Ihr Kollege, der seit zehn Jahren nichts anderes macht, als Ermittlungen anzustellen, und auch gar nichts anderes kann. So.«

»Das ist ein hoher Preis. Ein schlechtes Geschäft. Sie denken, ich mache Sie fertig? Wenn ich Sie fertig machen wollte, hätten Sie schon längst Reißaus genommen. Was glauben Sie, was Sie in diesem Beruf erwartet? Sie müssen nicht nur gegen Verbrecher kämpfen. In den eigenen Reihen finden Sie Ihre ärgsten Gegner. In die Polizei wird nicht investiert. Also wird die Luft nach oben immer dünner. Wenn Sie in absehbarer Zeit mal befördert werden wollen, müssen Sie besser sein als die anderen. Viel besser. Weil Sie zu allem Überfluss auch noch eine Frau sind. Das haben Sie sich nicht ausgesucht, klar, aber das sind die Fakten. Und Sie werden nur dann nach oben kommen, wenn Sie keine Fehler machen. Oder Ihre Fehler nicht ins Gewicht fallen, weil Sie trotzdem zum Ziel kommen. Der Staatsanwalt will wasserdichte Ermittlungen. Und das heißt, dass jedes verdammte Detail stimmen muss. Dass jeder verdammte Beweis hieb- und stichfest sein muss. Dass die Akten selbst noch in hundert Jahren klar und verständlich erzählen, worum es ging. Dass jeder Angeklagte mit Sicherheit auch der Täter ist. Wenn der Staatsanwalt aufgrund von Ermittlungsfehlern vor Gericht vom Rechtsanwalt vorgeführt wird, dann ist die Hölle los. Dann wünschen Sie sich, nie diesen Beruf ergriffen zu haben. Dann werden Sie fertig gemacht. Und zwar so, dass Sie freiwillig eine Woche unbezahlten Urlaub nehmen, weil Ihnen speiübel wird, sobald Sie auch nur an eine Ermittlungsakte denken. Hier weht ein rauer Wind. Ich werde Sie drei Monate lang so ausbilden, dass Sie gute Chancen haben, weiterzukommen. Das bin ich Ihnen schuldig. Und wenn Sie mich, den harmlosen Bremer, der niemandem etwas tut, nicht aushalten, dann halten Sie den ganzen Apparat nicht aus. Noch Fragen?«

Holt hatte Bremers Blick standgehalten. »Für nächsten Sonntag?«

»Was für nächsten Sonntag?«

»Den Rehrücken!«

»Gerne. Sie backen den Rehrücken, und wir trinken gemeinsam mit Ihrem Freund Kaffee! Einverstanden?«

Susanne Holt kniff die Lippen zusammen. »Steht das in den Akten?«

»War nur ein Bluff. Aber ich liege richtig, nicht wahr? Sie haben einen Freund!«

»Sie …«

»Sagen Sie es nicht. Sie haben ja Recht.« Bremer grinste von einem Ohr zum anderen. »Übrigens: Genauso wenig, wie ich die Asservatenkammer plündere, würde ich mich an eine Schutzbefohlene heranmachen, egal wie schön sie auch sein mag. Sie können Ihre Phantasie also voll auf den Fall konzentrieren. Damit wären die wichtigen Dinge geklärt. Machen wir weiter.«

Alpenglühen überzog Holts Gesicht. Verflucht, der Mann kann wohl Gedanken lesen. Aber das ist ja völliger Quatsch. Er ist halt siebzehn Jahre länger im Beruf. Ich sollte den Ball flach halten und mitnehmen, was ich kriegen kann. Bremer mag weiß der Teufel was sein. Auf jeden Fall ist er ein brillanter Kriminalist. Die Fakten sprechen eindeutig für ihn, dachte sie.

Bremer riss die Susanne Holt aus ihren Gedanken. »Müller war also Food-Entwickler. Damit verdiente er genug, um sich Wohnung, Buddha und noch ein paar andere Spielereien zu leisten. Dickes Auto? Wer weiß. Bitte sehen Sie mal die Ordner durch, Frau Holt. Die Kontoauszüge auch. Suchen Sie nach großen Beträgen, nach Rechnungen für teure Spielzeuge, Reisen, Sie wissen schon. Ich besichtige solange den Rest der Wohnung.«

Bremer wechselte vom Meditationsraum in den Übungsraum. Hinter einem weiteren Vorhang entdeckte er einen Spiegel, der die ganze Wand bedeckte: sechs Meter fünfundsiebzig lang, drei Meter zwanzig hoch. Die restlichen Wände fühlten sich an wie englischer Rasen, so gut war die Täuschung der Textiltapete. Die fast vierzig Quadratmeter Boden waren bedeckt mit feinstem Escheparkett, leicht gefedert wie bei einem Ballettboden. Was hat Müller hier geübt, dachte Bremer. Ein Buddhist ist an und für sich ein friedlicher Mensch – aber dennoch wehrhaft. Ein schwarzer Gürtel – Karate? Jiu-Jitsu? Ken-Do, Aikido? Wing-Tsun? Der Kampfanzug trug kein Emblem eines Vereins oder eines Trainers.

Bremer drehte sich langsam um die eigene Achse. Drei Ausfallschritte in die eine, drei Ausfallschritte in die andere Richtung. Blitzschnell. Ohne nachzudenken. Der reine Reflex. Satori. Japanisch für Erleuchtung. Pures Handeln. Das Ich aufgeben, durch absolute Leere, die absolute Kraft. Das Bewusstsein verlassen. Auch das trifft es nicht. Satori – wer es weiß, der sagt es nicht, wer es sagt, der weiß es nicht. Man muss es erleben. Das Ziel jahrelangen Schindens im Training. Weil Körper, Geist und Seele durch Wiederholung lernen und durch Schmerzen. Weil der Trainer unbarmherzig jeden Fehler straft – mit Tritten, Würfen und mit Spott. Spott. Schlimmer geht es nicht. Gefragt zu werden, warum man eigentlich ins Training kommt. Wo es doch hoffnungslos ist. Aufstehen, weitermachen, auf die Matte krachen, wieder aufstehen, weitermachen.

»Wer glaubt, sich Jiu-Jitsu aneignen zu können, der geht am besten gleich wieder nach Hause«, hatte Bremers Trainer gesagt. Vor zwanzig Jahren. »Jiu-Jitsu kommt zu Ihnen, wenn es Zeit ist.« Asiatische Überheblichkeit, hatte Bremer gedacht und später erkannt, dass sein Trainer Recht hatte. Keine Chance hatte Bremer gegen den kleinen Mann, der über sechzig Jahre alt war und von Tag zu Tag jünger wurde.

Dieselben Ausfallschritte auf der anderen Achse. Wie gehetzt rannte er plötzlich zurück in den Meditationsraum. Nur mit Mühe konnte ihm ein Kriminaltechniker ausweichen. Wieder drehte sich Bremer um die eigene Achse. Zwei Ausfallschritte in die eine, zwei Ausfallschritte in die andere Richtung. Er stürzte zurück auf den Flur. Das war es. Der Maßstab stimmte nicht. Die Schritte stimmten nicht. Nichts stimmte hier. Der Flur, die Räume, die seltsame Anordnung der Türen. Wie der ganze Fall. Nichts passte.

Mit wenigen Sätzen sprang Bremer die Treppe hinunter, stieß die Tür zum Hof auf, platzierte sich mittig vor der Hauswand. Zählte. Zählte noch einmal bis fünf. Fünf. Es blieb dabei. Fünf war die richtige Zahl. Wehte wie eine Sturmböe zurück in Müllers Wohnung. Pflanzte sich in den Flur. Rief Holt. Fragte sie, ob ihr das nicht aufgefallen sei. Dass die Räume hier nicht stimmten. Dass hier etwas fehlte? Nicht die Möbel. Nein, nein. Keine Idee?

Und die Herren von der Spurensicherung? Auch die zuckten nur die Achseln, versammelten sich aber um Bremer und Holt, weil sie wussten, dass es jetzt bald etwas Entscheidendes gab.

Bremer ging auf die türlose Wand des Flures zu. Klopfte sie ab. Nichts Besonderes. Eine Wand wie jede andere. Dann ließ er seine Hand über die einfache Raufasertapete gleiten, wie ein Designer, der prüft, ob die Oberfläche wirklich nicht die geringste Unebenheit aufweist. Er hielt inne, zog sein Taschenmesser heraus, setzte an – das Messer glitt ohne Probleme in die Wand, als wäre sie aus Luft. Ruhig zog er das Messer durch die Tapete, bis sich die Umrisse einer Tür abzeichneten. Als der Schnitt wieder zum Ausgangspunkt zurückführte, drückte Bremer leicht, und Sesam öffnete sich.

Eine schwere, gedämmte Tür schwang auf. Kein Wunder, dass da nichts hohl klang. Schnell waren Lampen zur Hand. Allen stockte der Atem. Keiner hatte jemals zuvor so etwas gesehen. Bremer musste unwillkürlich an seine Jugend denken. An Asterix und Obelix. Als die beiden das Sichellager von Obelix' Cousin fanden. Aber hier hingen keine goldenen Sicheln, sondern Schwerter, Degen, Rapiere, Säbel, Messer, Dolche, Hieb- und Stichwaffen in jeder erdenklichen Form und Machart. Klingen blitzten im Strahl der Taschenlampe auf, Gold schimmerte, Edelsteine warfen ihr farbiges Licht durch den Raum.

»Unglaublich!« Bremer konnte es nicht fassen.

»Wie im Museum«, sagte Holt.

»Und?«, fragte Bremer.

»Es gibt keinen Zugang außer der verklebten Tür. Also konnte Müller sich seine Schätze nur anschauen, wenn er die Tapete zerstörte und danach eine neue anbrachte. Ein Versteck. Ein geniales Versteck. Aber warum?«

»Frau Holt, Sie laufen zu großartiger Form auf. Ich nehme alles zurück.«

»Was nehmen Sie zurück?«

Bremer hüstelte. »Tja, also. Ähm. Was ich zu Anfang über Sie gedacht habe.«

»Was haben Sie denn über mich gedacht?«

»Muss das sein?«

Susanne Holt überlegte einen Moment.

»Ich sollte das wohl als Kompliment betrachten? Dass Sie jetzt anders über mich denken?«

»Sollten Sie, ja.« Bremer blendete Holt mit der Lampe.

»Haben wir nicht einen Fall zu lösen, Chef?« Sie beschattete ihre Augen mit einer Hand und blinzelte.

»Chef? Sie verwirren mich.«

»Doch, doch. Sie sind mein Chef. Kein Problem.«

»Dann wühlen Sie mal weiter in Müllers Ordnern. Vielleicht gehört die Sammlung gar nicht ihm. Und wir müssen herausfinden, ob er mit einem Schwert aus seiner Sammlung umgebracht worden ist. Informieren Sie Flaumer. Er soll herkommen. Wird ihm gefallen.«

Holt verließ ungern die Schatzkammer. Missmutig ließ sie sich im Büro auf einem Teppich nieder und begann, die Auszüge durchzublättern. Von den neuen zu den alten. Alles fein säuberlich abgeheftet, sortiert und beschriftet. Sie brauchte nicht lange zu suchen. Vor wenigen Tagen hatte Müller viertausendfünfhundert Euro in bar abgehoben. Die Buchung war mit der Belegnummer »Rechnungen 2003-45« versehen. Der Rechnungsordner lag bereits neben Holts Füßen. Sie griff zu, schlug ein paar Rechnungen auf. Doch die Rechnung mit der Belegnummer 2003-45 fehlte. 2003-44 war vorhanden, ebenso wie die Nummer 2003-46. Der Beleg für das Schwert fehlte.

»Cheeeef!«, trällerte Holt. Bremer spitzte um die Ecke.

»Eine Buchung mit Nummer, ja. Ein Rechnungsbeleg, nein.«

»Mist! Mit der eigenen Waffe hingerichtet – ja oder nein? Wegen dem Schwert hingerichtet? Wegen der Sammlung? Hat jemand die Sammlung gesucht? Oder vielleicht ein bestimmtes Teil? Das Schwert eines Bantu-Königs, das Müller stehlen ließ. Der rachsüchtige König schickt seine Killer aus Afrika hierher – und zack. Aber es fehlt doch nichts – oder? Das können wir überhaupt nicht wissen, weil wir noch nicht wissen, was hierher gehört und was nicht.«

Susanne Holt hörte fasziniert den abenteuerlichen Theorien ihres Chefs zu. Der rieb sich mit beiden Händen über sein graues Gesicht. Quetschte sich die Augäpfel, als wollte er sie herausdrücken, um nichts mehr sehen zu müssen.

»Alles hat seine zwei Seiten«, stöhnte er. »Was können wir daraus folgern?«

Susanne Holt überlegte nicht lange. »Wenn die Tatwaffe aus dem Fundus hier stammt, dann müssen sich die Täter in der Wohnung hervorragend ausgekannt haben. Und sie müssen die Tapete wieder angebracht haben. Obwohl – nein. Das Schwert kann ja auch sonst wo in der Wohnung gewesen sein. Vielleicht hatte Müller es gerade gekauft. Genau richtig für die Täter.«

»Nicht schlecht. Ob die Tapete frisch geklebt ist, werden uns die Techniker sagen.«

»Chef?« Vorsichtig kratzte sich Holt am Hinterkopf und legte ihren Kopf schief wie ein Welpe, der zum Spiel auffordert. »Das mit dem Bantu-König … Ist das ernst gemeint?«

»Warum nicht? Noch nie ›Indiana Jones‹ gesehen? Scherz beiseite. Der internationale Handel mit rituellen Objekten ist schon immer ein lukratives Geschäft gewesen. Einige haben dafür Kopf und Kragen riskiert. Müller war Sammler. Das steht fest. Wie lautet die Frage?« Mit einer fließenden Bewegung richtete Bremer einen Zeigefinger auf Holt.

»Welche Art Sammler? Zwanghaft, so dass er einfach alles haben musste und vor Auftragsdiebstahl nicht zurückschreckte? Ein harmloser eifersüchtiger Liebhaber mit genug Geld, um sich die erlesensten Stücke anzuschaffen? Sie dann aber in einer dunklen Kammer verschwinden lässt, die sogar er selbst nur alle Schaltjahre öffnet. Ein Schrein?«

Bremer nickte. »Finden Sie das raus, Frau Holt. Schnell. Heute. Noch ein Rätsel: Was hat Müller trainiert in seinem Übungsraum?«

»Kein Rätsel, Chef.«

Unglücklich kniff Bremer die Augen zusammen. »Müssen Sie mich wirklich Chef nennen?«

»Ja, Chef. Hier.« Sie hielt ihm einen Ordner vor die Nase. »Tai-Chi-Chuan. Wu-Stil. Dauerauftrag. Und Tae Kwon Do. Auch ein Dauerauftrag.«

»Sie besorgen die Adresse, und wir schicken jemanden hin. Tai-Chi habe ich mal ausprobiert. War mir zu langsam, allerdings sehr entspannend. Wie hießen die Figuren noch? Ach ja: den Spatzenschwanz zeichnen. Im Zurückgehen die Affen vertreiben und die Wolkenhände. Die haben mir am meisten Spaß gemacht.«

Holt traute ihren Augen nicht, als Bremer die Beine auseinander stellte, in die Knie ging und mit den Armen eine seltsame Bewegung begann. Der eine Arm drehte sich vor dem Gesicht mit dem Oberkörper zur Seite, während der andere hinunterfiel und sich zum Knie hin bewegte. Dann stieg die eine Hand zur anderen hoch, die Richtung wechselte, die Hände wechselten. Bremer ließ die Bewegung fließen, ging tiefer in die Knie, ließ eine Hand höher steigen, wechselte wieder die Richtung. Langsam richtete er sich auf, atmete einmal tief und seufzte.

»Sehr angenehm. Wirklich sehr entspannend.« Er fing Holts Blick auf und gab schnell ein paar Anweisungen. »Die restlichen Ordner müssen auch noch durchgesehen werden. Suchen Sie ein Tagebuch. Finden Sie seine Adresskartei. Das restliche Haus auf den Kopf stellen. Alle befragen. Holen Sie sich Verstärkung. Am besten Aliczik und zwei oder drei seiner Kollegen. Er soll sie sich selbst aussuchen. Machen Sie ihnen die Hölle heiß. Suchen Sie, fragen Sie. Finden Sie. Wir sehen uns im Präsidium. Seien Sie pünktlich, und kommen Sie nicht ohne Ergebnisse.«

Holt nickte, Bremer grüßte.

DREI

Bremer betrat das Saarbrücker Polizeipräsidium. Der Bau hatte erfolgreich allen Versuchen einer Modernisierung widerstanden. Der graue Verputz passte hervorragend zu dem rechtwinkligen Flachdachbau. Grau setzte sich auch innen fort. Boden, Wände, Möbel, Beamte – alles Grau in Grau. Nur hier und da Schutzpolizei – halbwegs in Grün. Einzig das Schimmern der Monitore zeigte: Der Beginn des dritten Jahrtausends war hier nicht spurlos vorübergegangen.

Bremer hatte den Jahrtausendwechsel im Bereitschaftsdienst verbracht. Hatte Skat gespielt mit Kollegen, um Mitternacht ein Glas Schampus getrunken und darauf gewartet, den ersten Mörder des neuen Jahrtausends zu jagen. Nichts. Ein paar kleine Schlägereien waren alles gewesen. Das regelte die Bereitschaft der Schutzpolizei.

Im Morgengrauen war er nach Hause geschlichen, hatte sich ins Bett gelegt und geweint. Nur kurz. Wie der Schluckauf einer verschrumpelten Seele.

Jetzt stieg Bremer in Gedanken versunken, gebeugt wie ein alter Mann, die Treppen zum vierten Stockwerk hoch. Noch immer zählte er die Stufen, so wie am ersten Tag, als er mit vor Stolz berstender Brust als frisch gebackener Hauptkommissar einzog. Und noch immer waren es vierundvierzig. Er zählte die letzte Stufe, richtete sich auf und sah Staatsanwalt Bellorz den Gang hinunterschreiten.

Wie die Stufen. Seit ich hier bin, schreitet Bellorz durch die Flure, als warteten alle auf seine Audienz und müssten jeden Augenblick aus ihren Büros hinaustreten und ihm applaudieren, dachte Bremer. Aber er ist ein guter Mann. Vernünftig, gründlich, gnadenlos, immer auf das eine Ziel ausgerichtet: die Ermittlungsakten umwandeln in juristische Realität. Rechtsanwälten die Argumente aus der Hand schlagen. Täter überführen und Richter von der angemessenen Strafe überzeugen. Wenn möglich eine Chance bieten, wieder in den Schoß der Gesellschaft zurückzukehren. Sehr ehrenwert. Der Herr des Verfahrens. Nur nicht in Personalfragen. Bellorz konnte sich einmischen und Weisungen erteilen, die Ermittlungen in eine bestimmte Richtung lenken und war damit letztendlich Bremers Vorgesetzter.

Aber das ließ er Bremer selten spüren. Andere zitterten vor Bellorz, wenn er ins Büro geschossen kam und sein ganz persönliches Opfer in den Senkel stellte, dass es nur so krachte. Bremer hatte Bellorz einmal darauf angesprochen. Und Bellorz hatte mit leiser Stimme, so leise, dass Bremer es kaum hören konnte, geflüstert: »Martin, sprechen Sie mich nie wieder darauf an.« Kein weiteres Wort, kein Zögern. Bremer hatte verstanden. Alles klar. Ebenso klar das Verhältnis zwischen Bellorz und Haffner, dem Polizeidirektor. Die beiden kamen sich nie ins Gehege, stimmten sich untereinander hervorragend ab. Niemandem war es bis jetzt gelungen, einen Keil zwischen die beiden zu treiben.

»Martin!«, rief Bellorz fröhlich von weitem. »Wie weit sind Sie? Wer hat es getan? Wen kann ich anklagen und für immer hinter Gitter bringen? Der Luchs kriegt auf jeden Fall lebenslänglich!« Bellorz grinste schelmisch wie ein kleiner Bub. Er kam näher, blieb vor Bremer stehen und drückte ihm die Hand.

Ein Habicht, dachte Bremer. Er sieht aus wie ein Raubvogel: kleine, scharfe Augen, denen nichts entgeht. Schmales Gesicht mit einer gebogenen, spitzen Nase; ein Kinn wie ein Riff, nur die Stimme, die passt nicht. Nicht schrill, sondern wie das Nebelhorn eines Ozeanriesen; so donnert Bellorz' Organ durch die Flure, Zimmer und Gerichtssäle und lehrt die Menschen das Fürchten.

Wie Bremer hatte Bellorz sich seine jugendliche Figur erhalten. Regelmäßiger Sport, ein ausgeglichenes Liebesleben, ausgewogene Ernährung, ein befriedigender Beruf – Bellorz der Saubermann, Bellorz der perfekte Staatsdiener.

Bremer hatte einfach keine Lust zu essen. Der Appetit war ihm vergangen vom täglichen Elend. Aber er redete sich ein, dass seine Appetitlosigkeit am Sport lag. Und am Wetter. Und an den Genen. »Und überhaupt: Fette Wänste sind ekelerregend«, sagte Bremer, wenn ihn jemand darauf ansprach.

»Lassen Sie einfach den Direktor verhaften«, sagte Bellorz.

»Das kann nie schaden«, erwiderte Bremer. An den Begriff Direktor konnte er sich einfach nicht gewöhnen. Nicht Polizeipräsident hieß es, sondern Direktor der Landespolizeidirektion. Wie an einer Schule. Bremer verzog trotzdem keinen Muskel. Weder im Gesicht noch sonst wo.

Bellorz lachte. »Wie machen sich die Greenhörner?«

Bremer holte tief Luft.

»So schlimm?«, fragte Bellorz.

»Nicht schlimm. Nur …« Bremer stockte. Die D-Moll-Toccata.

»Wir sehen uns um halb sechs.« Bellorz federte die Treppe hinunter. Bremer schlurfte weiter, das Handy am Ohr. Lauschte. Lächelte.

»Sehr gut, Frau Holt. Flaumer soll ihn herbringen. Wir werden ein paar Takte mit ihm reden.«

Seltsam, dachte Bremer. Der Mann kommt mir bekannt vor. Aber ich habe ihn noch nie vorher gesehen. Ich sehe zu viele Menschen. Irgendwann kann ich sie nicht mehr auseinander halten, und dann muss ich Urlaub machen. Oder in Pension gehen. Oder mich umbringen. In dieser Reihenfolge.

Bremers graue Augen, wach und unermüdlich, wandten sich seiner Praktikantin zu. Die stand an der Tür des Vernehmungszimmers, rechts neben ihr ein Beamter der Schutzpolizei.

Der Kommissar wusste, dass diese Inszenierung jeden nervös machte. Wie im Film. Eine vertraute, unheimliche Situation. Im Film wurden die Leute dann so lange ausgequetscht, bis sie ein Geständnis ablegten oder zusammenklappten. Immer wieder kam ein Kommissar herein und steckte dem Meister-Verhörer wichtige neue Informationen zu, die den Verdächtigen der nächsten Lüge überführten.

Wer einmal an diesem Tisch saß, war verloren. Genau das sollten alle glauben. Sollten glauben, nur die Wahrheit könne sie hier wieder herausführen. Aber die Wahrheit war für die meisten die Eintrittskarte in die Untersuchungshaft.

Der Mann, der vor Bremer saß, war nicht nervös. Er war die Ruhe selbst. Strahlte diese Ruhe auch auf Bremer aus. Wäre dieser Mann eine Frau, sie würde mir gut gefallen, dachte Bremer. Würde mich neugierig machen. Bremer setzte das Aufnahmegerät in Gang. Das Tonband schnurrte los, Bremer ebenso.

»Mein Name ist Martin Bremer. Erster Kriminalhauptkommissar. Ich stelle Ihnen einige Fragen. Sie müssen nicht antworten. Sie sind hier als Zeuge. Das Tonband läuft mit, das spart uns unnötiges Nachfragen.«

»Kein Problem. Ich antworte gerne.« Der Mann, der für Bremer besser eine Frau gewesen wäre, lächelte freundlich.

Bremer nickte und fuhr fort: »Heute ist der 23. Juni 2003. Es ist fünfzehn Uhr dreißig. Name?«

»Friedrich Meilbaum.«

»Geboren?«

»Wäre ich sonst hier?«

»Witzbold! Geburtsdatum?«

»16.5.1960.«

»Beruf?«

»Schmied.«

»Wo wohnen Sie?«

Der Mann stutzte. Bremer registrierte die minimale Änderung in der Körperhaltung seines Gegenübers.

Wie aus dem Lehrbuch. Jetzt fragt er, warum ich mich nicht für seinen ausgefallenen Beruf interessiere, dachte Bremer.

»Wollen Sie nicht wissen, was ich auf meinem Amboss schmiede?«

»Später. Wo wohnen Sie?«

»Perl. An der Grenze zu Luxemburg.« Der Mann kniff die Augen zusammen. Ganz kurz. Nur einen Sekundenbruchteil. Dann hatte er sich wieder im Griff.

»Straße?«

»Bescher Straße.«

»Haben Sie nicht viel zu tun?«

»Doch. Warum?«

»Jeder Wurm, den ich Ihnen aus der Nase ziehen muss, dauert.«

»Fragen Sie halt richtig, dann antworte ich entsprechend. Ich weiß sowieso nicht, warum ich hier bin. Zeuge wofür?«

»Hausnummer?«
»Zwölf.«
»Herr Meilbaum.« Bremer fixierte den Mann.
»Ja?«
»Wann haben Sie Gerald Müller das letzte Mal gesehen?«
Keine Reaktion.
»Ich kenne keinen Gerald Müller.«
»Aha. Und warum lügen Sie?«
Keine Reaktion.
»Ich lüge nicht. Und Sie können sich Ihre Psychotricks sparen. Bevor ich Schmied geworden bin, habe ich Psychologie studiert. Mein Diplom habe ich über Verhörtechniken der europäischen Polizei gemacht. Also.«
»Und Sie können sich Ihre Lügen sparen. Wir wissen, dass Sie Gerald Müller kennen.«
»Da wissen Sie mehr als ich. Gratuliere.«
»Wie Sie wollen. Das kann dauern.«
»Wenn Sie außer Unterstellungen nichts haben, würde ich jetzt gerne gehen.«
»Nur die Ruhe. Wir haben was. Aber vorher noch ein paar Fragen.«
»Ich sage sowieso nichts mehr ohne einen Anwalt.«
»Schlechtes Gewissen?«
Keine Reaktion.
»Das Traurige an euch Polizisten ist, dass ihr so durchschaubar seid wie eine Hure.« Der Mann lächelte freundlich, geradezu liebreizend.
Wenn ich nicht wüsste ..., dachte Bremer und sagte: »Das Traurige an Ihnen ist, dass Sie lügen wie gedruckt und wir Beweise haben, dass Sie lügen.«
Keine Reaktion.
»Legen Sie mir die Beweise vor. Dann sehen wir weiter.«
»Wir haben in der Wohnung von Gerald Müller einen Beleg gefunden. Er war gut versteckt. Darauf stehen Ihr Name und Ihre Unterschrift. Jetzt sind Sie dran.«
Der Mann hob leicht den Kopf. »Ach so. Gerald Müller hat bei mir ein Schwert gekauft. Das ist richtig. Aber ich kenne ihn

nicht. Der Beleg wurde per Kurier zugestellt. Ebenso das Schwert. Es handelt sich um ...«

»... eine meisterhafte Kopie eines Zeremonienschwertes aus dem Hochmittelalter. Verziert mit Blattgold, Intarsien und erlesenen Goldschmiedearbeiten. Eine Klinge aus echtem Damaststahl, zweihundertmal gefaltet, scharf wie eine Rasierklinge, biegsam wie Schilf und hart wie Diamant. Eine Rarität. Ein Meisterstück. Wir wissen.«

Ein Hauch stolzer Röte überzog die glatten Wangen des Mannes. »Sie haben gut recherchiert. Wenigstens sind Sie nicht so tumb wie viele Ihrer Kollegen.«

»Sie haben einschlägige Erfahrungen mit der Polizei?«

»Allerdings.«

»Welche?«

»Einbruchdiebstahl.«

»Inwiefern?«

»Bei mir wurde schon oft eingebrochen. Das können Sie sich ohne viel Phantasie vorstellen. Obwohl ich eine Standleitung zur nächsten Wache habe. Obwohl ich einbruchsicheres Glas einbauen ließ. Obwohl ich Bewegungsmelder und Temperaturfühler installiert habe, die jede Kakerlake aufspüren. Hilft nichts. Für jede Technik gibt es eine Gegentechnik. Das ist so, seit es Menschen gibt, und wird so bleiben, bis der Planet platt ist. Ihre Kollegen vom Raubdezernat haben bis heute nichts erreicht. Mir könnte es egal sein. Die Versicherung zahlt. Aber Schmieden ist eine Kunst. Jedes Stück ist einmalig. Jedes Schwert ist ein Teil meiner Seele. Die Polizei kümmert sich nicht um meine Seele. Und jetzt sitze ich hier und verplempere meine Zeit mit dummen Fragen.«

Der Mann hatte seine Stimme nicht gehoben, war nicht lauter geworden und legte keinen besonderen Ausdruck in seine Rede.

»Sie wollen mir doch nicht erzählen, dass Müller von Ihnen blind ein Schwert für viertausendfünfhundert Euro kauft. Ohne Sie gesehen zu haben. Ohne Ihre Werkstatt besichtigt zu haben?«

»Genau das tue ich gerade. Sie sollen nicht dumm sterben. Trinken Sie gerne einen guten Wein? Da ist es genauso. Sie lesen auf einer Flasche: Montepulciano. Sie wissen: einer der besten Weine Italiens. Toskana. Streng kontrolliert, aber vor allem von

Menschen gemacht, die Ehre im Leib haben. Und schon ist die Flasche gekauft. Auch wenn sie hundert Euro kostet. Hauptsache, der Jahrgang stimmt. Wer ein Schwert kaufen will, das erstklassig ist, der schaut auf die Gravur. Wenn da mein Zeichen steht, zahlt er blind den geforderten Preis. Außerdem hat Müller schon fünf Schwerter bei mir gekauft. Alle auf demselben Weg. Also noch mal zum Mitschreiben: Ich kenne Müller nicht, aber ich mache Geschäfte mit ihm. Wenn ich meine Schwerter so schlampig schmieden würde, wie Sie mit Sprache umgehen, dann wäre ich schon lange pleite.«

»Sie sind wirklich gut. Allererste Sahne. Eigentlich müsste ich Sie jetzt gehen lassen und Ihnen noch einen Kuli von der Kripo schenken. Aber das tue ich nicht. Im Gegenteil. Bis vorhin waren Sie nur Zeuge. Aber jetzt nehme ich Sie vorläufig fest. Sie sind dringend verdächtig, Gerald Müller getötet zu haben.«

Meilbaum sprang auf. Starrte Bremer an. Wurde blass. Röchelte. Kippte um. Schlug dumpf auf dem Boden auf.

»Scheiße!«, schrie Bremer. »Einen Arzt! Schnell!« Er beugte sich über Meilbaum, fühlte den Puls. Schwach, aber regelmäßig. Mindestens sechzig. Keine akute Gefahr. Nur eine Ohnmacht.

»Verfluchter Mist!«, zeterte Bremer. »Er war es nicht.«

Susanne Holt hatte sich ebenfalls über Meilbaum gebeugt. »Sind Sie sich sicher?«

»Entweder ist Meilbaum der beste Schauspieler, den ich je gesehen habe, oder er hat nichts mit dem Mord zu tun. Wir lassen ihn laufen und behalten ihn im Auge, das ist klar. Aber ich wette tausend zu eins: Meilbaum ist sauber.«

»Das wäre ja zu schön gewesen. Eifersucht. Beziehungstat. Perfekt. Das häufigste Mordmotiv. Müllers Tagebuch ist sehr aufschlussreich.«

»Wenn dieser Gockel hier gleich gesagt hätte, dass die beiden ein Paar sind, hätten wir uns eine Menge Ärger erspart.«

Susanne Holt nickte. »Erstaunlich, dass er sich nicht outen wollte. Ist doch heutzutage wirklich kein Problem mehr.«

Bremer hielt Meilbaums rechte Hand, fühlte den Puls, wachte über das Leben des Schmieds. Meilbaums Linke lag in Holts Händen. »Ich habe mir die Hände eines Schmieds ganz anders vorgestellt. Schwielige Pranken, so wie bei Kortic, dem Luchs-Bändiger. Aber diese hier: schlank und zerbrechlich wie bei einem Pianisten oder Maler.«

»Das sind pure Vorurteile. Miró hatte ziemliche Wurstfinger. Es kommt nicht auf das Äußere an, meistens jedenfalls.«

Susanne Holt grinste, Bremer wechselte das Thema und sagte: »Auf jeden Fall haben Sie gute Arbeit geleistet.«

Susanne Holt straffte sich, genoss das Lob und zeigte Bescheidenheit. »Das Versteck war wirklich genial. Wir haben es nur gefunden, weil Aliczik nicht aufgibt. Nie. Der Mann ist mir unheimlich.«

»Mir auch, Frau Holt, mir auch.«

»Ein elektronisches Tagebuch auf einem Memorystick. Einer von fast zweihundert. Genau in der Mitte platziert. Warum ist Aliczik nicht bei der Kripo?«

»Fragen Sie nicht.«

Holt fragte nicht. Sie wusste es ja bereits. Aliczik war ein Bulle fürs Volk. Genügsam. Weise, weil er das machte, was ihn ausfüllte.

»Alles fein säuberlich aufgeschrieben. Müller hatte einen Geliebten. Meilbaum hat ihm deswegen eine Riesenszene gemacht. Hatte Angst vor Aids.«

»Hat gedroht, ihn einen Kopf kürzer zu machen.«

»Mit dem neuen Schwert.«

»Steht alles im Tagebuch, Frau Holt.«

»Tagebücher lügen selten.«

»Ich führe kein Tagebuch.«

»Ich auch nicht. Viel zu gefährlich, Herr Bremer.«

»Wie man sieht.«

»Aber gut für die Polizei.«

Bremer wechselte die Hand. Meilbaums Herz pulste so regelmäßig wie die Rushhour in Saarbrücken. Der Kommissar entspannte sich. »Wie man's nimmt. Er war es nicht. Und jetzt ist er umgekippt.«

»Das gibt bestimmt Ärger«, sagte Holt mit fester Stimme, fast so, als wäre es ihr recht, als bereite sie sich darauf vor, dem Ärger die Stirn zu bieten.

»Nein. Er hat bei der Vernehmung gelogen. Polizeiarbeit behindert. Verdacht auf sich gelenkt. Bellorz steht voll hinter uns. Kein Problem.«

Susanne Holt zuckte die Achseln. »Umso besser.«

Der Arzt verscheuchte die beiden. Sie zogen sich zum Verhörtisch zurück.

Meilbaum öffnete die Augen, sah Bremer, schrie und fiel erneut in Ohnmacht.

»Mein Gott«, stöhnte Bremer. »Ich hau ab. Wenn er wieder zu sich kommt, schicken Sie ihn nach Hause. Aber nicht allein. Holen Sie einen Psycho, der soll sich um den armen Kerl kümmern. Und richten Sie ihm eine Entschuldigung von mir aus.«

Bremer verließ das Vernehmungszimmer, eilte auf die Toilette und würgte sein Frühstück in die Schüssel. »Die beiden haben sich geliebt. Bremer, du altes Schwein, hättest du nicht ein bisschen zart fühlender mit Meilbaum umgehen können?«

»Nein«, meldete sich der Bulle in Bremer. »Du musstest herausfinden, ob Meilbaum etwas zu schaffen hat mit dem Mord an seinem Lebensgefährten.«

Aber der nette Bremer von nebenan ließ nicht locker. »Und wenn Meilbaum ernsthaft etwas zugestoßen wäre? Was dann?«

»Ist ihm aber nicht. Wo gehobelt wird, fallen eben Späne.«

»Du bist nicht besser als der Killer.«

»Jetzt reicht es aber.« Bremer brüllte die Kloschüssel an.

»Immer, wenn dir die Argumente ausgehen, fängst du an zu schreien. Siehst du!« Bremer brach die Diskussion ab und stellte erschrocken fest, dass die Zeit verflogen war. Kurz vor halb sechs. Schnell wischte er sich Gesicht und Hände sauber, richtete das Hemd, prüfte den Verband und schaffte sich in den kleinen Konferenzraum. Dort warteten bereits Bellorz und der Rest der Ermittlungsgruppe.

Flaumer, Klöber, Holt. Und Weber. Sonst niemand.

Bremer lachte. »Das ist alles? Drei Neue und zwei Hauptkommissare? Das ist nicht Ihr Ernst, Bellorz.«

Er war rot angelaufen, hatte die Arme über der Brust verschränkt und machte den Eindruck einer beleidigten Katze, der man ihr Futter weggefressen hatte.

Bellorz zuckte die Achseln. »Mehr ist nicht. Wo nichts ist, hat der Kaiser sein Recht verloren. Wir haben alle Hände voll zu tun. Im Moment drehen die Leute am Rad. Eine Körperverletzung nach der anderen. Eine Einbruchserie am Rotenbühl. Da gibt's wirklich was zu holen, das gebe ich zu. Aber Weihnachten ist noch weit, und trotzdem wird eine Wohnung nach der anderen ausgeräumt. Und zwar komplett. Möbel, Teppiche, Elektronik, alles. Wie im Abholmarkt. Und keiner sieht was. Unglaublich. Ich weiß gar nicht, was die mit dem ganzen Krempel anfangen. Wie in den Siebzigern. Da gab es noch einen Markt für so was. Aber heute? Die müssen eine komplette Umzugsfirma engagiert haben. Ein Rätsel. Wir haben nicht den Schimmer einer Spur.« Bellorz war dabei, sich warm zu reden. Bremer kannte das und unterbrach.

»Wir haben aber einen Mord aufzuklären.«

Bellorz stutzte, winkte ab, griff in die Tasche, lauschte der Stimme aus seinem Handy. »Falsch. Zwei. Wir haben zwei Morde aufzuklären. Auf geht's.«

Bellorz stürmte los, der Tross hintendrein. Im Laufen rief Bellorz: »Gekreuzigt. Wie Jesus. Dicke Nägel. Holzkreuz. Eine Lanze in die Seite. Der Todesstoß. So sieht es aus. Die Welt geht aus den Fugen, Martin. Spüren Sie es? Erst die Twintower. Dann die Börse. Jetzt dieser Quatsch. Das ist doch schon längst Reality-TV. Nur haben wir es noch nicht gemerkt. Die Leute sitzen am Fernseher und glotzen uns an, warten auf den nächsten Mord, der noch perverser ist, der so abstrus und ekelerregend ist, dass die eigene kotzlangweilige Existenz wieder richtig lebenswert wird.« Auch im Auto quatschte Bellorz weiter. Seine Stimme klang wie eine Nähmaschine. Immer das gleiche Tempo, der gleiche Tonfall.

»Aber die Regisseure kriegen langsam Probleme. In Norddeutschland spielt einer Hannibal Lector. Frisst sein Opfer auf. Aber vorher frisst das Opfer seine eigenen Fortpflanzungsorgane. Rostwurst mit Fritten und Ketchup. Da kommt einem doch alles hoch. Friert dann die besten Stücke ein. Mann. So was gibt's nur in Deutschland. Genitalien in Kapernsoße. Irre. Total irre. Wie will man das noch toppen? Bin gespannt, wer hier den ganzen Mist inszeniert hat!«

Mit quietschenden Reifen hielten die Polizisten an der Absperrung und sprangen aus den Wagen. Rotenbühlerweg 32, Waldrandlage. Eine der besseren Wohngegenden in Saarbrücken. Unerschwinglich für die meisten. Der Schwarzenbergturm zehn Fußminuten entfernt.

Bellorz vorneweg, dann Bremer, Weber, Holt, Flaumer und Klöber. Oberhauser, ein leitender Hauptkommissar der Schutzpolizei, kam ihnen entgegen und brachte sie auf den neuesten Stand.

»Das Opfer heißt Volker Heinrichs. Evangelischer Pfarrer im Ruhestand. Einundachtzig Jahre alt, Witwer. Zwei Töchter. Zweiundfünfzig, dreiundfünfzig. Ein Sohn, vierundfünfzig Jahre alt. War ein angesehener Mann. Gekreuzigt. Bei lebendigem Leib. Sagt Rudi Zerb.«

Der kam gerade aus Heinrichs' Haus, mit einem Gesicht grau wie Zement, hängenden Schultern und verkniffenen Lippen. Wie ein Maschinengewehr legte er los, den Tränen nahe: »Heinrichs hat mich getauft. Mich konfirmiert. Mich verheiratet. Und stundenlang mit mir diskutiert, warum ich aus der Kirche ausgetreten bin. Meine Eltern hat er zu Grabe getragen und immer wieder bei mir angerufen. Immer wieder ... Als ich mich scheiden ließ, hat er mich getröstet, meine Kinder hat er getauft. Obwohl ich nicht mehr in der Kirche war. Das war ihm egal. ›Gott kennt keine Konfession‹, hat er immer gesagt. Und was für Ärger hat er deswegen bekommen. Er ist nie weiter gekommen als bis zum einfachen Pfarrer. Aber so einen haben wir nie wieder bekommen. Und jetzt ...«

Zerb konnte die Tränen nicht mehr zurückhalten. Wie ein Kind plärrte er los. Tränen tropften von seiner mächtigen Nase, aber wenigstens bekam er wieder Farbe ins Gesicht. Bremer nahm ihn fest in seine Arme, wurde von Zerbs Weinkrämpfen durchgeschüttelt. Schnell beruhigte sich Zerb, machte sich frei, redete weiter, mit Tränen, Wut und Trauer gleichzeitig in der Stimme. »Die haben ihn bei lebendigem Leib ans Kreuz genagelt. Die Schmerzen ... das kann sich niemand vorstellen. Und dann die Lanze in die Leber. Danach ging es wahrscheinlich schnell. Verblutet. Ausgezogen haben sie ihn bis auf die Unterhose. Mit seinem Blut haben sie auf die Wände geschmiert: ›Der Herr ist mein Hirte‹. Ich kann nicht mehr. Pfister ist gleich da. Der kann übernehmen. Nach Hause. Ich will nur noch nach Hause.«

Zerb machte sich frei, drängte sich durch die Beamten, schlug die Wagentür zu, als hätte die seinen Freund ermordet, startete brüllend und jaulend den Motor, krachte den Gang rein und war verschwunden.

»Braucht er Hilfe?«, fragte Bellorz.

Bremer schüttelte nur den Kopf und wandte sich an seine Praktikanten. »Wollen Sie sich das wirklich antun?«

Alle drei waren bleich wie die Wand, und alle drei nickten.

»Dann folgen Sie mir.«

Als wäre der Kiesweg zum Haus ein tückischer Sumpf, schlichen sich die sechs zur Haustür. Auch Bellorz, der einiges gewohnt war, stockte einen Moment, bevor er die Schwelle überschritt.

Volker Heinrichs war selbst im Tod ein eindrucksvoller Mann. Sehnig, schlank, nicht die Spur greisenhaft; er wäre wohl hundert geworden, wenn nicht das Holzkreuz gewesen wäre, das ihm jetzt als Totenbett diente. Ein schönes Gesicht, im Todeskampf schmerzverzerrt, die Zähne gebleckt wie bei einem tollwütigen Hund, die Haare wirr, die Augen aus den Höhlen getreten, der Blick sehnsüchtig gesenkt auf den Boden unter ihm, den er nicht mehr lebend erreichen sollte. Das Blut in Kaskaden von Händen und Füßen hinabgeflossen, die Seite aufgeschlitzt wie auf dem Seziertisch, die Leber freigelegt wie bei Prometheus, dem ungehorsamen Gott des Olymp, der den Menschen das Feuer brachte und dafür göttlich büßen musste, indem ihm Tag für Tag die Leber herausgerissen wurde, die sich immer wieder erneuerte, ein Traum für Säufer, ein Alptraum für Prometheus. Und der Knebel. Festgezurrt, dass die Mundwinkel eingerissen waren.

Keinem wurde schlecht. Aber keiner konnte die Tränen halten. Aller Augen glühten rot und verquollen. Und jeder legte einen Schwur ab. Alles zu tun, um den Mörder zu finden. Koste es, was es wolle.

Einige stellten sich vor, den Täter selbst ans Kreuz zu schlagen, andere wollten ihn kurz und schmerzlos töten, keine unnötige Grausamkeit. Durfte so jemand leben?

Bremer dachte anders. Rache gleich Lynchen gleich Selbstjustiz. Das war für ihn der Beginn der Barbarei und das Ende der Freiheit. Aber er war froh, wieder etwas zu fühlen. Und im gleichen Augenblick erschrak er zu Tode. Wie ein Junkie, dachte er. Die Dosis muss gesteigert werden, immer höher, um überhaupt noch etwas zu fühlen. Heute Morgen war alles wie immer gewesen. Und jetzt? Der Wahnsinn rückt wieder ein Stückchen näher. Am Montag beantrage ich Supervision, dachte er. So kann das nicht weitergehen.

Die Entscheidung machte ihm Mut. Er putzte sich die Tränen aus der Nase, massierte sich den Hinterkopf, und schon gab Bremer, der Bulle, wieder den Ton an.

Pfister, Rudi Zerbs Stellvertreter, kam herein, starrte die Leiche an, dann hinüber zu Bremer, Bellorz, Flaumer, Klöber und Holt. Zuletzt ging er zu Weber. »Kneif mich, Weber. Sag, dass das nicht wahr ist.«

Weber zuckte nur die Achseln. Pfister seufzte, schnäuzte in sein gelbes Taschentuch.

»Dann mache ich mich mal an die Arbeit. Ihr habt den Bericht morgen früh auf dem Schreibtisch. Heute Nacht kann ich sowieso nicht schlafen. Wer kann das schon heute Nacht«, sagte Pfister zu sich selbst.

Oberhauser schniefte, redete weiter, als wäre nichts passiert. »Wir haben eine Nachbarin aufgetrieben. Die hat zwar nichts gesehen und nichts gehört, aber sie will unbedingt etwas loswerden. Über Heinrichs. Soll ich sie holen?«

Bremer nickte, sie verließen das Haus, stapften zurück auf den Kiesweg, an die frische Luft. Oberhauser winkte einem Beamten zu, der sichtlich bemüht war, eine Frau mit Lockenwicklern in den Haaren davon abzuhalten, den Tatort zu stürmen. Sie rauschte herbei, baute sich vor Oberhauser auf und holte tief Luft. Bevor sich die Luft in Worte verwandeln konnte, stellte sich Bremer vor und erklärte die Regeln: »Ich stelle Ihnen Fragen, Sie antworten!«

Er kannte diese Spezies. Tatortdrosseln. Die sangen ohne Punkt und Komma, erzählten das ganze Leben, das eigene und das der Nachbarn, manchmal kam ein verwertbares Bröckchen aus dem

Kropf, aber oft fiel für die Ermittler nur Müll an, der wertvolle Zeit kostete. Von wegen jedes Detail. Das hatte noch Zeit. Damit konnte sich irgendeiner von der Wache herumärgern. Seitenweise aufschreiben, warum es doch sonnenklar sei, dass das Opfer von dem und dem gemeuchelt wurde. Warum die Polizei überhaupt ermitteln würde, wo der Fall doch gelöst war.

Die Lockenwickler der Frau bebten so wie der Rest des unförmigen Körpers. Dann platzte die Tatortdrossel mit spitzer Stimme heraus: »Dann eben nicht. Sehen Sie doch zu, wie Sie die Mörder fangen.«

Oberhauser hielt die Luft an. Bevor Bremer piep sagen konnte, fuhr Susanne Holt dazwischen. »Wenn Sie die Ermittlungen behindern, dann hänge ich Ihnen ein Verfahren an den Hals, dass Ihnen die Lockenwickler aus dem Haar fallen. Wir haben hier einen Mord. Ihr Nachbar ist tot. Pfarrer Heinrichs. Alles klar?«

Das Doppelkinn der Drossel klappte nach unten, dann wieder nach oben. Mit viel Phantasie konnte man daraus eine Zustimmung ableiten. Bremer biss sich auf die Zunge, um ernst zu bleiben, stellte die erste Frage: »Wie heißen Sie?«

»Alice Schwengeldorfer.«

Jetzt biss sich Holt auf die Zunge. Der Kommissar fragte weiter.

»Alter?«

»Dreiundsechzig.«

»Wo wohnen Sie?«

Verschüchtert zeigte die Frau auf einen Bungalow, das nächste Haus in der Reihe, dreißig Meter unterhalb des Tatortes. Eine hohe Hecke schützte das Anwesen vor unwillkommenen Blicken, nur das Schieferdach war zu sehen.

»Gehört das Haus Ihnen?«

»Ja.«

»Sind Sie verheiratet?«

»Witwe. Mein Mann ist vor zweiundzwanzig Jahren gestorben. An Krebs. Sie glauben gar nicht –«

»Herzliches Beileid«, sagte Bremer. »Er hat Ihnen das Haus und ein beträchtliches Vermögen hinterlassen. Ist das richtig?«

»Ja.«

»Haben Sie irgendetwas Ungewöhnliches gesehen?«

»Ja.«

»Was?«

Die Drossel machte eine abfällige Geste, hielt sich dann die rechte Hand vor den Mund und flüsterte: »Ich habe es bis heute noch keinem gesagt.« Sie beugte sich zu Bremers linkem Ohr hin und tröpfelte ihr Gift in seinen Gehörgang.

»Dieses Flittchen war wieder da. Gestern Abend. Um acht.«

»Welches Flittchen?«, flüsterte Bremer.

»Na, die Gespielin vom alten Heinrichs. Einmal die Woche ist die immer gekommen und für zwei Stunden geblieben.«

»Woher wollen Sie wissen, dass es sich um eine Prostituierte gehandelt hat?«

»Das sieht man doch. Schwarze Lackstiefel, riesige Brüste, roter Minirock, feuerrote Locken, und riesengroß. Wackel-Wackel mit der Hüfte und ein Blick, sage ich Ihnen ... Die hatten Sex miteinander, jeden Samstagabend. Von acht bis zehn. Jawohl. Der Herr Pfarrer. So einer war das! Jetzt ist es raus.« Die Drossel verließ Bremers Ohr und scharrte mit ihren Filzpantoffeln im Kies.

»Woher wollen Sie das wissen?«

»Ich hab's doch gesehen.«

»Von wo?«

»Von meiner Terrasse aus. Sie können gerne nachschauen.«

»Sie haben das niemandem außer mir erzählt?«

Die Drossel nickte. Bremer beugte sich zum Ohr der Frau und sagte sehr, sehr leise: »Dabei bleibt es. Klar?«

Wieder nickte die Drossel.

»Sonst noch etwas Wichtiges?«, fragte Bremer laut.

Die Drossel schüttelte den Kopf.

»Danke. Bitte halten Sie sich zu unserer Verfügung. Sollten Sie verreisen, geben Sie bitte Bescheid.« Der Beamte zog die Drossel mit sich.

»Die rote Frida. Fred, würdest du Frida holen? Ich möchte mit ihr reden. Am besten jetzt gleich.«

Weber zog los.

Bellorz blies mit angekratzter Stimme zum Rückzug: »Ab ins Präsidium! In fünfzehn Minuten will ich jeden, der irgendwie mit dem Fall zu tun hat, auf einem Haufen. Außer Zerb natürlich. Urlaub gestrichen. Überstundenzettel bitte wegwerfen. Am besten reichen alle, die verheiratet sind, vorsorglich die Scheidung ein. Das erspart eine Menge Frust. Aber wie alles in der Welt hat das hier wenigstens *eine* gute Seite. Jetzt kriegen wir alles, was wir wollen. Personal, Mittel – wenn's sein muss, Panzer, Fallschirmspringer und einen Flugzeugträger. Auf geht's. Jetzt haben wir auch eine Achse des Bösen.«

Weber hatte seinen Auftrag schnell erledigt. Frida würde nach ihrer Schicht einen Abstecher ins Präsidium machen. Die Ermittlungsgruppe ließ den Stand der Dinge Revue passieren. Flaumer saß breitbeinig auf einem schwarzen Chefsessel, knabberte zufrieden an seinen Fingernägeln und fixierte dann die große grüne Uhr, die an der Wand hing: 20:30 Uhr. Für die Sache mit Meilbaum hatte er ein dickes Lob bekommen von Bremer und Bellorz. »Nicht schlecht, Flaumer!«, hatte Bremer gesagt. »Guter Trick, Flaumer«, hatte Bellorz gesagt. Was ja auch stimmte. Er hatte die Gravur auf dem Schwert erkannt, Meilbaum angerufen, sich als Fachmann zu erkennen gegeben und Meilbaum gebeten, wenn möglich sofort, ein Schwert anzusehen, das er kaufen wolle. Es sei zwar seine, also Meilbaums Gravur darauf, aber er, Flaumer, halte es für eine Fälschung. Flaumer hatte noch nicht aufgelegt, da war Meilbaum schon unterwegs gewesen. Fälschung. Damit hätte er Meilbaum auch in die Hölle bestellen können. Der Schmied hätte dem Teufel persönlich den Schwanz kupiert, wenn es hätte sein müssen. Und als Meilbaum eins der Schwerter aus Müllers Fundus sofort erkannte und versicherte, das sei echt, weil von ihm höchstpersönlich angefertigt, da bat ihn Flaumer höflich, aber bestimmt, als Zeuge mit aufs Präsidium zu kommen. Was Meilbaum ja auch tat. Ohne den geringsten Verdacht zu schöpfen. Denn Flaumer hatte Meilbaum zu sich nach Hause bestellt. Dass er mit dem Mord nichts zu tun hatte, weil er zu allem Überfluss auch noch ein wasserdichtes Alibi in der Tasche hatte, dafür konnte Flaumer nichts. Man kann sich ja nicht um alles kümmern.

Zusammenfassungen, Lagebeurteilungen, Berichte, Protokolle und Tonbänder mit Zeugenvernehmungen lagen auf Tischen herum, die im Viereck aufgestellt worden waren. Fotos hingen an den Wänden, vergrößerte Ansichten der Tatorte, der Leichen, der Spuren, in Farbe, jedes Detail übergroß, als wäre das Grauen nicht schon in jede Faser eingesickert.

Klöber hatte die Abdrücke der Schuhe unter die Lupe genommen.

»Damit scheint klar, dass es mehrere Täter gewesen sind. Abdruck eins: links, Größe 44, Herrenschuh, glatte, flache Sohle, Fabrikat nicht zu ermitteln, keine besonderen Merkmale.

Abdruck zwei: rechts, Größe 38, Damenschuh, breiter, aber hoher Absatz, ungefähr vier Zentimeter, genau nur zu sagen, wenn der dazugehörige Schuh gefunden ist. Keinerlei Abriebspuren, also wahrscheinlich nagelneu.

Abdruck drei: links, Größe 46. Herrenschuh. Ein Wanderschuh. Das Profil wird gerade verglichen. Das kann dauern. Die Sohle hat eine wunderschöne Unregelmäßigkeit. Bei der Herstellung muss eine Presse fehlerhaft gewesen sein: Die Rippen sind an einer Stelle unterbrochen. Es besteht eine gute Chance, das Modell ausfindig zu machen; den Markt der Wanderschuhe teilen sich nur eine Hand voll Markenhersteller. Größe 46. Entweder war der Besitzer an die zwei Meter groß, oder er hatte sich Papier in die Schuhe gestopft.«

Zusammen mit Joschua Meier, dem Leiter der Spurensicherung, hatte sich Klöber noch mal das Trittmuster angesehen. Die Tiefe des großen Abdrucks wies darauf hin, dass der Träger ein schwerer, großer Mann gewesen war. Oder er hatte, alter Indianertrick, Bleigewichte mit sich herumgeschleppt, um eine falsche Fährte zu legen. Selbst der 38er-Abdruck könnte in die Irre führen. Ein kleiner, zierlicher Mann kann natürlich Damenschuhe anziehen. Fazit: Die Abdrücke würden wieder ins Spiel kommen, wenn passende Schuhe und hoffentlich deren Besitzer gefunden waren.

»Das Schwert: die Tatwaffe, kein Zweifel. Der Besitzer war das Opfer selbst. Er hatte es gerade gekauft und noch nicht ins Versteck gebracht. Müllers Leiche ist bewegt worden, das steht fest. Und der Fundort war auch der Tatort. Das Blut stammt von

Gerald Müller. Aber etwas fehlt: Es gab keinerlei Spuren eines Kampfes oder einer Gewaltanwendung außer der Hinrichtung. Müller muss wie ein Schaf zur Schlachtbank gegangen sein.«

»Er war Buddhist«, gab Holt zu bedenken. »Buddhisten glauben an ihr vorbestimmtes Schicksal und haben keine Angst vor dem Tod.«

»Es kann aber auch ganz anders gewesen sein«, konterte Flaumer. »Vielleicht haben ihn die Täter mit einem Vorwand an den Schwarzenbergturm gelockt, dann schnell gefesselt und ihm versichert, es würde ihm kein Haar gekrümmt. Und dann … wusch! Kopf ab, Arm ab und die Leiche fein säuberlich drapiert. Fehlt nur noch die Petersilie.«

Bellorz räusperte sich. »Ein bisschen mehr Pietät, wenn ich bitten darf. Wir sind hier nicht am Ballermann.«

Flaumer hob müde die Arme. »Stimmt, es war ja keine Schusswaffe, sondern ein Schwert.«

Bellorz kochte über, sein Organ trompetete los, ließ Dampf ab, der eigentlich andere verbrühen sollte. »Flaumer, reißen Sie sich zusammen! Wir ermitteln hier in einem Mordfall. Ernsthaft. Wie Erwachsene. Wenn Sie noch so eine Bemerkung loslassen, sind Sie raus aus dem Fall.«

Der Ausbruch ließ Flaumer völlig kalt. Er nickte nur. Sein Ausbilder im Schießen war auch so ein Hitzkopf gewesen. Bis er sich eines schönen Tages in den Fuß schoss.

Bremer übernahm, blieb an der Heizung stehen, knetete seinen Nacken, während er redete. »Müller war ein Exzentriker. Ein Luchs in der Wohnung, ein goldener Buddha für fast dreißigtausend Euro und eine Schwertsammlung im Wert von gut zweihunderttausend.«

»Nicht zu vergessen, er war schwul«, warf Klöber dazwischen.

»Dazu muss man nicht exzentrisch sein. Es gibt viele Schwule, die sind so was von bürgerlich, dagegen war Queen Mum direkt ein Punk«, erwiderte Flaumer gelangweilt.

Bellorz musste lachen. Queen Mum mit lila Haaren, die wie Stacheln vom Kopf abstanden, und zerrissenem lila Rüschenkleid – das war zu viel. Als könnten sie Gedanken lesen, fielen die anderen mit ein. Erst als Joschua Meier und Willy Pfister hereinkamen, ebbte die Lachsalve langsam wieder ab.

Die wunderten sich über gar nichts, sondern legten gleich los. Pfister ließ Meier den Vorrang. Der wühlte in seinen Papieren. »Also, wo hab ich's denn. Ah ja. Hier.« Er hielt triumphierend ein Foto hoch. »Der Ring! Diesen Ring hat Müller aller Wahrscheinlichkeit nach getragen. Wir haben das Foto in einem weiteren Versteck in Müllers Wohnung gefunden. Im klassischen Lockeres-Dielenbrett-Versteck. Zusammen mit seinem Testament, Unterlagen über seine Aktien, die Police der Lebensversicherung und anderen Fotos von Wertgegenständen, wie man sie für die Diebstahlversicherung anfertigt.«

»Die Alleinerbin heißt Anneliese Gerster, nicht wahr?« Holt sah Meier an.

Der zuckte nicht mit der Wimper, sondern sagte nur: »Richtig. Alles in allem eine Dreiviertel Million Euro.«

Bremer dachte laut: »Wir sollten Frau Gerster mal fragen, wer sie beerben wird. Und zwar sofort. Es ist jetzt halb zwölf in der Nacht – das sollte noch gehen.«

Bremer fischte sein Handy aus dem verknitterten Reserve-Jackett und wählte. Die Verbindung wurde hergestellt. »Ja, Bremer hier. Ist Frau Gerster ansprechbar? Ich weiß. Nur eine Frage. Hat sie irgendwelche Erben? Ich warte.«

Bellorz hatte auch eine Nummer gewählt. Jetzt fragte er herum, wer welche Pizza haben wollte. »Geht aufs Haus«, sagte er. »Wasser und Limo ebenfalls. Alkohol gibt's keinen. Sonst kippen wir schneller um als ein schlechter Zeuge.«

Bremer bekam seine Antwort. Missmutig verstaute er sein Handy. »Frau Gerster hat keine Verwandten. Alle umgebracht in Auschwitz. Sie ist die einzige Überlebende. Kein Testament. Aber das holt sie nach, sagt sie. Außerdem will sie ein Kopfgeld aussetzen. Also: Nichts. Müller war beliebt. Sein Tagesablauf war in Stein gemeißelt, nie wich er davon ab. Sein Bekanntenkreis war minimal. Arbeitskollegen hatte er nicht. Aber Geld hatte er genug. Ein reicher Buddhist. Was hat Müller überhaupt mit Buddhismus zu tun? Dass er auf einer orangefarbenen Klobrille meditiert hat?«

Flaumer regte sich, ignorierte die Frage und dozierte. »In der Lehre Buddhas geht es doch darum, das Leiden zu verstehen und zu überwinden. Es geht um einen Weg der Freiheit, der Toleranz ohne Dogma und Ideologie. Es geht darum, eine erlöste Daseinsform zu erreichen. Keine Gemeinden wie bei den Christen. Keine Hierarchie mit unfehlbarem Papst und mächtigen Kardinälen und Bischöfen.«

»Eine ideale Religion für die Ich-AG.« Susanne Holt brachte den Satz gerade noch zu Ende, bevor sie gähnen musste und dabei den Mund aufriss, als wollte sie eine Pizza am Stück verschlingen. Flaumer, der Klugscheißer, dachte sie.

»Wenn jeder nach den Lehren Buddhas lebte, gäbe es weder Ich-AGs noch Krieg noch Hunger.« Flaumer sülzte weiter.

»Das behauptet jeder, der seine Religion unter die Leute bringen will, nicht wahr, Herr Flaumer?«, warf Bellorz in die Runde. Keiner sagte etwas.

Holt dachte daran, dass sie immer noch als Schäfchen der katholischen Kirche durch die Gegend lief. Wieso bin ich noch nicht ausgetreten? Weil ich mich davor fürchte. Prima. Dann bin ich ja doch gottesfürchtig, und mir kann nichts passieren.

Bremer musterte Bellorz und überlegte, was er selbst vom Buddhismus wusste. Nicht viel mehr als das, was Flaumer gerade erzählt hatte. Herzlich wenig. Zu wenig. Und was weiß ich vom Christentum? Vom Judentum? Was steht überhaupt im Koran? Nichts weiß ich, gestand sich Bremer ein und beschloss, gleich nachdem er einen Termin für die Supervision vereinbart hatte, Nachhilfe in Religion zu nehmen. Er wusste auch schon wo. In Saarbrücken gab es eine kleine Gemeinde der Bahá'i-Kirche. Die lehrten vor allem eines: Es gibt einen Gott und viele Religionen, die ihn anbeten. Und jede hat Recht.

Alle Theorien wurden noch einmal gewälzt. Die Mafia-Theorie. Der Psychopath. Bremer und Bellorz gerieten sich fast in die Haare, weil Bellorz die Vergewaltigungs-Rache-Theorie in Bausch und Bogen verdammte. Aber Bellorz gab nach. Stellte fest, dass alle ziemlich nervös waren, und entschuldigte sich. Holt begann Achtung vor Bellorz zu empfinden, obwohl sie die Augen kaum noch offen halten konnte. Wann war sie das letzte Mal so müde gewesen? Nach sechsunddreißig Stunden Wandern in den Dolomiten. Das Wetter hatte verrückt gespielt, das einzige Handy verweigerte den Dienst, ein Erdrutsch schnitt den Rückweg ab, und der Bergführer zeigte, was er draufhatte: Er fand einen Weg. Nach anderthalb Tagen war die Gruppe erschöpft, aber unversehrt zurück im Hotel gewesen.

Bremer verlas gerade zum fünften Mal das Vernehmungsprotokoll von irgendeinem Zeugen. Flaumer hörte schon lange nicht mehr zu. Er schlief mit offenen Augen, eine Technik, die er bei der Bundeswehr gelernt hatte. Die Zweiundsiebzig-Stunden-Dienste waren damit recht angenehm gewesen. Wie sanftes Regenplätschern gurgelte Bremers Stimme, ohne dass sich irgendein neuer Sachverhalt ergab.

Die Nacht war weit fortgeschritten, Klöber sackte der Kopf weg, sein leises Schnarchen erinnerte daran, dass es eigentlich Zeit war, im Bett zu liegen. Bremer weckte ihn unsanft, indem er ihm die Tagesparole noch mal einbläute. Schlafen könne man, wenn der Mörder gefasst sei, hatte er gerufen, und Klöber war fast vom Stuhl gefallen. Ein Beamter kam herein, meldete Frida an.

Bremer beruhigte sich. »Wir machen eine halbe Stunde Pause. Ich nehme mir Frida vor. Und dann sehen wir weiter.«

Elegant nahm Frida vor Bremers Schreibtisch Platz.

»Darf ich Ihnen etwas anbieten?«

Frida lehnte ab, fragte: »Warum bin ich hier? Hat jemand gepetzt? Bin ich bei Rot über die Ampel gefahren?«

»Es geht nicht um Sie. Es geht um Pfarrer Heinrichs.«

Ein warmes Lächeln überzog Fridas Gesicht. Die Lachfalten hatten es schwer, sich gegen mehrere Lagen Puder und Rouge durchzusetzen.

Sie reagiert, als sei Heinrichs ein netter Onkel, dachte Bremer. Wie gehe ich vor? Soll ich sie konfrontieren mit der Aussage von Frau Schwengeldorfer? Soll ich sie zuerst nach ihrem Verhältnis zu Heinrichs befragen? Das ist der bessere Weg. Frida hat niemandem etwas getan. Wenn Heinrichs ihre Dienste in Anspruch genommen hat, dann ist das nicht Fridas Problem. Also, Bremer, friedlich bleiben. »Welches Verhältnis hatten Sie zu Pfarrer Heinrichs?«

Frida antwortete ohne Zögern: »Wir haben uns regelmäßig getroffen. Einmal in der Woche. Samstagabends. Von acht bis zehn.«

»Was haben Sie gemacht?«

»Ich habe den Pfarrer massiert. Eine Stunde lang. Mit Öl. Ganzkörpermassage. Nackt auf einer gepolsterten Liege. Indisch. Ein Teil von Ayurveda. Eine Heilmethode. Ich habe mich weitergebildet. Nach der Massage haben wir geplaudert. Über Gott und die Welt.«

»Kein Sex?«

Für Frida war diese Frage rein geschäftlicher Natur. Ihre Antwort entsprechend. »Kein Sex. Ich habe es ihm angeboten, aber er hat dankend abgelehnt. Ein feiner Mann.«

»Hat er für die Massagen bezahlt?«

»Selbstverständlich.«

»Ihre Gespräche. Worum ging es?«

»Ach je, das weiß ich nicht mehr alles. Wir treffen uns seit mehr als einem Jahr.«

»Sie brauchen nicht alles zu erzählen. Irgendetwas Besonderes?«

Frida rutschte nervös auf dem Stuhl herum. »Ist dem Pfarrer was passiert? Sagen Sie es mir. Bitte.«

Bremer seufzte. »Er ist tot. Ermordet.«

Tränen stürzten aus Fridas braunen Augen. Sie schlug die Hände vors Gesicht und schluchzte. Schnell beruhigte sie sich wieder. »Ich denke nach. Ganz fest.«

Bremer geduldete sich einige Minuten, dachte an die Tatortdrossel. Frida und die Drossel – zwei Welten, wie sie verschiedener nicht sein konnten. Frida, die Asphaltschwalbe. Was für ein Wort. Als wären Nutten frei und könnten tun, was sie wollen. Sex war für Frida die Existenzgrundlage. Für Frau Schwengeldorfer fiel unter Sex wahrscheinlich alles, was mit Berührungen zwischen Menschen zu tun hatte. Der Horror. Ich hätte genauer nachfragen sollen. Mein Fehler. Frida regte sich.

»Mir ist etwas eingefallen. Der Pfarrer, Gott hab ihn selig, hat oft davon erzählt, dass er für den Bau der Moschee hier in Saarbrücken ist. Und dass es eine Menge Leute gibt, die dagegen sind.

Die Angst haben – wie hat er gesagt? Ah ja. Die haben Angst, überfremdet zu werden. Aber das waren keine Nazis, die das gesagt haben, sondern ganz normale Leute. Das hat ihn am meisten aufgeregt. Ich weiß gar nicht, warum. Und er hat gesagt, das Grundstück, auf dem die Moschee gebaut werden soll, wäre einigen Leuten viel Geld wert.«

»Hat Heinrichs Namen genannt?«

»Nicht, dass ich wüsste. Er hat immer von ›denen‹ geredet. Und dann hat er immer auf die Nazis geschimpft. Und die ganzen Spießer und Feiglinge, die zugucken, wenn andere verprügelt werden. Und auf die Ausländerbehörde hat er auch geschimpft. Das wären Unmenschen ohne Herz und Verstand. Er hat eigentlich ziemlich oft geschimpft. Aber er hat mir auch zugehört wie kein anderer. Und er hat in mich reinschauen können. Wie Gedankenlesen. Wenn ich einen miesen Freier hatte, hat er das sofort gewusst. Oder wenn ich meine Tage hatte. Und jetzt ist er tot. Er war immer so gut zu mir. So habe ich mir Jesus vorgestellt. Wegen ihm bin ich auch wieder in die Kirche gegangen. War gar nicht so schlecht. Nur mit Gott, das hat irgendwie nicht geklappt. Der hat sich nicht gemeldet, und wenn ich gebetet habe, war das wie immer, wenn ich mir was wünsche. Wer bringt so einen guten Mann um? Das verstehe ich nicht.« Frida putzte sich die kleine Nase, verschmierte die Schminke, schniefte und sah Bremer mit großen Augen an.

»Ich weiß nicht, wer es war. Deswegen verstehe ich auch noch nicht, warum Heinrichs ermordet wurde. Aber ich werde es herausfinden. Das steht fest.« Bremer schob seine Visitenkarte über den Tisch.

»Ich weiß schon«, sagte Frida und steckte die Karte ein. »Wenn mir noch was einfällt, rufe ich an.«

Wie ein Gentleman begleitete Bremer die Frau zur Tür, dankte und drückte ihre schmale Hand herzlich. Ein gutes Gespräch, dachte er. Was wusste Heinrichs über den Bau der Moschee? Waren Grundstücksspekulanten am Werk? Durchaus denkbar. Eine Spur, die wir verfolgen müssen. Darauf setze ich Weber an.

Bremer ging zurück in den Konferenzraum, schickte Weber mit dem Auftrag los, alles über die Moschee herauszufinden. Vorher solle er aber ein paar Stunden schlafen. Ohne Hast zog Weber los. Dann brachte Bremer noch einmal den Bantu-König ins Spiel. Zwar hatte Flaumer klar gemacht, dass er kein Schwert erkannt habe, das aus Afrika stammen könnte. Aber aus dem ehemaligen Ostblock waren schöne Stücke dabei. Einige Waffen stammten aus dem fünfzehnten Jahrhundert, als die Landkarte Europas noch etwas anders aussah als heute. Das änderte nichts daran, dass Müller ein zwanghafter Sammler gewesen sein könnte. Nur Besitzen konnte die Entzugserscheinungen lindern, die einen Menschen mit einer solchen Krankheit zum Wahnsinn trieb. Alle Symptome der Sucht traten dann auf: Schwitzen, Unruhe, Gereiztheit, Schmerzen, Depression, vor allem das unstillbare Verlangen nach mehr. Genau so sah Müllers Schatzkammer aus. Immer mehr, immer teurer, immer seltener. Und deswegen versteckte er seinen Schatz. Er brauchte ihn nicht zu betrachten. Er musste nur wissen, dass er da war. Geschützt vor den schmutzigen Blicken Unwürdiger. Alle stimmten zu. Susanne Holt grinste süffisant. »Dann habe ich mit meiner Mafia-Theorie gar nicht so falsch gelegen, oder?«

»Das wird sich zeigen«, antwortete Bremer und gähnte herzhaft. »Eins haben wir noch nicht berücksichtigt. Es könnte eine Serie sein.«

»Dafür gibt es noch keine klaren Hinweise. Mit Betonung auf noch. Müller wurde kurz und schmerzlos hingerichtet, Heinrichs wurde schwer gefoltert und zu Tode gequält. Das spricht für zwei verschiedene Täter«, wandte Bellorz ein und stierte mit glasigen Augen in die Gegend. Keiner hatte Lust, zu widersprechen.

Bremer sprach aus, was alle dachten. »Wir gehen jetzt nach Hause, schlafen, duschen, und morgen sehen wir weiter.«

Die Ermittlungsgruppe verabredete sich für elf Uhr zur Lagebesprechung. Eine Strategie sollte entwickelt, Kräfte angefordert und eingeteilt werden, einen Schritt weiter wollte man kommen. Musste man kommen. Die Reporter scharrten mit den Hufen, bombardierten die Pressestelle mit Anrufen und unmoralischen Angeboten, die Öffentlichkeit lechzte nach frischem, blutigem Fleisch.

Bremer ging als Letzter und löschte das Licht. Zwei Uhr dreißig in der Nacht. Er hatte es nicht eilig. Er parkte seinen Dienstwagen in der Nähe des St. Johanner Marktes und lief dann ziellos durch die Straßen von Saarbrücken, grübelte, traf hier und da einen Bekannten, hielt eine Streife an, mit der er eine halbe Stunde herumfuhr, und ließ sich schließlich wieder am St. Johanner Markt absetzen. An Schlaf war nicht zu denken. Zu Hause wartete ein Bett auf ihn, kalt und leer. Als Birgit noch nicht ausgezogen war, kam er heim, kuschelte sich an sie und schlief sofort ein. Birgit – die Liebe seines Lebens, die immer für ihn da war, keine Probleme hatte mit seinem Beruf und seinen monströsen Arbeitszeiten; die Kinder von ihm in die Welt setzen und alt werden wollte mit ihm, mit Bremer, dem Bullen; die alle Risse kittete, die in seiner Seele klafften, und die schwarzen Löcher füllte, vor denen Bremer immer wieder stand und sich nicht traute, darüber hinwegzusteigen, geschweige denn, einen Blick hineinzuwerfen. Eines Tages beschloss Bremer, die Löcher mit sich selbst zu füllen und Hand an seine Risse zu legen. Gründlich schüttelte er Birgit aus seinem Bettzeug heraus, die nichts verstand und nur fühlte, dass eine schöne Welt zerbrach, in der sie sich wohl gefühlt hatte. Aber Birgit fand bald einen anderen Menschen mit Rissen und Löchern.

Bremer hingegen entdeckte, dass er Birgit nur dann vermisste, wenn es ihm schlecht ging. Wenn sein Seelchen blau geprellt in der Ecke lag. Wenn ihn sein Trieb zwischen die Beine irgendeines Weibchens führte.

Schnell gewöhnte er sich das Rauchen ab. Entdeckte dabei ganz zufällig, dass er keinen Alkohol brauchte. Seine Kollegen beäugten das misstrauisch. Da Bremer sich aber nicht zurückzog und ab und an auch mal ein Gläschen, tatsächlich nur ein einziges, mit trank, schwand der Anfangsverdacht der Kollegen schnell. So hatte er sich einiger harter Drogen entledigt: Nikotin, Alkohol und Birgit. Nur der Kaffee. Ein Espresso, heiß, süß und so stark, dass er jeden Phlegmatiker sofort in den Wahnsinn getrieben hätte, im Sommer, abends am St. Johanner Markt, wo das Leben brummte und Bremer sich zu Hause fühlte.

Jetzt dämmerte der Morgen herauf; allein überquerte Bremer den Platz, vorbei an dem Brunnen, den orange gekleidete Stadtarbeiter vor sechs Wochen weiß getüncht hatten und der jetzt schon wieder mit Graffiti und Schmutzstreifen überzogen war. Vorbei an Kneipen und Restaurants, kleinen Läden, dem Reisebüro für Eilige und Müßige, dem Spielwarenladen, vor dem Bremer immer stehen blieb und die Modelleisenbahn bewunderte. Er hatte nie eine zu Weihnachten bekommen. Auch nicht zum Geburtstag und nicht zur heiligen Kommunion. Als er schließlich genug Geld verdiente, hatten die Miniaturlokomotiven, die Gleise und Schienen den Reiz für ihn verloren, sie besitzen zu wollen. Bewundernswert war die Kunst, solche geschrumpften Ungetüme herzustellen, die Welt einzudampfen auf ein Maß, das begreifbar war für Kinder – nicht nur für Kinder, dachte Bremer.

Vor über vierzig Jahren, als der St. Johanner Markt noch Ganoven, Zuhälter, Schmuggler und Halsabschneider beherbergte, hatte sein Vater hier eine Spelunke gehabt. Razzien, Raufereien und Schlimmeres waren an der Tagesordnung gewesen. Aber die Polizei hatte dem alten Bremer nicht an den Karren fahren können, obwohl dessen krumme Geschäfte landesweit bekannt waren. Erst ein Mörder setzte der Karriere des Alten ein Ende. Bremer Junior war gerade zwei Jahre alt gewesen. Da er seinen Vater sowieso nicht oft gesehen hatte, fiel es nicht weiter auf, dass er gar nicht mehr kam. Der Mörder des Vaters wurde gefasst, ins Gefängnis geworfen, und Elisabeth, die schöne Witwe, heiratete nach nur vier Monaten der Trauer einen braven Mann, der nicht nur die Mutter innig liebte, sondern auch dem kleinen Bremer ein anständiger Vater wurde, ohne für Geschwister zu sorgen. So verdankte Martin Bremer einem Mörder die gute Erziehung, Schule, Gymnasium, Studium.

Seiner Mutter hatte das Schicksal eine zweite Chance gegeben, und sie hatte begierig zugegriffen. An seinem zwanzigsten Geburtstag erfuhr Bremer die Geschichte über seine Väter. »Ich habe deinen leiblichen Vater geliebt«, erzählte seine Mutter. »Seine Leidenschaft, seinen Lebenshunger, seine Macht und sein Geld. Und ich habe deinen Vater geliebt. Seine Treue, seine Sorgfalt und vor allem, dass er dich angenommen hat wie seinen eigenen Sohn.«

Bremer hatte seine Mutter geohrfeigt. Hatte sie angeschrien, das hätte sie doch für sich behalten können, wo Vater seit zwei Jahren tot war. Was er denn damit anfangen sollte, dass sein Erzeuger ein Verbrecher gewesen ist. Und warum sie überhaupt das Flittchen eines Ganoven gewesen sei. Dann verließ er das Haus, kam erst nach sechs Monaten wieder und versöhnte sich mit seiner Mutter.

Die Erinnerungen verblassten wie das Morgenrot, wurden verdrängt vom Hier und Jetzt und von Reiner Zettler, der ihm entgegenkam, von weitem schon grüßte, indem er die Saarbrücker Zeitung schwenkte und rief: »Hey, Martin! Schon gelesen?«

»Steht denn was Interessantes drin? Kann ich mir gar nicht vorstellen.«

Zettler war herangekommen, drückte mit der Rechten Bremers Hand, mit der Linken, in der die Zeitung steckte, tätschelte er die Schulter.

»Du kennst doch mein Motto: In der Saarbrücker Zeitung lese ich ausschließlich das, was ich selbst geschrieben habe.«

»Und das wäre?«

Zettler ließ Bremer los, präsentierte die erste Seite. Die fette Schlagzeile ganz oben auf der Seite schrie: »Ritualmord in Saarbrücken?« Darunter: »Schockierender Mord am Schwarzenbergturm: Kopflose Leiche stellt Kripo vor Rätsel. Von Reiner Zettler«.

»Eigentlich wollte ich schreiben: ›Kopflose Leiche macht Polizei kopflos‹. Aber du kennst ja unseren Chefredakteur. Keine Spur von Humor. Der hat mich fast gefressen. Übrigens – was hast du mit deinem Kopf gemacht? Wie immer durch die Wand?«

»Polizisten leben gefährlich. Das solltest du wissen. Nahkampf. Mit acht Rasierklingen.«

»Acht Mann hoch?« Zettler legte den Kopf schräg. »Du nimmst mich auf den Arm! Los, sag die Wahrheit. Gegen acht kommst auch du nicht an.«

Bremer musste grinsen. »Danke für dein Vertrauen in meine Kampftechnik. Aber du hast Recht. Ein Luchs.«

»Du sollst die Wahrheit sagen, oder meine nächste Reportage über die saarländische Polizei wird nichts als die Wahrheit enthalten!«

»Gnade, Reiner, Gnade! Das Opfer vom Schwarzenbergturm hat sich in seiner Wohnung einen Luchs gehalten, und der hatte etwas dagegen, dass ich eine Hausdurchsuchung mache.«

»Ich nehme an, du bist ohne Durchsuchungsbefehl rein. Dann hat der Luchs das Richtige getan.«

»Gefahr im Verzug.«

»Woher soll der Luchs das wissen?«

»Du musst immer auf der anderen Seite stehen! Das Vieh hat mir fast die Augen ausgekratzt! Außerdem ist deine Schlagzeile voll daneben.«

»Vom Thema ablenken, das kannst du gut. Ihr habt tatsächlich eine heiße Spur?«

»Lass uns erst mal ins Café Becker gehen. Dann sehen wir weiter.«

Zettler hakte sich bei Bremer ein, schon stieg ihnen der Duft von Kaffee und frischen Brötchen in die Nase. Das Café Becker hatte wie jeden Tag ab fünf Uhr in der Frühe geöffnet. Bremers Lieblingsplatz war frei, der Tisch bereits gedeckt, wie immer für zwei, und wie immer stand Elfi schon am Tisch, bevor sich die beiden gesetzt hatten. Die nickten nur, und Elfi wusste Bescheid. Bremer nahm den Faden wieder auf. »Wie kommst du auf Ritualmord?«

»Na hör mal. Am Schwarzenbergturm. Ein Schwert als Tatwaffe. Kopf ab. Hinrichtung. Was soll das sonst sein?«

»Du fischst im Trüben, Reiner. Wir haben keinerlei Hinweise auf religiöse Hintergründe. Und das gehört zu einem Ritualmord nun mal dazu.«

»Ich denke auch eher in Richtung Ritus, ein Zeremoniell, genau vorgeschrieben, kann auch politisch sein.«

Bremer runzelte die Stirn. »Wie lange kennen wir uns jetzt, Reiner?«

»Schon gut. Ich geb's ja zu. Ritualmord zieht halt. Und ja: Ich fische im Trüben. Ihr lasst ja auch nichts raus. Woher soll ich dann Informationen kriegen? Aber es könnte doch sein? Habt ihr was oder nicht?«

»Wir haben viele Spuren, wie immer. Es gibt kein Verbrechen ohne Spur.«

»Was ist eigentlich mit dem zweiten Mord? Keinen Muckser

habe ich gehört. Birkler, euer neuer Pressesprecher, hält dicht wie eine tugendhafte Muschel, alle meine Kanäle sind verstopft. Eine Leiche, das habe ich herausgefunden. Ansonsten Funkstille.«

Mit Zeigefinger, Ringfinger und Mittelfinger knetete sich Bremer den Nasenrücken, betrachtete seinen Freund. Derselbe Jahrgang wie ich. Ein Babyface, das schon viele getäuscht hat. Hinter den harmlosen grünen Augen lauern ein scharfer Verstand und der Jagdinstinkt eines Vollblutreporters. Wir haben uns alles geteilt: das Zimmer im Studentenwohnheim, die Frauen, den Wein, das Geld. Reiner ist für mich ein Anker. Ein Beweis, dass nicht alles den Bach runtergeht.

»Out of Records, Reiner. Okay?«

»Ehrensache!«

Zettler war nervös vor Neugier. Wenn Martin seine Verschwiegenheit forderte, dann musste ja wirklich was los sein. Als Bremer dann die Einzelheiten beschrieb, wurde selbst Reiner Zettler, Gerichts- und Polizeireporter Nummer eins bei der Saarbrücker Zeitung, blass um die Nase. Während der Erzähler sein Croissant, den Kaffee und zwei Brötchen mit fröhlichem Appetit verspeist hatte, war Zettler Stück für Stück erstarrt.

»Dein Kaffee wird kalt!« Bremer zeigte auf Zettlers Tasse, zog ermunternd die Augenbrauen hoch. »Die Croissants sind spitze. Was ist los? Greif zu!«

»Unglaublich! Was für Bestien sind da am Werk?«

»Bestien. Ja. Menschen. Wer sonst.«

»Natürlich. Was glaubst du? Was sagt dein Instinkt?«

Kauend antwortete Bremer: »Noch gar nichts. Vielleicht eine Abrechnung, vielleicht ein Verrückter, vielleicht dies, vielleicht jenes. Es gibt noch kein Muster. Du hast schon Recht. Viel zu viele Bäume und kein Weg in Sicht. Ich weiß nur, dass wir die Mörder kriegen. Egal, wie lange es dauert.«

Zettler modellierte mit Butter ein Muster auf seinem Croissant. »Daran zweifle ich nicht. Die Täter haben einen großen Fehler gemacht.«

»Sag schon.« Bremer schluckte mit einem leisen Gurgeln einen Bissen hinunter, nahm schnell einen Schluck Kaffee, um das raue Gefühl in der Kehle loszuwerden.

»Die hätten sich ein anderes Bundesland aussuchen sollen. Eins, das nicht in deinen Zuständigkeitsbereich fällt. Du hast eine Quote von hundert Prozent.«

»Danke. An meinen guten Vorsätzen mangelt es jedenfalls nicht.«

»Davon könnte ich auch ein paar gebrauchen. Seit vier Wochen quäle ich mich mit einer Reportage über die ROGESA. Das ist ein Eiertanz. Du glaubst nicht, wie empfindlich die sind.«

»ROGESA?«

»Roheisengesellschaft Saar. Die Einzigen, die das Hüttensterben im Saarland überlebt haben. International im Geschäft. Gehört inzwischen mehrheitlich einem Luxemburger Konzern. Cleveres Management. Trotzdem. Abgelehnte Schlagzeile: ›Drei-Sterne-Köche bei 2000 Grad‹. Kein Chance. Dabei heißt es doch: Stahlkocher. Manchmal frage ich mich ernsthaft, warum ich überhaupt noch Reporter bin und mich Journalist schimpfe.« Zettlers Miene versteinerte, Bremer erschrak.

»Probleme?«

»Es wird immer schlimmer. Und mir geht es noch vergleichsweise gut. Das mit der ROGESA ist harmlos. Aber die meisten Kollegen kommen gar nicht mehr dazu, ihren Job zu machen.«

»Warum?«

»Rationalisierung. Personalabbau. Es geht ums Geld. Die Techniker haben früher den Umbruch gemacht, die Zeitung zusammengebaut, ans Druckhaus geschickt. Heute sitzen sie auf der Straße, und wir müssen ran. Ein Redakteur macht heute die Arbeit einer halben Sekretärin, eines ganzen Technikers, und als Extrabonus soll er auch noch schreiben, recherchieren und in seinem Spezialgebiet auf dem Laufenden bleiben. Ich musste ein paarmal Raschke einsetzen, damit ich überhaupt genügend Material zusammenbekomme.«

»Raschke? Ist das der Privatdetektiv aus Hamburg? Der Mann mit den tausend Fähigkeiten? Der James Bond von der Waterkant?«

»Das ist er. Täusch dich nicht, Martin. Raschke ist gut. Sehr gut.«

»Glaub ich ja. Erzähl weiter. Was geht ab bei der Saarbrücker Zeitung?«

»Damit das Ganze so richtig abartig wird, haben wir einen Etatdeckel, der ständig geprüft wird. Und wehe, ein Ressort gibt zu viel aus. Dann hagelt es rote Kärtchen von Riemler. Die meisten Texte schreiben freie Mitarbeiter, ohne Recht auf feste Arbeitszeiten und miserabel bezahlt. Zeilengeld, ein paar Cent Spritgeld – davon kann keiner leben. Und die Qualität – das weißt du ja selbst.«

»Es gibt nun mal keine Alternative zur Saarbrücker Zeitung.«

»Richtig. Der Markt gibt nicht mehr her. Und jeder kriegt die Zeitung, die er verdient.«

»So schlecht ist sie auch wieder nicht.«

Beide lachten, und Bremer fragte weiter. »Was willst du machen? Kündigen?«

»Um Gottes willen. Dann bin ich erledigt. Nicht nur die Saarbrücker Zeitung schmeißt die Leute raus. Bundesweit werden massenhaft Redakteure auf die Straße gesetzt. Zum Teil hochkarätige Leute. Ganze Redaktionen verschwinden über Nacht. Es gibt genug gute Leute, die sofort meinen Platz einnehmen könnten. Das wissen die Chefs.«

»Du verdienst doch gut?«

»Als wenn es das allein wäre. Wie gesagt. Bei mit geht's gerade noch so, weil ich selten bei der Produktion aushelfen muss. Ich bin Reporter. Ein aussterbendes Gewerbe. Was soll's. Genug gejammert. Es gibt schlimmere Jobs als meinen. Zum Beispiel Kriminalhauptkommissar.« Zettler tätschelte Bremers Rechte. Der seufzte.

»Manchmal krieg ich auch den Moralischen. Aber das dauert in der Regel nicht lange.«

»Du siehst müde aus.«

»Die Nacht durchgemacht, zwei Morde am Hals, keine heiße Spur. Das sollte reichen.«

Plötzlich stand Elfi am Tisch. »Der Bellorz ist am Telefon. Für Sie, Herr Kommissar. Klingt gefährlich. Hat gesagt, ich soll schnell machen.«

Verdutzt griff Bremer nach seinem Handy. Die Akkus waren leer. Ohne einen Muckser von sich zu geben. Wie der Herr, so das Gescherr, dachte Bremer und trollte sich hinter den Tresen, wo das Telefon an die Wand geschraubt hing. Schon von weitem dröhnte Bellorz' Stimme, der gerade einen Beamten vergatterte. Bremer hatte den Hörer noch nicht ganz am Ohr, da donnerte es ihm schon entgegen, das Nebelhorn von Bellorz, das jetzt aber einige schrille Untertöne hatte, so als wäre irgendwo Metall dazwischengekommen. »Verdammt noch mal, Martin, wo stecken Sie denn! Ihr verfluchtes Handy geht nicht. Ich brauche Sie sofort. Ja, Sie denken richtig. Nummer drei. Am Gollenstein. Bis gleich.«

Wie ausgewechselt kehrte Bremer zum Tisch zurück. Gesunde Farbe, aufrechter Gang, Augen, die vor Tatendrang sprühten.

Zettler hielt nur drei Finger hoch. Bremer nickte, rief noch »Gollenstein«, rauschte hinaus, sprintete zu seinem Dienstwagen, pflanzte das Blaulicht aufs Dach und raste los.

Zettler blieb noch ein paar Minuten sitzen, grübelte und wünschte sich, ein gutes Angebot zu bekommen. Nicht alles hatte er seinem Freund erzählt. In Wirklichkeit ging ihm die Saarbrücker Zeitung kolossal auf die Nerven. Das Saarland ist und bleibt Provinz, dachte Zettler und stierte vor sich hin. Fernsehen. Berichte in Monitor veröffentlichen. Skandale aufdecken. Eine eigene Talk-Show. Den Mächtigen richtig auf die Füße steigen. Gnadenlos. In der ersten Liga spielen. Das will ich. Die erste Gelegenheit werde ich packen und nicht mehr loslassen. Koste es, was es wolle. Zettler bezahlte, machte sich auf den Weg nach Hause, um zu schlafen.

Es war genau fünf Uhr fünfundzwanzig, und die aufgehende Sonne interessierte sich nicht im Geringsten für die Probleme der beiden Freunde.

VIER

Der Feuerwehrmann zitterte. Ein Sanitäter hielt ihn am Arm, beäugte ihn misstrauisch. Ruß schminkte beide Gesichter zu teuflischen Masken, das Morgenlicht und die rotierenden Blitze der bunten Einsatzfahrzeuge gruben die Furchen noch tiefer, als sie schon waren. Wie einen Greis führte der Sanitäter seinen Patienten zum Rettungswagen. Schritt für Schritt schob er den zitternden Mann voran.

Bremer stand beim Einsatzleiter, überragte ihn um mindestens einen Kopf. Er betrachtete die Szenerie. Besser könnten das Bühnenbildner auch nicht. Perfekt. Dramatisches Licht, unwirklich in seiner Schönheit, die großen, seltenen Gefühle der Übernächtigung, die Spannung, die Erwartung. »Wenn wir das gewusst hätten«, sagte der Einsatzleiter mehr zu sich selbst als zu Bremer, »hätten wir erfahrene Leute geschickt. Es ist zwar nie ein schöner Anblick, aber beim ersten Mal, vollkommen unerwartet, das haut den stärksten Mann von den Socken.«

»Wann ist das Feuer ausgebrochen?«

Der Einsatzleiter widmete sich wieder Bremer. »Gemeldet wurde es um vier Uhr fünfzig. Übrigens anonym. Der Löschzug hat sieben Minuten bis hierher gebraucht. Das Feuer war schon fast niedergebrannt, als meine Leute eintrafen. Die haben erst einmal gelöscht. Und dann … dann muss ausgerechnet der Huber über die Leiche stolpern.«

»Wann ist das Feuer ausgebrochen?« Ungeduldig stapfte Bremer von einem Fuß auf den anderen.

»Huber interessiert Sie wohl nicht?«

»Huber lebt noch. Und er hat genug Leute, die sich für ihn interessieren. Bringen Sie ihn um, oder sagen Sie mir, dass er das Feuer gelegt hat, dann interessiere ich mich für ihn. Wann ist das Feuer ausgebrochen?«

»Sie sind eiskalt, oder?«

»Allerdings. Und zwar so eiskalt, dass ich Ihnen ein Verfahren an den Hals hänge, wenn Sie nicht mit mir zusammenarbeiten wollen. Also für Anfänger: Je länger ich hier rumstehe und mich übers Wetter unterhalte, desto kälter werden die Spuren. Und jetzt zähle ich bis drei. Eins …«

»Wir gehen davon aus, dass das Feuer gegen vier Uhr ausgebrochen ist. Das Holz muss pulvertrocken gewesen sein.«

»Danke.« Der Einsatzleiter kehrte in seine Welt zurück, und Bremer widmete sich der eigenen.

Willy Pfister kam mit einer Plastiktüte voll Asche an und hielt sie Bremer vor die Nase. »Nicht mehr viel zu holen. Der ist gründlich gegrillt worden. Bis zur Unkenntlichkeit verkohlt. Aber das macht nichts. Die Täter haben es nicht darauf angelegt, die Identität ihres Opfers zu verschleiern. Halt dich fest. Es ist unser Oberbürgermeister. Seine Papiere lagen außerhalb des Feuers fein säuberlich auf einem Stein drapiert. Friedrich Rümert, achtundvierzig Jahre alt und mausetot. Und das mitten im Wahlkampf. Das gibt was. Er war übrigens katholisch, gläubig, ging regelmäßig in die Kirche und hatte trotzdem ein SPD-Parteibuch in der Tasche. Sein Dienstwagen steht keine hundert Meter von hier. Wir werden ihn tranchieren wie ein Hähnchen. Wenn da irgendetwas ist, finden wir es. Er war mit dicken Stricken an den Gollenstein gefesselt. Erinnert dich das an was?«

»Die heilige Inquisition. Reinigung durch Feuer. Die letzte Möglichkeit, seine Seele zu retten und eine Karte für den Himmel zu ergattern. Missbrauch der Religion. Hexerei. Unliebsame Zeitgenossen. Christliche Fanatiker, blutrünstig bis zum Gehtnichtmehr.«

»Passt. Nur dass der Gollenstein sicherlich nicht christlichen Ursprungs ist.«

»Allerdings nicht. Der Klotz steht seit viertausend Jahren hier herum. Keiner weiß, wer ihn hingestellt hat, geschweige denn warum. Auf jeden Fall geht es um Religion. Verdammt. Der Bürgermeister – falsch. Der Oberbürgermeister. Damit haben wir auf einen Schlag so viele Verdächtige, dass wir in zehn Jahren nicht fertig werden mit den Vernehmungen. Wir müssen auf jeden Fall erst mal die Presse raushalten.«

Pfister verzog das Gesicht. »Frommer Wunsch.«

»Manchmal werden Wünsche wahr.«

Pfister zuckte die Achseln, und Bremer fragte: »Ist Aliczik zufällig da?«

»Nein. Aber Weber.«

»Und die Greenhörner?«

»Keins gesehen.«

»Bellorz?«

»Der hat telefoniert und ist dann ab wie ein Wirbelwind. Ich soll dich schön grüßen. Er will dir ein neues Handy kaufen. Fängt der jetzt auch an zu spinnen?«

»Meins ging nicht.«

»Au Backe. Na ja. Kann vorkommen.«

»Darf aber nicht. Hat dein Handy mal nicht funktioniert, Willy?«

»Nicht, dass ich wüsste.« Pfister kratzte sich am Kopf.

»Siehst du!«

»Ja, ja. Stimmt schon. Ach ja, bevor ich es vergesse. Die Kreuzigung. Wie ich dachte. Die Leber hat Heinrichs umgebracht. Er muss unvorstellbar gelitten haben. Im Haus jede Menge Fingerabdrücke. Wir prüfen noch. Aber ich glaube nicht, dass die Mörder uns den Gefallen getan haben, etwas zu hinterlassen. Martin, ich sage dir, das sind eiskalte Profis.«

Bremer rührte sich nicht und fragte: »Irgendwelche Trittspuren?«

Pfister schüttelte den Kopf. »Auf dem Kies sind zwar Blutspuren, aber kein intakter Abdruck. Wir machen gerade den Garten links. Ich sage dir Bescheid, wenn wir was gefunden haben.«

»Klar. Danke. Logisch.« Weber trat hinzu, drückte Bremer kurz die Schulter, Pfister ging wieder an die Arbeit.

»Warum der Oberbürgermeister? Der muß doch ständig von Leuten umgeben gewesen sein. Ein hohes Risiko für die Täter«, sagte Bremer.

»Glaube ich nicht«, entgegnete Weber müde, kniete sich, nahm ein wenig Erde und ließ sie durch seine Finger rieseln. Mit Falten auf der Stirn blickte er zu Bremer hoch, der wie ein Indianerhäuptling den Horizont nach Zeichen absuchte. »Asche zu

Asche. Kein großes Risiko. Rümert ging oft einsame Wege. Und als OB gibt's auch keinen Polizeischutz. Er war öfter hier oben. Also eine phantastische Gelegenheit für jeden, der ihm an den Kragen wollte.«

Bremer bewegte sich ein wenig, dann stand er wieder still. »Wer sagt das?«

Weber richtete sich wieder auf, mühsam, ohne Kraft. »Sein persönlicher Referent. Die beiden sind – waren eng befreundet. Viele wussten von Rümerts Platz hier. Für ihn war der Gollenstein so was wie ein magischer Ort, an dem er besonders gut denken und Entscheidungen treffen konnte.«

»Gut. Treib den Förster auf. Wer hat hier wann Holz gesammelt. Frag nach, ob irgendwem Holz gestohlen wurde. Quetsch die Leute aus, ob die irgendjemanden gesehen haben. Jetzt sofort. Und schaff die Frischlinge her. Die sollen dir helfen.«

»Verstärkung ist schon unterwegs.«

»Gut. Um zehn Uhr im Präsidium zur Lagebesprechung. Falls nichts dazwischen kommt. Aber ich glaube, wir haben noch lange keine Ruhe. Das war erst der Anfang.«

»Das denke ich auch. Riecht nach Serie. Hat Vor- und Nachteile. Mein Gott, das geht alles verdammt schnell.«

»Und das Tempo nimmt zu.« Bremer verlagerte sein Gewicht auf das rechte Bein. Weber nickte und wandte sich zum Gehen.

»He, Weber. Ich bin froh, dass ich dich habe«, rief ihm der Kommissar hinterher.

Weber drehte den Kopf, lächelte leicht. »Danke.«

Stolz schwingt in seiner Stimme, dachte Bremer. Wenn Weber wüsste, dass ich das nötiger brauche als er mein Lob ...«

Pfister strich vorbei. »Kannst jetzt hin. Alles so weit klar. Die Gute Nachricht: Trittspuren. Auf den ersten Blick dieselben wie am Schwarzenbergturm. Pass mit dem Gollenstein auf. Der ist noch so heiß, dass du Eier drauf braten kannst. Ein Wunder, dass der Brocken nicht in tausend Teile zersprungen ist.«

Wie ein gigantischer Zeigefinger ragte der Fels fast drei Stockwerke hoch in den Morgenhimmel. Unweit von Saarbrücken, in der Nähe des kleinen Örtchens Blieskastel, im sanft geschwungenen Bliesgau. Auf einer kleinen Hügelkuppe. Bundesweit bekannt. Ein echter VIP und wichtig für den saarländischen Tourismus. Ein Puzzlestück in der Vermarktung eines kleinen Bundeslandes, das noch immer als rußgeschwärzt galt und verzweifelt versuchte, das Image der Maulwürfe und Eisenfresser abzuschütteln.

»Dort oben ist die Lösung. Du musst hinauf, dich von der Erde lösen, sonst wirst du niemals Erkenntnis gewinnen«, sagte der Stein.

Du bist hundertmal älter als ich und weise, dachte Bremer. Aber wie viele Weise redest du in Rätseln. Rätsel, die ich nicht verstehe. Also bist du wie die meisten Weisen. Wissend und hinterhältig. Unfähig, dich klar auszudrücken. Damit alle staunend vor dir stehen und sagen: Der ist so weise, dass ich nichts verstehe, und deswegen bewundere ich ihn. Also lass mich in Ruhe.

Und der Stein lachte, dass Bremer ihn am liebsten umgeworfen hätte. Mit einer lässigen Bewegung, die eigentlich dem Stein zugedacht war, hielt Bremer einen Kollegen in Uniform auf.

»Ich werde jetzt nach Hause fahren und versuchen zu schlafen. Wenn jemand nach mir fragt – ich bin ab zehn im Präsidium.«

Bremer wankte zu seinem Auto und ließ sich auf den Fahrersitz fallen. Mit beiden Händen griff er das Lenkrad und hielt es fest. Alles um ihn herum versank in einer dicken, klebrigen Soße, in der seine Gedanken herumschwammen wie gut geröstete Speckwürfel. Keiner von ihnen ließ sich greifen. Und jeder schien der Wichtigste zu sein. So gebärdeten sie sich zumindest. Denn sie lachten und riefen und schlugen Purzelbaum, bis Bremer plötzlich mit dem Löffel hereinfuhr und alle Würfelchen bis auf einen herauspeitschte aus der dicken Soße. Die Morde sind sorgfältig inszeniert, dachte Bremer. Reif für den Film. Die Opfer sind leicht zu entdecken, ihre Identität wird nicht verschleiert. Im Gegenteil. Fehlt nur noch, dass wir eine Liste finden, mit Namen, Anschrift und Alter. Dreimal Hinrichtung. Womit haben die drei das verdient? Wo überschneiden sich die Lebensläufe? Wer kickt das Saarland in die Schlagzeilen? Wo endet der Blutdurst? Alpha und Omega. Anfang und Ende. Anfang oder Ende? Reicht es, ein Mensch zu sein, um Mordopfer zu werden?

Bremer lächelte, denn er hatte einen Gedanken, der ihm gut

gefiel. Obwohl er absurd war. »Danke, du Klotz!«, rief er in Richtung Gollenstein. »Ich nehme deinen Rat an und behalte meine Idee für mich.« Der lange Schatten des weisen Steines wies Bremer den Weg. Langsam fuhr er an dem Bild vorbei, das so teuflische Züge hatte wie die in Öl gebannten Alpträume des Hieronymus Bosch. Dann gab er Gas, raste mit Blaulicht durch den frühen Morgen, bis er zu Hause war. Schloss die Tür auf. Freute sich, dass er ein Dach über dem Kopf hatte. Zog sich aus. Ließ die Kleider einfach im Schlafzimmer herumliegen. Putzte sich die Zähne. Legte sich in sein Bett und schlief augenblicklich ein.

Hundertsechsunddreißig Minuten Schlaf, eine kalte Dusche und ein Frühstück, das sich dieses Namens schämte: zehn Uhr. Bremer schaute sich um. Holt, Flaumer, Klöber. Weber, Pfister, Zerb. Bellorz. Oberhauser. Dreizehn Ermittler aus den verschiedensten Abteilungen. Aliczik mit neun Kollegen. Frisch und munter allesamt, inklusive Bremer, dem zwar Ringe unter den Augen wuchsen, aber das war ja nichts Neues.

Alle waren fleißig gewesen. In vollendeter Disziplin standen zwölf Aktenordner nebeneinander, fein säuberlich beschriftet. Papiere türmten sich auf, ein Laptop, angeschlossen an einen lichtstarken Beamer, summte vor sich hin, wartete darauf, zu zeigen, was er alles gespeichert hatte. Die Soko X belegte jetzt den großen Konferenzraum. Fünfzehn Meter lang, sechs Meter breit. Holztäfelung. Einseitig verspiegelte Panoramascheiben zu den Saarwiesen hin, auf denen sich Sonnenanbeter räkelten. Alle waren pünktlich. Alle richteten ihre Aufmerksamkeit auf Bremer, der mit jedem noch einmal Augenkontakt suchte. Was fällt mir auf, fragte sich Bremer. Eine Frau. Wir haben hier nur eine einzige Frau. Wo sind die ganzen Frauen? Ich muss nachher Frauen anfordern. Das sind zu viele Männer. Wie bei einer Fuchsjagd. Alle sind heiß, die Waffen durchgeladen, die Pferde scharren mit den Hufen. Aber ich kann keine Meute gebrauchen. Klare, ruhige, konsequente, unermüdliche Ermittler – und Ermittlerinnen, die brauche ich. Denen nichts entgeht. Die sich nicht fehlleiten lassen durch voreilige Schlüsse. Die das Wesentliche erkennen, frei von Vorurteilen und Wertungen. Aber das können die wenigsten.

Laut sagte er mit einer angedeuteten Verbeugung in Richtung Susanne Holt: »Meine sehr verehrte Dame, meine sehr verehrten Herren. Vielen Dank, dass Sie alle hier sind, bereit, alles zu geben, um einen der spektakulärsten Fälle der deutschen Kriminalgeschichte aufzuklären. Ich spreche bewusst von dem *Fall*, denn ich gehe davon aus, dass es sich um eine Serie handelt. Sie alle haben Nachrichten gesehen und gehört, die Zeitung gelesen, im Internet gestöbert und natürlich in der Kantine aufmerksam gelauscht.«

Leises Lachen lief durch die Versammlung.

»Ganz Deutschland blickt auf das Saarland wie seit den Soldatenmorden von Lebach, dem Rücktritt von Oskar Lafontaine als Finanzminister und dem Fall Pascal Zimmer nicht mehr. Wir kämpfen mitten im Brennpunkt der Medien. Als wäre dieser Fall nicht schwierig genug. Aber diesmal wissen wir mehr. Die Saarbrücker Zeitung und den Saarländischen Rundfunk müssen wir nicht fürchten. Die Zusammenarbeit funktioniert reibungslos, die halten sich an unsere Absprachen. Bei den überregionalen Medien müssen wir vorsichtig sein, die Narben sind noch frisch. Deswegen bitte ich Sie: Bleiben Sie ruhig und konzentriert. Wehren Sie alle Versuche von Journalisten ab, Ihnen irgendetwas zu entlocken, selbst wenn es nicht das Geringste mit dem Fall zu tun haben mag. Unterbinden Sie ruhig, aber absolut konsequent jeden Versuch unerlaubter Bild- und Tonaufnahmen. Unsere Pressestelle ist auf dem Laufenden und mit der Soko X in ständigem Kontakt. Die Medien werden erfahren, was sie erfahren müssen. Nichts, was unsere Arbeit behindern könnte, wird nach außen dringen.« Bremer ließ immer wieder seinen Blick über die Truppe gleiten. In allen Augen sah er Zustimmung und grimmige Entschlossenheit. Er legte nach.

»Wir alle haben ein gemeinsames Ziel: die Täter zu fassen, die diese ungeheuerlichen Taten verübt haben. Staatsanwalt Bellorz und Kollege Oberhauser stehen mir bei der Leitung der Soko X zur Seite. Halten Sie alle Vorschriften peinlich genau ein. Niemand soll sagen können, wir hätten illegal ermittelt. Am wenigsten die Täter, denn sie werden bald vor Gericht stehen. Daran zweifle ich nicht. Warum? Weil ich ein Team leite. Ein Team aus hervorragenden Ermittlern. Ein Team, das über alles verfügt, um den Fall erfolgreich abzuschließen: Besonnenheit, Objektivität, Hartnäckigkeit und selbstverständlich kriminalistischen Instinkt. Davon bin ich überzeugt.«

Bellorz neigte sich zu Bremer, flüsterte ihm ins Ohr, so dass es niemand sonst hören konnte: »Wenn das hier schief läuft, kriegen Sie bei mir eine Stelle als Einpeitscher – wenn ich dann noch leitender Staatsanwalt bin.«

Ungerührt fuhr Bremer fort. »Und jetzt zum Stand der Dinge. Wir hatten innerhalb von achtzehn Stunden drei Leichen. Die Enthauptung vom Schwarzenberg. Die Kreuzigung am Rotenbühl. Der Scheiterhaufen vom Gollenstein. Wir haben viele Spuren und nichts Konkretes. Hypothesen. Also: Kleinarbeit. Details sammeln. Alibis prüfen. Die übliche Prozedur. Die Kollegen Weber und Oberhauser werden Ihnen jetzt Ihre Aufgaben zuteilen. Ein Wort noch: Viele von Ihnen werden es mit Politikern zu tun bekommen. Fragen Sie mit Fingerspitzengefühl, aber lassen Sie sich nicht voll quatschen oder ablenken. Verlieren Sie nicht das kleinste Detail aus den Augen. Ich weiß, dass die meisten von Ihnen Überstunden vor sich her schieben. Ich weiß das zu schätzen. Bei mir ist das nicht anders. Wir sehen uns heute Abend um siebzehn Uhr hier wieder. Ich zähle auf Sie.«

Die Truppe applaudierte, dann fanden sich die Ermittlungsgruppen- und -pärchen zusammen, diskutierten Einsatzgebiet, Zeitplan und Strategie. Wie fleißige Bienen schwärmten sie aus, um ihrem Bienenkönig Informationen zu bringen, herausgesaugt aus Dutzenden von Menschen. Schnell hatte sich die Versammlung zerstreut, wie eine Demonstration, die von Wasserwerfern in ihre Bestandteile zerstäubt wird.

Bremer ging zurück in sein Büro, hängte das Telefon aus, schaltete sein Handy ab und legte seine Beine auf den Schreibtisch, quer über die Akten. Mit geschlossenen Augen ließ er den letzten Tag vorüberziehen, suchte nach einem Hebel. Nach einer Regelmäßigkeit, lotete Möglichkeiten und Wahrscheinlichkeiten aus. Ich weiß zu viel und nicht genug, dachte Bremer. So einfach ist das. Ich stehe vor einer mehrfachen Weggabelung und kann mich nicht entscheiden, in welche Richtung es geht. So verbrachte Bremer die nächste Stunde. Hin und her überlegend, grübelnd, unzufrieden. Endlich lichtete sich das Dunkel, Bremer jagte dem Gedankenschnipsel hinterher durch die Windungen seines Gehirns, als Zerb und Weber gleichzeitig hineingepoltert kamen und Bremers Jagd abrupt beendeten. Beide außer Atem. Beide ungehalten, mit Blick auf das ausgehängte Telefon und das abgeschaltete Handy.

»Martin, Herrgott noch mal, du kannst dich doch nicht einfach abhängen«, schimpfte Weber, und Zerb nickte heftig.

Ohne die Augen zu öffnen, fragte Bremer: »Habt ihr Neuigkeiten?«

Zerb hielt es nicht mehr aus. »Und was für welche!«

»Raus damit«, sagte Bremer.

»Nach dir«, sagte Weber.

»Die Schuhspuren. An allen drei Tatorten haben wir die Schuhabdrücke gefunden. Alle drei identisch. Und noch einen vierten. Bei Rümert. Ein kleines Stück weiche Erde. Eine kleine Stelle ohne Grassoden. Was für ein Glück! Glatte Sohle, Größe 44. Herrenschuh. Rechts. Ein Logo auf der Sohle, aber nicht von einer Marke. Keiner kennt das Zeichen. Wahrscheinlich was Persönliches.«

»Fred?«

»Nummer vier«, sagte Weber.

Schon war Bremer raus aus der Tür, gestiefelt und gespornt. »Wo?«, rief er Weber über die Schulter zu. Der hetzte hinterher.

»Saarlouis. Alter Schlachthof.«

Mit Blaulicht und Sirene pflügte Bremer durch den Verkehr. Kein Stau. Ausnahmsweise. In dreizehn Minuten schafften sie den Weg nach Saarlouis, die Stadt, die sich als heimliche Hauptstadt des Saarlandes betrachtete. Zumindest was die Kneipendichte anging, war Saarlouis Spitzenreiter. Die Infrastruktur der Altstadt suchte in Deutschland ihresgleichen. Ansonsten ließ Saarbrücken seiner kleinen Schwester die Illusion. Im Stillen aber zog Saarbrücken über die Möchtegern-Konkurrentin her. Keine Universität, kein Staatstheater, ein mickriges Kino, kein Max-Ophüls-Kinofestival, keine »Perspective« des französischen Theaters, kein Landtag, einfach lächerlich. Die kleine Schwester aber rieb sich die Hände und machte Saarbrücken die Kundschaft abspenstig: Paris, Saarlouis, Barcelona. Alle drei Städte konnten mit Top-Mode aufwarten, ein Plus, das den Saarlouisern Kunden aus dem ganzen Saarland, aus Luxemburg und dem angrenzenden Frankreich in die Fußgängerzone spülte. Und das Oberverwaltungsgericht tagte in Saarlouis. Dort war entschieden worden, dass auf dem St. Johanner Markt nur bis elf Uhr im Freien ausgeschenkt werden durfte. Ein Armutszeugnis für Saarbrücken, ein Schmankerl für Saarlouis. Bremer lenkte seinen inneren Blick wieder auf das, was ihn dort erwarten würde. Ein wenig Abschweifen tat ihm gut in Momenten, in denen seine Gedanken ins Strudeln gerieten.

Der alte Städtische Schlachthof hatte nichts von seinem Charme verloren. Leer stehende Gebäude, mit denen zurzeit niemand etwas anfangen konnte außer ein paar Sprayern, die hier in Ruhe üben konnten. Die Außen- und Innenwände waren voll mit Graffiti, von grauenhaft bis künstlerisch wertvoll. Müll lag herum, Scheiben waren eingeschlagen, Türen, die in den Angeln hingen, als wären sie betrunken und müssten sich übergeben, niemand kümmerte sich. Verrostete Transportanlagen, an deren Haken Kühe und Schweine gebaumelt hatten, nachdem man sie umgebracht hatte. Die Männer in blutverschmierten Kitteln mit Messern, die einen Finger abtrennen konnten, ohne dass der Besitzer es merkte, waren schon lange verschwunden. Früher trugen die Ausbeiner und Kopfschlächter Metallhandschuhe, kunstvoll aus Ringen gefertigt wie ein Kettenhemd. Acht Stunden am Tag verrichteten sie mit traumwandlerischer Sicherheit ihr blutiges Geschäft, zur Freude der Saarländer, die in den Metzgereien, appetitlich angerichtet, ihren Schweinebraten, ihr Steak und ihre Lyoner kaufen konnten, ohne den Leichengeruch einatmen zu müssen; ohne den Gestank der Gedärme riechen und die Angst der Tiere mit ansehen zu müssen, wenn sie zur Schlachtbank geführt wurden.

Jetzt aber hing kein Tier am Haken, sondern ein Mensch, aufgehängt an einem Bein. Den Kopf nach unten, die Arme ausgestreckt, die Finger berührten fast den kalten Betonboden. Aus der Wunde am Hals war das Blut des Mannes auf den kalten Beton gespritzt. Sein Personalausweis war mit einer Büroklammer am

Hosenbund festgesteckt. Blutige Schuhabdrücke führten von der Leiche weg zum Hinterausgang, der direkt zum Saaraltarm führte. Selbst für Laien war der Abdruck des Wanderschuhs mit dem Fehler in der Sohle zu erkennen.

Pfister war bereits vor Ort. Er hatte in Dillingen zu tun gehabt, dem Nachbarort von Saarlouis. Er präsentierte die offensichtlichen Fakten: »Anonymer Anruf. Die Stimme eines Jugendlichen. Wahrscheinlich einer der Sprayer, die regelmäßig hierher kommen. Wird geduldet, damit sie nicht die Stadt zusauen. Todeszeitpunkt: gestern Abend, gegen zwanzig Uhr. Die Kehle durchgeschnitten. Sauberer Schnitt, mit einem sehr scharfen Messer. Wie vom Metzgermeister persönlich. Sein Name ist Mosche Weisenstein. Vorsitzender des Rates der Juden im Saarland.«

»Unglaublich.«

»Das kann man laut sagen.«

Bremer fuhr herum. Bellorz hatte sich herangepirscht wie ein Luchs. »Ich kenne Mosche Weisenstein seit vielen Jahren. Ein herber Verlust. Ein guter Mann. Hat sich eingesetzt für das Verständnis zwischen den Religionen. Ganz praktisch im Hier und Jetzt. Wollte, dass mit den Palästinensern verhandelt wird. Sah nur im Frieden einen Weg. Und jetzt das. Der vierte.«

Betäubt von dem Ausmaß der Konsequenzen standen die Männer vor dem Toten. Bremer gab die Parole aus.

»Auf geht's. Wir haben keine Zeit zu verlieren. Wir machen das ganze Saarland links. Wir sieben alles durch das feinste Sieb, das wir haben. Jeder, der auch nur im Entferntesten in Frage kommt und kein Alibi hat, wird auf Nummer sicher gesetzt. Mehr Leute. Wir brauchen viel mehr Leute.«

»Wir brauchen vor allem freie Hand, wir müssen dafür sorgen, dass Schuster uns nicht ins Handwerk pfuscht«, sinnierte Bellorz.

»Sie kennen doch Innenminister Schuster ganz gut?«

Bellorz rieb sich das Kinn. »Das ist mein Vorteil. Ich kenne unseren Innenminister allerdings. Und Haffner ebenfalls. Der ist auf unserer Seite, keine Frage. Martin, kommen Sie doch mal mit. Ich habe da eine Idee.«

Sie gingen hinaus zum Saaraltarm, betrachteten die Festungsanlagen des Ludwig-XIV-Architekten Vauban, der Saarlouis seine Existenz verdankte: Als militärische Bastion, als strategischer Knotenpunkt war Saarlouis entstanden, auf enteigneten Grundstücken der Lisdorfer Bann. Die hungrige Baustelle schlug ihre Zähne schonungslos in den Bürgerwald von Wallerfangen, wenige Bäume überlebten die Gier nach Bau- und Brennholz. Heute beherbergen die Kasematten mit frisch gepflanztem Grasdach Restaurants; der große Markt, auf dem früher Soldaten exerzierten und der dann zum Parkplatz degradiert worden war, markierte das Zentrum der Stadt. Daran hatte sich nichts geändert. Ein Teil der Autos musste ab und zu weichen, wenn Markt gehalten wurde oder Kirmes und Stadtfest lärmten. Die Bereitschaft hatte dann alle Hände voll zu tun mit Schlägereien und Betrunkenen. Nicht so schlimm wie auf dem Münchner Oktoberfest, aber alle waren froh, wenn es vorbei war.

Die beiden gingen über die Brücke, hinaus auf die Vauban-Insel. Der Plan war gut, und sie setzten ihn in die Tat um; jeder telefonierte einmal, dann versanken sie wieder im Gespräch über die Abgründe der Menschlichkeit. So tief waren sie in ihrem Gespräch gefangen, dass sie die Zeit vergaßen. Die D-Moll-Toccata unterbrach sie, aber das war kein Problem, denn das Wesentliche hatten sie bereits geklärt.

»Fred hier. Martin, ihr müsst sofort kommen. Vor dem Schlachthof ist die Hölle los. Kameras. Fernsehen. SR, RTL und N-TV.«

»Komme«, sagte Bremer, unterbrach die Verbindung, informierte Bellorz im Laufen.

Mit Mühe hielten die Beamten die Journalisten zurück. Bellorz trat an die Absperrung, dröhnte über die Menge hinweg, alle sollten jetzt bitte ruhig sein, ansonsten sehe er sich außerstande, auch nur ein Wort zu sagen. An Bellorz' Seite postierten sich Bremer, Weber und Pfister. Gerade kamen die Frischlinge an, wühlten sich durch die Schaulustigen und schlüpften unter der Absperrung hindurch. Bremer winkte sie zu sich und flüsterte.

»Nehmen Sie die Gaffer unter die Lupe. Suchen Sie Jugendliche, die Sie als Sprayer einordnen würden. Vorläufig festnehmen. Gefahr im Verzug.«

Ohne Gegenfrage machten sich die drei an die Arbeit. Währenddessen brach über die Ermittler eine Sturzflut an Fragen herein. Wie ausgehungerte Wölfe fielen die Reporter über den Toten im alten Schlachthof her, und ihre Fragen schmerzten wie die Bisse von scharfen Fangzähnen.

»Wurde Mosche Weisenstein von Rechtsradikalen ermordet?«

Bellorz wurde blass.

»Woher wissen die den Namen, verdammt noch mal«, quetschte Weber durch die Zähne, so dass nur Bremer ihn hören konnte. Der sagte nichts.

Bellorz redete weiter. »Bevor ich etwas zur Sache sage, möchte ich darauf hinweisen, dass die Person oder die Personen, die das Opfer gefunden haben, sich strafbar machen, wenn sie Informationen an die Presse weitergeben, was ja unzweifelhaft geschehen ist. Die Damen und Herren von den Medien bitte ich, von unsachgemäßer Berichterstattung Abstand zu nehmen. Sie gefährden damit die Aufklärung. Jetzt zur Sache. Wir wissen es nicht.« Bellorz genoss die enttäuschten Gesichter, aber die Reporter gaben nicht so schnell auf. Ein Mikrofon mit rotem Windschutz wurde Bellorz ins Gesicht gehalten.

»Bestehen zwischen den Morden Zusammenhänge?«

»Zwischen welchen Morden?«

»Müller, Heinrichs. Und jetzt Weisenstein.«

»Das kann ich Ihnen nicht sagen. Sie kennen doch das Spiel: Zum jetzigen Stand der Ermittlungen kann ich nichts preisgeben. Ich bitte Sie nochmals: Haben Sie Verständnis. Wir werden Sie über alles umfassend informieren, so weit es die Ermittlungen nicht behindert oder gefährdet. Ich danke Ihnen.«

Bellorz wandte sich ab, wie Pfeile schossen ihm Fragen hinterher: »Ist Heinrichs Opfer eines Psychopathen geworden?« – »Hat der Mossad bei Weisenstein die Finger im Spiel?« – »Wurde Müller von seinem Geliebten ermordet?«

Wütend grummelte Bellorz vor sich hin, dass es unerhört sei, was diese Schnüffler alles wüssten. Dass es wohl eine undichte Stelle geben müsse.

»Vielleicht haben die einfach dieselbe Phantasie wie wir?«, warf Bremer ein und fügte hinzu: »Zumindest wissen die noch nichts über Rümert. Immerhin etwas.«

Bellorz beruhigte sich. Beide wussten, dass es bei einer Ermittlung dieser Größenordnung immer undichte Stellen gab.

Sie zogen sich an den Tatort zurück. Da warteten die Frischlinge mit drei verängstigten Jugendlichen, die deutlich nach Lösungsmitteln rochen.

Bremer hielt sich nicht mit Formalitäten auf. »Wer von euch hat ihn gefunden?«

Keiner regte sich.

Bremer brüllte, die lang gezogene Halle warf sein Echo mehrmals zurück. Sofort hielt ein schmächtiger Junge, kaum älter als dreizehn, den Finger hoch, als würde er in der Schule aufzeigen.

Jetzt säuselte Bremer. »Wer hat es der Presse gesteckt?« Der Finger blieb oben. »Wie viel habt ihr dafür bekommen?« Zu dem einen Finger gesellten sich die vier anderen. »Fünfzig Euro?« Die drei nickten. Die Umstehenden schüttelten die Köpfe.

Bellorz kniff die Augen zusammen. »Ihr habt euch nicht nur ein Verfahren eingehandelt, ihr habt euch auch noch das Geschäft eures Lebens entgehen lassen. Fünfzig Euro. Nicht zu fassen.« Er nickte Flaumer zu. »Nehmen Sie die Personalien der drei auf, und dann raus mit ihnen.«

Immer noch kopfschüttelnd wandte sich der Staatsanwalt Bremer zu. »Wo soll das hinführen? Treiben sich im Schlachthof herum, finden eine Leiche und haben nichts anderes im Sinn, als sie zu verkaufen. Und dann sind sie nicht einmal in der Lage, ein vernünftiges Geschäft daraus zu machen. Das ist kein Scherz mehr, also wirklich. Für frische, blutige Informationen direkt von diesem Tatort hätte man locker fünftausend Euro kassieren können. Und selbst das ist noch ein Trinkgeld. Wenn die Einschaltquote nur ein Prozent hochgeht, ist das ein Vielfaches wert. Mehr Quote, mehr Werbeeinnahmen.«

»Zur Sache«, sagte Bremer.

Bellorz holte gottergeben tief Luft, nickte. »Also gut. Machen wir weiter.«

»Für mich ist klar, dass es Serientäter sind. Daran besteht kein

Zweifel. Dieselben Schuhabdrücke, dieselben Täter. Ob die Serie zu Ende ist? Keine Ahnung. Mir fehlt das Motiv. Und die Verbindung zwischen den vieren. Für mich scheidet Mafia oder Ähnliches aus. Dazu sind die Opfer zu verschieden. Das Muster ist ein anderes.«

Susanne Holt hatte die ganze Zeit geschwiegen, weil sie spürte, wie ihre Schutzdämme zu brechen drohten. Die Mörder wollten Mosche Weisenstein seine Menschlichkeit rauben. Ihn zu einem Tier degradieren. Wie im Holocaust. Hatte das irgendjemand erkannt? Egal, wer das getan hatte und warum. Hass loderte in ihr auf. Heiß. Rache. Um sich zu befreien. Um wieder durchatmen zu können. Obwohl der Kloß in ihrem Hals beträchtlich war, entgegnete sie ihrem Chef: »Kann es nicht sein, dass es um *einen* Mord geht? Dass die ganze Serie dazu dient, von diesem einen abzulenken?«

»Von welchem?«, fragte Bremer interessiert.

»Mosche Weisenstein. Er wollte Versöhnung.«

Bedächtig nickte Bremer, widersprach trotzdem. »Das sieht nicht nach Nazis aus. Die machen sich nicht die Mühe, vier Leute umzubringen, wenn sie es auf einen abgesehen haben.«

»Und wenn es um etwas anderes ging? Doch die Mafia?«

»Das ergibt keinen Sinn«, warf Bellorz dazwischen. »Wenn eines der Opfer in organisierte Kriminalität verwickelt war, finden wir das raus. Eine Tarnung ist da vollkommen sinnlos. Nein, ich denke auch, wir haben es mit einer Serie zu tun. Entweder politisch oder religiös motiviert. Darum dreht es sich.«

Bremer brummte zustimmend, Holt zuckte die Achseln, und Klöber hatte nichts zu sagen. Die Spurensicherung übernahm den Schlachthof, die Kameras versuchten vergeblich, lohnende Bilder einzufangen, und das Publikum verlor sich nach und nach.

Der Ermittlungstross schaffte sich zurück nach Saarbrücken, Bremer und Bellorz verzogen sich in den kleinen Konferenzraum, in dem bereits Polizeidirektor Haffner und Innenminister Schuster warteten. Es war genau zwölf Uhr dreißig, als das Kleeblatt die Konferenz begann.

Haffner bedankte sich, dass die beiden so umsichtig handelten, und bestätigte, dass die Situation in der Tat prekär sei. »Wir müssen mit Fingerspitzengefühl vorgehen«, sagte er.

Bremer nahm einen dicken Filzer, ging zum Flipchart und platzierte mit akkuraten Buchstaben die Überschrift »Religionen«. Darunter listete er einige auf: »Buddhisten«, »Katholiken«, »Hindu«, »Protestanten«, »Juden«, »Moslems«, »Zeugen Jehovas«, »Methodisten«, »Orthodoxe Christen«, »Atheisten«. Die Atheisten versah er mit einem dicken Fragezeichen.

»Was gibt es noch?«, fragte er.

»Das reicht erst mal«, antwortete Bellorz. »Wir sollten uns auf die großen Gemeinschaften beschränken. Katholiken und Protestanten sind beide zum Beispiel Christen.«

»Sollte man meinen«, sagte Haffner und räusperte sich.

Neben »Buddhisten« schrieb Bremer: »Mordopfer eins – Gerald Müller«; neben »Protestanten«: »Mordopfer zwei – Volker Heinrichs«, neben »Katholiken«: »Mordopfer drei – Friedrich Rümert«, neben »Juden«: »Mordopfer vier – Mosche Weisenstein«. Dann ließ er etwas Platz und schrieb: »Mordopfer fünf?«.

Zufrieden registrierte Bremer, dass Schusters und Haffners Gesichtsfarbe ins Grau gewechselt hatte. Beide machten sich über dasselbe Problem Gedanken. Mussten sie jetzt nicht alle warnen, die irgendeiner Religionsgemeinschaft angehörten? Würden sie dann nicht mit Spott überzogen? Oder wäre Panik die Reaktion? Und wenn sie nicht warnten und dann der Nächste dran glauben musste? Wahrscheinlich könnte man Frauen als potenzielle Mordopfer ausschließen. Aber alle Männer, die nicht Buddhisten, Protestanten, Juden oder Katholiken waren, würden dann die nächste Zeit schlecht schlafen und sich bewaffnen. Würden überreagieren und bei jeder falschen Bewegung blindlings losschlagen. Oder würden die Täter noch einen Buddhisten oder Juden umbringen? Was tun? Alles unklar.

Schuster vertrat die Ansicht, die Ermittlungen müssten erst noch weiter vorangetrieben werden. Seine zarten Hände hatte er über einem gewaltigen Bauch gefaltet. Obwohl er sich redlich bemühte, konnte er seinen nordsaarländischen Akzent nicht unterdrücken. Das »R« rollte wie Kies in einer Zementmischmaschine, und die Worte quollen wie zähes Baumharz zwischen den fleischigen Lippen hervor. Bremer konnte Schuster nicht leiden. Schuster war Politiker. Politiker sind keine Frontkämpfer. Politiker haben von Polizeiarbeit keine Ahnung. Aber er hatte schon schlechtere Innenminister erlebt.

Schuster bemühte sich wenigstens und hörte sich an, was seine Leute zu sagen hatten. Außerdem hatte er Mittel freigeschaufelt für die Umstrukturierung: Jetzt gab es endlich eine Kriminalpolizeiinspektion in Saarlouis und Neunkirchen; das Landeskriminalamt war gründlich geliftet worden und somit wesentlich effektiver; die Abteilung Kapitalverbrechen freute sich auf sieben neue Kommissare. Deswegen griff Bremer nicht an, sondern bemühte sich um sachliche Zusammenarbeit. Außerdem hatten Bellorz und er ja einen Plan.

»Ihr Standpunkt hat einiges für sich«, sagte Bremer zu Schuster. »Wir haben bisher keinerlei stichhaltige Beweise, dass wir es mit religiös motivierten Morden zu tun haben. Allerdings fehlt uns auch der geringste Hinweis auf irgendein anderes Motiv. Deswegen …«

Schuster nickte verständnisvoll und antwortete. »Ich will Ihnen reinen Wein einschenken, meine Herren. Wir sind dabei, eine Strategie auszuarbeiten, um der Bevölkerung wieder ein Gefühl von Sicherheit zu vermitteln. Sie alle kennen das Problem: Die Statistik ist wie ein Heißluftballon, der je nach Wetterlage mal hierhin, mal dorthin driftet. Je nach Betrachtungsweise waren wir erfolgreich oder haben versagt.«

Bremer setzte zum Widerspruch an, wollte einwerfen, dass die Aufklärungsquote bei 52,3 Prozent lag, bei Mord sogar bei 115 Prozent, weil ein Mörder aus dem letzten Jahr vor drei Wochen geschnappt wurde; dass die meisten Beamten Überstundenberge vor sich herschoben; dass manche Kollegen am Rande ihrer Leistungsfähigkeit standen; dass sich deswegen auch vermeidbare Fehler einschlichen; dass noch dreihundert Beamte hermussten; aber Bellorz signalisierte Schweigen. Bremer gehorchte. Der Plan. Schuster redete.

»Wir liegen immer noch weit unter dem Bundesdurchschnitt, was die Häufigkeitszahl angeht. Das Saarland ist also ein sicheres Bundesland.« Schuster räusperte sich, trank einen Schluck Wasser.

Missmutig pickte Bremer am Daumennagel seiner rechten Hand herum. Sicher? Alles relativ, dachte er und zitierte in Gedanken die Definition: »Häufigkeitszahl ist gleich Straftaten mal hunderttausend dividiert durch die Einwohner. Die Häufigkeitszahl drückt die durch die Kriminalität verursachte Gefährdung aus. Ihre Aussagekraft wird allerdings beeinträchtigt: Durchreisende, Touristen, illegal Aufhältige und so weiter, die in der statistisch erfassten Einwohnerzahl nicht enthalten sind, deren hier begangene Straftaten aber in die polizeiliche Kriminalstatistik eingehen, verfälschen das Ergebnis.« Und das Dunkelfeld. Die Straftaten, die gar nicht zur Anzeige kommen. Gewalt in der Familie. Vergewaltigung. Wie viele Morde, die von Hausärzten gar nicht erkannt werden? Fahrraddiebstähle, die gar keine sind, sondern Versicherungsbetrug? Schwarzarbeit? Steuerhinterziehung? Ein Drittel mehr Raubüberfälle? Bremer konnte sich nicht mehr beherrschen.

»Herr Minister, Sie wissen genauso gut wie ich, dass die Polizeistatistik mehr ein Arbeitsnachweis für die Polizei ist als ein Messinstrument der tatsächlichen Kriminalität. Nach oben wie nach unten.«

Bellorz stöhnte leise, Haffner rollte mit den Augen, Schuster nahm noch einen Schluck Wasser und entgegnete ruhig: »Und Sie, mein lieber Kommissar, sollten wissen, dass wir kein besseres Instrument haben, erstens. Zweitens gebe ich Ihnen ja Recht. Weil die Zahlen schwer zu interpretieren sind, müssen wir andere Wege gehen, um den Menschen klar zu machen, dass Saarbrücken eben nicht die Bronx ist oder Burbach ein Schmuddelviertel, voll gestopft mit asozialen Kriminellen. Das Saarland ist ein sicheres Bundesland, Saarbrücken bei Nacht ist voller Leben. Theater, Tanzen, Frauen, Kino, Konzerte – was das Herz begehrt. Kneipen für jeden Geschmack. Das sind Tatsachen. Aber die Medien hängen jedes blutige Stück Fleisch möglichst hoch, damit die Zuschauer es lange betrachten können und man vor allem jeden einzelnen Tropfen Blut fallen sieht. Der Erfolg gibt ihnen Recht. Je blutiger, desto höher die Einschaltquoten. Die Bürger sitzen vor den Fernsehern und schlottern vor Angst davor, dass sie das nächste Steak sein könnten. Gleichzeitig rieselt ein wohliger

Schauer über den Rücken. Besser als jedes Kino. Es dauert nicht mehr lange, und wir haben amerikanische Verhältnisse – ein Volk von beißwütigen Angsthasen. Das müssen wir verhindern, und das werden wir verhindern. Denn wer Angst hat, wird eher Opfer – oder Täter.« Selbstzufrieden lehnte sich Schuster zurück und nahm seinen dritten Schluck Wasser.

Trotzig gab Bremer Antwort. »Saarbrücken liegt mit der Häufigkeitszahl zehntausend im oberen Mittelfeld der Städte ab hunderttausend Einwohner. Eine ganze Menge und alles andere als beruhigend. Seit den Fünfzigern hat sich die Häufigkeitszahl bundesweit mehr als verdoppelt. Wir haben zweiundachtzig Millionen Einwohner und sechseinhalb Millionen erfasste Straftaten. Rein statistisch gesehen ist damit fast jeder zehnte Bundesbürger straffällig geworden. Tendenz steigend. Ganz zu schweigen von der Dunkelziffer. Da können wir noch mal fünfzig Prozent draufpacken.«

»Herr Bremer«, säuselte Schuster milde wie ein geduldiger Vater, »wollen Sie mit mir ›Mensch ärgere dich nicht‹ spielen? Ich kenne alle Zahlen in- und auswendig. Sie rennen offene Türen ein. Ginge es nach mir, würde ich morgen tausend neue Kollegen einstellen. Aber wir haben kein Geld. Also, zum Mitschreiben: Wenn die Bürger Angst haben, wollen sie mehr Polizei. Wenn sie die nicht kriegen, machen sie natürlich uns verantwortlich. Die Politik. Da wir aber nicht die Mittel haben, jeden Saarländer rund um die Uhr zu bewachen, haben wir ein Problem. Einen Teil des Problems werden wir lösen, indem wir den Bürgern vor Augen führen, dass sie noch nie so sicher waren wie heute. Die Kampagne startet in vierzehn Tagen und hat ziemlich viel Geld gekostet. Broschüren sind gedruckt, Veranstaltungen organisiert, der Zeitplan für das nächste Jahr steht fest.«

Bremer ließ sich in seinen Sessel fallen. Die Kampagne! Diesen Quatsch habe ich vollkommen verdrängt, dachte er, wollte das rausposaunen, aber Bellorz trat ihm gegen das Schienbein, so dass Schuster ungestört fortfahren konnte.

»Wenn wir jetzt mit der Nachricht rauskommen, dass ein religiöser Fanatiker zielgenau eine Religion nach der anderen durch Mord an deren Vertretern heimsucht, können wir die Kampagne vergessen und Broschüren im Wert von fünfzigtausend Euro einstampfen. Diese schwachsinnigen Morde sind schon schlimm genug, aber das kriegen wir hin. Der PR-Abteilung rauchen schon die Köpfe. Statistisch haben wir noch Luft. In diesem Jahr machen die Mörder anscheinend Urlaub, das wissen Sie ja am besten. Die Medien. Die müssen wir rannehmen, dass sie nicht aus der Mücke einen Elefanten machen.«

Bremers ohnehin magere Sympathien für Schuster waren abgestürzt wie der Aktienindex nach dem 11. September. Er wünschte sich Weisensteins Witwe hierher und Frau Gerster und die Angehörigen der anderen Opfer. Die würden Schuster klar machen, worum es geht. Wut schäumte hoch, verdrängte den Plan. Bremer wollte Schuster den Marsch blasen. Bellorz spürte das und griff ein, bevor der Plan platzte.

»Kann ich alles verstehen, Herr Schuster, und ich halte Ihre Kampagne für überaus sinnvoll. Wir haben ja einiges an Personal bereitgestellt für bürgernahe Aktionen. Die Schwierigkeit liegt in meinem gesetzlichen Auftrag: Schließlich soll ich ja auch Schaden abwenden vom Volk, wenn ich Kenntnis von entsprechenden Umständen erlangt habe. Und das ist der Fall. Eindeutig. Sollte durch mein Schweigen ein Mord möglich werden, könnte ich mir das nie verzeihen – und einige meiner Kollegen sicherlich auch nicht. Was so weit gehen könnte, dass ich mich ziemlich rasch inmitten einer Ermittlung gegen meine eigene Person wiederfinden könnte. Das wäre mir sehr unangenehm.«

Haffner versuchte, die aufkeimende Auseinandersetzung zu vermeiden. Bremer lauerte weiterhin angriffslustig mit geschwollenem Kamm.

Wie konnte Schuster nur so töricht sein?, dachte Haffner. Was war in ihn gefahren? Politik musste von den Beamten fern gehalten werden. Schließlich verlangte auch niemand von Schuster, einen Mörder zu fangen. Bei dem Gedanken zuckten Haffners Mundwinkel nach oben. Sherlock Schuster. Ein Paradies für Kriminelle. Statt zu lachen, glättete Haffner die Wogen.

»Das ist uns natürlich vollkommen klar. Und niemand von uns würde im Traum daran denken, Ihnen vorzuschlagen, gegen Ihren Eid zu handeln. Tatsache ist aber doch, dass es nun wirklich keine Beweise gibt. Noch nicht einmal einen hinreichenden Verdacht gegen irgendjemanden. Hypothesen haben wir. Zugegeben, sehr gute. Aber Hypothesen allein rechtfertigen nicht, die Sturmglocken zu läuten. Eine Warnung in diese Richtung könnte ja durchaus auch Gefahren mit sich bringen. Panik-Selbstmorde, Tablettenmissbrauch, reaktive Gewalt und so weiter und so fort. Das haben Sie, meine Herren, doch sicher bereits diskutiert, oder? Wir versichern Sie aber unserer vollen Unterstützung und glauben fest, dass der Fall in den besten Händen ist, nicht wahr, Herr Minister?«

Der nahm einen vierten Schluck Wasser und nickte, dass sein Doppelkinn ins Schwanken geriet.

Bremers Temperatur hatte sich wieder normalisiert. Bellorz kennt seine Pappenheimer, dachte er. Wie die Fliege auf dem Leim. Schuster zappelte in der Falle und merkte es nicht einmal.

Wie ein Schelm grinste Bellorz von einem Ohr zum anderen. »Gut. Dann sind wir uns ja einig.« Schnell zog er ein Stück Papier aus der Tasche. »Einfach hier unterschreiben.«

Schuster überflog den Text, dann kritzelte er seinen Namen darunter. Haffner las erst gar nicht, er unterschrieb, ohne zu zögern. Schnell erhob sich Schuster, drückte Bremer und Bellorz die Hand und zog mit Haffner im Schlepptau von dannen.

»Und?«, fragte Bremer.

»Was wohl?«, sagte Bellorz.

»Freie Hand?«

Bellorz nickte, Bremer grinste.

»Und ein Blankoscheck. Wenn's sein muss, kriegen wir sogar Unterstützung vom Militär.«

»Ich gebe einen aus«, sagte Bremer.

»Mindestens«, sagte Bellorz.

Die Besprechung hatte keine zehn Minuten gedauert.

Reiner Zettler saß in seinem Büro und telefonierte gerade mit Heinz Leinen, Ingenieur bei der ROGESA und Ansprechpartner in technischen Fragen, als Riemler hereinstürmte. Schnell verabschiedete sich Zettler und legte auf.

Ohne Vorrede begann Riemler: »Zettler. Sie müssen Ihre Kontakte nutzen. Graben Sie Bremer an. Finden Sie raus, was hinter den Morden steckt. Das ist eine Sensation. Geld spielt keine Rolle.«

»Ernsthaft?« Zettler hatte ungläubig die Augenbrauen hochgezogen.

»Ernsthaft. Aber nur, wenn Sie der Erste sind. Wenn Sie Geld verpulvern, versetze ich Sie nach Merzig.« Riemler grinste.

»Merzig? Dann bitte ich um die einstweilige Erschießung. Merzig! Viez-Königin. Saftladen. Ich bin mir nicht sicher, ob Sie das nicht tatsächlich ernst meinen.«

»Doppelte Verneinung. Unschön. Probieren Sie's einfach aus. Was ich aber auf jeden Fall ernst meine: Wenn Sie die Story heimbringen, mache ich Sie zum Ressortleiter mit Sonderrechten. Und Merzig! Zur Erinnerung: Lokales ist das Herz unseres Blattes, vergessen Sie das nicht. Ohne Viez-Königin keine Saarbrücker Zeitung.«

Riemler zischte ab, und Zettler gab ihm Recht. Ohne Lokalberichterstattung brauchte niemand die Saarbrücker Zeitung zu kaufen. Bundespolitik, Weltpolitik, Blick in die Welt und Bundesliga – das kommt alles über die Ticker und die Korrespondenten, die auch für andere Blätter arbeiten. Die Zukunft ist klar: Bundesweit wird von einer Redaktion alles Überregionale gemacht. Vor Ort bleiben die Lokalredaktionen, die sich um die Leser kümmern und den Saarlandbezug herstellen. Die dafür sorgen, dass die Merziger wissen, dass in Saarbrücken ein Ring Lyoner vom Haken gefallen ist.

Zettler suhlte sich in seinem Selbstmitleid und vergaß, dass gerade die Lokalreporter eine wichtige Funktion ausübten: den Politikern vor Ort auf die Finger zu schauen; das Bedürfnis der Menschen nach Tratsch und Klatsch zu befriedigen, jenseits der puren, nackten Information; Verbindung herzustellen zwischen der Öffentlichkeit und dem Einzelnen; ein Stück Kultur zu pflegen, das für jede Gesellschaft lebenswichtig ist. Aber Zettler hatte die Nase voll. Von Riemler, der Saarbrücker Zeitung und dem Saarland. Schlecht gelaunt nahm er sich die Unterlagen vor. Durch die Indiskretion eines Polizeihauptmeisters wusste er einige schöne Details über die vier Morde. Und er hatte ein Muster erkannt. Ein Muster, das außerhalb der Wahrnehmung der Polizei lag. Das schlechte Gewissen regte sich in Reiner Zettler und forderte ihn auf, Martin einzuweihen. Aber Zettlers Teufel lachte nur und zählte die Argumente auf. Schon verstummte das schlechte Gewissen, und der Teufel beschloss, Bremer dieses eine Mal keinen reinen Wein einzuschenken, ihn für die eigenen Zwecke zu nutzen, weil es die einzige Möglichkeit war. »Martin wird das verstehen«, flüsterte der Teufel, Zettler saß am Schreibtisch und nickte begeistert. Dann stand er auf, kramte in einem Schrank herum und förderte ein frisiertes Radio zutage. Er stellte den Polizeifunk ein, lauschte, schaltete wieder aus, rief Bremer an und nannte Zeit und Ort für ein Treffen.

FÜNF

Der Erste Kriminalhauptkommissar war froh, an die frische Luft zu kommen. Der Termin mit Zettler war die willkommene Gelegenheit dafür. Die Polizeimaschinerie lief, konnte ein oder zwei Stunden auf ihn verzichten. Das war der Vorteil kluger Führung: Aufgaben und Verantwortung übertragen. Als Leiter gar nicht auffallen, nicht den Oberlehrer rauskehren. Die Fäden im Hintergrund ziehen und aufpassen, dass nichts schief läuft, den Überblick behalten und im richtigen Moment mit feinen Steuerbewegungen jede Untiefe und jedes Riff bewältigen. Zurzeit war es zwar ein Zickzackkurs, den Bremer fuhr, aber das brauchte ja niemand zu wissen.

Gut gelaunt betrat er das Leonardo am St. Johanner Markt, fühlte sich etwas deplatziert unter den jungen Studenten, die an kleinen Bistrotischen in der schummrigen Beleuchtung saßen, plauderten, Zeitung lasen oder sich tief in die Augen sahen. In der hintersten Ecke, direkt an der Tür zu den Toiletten, saß Zettler und blätterte in einem Stapel Papiere, der den Tisch vor ihm verbarg wie eine Decke. Seine Kaffeetasse hatte er auf dem Nachbartisch abgestellt. Der Schaum war zerfallen wie eine schöne Illusion, darunter kam der hellbraune Milchkaffee zum Vorschein, beleidigt, weil Zettler ihn bis jetzt ignoriert hatte. Für Bremer stand ein unbequemer, zerbrechlich wirkender Stuhl bereit. Er setzte sich vorsichtig, aber das Möbelstück ertrug das Gewicht des Besetzers klaglos. Ohne Begrüßung begann Bremer. »Gibt es eine undichte Stelle bei uns?«

Zettler schürzte die Lippen und sagte schlicht: »Ja.«

»Wer?«

»Martin!«

»Sag mir wenigstens, ob es einer meiner Männer ist.«

»Keiner von deinen. Die sind alle sauber.«

Der Mord an Rümert ist nicht durchgesickert, dachte Bremer.

Warum? Vielleicht hat die undichte Stelle doch noch ein wenig Korpsgeist. Oder ein schlechtes Gewissen und versucht es zu beruhigen, indem sie nicht alles preisgibt. Oder sie versucht, woanders für diese Information einen höheren Preis zu erzielen.

»Martin?«

Bremer richtete seine Aufmerksamkeit wieder auf Zettler und fragte: »Was weißt du?«

»Genug!«

»Reiner!«

»Genug, um eine Idee zu haben.« Der Reporter wuschelte durch die Blätter vor sich. »Hier drin könnte sich die Lösung verbergen.«

»Raus damit.«

»Ich will die Story exklusiv.«

»Das liegt nicht in meiner Macht.«

»Du kannst es beeinflussen. Wenn es so weit ist, wenn ihr die Täter habt, brauche ich nur eine Stunde Vorsprung. Dann kann ich über die Agenturen die Nachricht absetzen, und alle müssen sich auf mich berufen. So lange kannst du euren Pressesprecher locker blockieren. Hilf mir. Dieses eine Mal.«

Bremer versteifte sich. Das war neu. Noch nie hatte Reiner eine Forderung gestellt. Ein flaues Gefühl beschlich den Kommissar. Aber er traf eine schnelle Entscheidung. Reiner ist mein Freund, und vielleicht macht er einen Fehler mit seiner Forderung an mich, dachte Bremer. Aber vielleicht kann ich mit seiner Hilfe die Mörder fangen und verhindern, dass noch mehr Menschen sterben müssen. Wenn nicht, passiert nichts weiter.

»Gut.«

Zettler war sichtlich erleichtert und sprudelte los. »In der Stadt hat sich ein Ableger der ›Dämonen des Teufels‹ niedergelassen. Das ist eine satanistische Gruppierung. Eine von Hunderten Splittergruppen. Bisher konnte denen nichts nachgewiesen werden, das strafbar wäre. Sie sitzen in der Feldmannstraße. Nummer 54. Mit Türschild. Eine Website haben sie auch.«

»Satanisten. Hier in Saarbrücken haben wir bisher nur Bagatelldelikte gehabt, die mit Sekten zu tun hatten. Die Friedhofsschändungen verdanken wir den Neo-Nazis, aber denen haben wir gründlich heimgeleuchtet. Und Gott sei Dank haben sich die Richter auch nicht lumpen lassen. Den Nazis ist anständig die Freude vergangen, die Anwälte sind fast Amok gelaufen. Das war ein Spaß! Zwei Jahre sechs Monate. Fast die Höchststrafe von drei Jahren.«

»Ich erinnere mich. Und weil das Strafmaß über zwei Jahren lag, gab's auch keine Bewährung. Ehrlich gesagt, ich war ziemlich erstaunt, dass hier so hart durchgegriffen wurde. Ihr seid damit eine ziemliche Ausnahme.«

»Unser Direktor hat jüdische Vorfahren. Der Holocaust ist ihm in die Haut gebrannt.«

»Wusste ich nicht! Echte Bildungslücke.«

»Aber wir sind ziemlich unbeleckt, was Satanismus angeht. Die Polizeistatistik hat nicht einmal eine Rubrik für Taten mit satanistischem Hintergrund. Du könntest irgendein Teufelszeichen auf der Jacke tragen, ich könnte es gar nicht deuten. Und das geht meinen Kollegen ebenso. Keine Zeit, kein Geld. Alles nicht so wichtig.«

»Aber ich kann es. Ist mein Hobby. Ich habe immer ein Auge auf die Satansbraten.« Zettler lehnte sich zufrieden zurück.

»Das wusste ich wiederum nicht. Wir sollten uns öfter treffen. Sonst verlieren wir uns noch aus den Augen. Was reizt dich an Satan? Schlechte Erfahrungen gemacht?«

»Die pure Neugierde. Spannendes Thema.«

»Na los. Man nennt dich nicht umsonst den Peter Scholl-Latour des Saarlandes.«

Und schon war Zettler in seinem Element. Wie vom Band spulte er sein Wissen ab. »Manches ist gar nicht so verkehrt, einiges abartig, brutal und menschenverachtend. Aber wie bei den meisten Lebensanschauungen kann man nicht alle über einen Kamm scheren. Anhänger der reinen Lehre von La Vey zum Beispiel würden niemals auf die Idee kommen, jemandem zu schaden. Die Killer von Witten hatten sich zwar mit allem möglichen Satans-Kitsch behängt, schwarze Kleider getragen und sich Satanisten genannt. Aber das waren Einzelgänger, die keinem Orden wirklich angehörten. Sie wurden schon vor dem Mord von den meisten Satanisten geächtet. Eine Regel von La Vey heißt: ›Tue, was du willst, solange es beide wollen.‹ Bei Crowley, einem der wichtigsten Satanisten des vergangenen Jahrhunderts, ist das anders. Er selbst starb in geistiger Umnachtung. Sein ›Liber Al vel Legis‹ hat einige unschöne Passagen und prophezeit die Wiederkehr eines satanischen Weltherrschers. Richtig zur Sache geht es in der so genannten Crowley-Charta, dem geheimen Gesetzbuch der Crowley-Anhänger. Der Tenor lautet: ›Das Gesetz des Starken: das ist unser Gesetz ... tu, was du willst, soll sein dein ganzes Gesetz.‹ Dem Fass den Boden schlägt seine Schlussfolgerung aus: ›Der Mensch hat das Recht, all diejenigen zu töten, die ihm diese Rechte zu nehmen suchen.‹«

Bremer kratzte sich am Kopf. »So was Ähnliches habe ich schon mal gehört. Der Kampf gegen den internationalen Terrorismus. Genau. Da sind ja auch alle Mittel gerechtfertigt.«

»Jetzt lass mal die Kirche im Dorf. Das kannst du nicht vergleichen. Allein schon deshalb, weil George Bush kein Satanist ist, sondern Methodist, Mitglied einer protestantischen Freikirche, die alles andere als Mord und Totschlag propagiert. Ganz im Gegenteil. Du solltest dich erst mal gründlich informieren, bevor du alles durcheinander wirfst und solchen Unsinn verzapfst.« Reiner war wütend geworden, und Bremer sah es ein.

Demütig bat er um Vergebung. »Du hast ja Recht. So einfach ist es wirklich nicht.«

»Schon gut. Erinnerst du dich an den Mord an Sharon Tate? Roman Polanskis Frau. Sie war schwanger. Verantwortlich: Charles Manson und Konsorten. Manson wurde gleichzeitig als Satanist verdammt und als Heilsbringer und Ikone der Popkultur glorifiziert, je nachdem, welches Lager zu Wort kam. Meine Wahrheit ist: Charles Manson und seine Gruppe ›The Family‹ metzelten, was das Zeug hielt, weil sie zu den Ultrarechten gehörten. Und weil Manson und seine Hörigen vollkommen krank waren.«

»Und die echten Satanisten?«, fragte Bremer.

»Nehmen wir La Vey. Seine ›First Church of Satan‹ wurde in den USA als Kirche anerkannt. Die Brutalität dieser Morde passt nicht zu La Vey. Das ist eine Qualität, die ich bisher so noch nicht gesehen habe.«

»Einmal ist immer das erste Mal. Was ist eigentlich dieser Satans-Kult?«

»Wie soll ich das kurz erklären.« Zettler schwieg, Bremer schlürfte derweil einen zweiten Kaffee.

Schließlich fuhr Zettler fort. »Für Anfänger: erst mal die Sekte. Übersetzt aus dem Lateinischen heißt Sekte so viel wie ›befolgter Grundsatz‹. Das heißt, wer einem religiösen oder philosophischen Grundsatz folgt, ist ein Sektierer. Natürlich ist das in der Umgangssprache längst untergegangen. Wer heute als Sektierer bezeichnet wird, der kapselt sich ab, ist ein ›Anti‹ zum Gesellschaftsentwurf, verlacht die großen Kirchen als Sammelbecken frustrierter, lustfeindlicher Warmduscher. Damit greifen die Satanisten ebenso zu kurz wie viele Sektenbeauftragte oder solche, die sich dazu ernannt haben. Die nämlich sehen in Sekten und Satanisten den Untergang der menschlichen Zivilisation, dichten ihnen entsprechende Eigenschaften an. Das lässt die Satanisten meistens kalt. Solange sie nicht in ihrer Welt gestört werden. Eine satanische Lebensregel heißt: ›Ehre das Leben und die Natur, denn auch du bist ein Teil von ihr.‹ Das ist schon fast buddhistisch. Satan ist der Gegenentwurf zur bigotten, frömmelnden Gesellschaft, zu einem Christentum, das sich entfernt hat von seinen Wurzeln.«

»Und wie kommst du darauf, dass die Saarbrücker Satanisten etwas mit den Morden zu tun haben?«

»Die sind radikal, gewaltbereit. Wenn sie bedroht werden, greifen ihre Regeln und Gesetze: ›Satan bedeutet Rache anstatt Hinhalten der anderen Wange!‹ und ›Wenn dich ein Gast in deinem Heim belästigt, behandle ihn grausam und ohne Gnade.‹ Und last, but not least: ›Wenn du auf offenem Grund unterwegs bist, belästige niemanden. Wenn dich jemand belästigt, bitte ihn, damit aufzuhören. Wenn er nicht aufhört, *vernichte* ihn.‹ In diesem Zusammenhang könnte ich mir vorstellen, dass mal jemand durchknallt und eine solch satanische Rache übt.«

Aufmerksam hatte Bremer zugehört. »Wenn es diese verrückten Satansbraten waren, haben wir ein Problem. Dann liegt das Motiv außerhalb unserer Wahrnehmung; außerhalb unseres Weltbildes. Ein blinder Fleck. Und wir haben niemanden, der sich mit

Satanisten auskennt und gleichzeitig im Saarland zu Hause ist. Es gibt einige Kollegen, die seit Jahren fordern, Cult-Cops auszubilden. Das Bundeskriminalamt hat einen, glaube ich. Aber hier im Saarland? Vergiss es!«

»In Amerika ist das Standard.« Zettler starrte in Bremers graue Augen, wusste, dass er gewonnen hatte.

»Du willst an die Front?«

»Was sonst?«

»Okay. Das kannst du haben. Bist du bei diesen ›Dämonen des Teufels‹ persönlich bekannt?«

»Nein.«

»Gut. Also wirst du versuchen, da reinzukommen. Unter falschem Namen. Als Heiner Wohlfarth. Das sollte dir nicht schwer fallen. Beobachte. Nichts weiter. Lass alles auf dich wirken und entscheide, ob da etwas zu holen ist. Keine Action! Klar?«

»Klar. Ich werde Mitglied. Und keine Heldentaten. Ehrenwort. Und ich lasse dir mein Dossier über Satanismus zukommen.« Zettler senkte den Blick. »Du verstehst, dass ich die Story brauche?«

»Du bist mein Freund. Und du hast die Karten auf den Tisch gelegt. Wie immer.«

Fast, dachte Zettler, fast. Er lächelte.

Bremer auch. »Ist dir klar, dass du der einzige Mensch bist, dessen Ehrenwort mir mehr wert ist als ein Vertrag?«

»Geht mir genauso, Martin, geht mir genauso.« Glühend heiß lag Zettlers Rechte auf dem Papierstapel und schwitzte sauren Schweiß in die Seiten.

Sein bester Freund aber war erleichtert und sagte: »Das ist gut. Sehr gut. Ich bin gespannt. Die ganze Sache ist so heiß, dass wir freie Hand haben und fast alles anfordern können, was wir wollen.«

»Vielleicht brauche ich Geld. Auch Satanisten leben nicht vom Schwefel allein.«

Bremer lachte laut heraus, stutzte kurz und prustete dann los wie eine Alarmsirene. Tränen kullerten über seine Backen, stoßweise zog er Luft durch die Zähne, in immer kürzeren Abständen, bis er hilflos nach Atem rang, das Lachen stürzte weiter aus ihm heraus, jetzt mit Gewalt, gegen seinen Willen; Bremer riss die

Augen auf wie ein Ertrinkender, und so war es ja auch. Die Luft ging ihm aus.

Zettler sprang auf, packte seinen Freund an den Schultern und schüttelte ihn. Da auch das nichts half, trat er ihm kräftig gegen das rechte Schienbein, das Bellorz schon malträtiert hatte. Bremer schrie vor Schmerz auf, krümmte sich und hatte das Lachen besiegt. Japsend setzte er sich wieder an den Tisch und brauchte fünf Minuten, um seine Atmung zu beruhigen.

»Ganz schön im Stress, was?« Bremer nickte nur, noch konnte er nicht sprechen. Eine gute Gelegenheit für Zettler. »Klartext: Du bist überarbeitet, emotional verödet, traumatisiert und reif für die Klapse. Korrekt?«

Bremer nickte ein weiteres Mal.

»Und das schert dich wenig, weil du zu allem Überfluss auch noch ein Workaholic bist.«

Ein drittes Nicken.

»Gut. Das wollte ich nur gesagt haben.«

»Wenn der Fall gelöst ist, mache ich achtzig Stunden Urlaub von den sechshundertvierunddreißig Überstunden, gehe in Supervision, die ich selbst bezahlen muss, und heirate eine philippinische Schönheit von der Stange, zu Sonderkonditionen«, röchelte Bremer. Er hustete ein paarmal, wischte sich das verschwitzte Gesicht, richtete seinen Verband und räusperte sich die Kehle frei. Zettler hatte bereits die Blätter zusammengeschoben und reichte sie herüber, Bremer griff zu, sie standen auf, zahlten, gingen hinaus in den sonnigen Nachmittag.

Der Journalist kehrte zurück in die Hallen der Saarbrücker Zeitung, der Kommissar zögerte, welche Richtung er einschlagen sollte. Schließlich gab er sich einen Ruck und wählte den Weg ins Büro. Das Handy schwieg drohend die ganze Zeit über.

Zurück im Präsidium führte Bremer zwei Telefongespräche. Eins mit Polizeidirektor Haffner, den er bat, den Cult-Cop vom BKA anzufordern. Das dauerte keine sechzig Sekunden. Haffner war selbstverständlich sofort einverstanden. Ein zweites führte er mit dem Fraktionsvorsitzenden der SPD im Landtag. Das dauerte fast eine Stunde. Gegen fünfzehn Uhr überschlugen sich die Ereignisse.

Bellorz startete in Richtung Schaumberg, der höchsten Erhebung im Saarland. Weber besorgte sich einen Durchsuchungsbefehl und eilte nach Neunkirchen. Bremer und die Frischlinge zogen in den Nordosten zum Peterberg. Abgestumpft vom Schrecken der letzten Tage betrachteten die Ermittler die zwei neuen Leichen mit einer Distanz, die ein Arzt an den Tag legen muss, damit er nicht wahnsinnig wird, wenn ihm die Menschen unter der Hand wegsterben. »Dafür bin ich nicht verantwortlich«, sagt sich der Arzt, und in der Regel hat er Recht. Er ist nicht Gott und hat alles getan, was in seiner Macht stand. Das unterscheidet das gute vom schlechten Gewissen. Alles getan zu haben.

Mit gutem Gewissen machten sich die Ermittler an die Arbeit. Todesursache, Todeszeitpunkt? Nicht klar. Mist. Ungefähr? Auch nicht. Kann man nichts machen. Zeugen, wer hat ihn gefunden, Identität, dieselben Schuhspuren, ja, gut, das macht die Arbeit leichter, wie heißt er? Herz, Friedrich Herz. Ohne Konfession. Was für ein Gerät, auf dem der Mann festgeschnallt ist! Furchtbar. Ja, furchtbar. Eine Garrotte. Und der andere. Gesteinigt am alten Steinbruch am Peterberg. Eingegraben bis zur Hüfte. Prima – die Schuhspuren auch hier. Ali Cont heißt er. Moslem. Jetzt haben wir sechs. Und Weber hat einen. Den einen. Die heiße Spur. Verdächtig bis zum Gehtnichtmehr. Die Spürhunde sind gleich zurück in Saarbrücken, dann wird er ausgequetscht. Der wird sich wundern. Volltreffer. Endlich.

Fast zeitgleich trafen die drei Gruppen im Präsidium ein. Webers Beute wurde im Verhörraum zwischengeparkt und von drei Polizeimeistern bewacht. Alles, was bei dem Verdächtigen beschlagnahmt wurde, kam bei Zerb auf den Tisch, der sich gleich darüber hermachte wie über einen Schokoladenkuchen. Sorgfältig, zügig, mit Genuss. Unterwegs hatten sich die Ermittler bereits auf den neuesten Stand gebracht. Jetzt erklärte Weber die Einzelheiten zu seinem Fang.

»Der Verdächtige ist der Besitzer des Grundstücks, auf dem die neue Moschee gebaut werden soll. Seine Wanderschuhe weisen den Fehler in der Sohle auf. In seinem Hobbyraum haben wir ein altes Ausbeiner-Messer gefunden. Er hat kein Alibi für die

Tatzeitpunkte. Er ist ein Einzelgänger, lebt allein und ist, gelinde gesagt, nicht gut auf Ausländer zu sprechen. Er bestreitet, irgendetwas mit den Morden zu tun zu haben.«

»Hat er einen Rechtsanwalt angerufen?«, fragte Bellorz.

Weber schüttelte den Kopf. »Er sagt, er könne sich selbst verteidigen, er sei kein Weichei, das einen Wortverdreher braucht, um Händchen zu halten. Die seien ja alle schwul, die Rechtsanwälte.«

»Auweia«, sagte Bremer. »Das wird ja ein Spaß. Wir lassen ihn noch ein bisschen schmoren. Bis Zerb Ergebnisse hat. Wir wissen noch nicht genau, wann die beiden Letzten umgebracht wurden. Auf jeden Fall haben wir den Wanderschuh an jedem Tatort. Sonst noch irgendetwas Erhellendes?« Da niemand etwas sagte, beraumte Bremer die nächste Sitzung für neunzehn Uhr an.

Zerb und Pfister hatten sich ins Zeug gelegt, und schon nach zwei Stunden lagen die Ergebnisse auf dem Tisch. Mürrisch las Bremer die Berichte und wechselte dann in den Verhörraum. Die Bewacher standen stumm herum, am Tisch saß ein Mann mit Falten im Gesicht wie ein Hush-Puppie. Diesmal war sich Bremer sicher: Den habe ich noch nie zuvor gesehen. Viereckiger Schädel, herabhängende Mundwinkel, kleine dunkle Augen, eine gigantische gebogene Nase. Bis auf ein paar einsame Überreste kahl auf dem Kopf, dafür ein Schnurrbart, steingrau und streng auf rechteckig getrimmt. Die Fingernägel fein säuberlich manikürt, die Handrücken übersät mit feinen Narben und Altersflecken. Der Mann muss einmal furchtbar dick gewesen sein, oder er hat eine Krankheit. Auch am Hals Falten wie bei einem Truthahn. Oder er war muskulös gewesen. Ein Bodybuilder. Ein Ballon: Luft raus – Falten rein.

Bremer setzte sich, drapierte seine Unterlagen vor sich auf dem Tisch und schaltete die Aufnahmegeräte ein. »Mein Name ist Martin Bremer. Ich bin Erster Kriminalhauptkommissar und Leiter der Mordkommission Saarbrücken. Heute ist Montag, der 24.6.2003. Es ist neunzehn Uhr achtunddreißig.« Bremer fixierte sein Gegenüber. »Ich befrage den Verdächtigen zu seinen Personalien. Wie heißen Sie?«

»Heinrich Birkau.« Beleidigt warf ihm der Beschuldigte seinen

Namen hin. Keine Spur von Angst schwang in der tiefen Bassstimme, kein Zittern, wie man es bei einem so alten Menschen erwartet hätte.

»Geboren?«

»Am 28.3.1918 in Saarbrücken.«

»Das heißt, Sie sind sechsundachtzig Jahre alt?«

»Ja.«

»Beruf?«

»Kaufmann.«

»Herr Birkau. Sie werden einer schweren Straftat verdächtigt. Sie können einen Anwalt zur Vernehmung hinzuziehen. Sie müssen auf keine Frage antworten, wenn Sie sich damit einer Straftat bezichtigen würden. Als Beschuldigter haben Sie außerdem das Recht, die Aussage zu verweigern. Sie müssen nichts sagen, wenn Sie nicht wollen. Haben Sie das verstanden?«

»Ja.«

»Wollen Sie ein Telefongespräch führen, einen Anwalt oder eine andere Person zu Ihrer Vernehmung hinzuziehen?«

»Nein.«

Bremer nahm den Vorschlaghammer. »Wir haben Beweise in Ihrem Haus gefunden, die nahe legen, dass Sie sechs Menschen getötet haben.«

»Unmöglich.«

»Ihnen gehört das Grundstück mit der Gemarkungsnummer St. Johann 34 bis 45.«

»Ja.«

Bremer bereitete sich auf ein stundenlanges Verhör vor. Dieser Mann war über achtzig Jahre alt und zäh wie Lappleder. Die Sorte Mensch, die aus Trotz nicht stirbt und zuletzt mit Gewalt von Gevatter Tod in den Orkus gezogen werden muss.

»Herr Birkau. Wir haben bei Ihnen ein Paar Wanderschuhe gefunden, deren Sohlenabdruck präzise zu denen passt, die wir an allen Tatorten gefunden haben.«

»Ja und?«

»Ja und? Das heißt, Sie müssen an den Tatorten gewesen sein. Auf Ihrem Grundstück sollte eine Moschee gebaut werden. Aber Sie wollten nicht verkaufen. Die Stadt hat bereits über ein Enteignungsverfahren nachgedacht. Sowohl Mosche Weisenstein als auch Ali Cont haben das vorangetrieben. Die beiden sind bei Oberbürgermeister Rümert auf offene Ohren gestoßen.«

»Ich werde nicht zulassen, dass auf meinem Grundstück eine Moschee gebaut wird. In der Tat habe ich schon daran gedacht, diese Heiden aus dem Weg räumen zu lassen. Aber irgendjemand ist mir zuvorgekommen.« Birkau schäumte vor Wut.

»Hassen Sie die Juden?«, fragte Bremer.

»Nein. Ich hasse auch keine Schnecken. Aber ich streue trotzdem Schneckenkorn, wenn sie an meinen Salat gehen.«

»Araber?«

»Schnecken!«, schrie Birkau.

»Franzosen?«

»Schnecken!«

»Russen?«

»Alles Schnecken. Schleimtiere. Schmarotzer.« Birkaus Stimme überschlug sich.

»Sie hassen jeden, der anders ist, nicht wahr?«

Birkaus Stimme wurde weich. »Mein Volk. Es geht um mein Volk. Das Deutsche. Da haben Ausländer keinen Platz. Die fressen uns unsere Rente weg. So einfach ist das. Warum nicht umbringen? Aber diesmal gründlicher.«

Bremer versuchte, schneller voranzukommen. Trotz aller Routine ekelte es ihn vor diesem Mann. »Sie waren Mitglied in der NSDAP bis Kriegsende, saßen vier Jahre im Gefängnis. Nur vier Jahre, denn man konnte Ihnen die Morde an drei Saarbrücker Juden nicht nachweisen. Die drei sind genauso wie Mosche Weisenstein gestorben. Haben Sie sich an Ihre Vergangenheit erinnert und Ihr altes Werkzeug ausgepackt?«

»Nein.«

»Warum leugnen Sie? Wir werden Ihre Komplizen bald fangen. Ihr Adressbuch ist das ›Who ist Who‹ der rechtsradikalen Szene im Saarland. Geld haben Sie genug. Aber kein Alibi. Die Indizien sind erdrückend.«

»Ich habe nichts mit den Morden zu tun.«

»Wie Sie wollen. Sie bleiben vorerst in Gewahrsam. Sie werden morgen dem Haftrichter vorgeführt.«

Ungerührt ließ sich der Mann wegbringen. Der Kommissar schüttelte nur den Kopf.

Weber kam rein. »Harter Brocken. Wir haben die Nazis aus dem Adressbuch besucht. Bei der Gelegenheit haben wir einen Haufen verbotener Bücher und Flugblätter gefunden und, man höre und staune, einige Schusswaffen samt Munition, aber keine Waffenscheine dazu. Die leugnen allen Ernstes immer noch den Holocaust. Einige wollten schon in die FDP eintreten. Der Möllemann-Effekt. Ist aber schon wieder verpufft. Auf jeden Fall haben wir sechs Verdächtige gleich mitgenommen.«

»Ich weiß nicht«, erwiderte Bremer. »Birkau und seine Dumpfbacken haben einfach nicht das Format für diese Serie. Und das Motiv. Das Enteignungsverfahren würde ewig dauern. Das erlebt Birkau gar nicht mehr.«

»Der ist ein verbohrter Nazi. Das hast du doch gehört. Mit Vernunft kommst du da nicht weiter. Was mich wundert: Die Schuhe stehen da rum wie auf dem Präsentierteller. Blitzblank sauber. Aber am Messer konnte Zerb Blut finden. Die Blutgruppe stimmt mit der von Weisenstein überein. Der DNA-Test dauert noch ein bisschen. So richtig überzeugt mich Birkau auch nicht. Wenn wir nichts Besseres finden, sieht es allerdings düster aus für ihn. Weißt du was? Ich checke noch mal alles durch.«

»Mach das, gute Idee. Stimmt unsere Richtung?«

Weber zögerte nicht mit seiner Antwort. »Ja. Wir müssen richtig ran an den Speck. Kein Zweifel. Kein Zaudern. Wie du gesagt hast: den ganz feinen Filter und nicht schludern. Ach so. Die Bereitschaft hat die Tatorte durchgekämmt. Innerhalb eines Umkreises von zwei Metern findest du nichts außer den Schuhspuren. Ab da geht's los: Zigarettenkippen, Papierchen aller Art, das übliche Sammelsurium. Zerb und Pfister sind sich einig: Die haben geputzt, bevor sie gegangen sind. Da wurde nichts dem Zufall überlassen.«

Weber grüßte und ging. Bremer fasste einen Entschluss und saß eine halbe Stunde später in Bellorz' Büro.

»Ich höre, Martin.«

»Wir haben Satanisten im Angebot und Nazis ...« Bremer

saugte kurz an seinem linken Daumen. »Sie haben alle Informationen?«

Der Staatsanwalt zeigte auf seinen Schreibtisch. »Der Papierberg wächst von Minute zu Minute. Ihre Leute legen sich wirklich ins Zeug, Martin.«

»Kompliment oder sanfter Hinweis, dass das nicht immer so ist?«

»Wie Sie wollen.«

»Im Moment brauche ich Komplimente. Danke für die Blumen.«

»Gern geschehen.«

Bremer setzte sich auf die rechte Kante des Schreibtisches. Jeder andere, der das gewagt hätte, wäre unweigerlich mit Bellorz' dunkler Seite der Macht kollidiert. Bremer aber nahm seine Denkerpose ein: Stirn gerunzelt, die rechte Hand in die linke Ellenbeuge gestützt, zwischen linkem Zeigefinger und Daumen ruhte sich das Kinn aus. Zwangsläufig ging die linke Hand mit jeder Mundbewegung mit wie ein Matrose bei schwerer See.

»Das Muster stimmt nicht. Rümert fällt raus. Die Satanisten könnten es gewesen sein, aber mir fehlt das wirklich starke Motiv. Wir haben keine Hinweise, dass sie ernsthaft bedroht wurden. Unser Profiler spricht nur in Rätseln, es könne jeder gewesen sein, der verrückt genug sei. Psychopathen? Das müssen mindestens vier von dem Kaliber sein. Sehr schwer unter einen Hut zu bringen. Birkau und die Nazis? Zu breit gestreut, die Opfer. Zu viele Deutsche dabei, mit rechtem Glauben und bürgerlicher Existenz. Die Ausführung stammt von Profis. Das Motiv? Rümert. Der Wahlkampf. Das ergibt einen Sinn. Die einzige komplette Theorie.«

Bellorz schüttelte nur den Kopf. »Sechs Menschen aus dem Weg zu räumen, einen bestialischer als den anderen, nur um die OB-Wahl einige Monate zu verzögern? Das traue ich niemandem zu. Es gibt in der gesamten Kriminalgeschichte nicht ansatzweise einen vergleichbaren Fall. Noch nicht einmal den Versuch. Ausgeschlossen. Martin, verrennen Sie sich da nicht in eine abstruse Theorie, bei allem Respekt. Rümerts Kontrahent ist ein angesehener Mann, der zwar mit harten Bandagen kämpft, aber immer im Rahmen der Legalität. Außerdem wird der politische Erbe von Rümert einen Bonus haben, der seinen Sieg so gut wie sicher macht. Wer Rümert wählen wollte, wird auch seinen Nachfolger wählen, in memoriam. Davon bin ich überzeugt. Ich kenne Felix Wagner, Rümerts Gegner. Allein diesen Verdacht ihm gegenüber zu äußern – denken Sie nicht einmal daran. Das ist ein Fass voll Nitroglyzerin. Martin, ich bitte Sie inständig, wir müssen den Fall schnell klären. Gehen Sie nicht in die falsche Richtung. Ich brauche Sie auf dem richtigen Weg. Setzen Sie auf die Satanisten.«

Aufmerksam hatte Bremer zugehört. Bellorz hatte eine Bitte geäußert, die einer Dienstanweisung gleichkam, und seine Argumente waren stark. »Vorschlag: Ich ermittle praktisch allein in diese Richtung. Und zwar so unauffällig, dass es niemand merkt. Zwei Tage, ohne dass die Leitung der Soko X darunter leidet.«

»Aber nur, wenn Sie mir versprechen, Wagner in Ruhe zu lassen. Ich kann keinen politischen Amoklauf gebrauchen. Haffner übrigens auch nicht. Wenn unsere Ermittlungen dazu führen sollten, dass die Wahl anfechtbar wird, weil ein Kandidat durch uns in den Dreck gezogen wird, rollen unsere Köpfe.« Die beiden standen sich jetzt gegenüber, entspannt, aber voller Energie.

»Ich verspreche, bei allem, was mir heilig ist, keine Staubkörnchen aufzuwirbeln und keine der anderen Spuren aus den Augen zu lassen«, sagte Bremer feierlich und hob die Rechte zum Schwur.

»Da Sie ja sowieso kaum schlafen, ist das ein Angebot, das ich nicht ablehnen kann.« Bellorz nahm Bremers Rechte in beide Hände und senkte seinen Blick in dessen Augen. »Danke.«

Des Teufels General, der bin ich, dachte Bremer. Und ich werde mich an die Abmachung halten. Schon wollte er gehen, aber Bellorz hielt ihn zurück. »Wenn dieser Fall abgeschlossen ist, machen Sie Urlaub. Drei Wochen Minimum. Das werde ich anordnen. Ansonsten werde ich Sie vom Dienst suspendieren. Ich werde einen Grund dafür finden, das steht fest.«

Daran zweifelte Bremer keine Sekunde. Gemächlich kehrte er zurück in den Konferenzraum. Die drei Neuen standen dumm herum, alle anderen waren ausgeflogen.

»Wir sollen auf Ihre Anweisungen warten, hat Oberhauser gesagt.« Susanne Holt klang fast beleidigt.

»Schließen Sie die Tür«, erwiderte Bremer ruhig. »Und setzen Sie sich alle mal hierher.« Er zeigte auf drei unbequeme, uralte Bürostühle.

Die drei gehorchten. Die Spannung stieg. So hatten sie Bremer noch nicht erlebt. Ruhig, fast zufrieden.

»Ich habe ein Problem.« Wie an einer Schnur gezogen, sprangen die Augenbrauen der Neulinge in die Höhe und fielen gleich wieder herunter.

»Ich habe eine Theorie, und Bellorz hat mir zwei Tage gegeben, um sie zu beweisen. Die Theorie ist abwegig, unlogisch, gefährlich, könnte zum Bumerang werden. Ganz abgesehen davon, dass ich niemandem etwas davon erzählen darf. Aber das tue ich ja auch nicht. Ich werde mit Ihnen eine Übung machen. So tun, als gäbe es hinreichende Verdachtsmomente, um in eine bestimmte Richtung zu ermitteln. Sie haben die Wahl. Sie können bei mir mit einsteigen, ausgefuchste Polizeiarbeit kennen lernen und das Risiko eingehen, von Bellorz und Haffner vielleicht platt gemacht zu werden, sprich rausgeworfen. Oder Sie verlassen den Raum und schweigen wie die Gräber.«

»Haben wir Bedenkzeit?« Klöber kratzte sich an der Nase.

»Nein.«

»Habe ich auch nicht erwartet.«

»Warum fragen Sie dann?«

»Um Zeit zu gewinnen.«

»Gut. Die Zeit ist um.«

»Haben wir Nachteile, wenn wir ablehnen?« Flaumer.

»Keine. Ehrenwort.«

»Dann nichts für ungut.« Flaumer verließ das Schiff.

»Flaumer!«

»Ja?«

»Wenn Sie von dem Gespräch hier irgendetwas nach außen dringen lassen, werde *ich* Sie platt machen. Klar?«

Flaumer zuckte nicht einmal. »Ihr Ehrenwort gegen meins.«

»Gut. Lassen Sie sich von Oberhauser einweisen. Er ist ein guter Mann.«

Leise zog Flaumer die Tür hinter sich zu.

»Und Sie, Herr Klöber?«

»Ich weiß nicht ...«

»Eins, zwei, drei ...« Bremer zählte seine Finger ab. Klöber stand auf, senkte den Blick.

»Lieber nicht.« Mit eingeklemmtem Schwanz verzog er sich.

»Da waren's nur noch zwei.«

Susanne Holt nickte. »Zwei. Genau. Das muss reichen. Ihre Theorie?«

»Wahlkampf. Rümert sollte aus dem Weg geräumt werden. Das ermöglicht den Gegnern, den eigenen Kandidaten aufzubauen. Für Rümert gibt es keine Alternative. Die SPD ist schwach. Rümerts Tod bricht der Partei in Saarbrücken das Genick. CDU-Wagner ist eine Pflaume und nur deswegen Gegenkandidat geworden, weil er sowieso abgeschossen werden sollte. Seit zehn Jahren ist er Fraktionsvorsitzender im Stadtrat. Kein Landtagsmandat, nichts. Das war's. Politisch dumpf, privat cholerisch, krankhaft selbstverliebt, mit einem Wort: ein echter Narziss. Oberbürgermeister – das ist sein Lebenstraum. Zum Greifen nahe, wäre nur Rümert nicht sein Gegner.«

»Aber sechs Morde. Wie von Stephen Spielberg inszeniert. Wie soll das funktionieren, ohne dass Wagner deutliche Spuren hinterlässt? Wir sind hier im Saarland und nicht in der Bronx.«

»Das hat heute schon mal jemand behauptet. Vielleicht täuschen Sie sich beide?«

»Wie bitte?«

Bremer schüttelte nur den Kopf. »Unwichtig. Vielleicht hat er Profis engagiert.«

»Und woher nimmt er das Geld? Das fällt doch sofort auf.«

»Schwarze Kassen. Ich kann mir vorstellen, dass er die ganze Sache von langer Hand vorbereitet hat.«

Die Praktikantin stand auf, verschränkte die Arme vor der Brust und kniff die Augen zusammen. »Sie haben Recht: Die Theorie ist abwegig, unlogisch, gefährlich und wird hundertprozentig zum Bumerang. Wenn Sie Wagner gegenüber diesen Verdacht aussprechen, ist sofort die Hölle los. Mit viel Glück werden wir nur einen Kopf kürzer gemacht.«

»Richtig. Deswegen werde ich ihn auch nicht aussprechen.«

»Ich?«

»Sie. Und zwar auf ganz privater Ebene. Sie machen sich an ihn ran und horchen ihn aus. Nicht genehmigte verdeckte Ermittlung.«

»Niemals!«

»Dann vergessen Sie alles und gehen am besten ins Kloster. Oder träumen ein bisschen von Lena Odenthal.«

»Sind das Ihre Methoden? Haben Sie deswegen so viel Erfolg?«

»Das ist ein Teil meines Erfolges. Aber das Wichtigste ist: das Motiv. Daran hat sich, seit es Menschen gibt, nichts geändert. Wenn ich das Motiv habe, habe ich den Täter. Und bis jetzt gibt es nur ein vernünftiges, nur ein logisches Motiv. Was sehen wir? Sechs grauenhafte, bestialische, vollkommen verrückte Morde. Und je verrückter die Morde sind, desto kaltblütiger sind sie geplant. Da ist nicht die Spur von Leidenschaft im Spiel. Da ist kein durchgeknallter Psychopath unterwegs, der mordet, weil er sonst in die Hose macht. Da sind Profis am Werk. Was Birkau angeht: ein perfekter Verdächtiger, ein schönes Feindbild. Einige gute Indizien. Zu gut. Wer die Infrastruktur besitzt, innerhalb von etwas mehr als sechsunddreißig Stunden sechs Menschen zu ermorden, der lässt nicht eine Tatwaffe rumliegen. Ich schließe nicht aus, dass er diesen gravierenden Fehler gemacht haben kann. Aber Birkau ist wütend wie ein angestochener Eber. Es passt nicht. Es passt einfach nicht. Das sagt mir mein Gefühl. Basta.«

Beide schreckten auf, als es an der Tür klopfte. Ohne abzuwarten, stürmte Zerb herein und legte gleich los.

»Mensch, Martin. Ich hab was richtig Starkes. Unser kopfloser Buddhist – der lag nicht nur in seinem eigenen Blut. Da ist jede Menge fremdes Blut. Und jetzt kommt der Hammer: Auch bei Volker Heinrichs ...«, Zerb musste schlucken, kämpfte mit aufsteigenden Tränen, redete weiter, »... dasselbe Fremdblut. Das ist so gut wie sicher. Na?«

»Super! Dann bin ich gespannt, wer mit einer passenden Wunde aufwarten kann.«

»Die Fahnder wissen schon Bescheid.«

Bremer legte den Kopf schief und musterte Zerb. »Immer langsam, Rudi. Das Ergebnis ist phantastisch. Aber ...«

»Verdammt, ich will die Schweine kriegen. Für die würde ich glatt die Todesstrafe wieder einführen.« Zerb war rot angelaufen. Zerknüllte das Papier in seiner Hand.

Bremer packte Zerb bei den Schultern. »Rudi. Das kann ich gut verstehen. Das weißt du. Das ist kein leerer Spruch. Aber wenn wir die Schweine wirklich kriegen wollen, müssen wir klar bleiben. Beim nächsten Mal kommst du erst zu mir. In Ordnung?«

Zerb schluckte ein paarmal, knetete seine Lippen, nickte und machte sich wieder an die Arbeit.

»Also.« Bremer wandte sich wieder Holt zu. »Wagner hat eine kleine Schwäche. Schöne, blonde, junge Frauen, die ihn bewundern. Sie müssen nicht einmal mit ihm ins Bett. Seinen Leumund als treuer Ehemann setzt er nicht aufs Spiel.«

»Schade!«, warf Holt dazwischen und verdrehte die Augen.

Bremer fuhr ungerührt fort. »Wagner ist nicht dumm. Das würde sein Image zerstören und seine Karriere ebenfalls. Ich habe noch einen Mitstreiter. Ein Mann von der Presse. Er ist mein saarländisches Personenlexikon. Kennt fast jeden hier. Auch Wagner. Sie treffen sich mit ihm und entwickeln eine Strategie.«

Schnell zog Bremer sein Handy und wählte Zettlers Nummer. Der meldete sich nach dem ersten Rufton.

»Martin, was gibt's?«

»Du musst meiner Mitarbeiterin alles, was du über Wagner weißt, erzählen. Sie wird ihm auf die Pelle rücken.«

»Was willst du denn mit Wagner?«

»Das erzähle ich dir später. Ihr müsst euch gleich treffen. Geht das?«

»Sie soll in die Redaktion kommen. Ach ja. Ich bin jetzt Mitglied bei den ›Dämonen des Teufels‹. Ich sage dir, da liegen wir goldrichtig. Haben mich sofort aufgenommen. Ich habe ein paar schöne dumme Sprüche abgelassen, und schon lag mein Mitgliedsausweis auf dem Tisch. Die sind ganz hübsch daneben. Und haben Geld ohne Ende. Irgendeiner von denen muss wohl geerbt haben.«

»Bleib dran. Ich schicke dir jetzt Susanne Holt. Du hast eine Stunde.«

»Klar.« Zettler unterbrach die Verbindung.

»Sie wissen, wo die Redaktion der Saarbrücker Zeitung ist?«

»Gutenbergstraße, in so einem Protzbau. Viel Glas, viel polierter Stein, sehr grau. Fast wie hier, nur ein bisschen teurer.«

»Etwa zehnmal so teuer. Ist ja schließlich unsere einzige Tageszeitung an der Saar. Zettler erwartet Sie. Um einundzwanzig Uhr wieder bei mir im Büro. Alles klar?«

»Alles klar, Chef. Bin schon weg.«

Verflucht, dachte Bremer, als er Holts wiegende Hüften betrachtete. Vielleicht ist es an der Zeit, meine Prinzipien zu überdenken. Sie ist ja nur drei Monate meine Schutzbefohlene. Ein bisschen verlieben könnte wirklich nichts schaden.

Ein paar Gelenke knackten leise, als sich Bremer streckte und reckte. Seine Muskeln gehorchten nur widerspenstig. Sträflich hatte er sein Training in den letzten Tagen vernachlässigt. Langsam griff er zum Telefon, tippte Bellorz' Nummer ein. »War er schon da?«

Bellorz grinste durch den Hörer hindurch. »Klar. Unter dem Siegel der Verschwiegenheit hat er mir anvertraut, was für ein böser Mensch Sie sind, Martin.«

»Was machen wir mit ihm?«

»Ich habe ihm gedankt und gesagt, dass ich im geeigneten Moment darauf zurückkommen werde.«

»Der wäre?«

»Wenn er seine Beurteilung abholt.«

»Das ist gut. Ich habe ihn solange bei Oberhauser untergebracht. Klöber bleibt bei mir. Seine Entscheidung fiel ihm nicht leicht, aber er wird mir auch nicht in den Rücken fallen. Holt ist mit Feuereifer dabei.«

»Apropos Frau Holt.« Bellorz atmete tief ein und seufzte. »Sie ist in der Tat eine Sünde wert …« Der Satz schwebte in der Luft. »Haben Sie schon darüber nachgedacht?«

»Habe ich.«

»Und?«

»Ich werde standhaft bleiben.«

»Sie müssen aber nicht.«

»Woher der Sinneswandel?«

»Weil, na ja, darf ich offen sprechen?«

»Könnte ich Sie davon abhalten?«

»Nein. Sie sollten mal wieder eine Frau in Ihr Leben lassen, Martin. Frau Holt wäre nicht die schlechteste Wahl. Und wenn ich nicht ganz blind bin, hat sie an Ihnen nicht nur kriminalistisches Interesse.«

»Sie hat einen Freund, ist zu jung, und mich würde es aus der Bahn werfen. Wollen Sie das?«

»Von einem Freund kann man sich trennen, sie ist eine selbstbewusste, erwachsene Frau, und ein wenig aus der Bahn würde Ihnen überhaupt nichts schaden.«

Einige Zeit verging.

»Martin, sind Sie noch dran?«

»Ich erhole mich gerade von der Erkenntnis, dass ich drei Väter habe.«

Bellorz räusperte sich. »Ich sorge mich schon ein wenig um Sie. Reiner Eigennutz. Sie sind nach wie vor mein bester Mann. Ohne Sie müsste ich noch mehr arbeiten. Ich wollte ja nur sagen, wenn Ihnen Frau Holt zusagt, meinen Segen haben Sie. Kein Kollege würde das falsch verstehen. Wir wissen alle, dass sie untadelig sind, Martin. Gut. Jetzt noch mal zur Sache.«

»Susanne Holt wird Wagner aushorchen. Seine Auffassung von Legalität verdient eine genaue Betrachtung. Wenn an der Sache was dran ist, werde ich es herausfinden.«

»Keine Frage. Wie verabredet. Passen Sie auf sich auf.«

»Danke. Mache ich. Die nächste Besprechung ist morgen.«

»Ich werde da sein.«

Bremer hängte ein. Einige Minuten betrachtete er den Hörer, stumm und starr vor Staunen. Bellorz, mein neuer Papa. Was ist da passiert? Was will er von mir außer wasserdichten Fällen? Wir sind noch nicht einmal per du, und er will mich mit einer Praktikantin verkuppeln. Sorgt sich um meinen Hormonspiegel. Macht Familienpolitik. Welche Schachfigur bin ich zurzeit?

Auf die Minute genau standen Holt und Zettler vor Bremers Schreibtisch. Sie wechselten in den Konferenzraum, machten es sich bequem. Holt legte los. Beugte sich nach vorne, stützte ihre Ellbogen auf die Knie und fixierte Bremer, dem abwechselnd heiß und kalt wurde. Treffer, versenkt. Bellorz ist ein Schuft, dachte er.

»Wagner ist bei den meisten unbeliebt. Allerdings hat er einen großen Vorteil: Einige seiner besten Kumpels gehören zu den größten Arbeitgebern in der Stadt. Er geht, zumindest politisch, über Leichen, ist ein Meister der Intrige. Er pflegt ein geradezu idyllisches Familienleben. Seine Ehe scheint in Ordnung. Elsbeth, seine Gattin, genießt die Aufmerksamkeit der Medien für die zukünftige Saarbrücker First Lady in vollen Zügen. Beide sind überzeugt, dass Wagner die Wahl gewinnt. Woher Wagner diese Zuversicht nimmt, ist ein Rätsel. Wahrscheinlich liegt es an seinen Beratern. Er hat die Agentur ›Make It Now‹ für die Wahlkampagne beauftragt. Das kann er sich nur leisten, weil der Chef, Maximilian Rohfeld, sein Duzfreund ist und er als OB mit entsprechenden Aufträgen seine Schuld tilgen will.«

Holt setzte sich wieder gerade hin und schlug die Beine übereinander, so, dass der rechte Fuß auf Bremer zeigte.

Zettler hatte aufmerksam zugehört und in ein paar Akten geblättert, die auf dem Tisch herumlagen. Amüsiert ergänzte er: »Wagner hat mit allen Mitteln versucht, Rümert in Bedrängnis zu bringen. Er hat uns vertrauliche Unterlagen zugespielt. Ganz interessant, aber nichts Verwertbares. Bisher habe ich noch nichts gefunden, das den Staatsanwalt interessieren könnte. Wagner ist hinterhältig, grobschlächtig, intrigant, ignorant und führungsschwach. Aber diese Hinrichtungen? Martin, das glaube sogar ich nicht, obwohl ich Politikern eine ganze Menge zutraue. Das ist zu viel Energie für Wagner, auch wenn es kriminelle Energie ist.«

»Was ist mit diesem Rohfeld?«

Holt antwortete. »Die Agentur ›Make It Now‹ macht an die vierzehn Millionen Umsatz im Jahr. Euro. Das ist für das Saarland ganz anständig. Rohfeld gilt als gnadenlos, aber fair. Die Kampagne bringt ihm nicht viel. Wenn er nur einen Funken politischen Verstand hat, dann weiß er, dass Wagner gegen Rümert keine Chance hat – hatte. Jetzt sieht das natürlich anders aus.«

Wieder wechselte Holt ihre Position, schlug jetzt das andere Bein über. Bremer schluckte.

»Solange ich kein anderes echtes Motiv habe, sind das meine Hauptverdächtigen«, sagte Bremer.

Holt kam Zettler zuvor. »Sie kriegen niemals einen Durchsuchungsbefehl!«

»Richtig. Ich werde mich mit Rohfeld treffen, und Sie machen sich an Wagner ran. Wie sieht eure Strategie aus?«

»Ganz simpel. Ich melde mich als Wahlkampfhelferin. Stelle mich vor als das, was ich bin. Studentin. Erzähle, dass ich Kommissarin werden will. Das ist doch ein netter Köder?«

»Wagner ist so gut wie erledigt. Das steht fest!«

Bremer rümpfte die Nase. »Reiner, du siehst das eher sportlich. Aber ich mache mir Sorgen. Frau Holt, nehmen Sie auf jeden Fall Ihre Waffe mit. Erstens. Zweitens: Ich will in der Nähe sein, sollten Sie sich mit ihm allein treffen. Vergessen Sie nie, dass Wagner ein skrupelloser, gefühlloser Mörder sein könnte. Er darf nicht den geringsten Verdacht schöpfen. Drittens: Sie melden sich alle sechzig Minuten und geben Ihren Standort durch. Heute Abend ist es zu spät. Morgen dann. Viel Glück.«

Sobald die Tür ins Schloss gefallen war, fing Zettler an. »Was soll das, Martin? Wagner und Rohfeld haben mit der Sache nichts zu tun. Das ist doch absurd!«

Bremer spürte Magensäure hochsteigen. Warum wehren sich alle gegen das Naheliegende, das Logische, das Zwingende? »Auch du?«

»Du weißt genau, dass ich dein Freund bin. Deswegen rate ich dir: Verrenn dich nicht in die Geschichte. Ich glaube, unsere Satanisten waren am Werk. Die sind definitiv durchgeknallt. Weißt du, was die zu den Morden sagen? ›Er ist gekommen. Er wird uns endlich erlösen. Das Blut der Ungläubigen fließt in Strömen.‹ Wenn das kein Motiv ist. Auch Rümert passt da rein: Oberbürgermeister auf dem Scheiterhaufen verbrannt. Mann! Das ist pures Gold. Schlagzeilen bundesweit. Satan in aller Munde.«

Bremer unterbrach Zettlers Begeisterung. »Schon gut. Herzlichen Glückwunsch. Irgendetwas Konkretes?«

Verlegen grinste Zettler. »Da gibt es einen Hubert Framke. Wird als Adept der dritten Stufe bezeichnet, was so viel heißt wie stellvertretender Hohepriester. Der ist für meine Einweisung verantwortlich. Ich brauchte gar nicht lange zu bohren. Framke hat mir am Telefon gleich seine Sicht der Welt klar gemacht. Satan ist unterwegs, und er wird alle hinwegfegen, die nicht seine Diener sind. Vielleicht haben die ja schon ein bisschen nachgeholfen. Den Führer lerne ich heute noch kennen. Theobald Jorczewski. Anhänger von Crowley und Aquino. Ungewöhnlich. Crowley steht für ›dein Wille ist Gesetz‹, Aquino für den Gegenentwurf zur Bibel, gesetzestreu und nur nicht auffallen.«

»Die waren es nicht«, sagte Bremer tonlos.

»Die führen nichts Gutes im Schilde. Da verwette ich meinen Kopf gegen eine Bratpfanne.«

»Dein Kopf fehlt mir noch in meiner Sammlung.«

Zettler winkte ab. »Den wirst du aber nicht kriegen. Ich verwette sogar eine Flasche edlen Weines. Ist wesentlich mehr wert als mein Kopf und schmeckt vor allem besser. Einen 1990er Barolo Monprivato von Mascarello. Traust du dich?«

»Und ob.« Bremer hielt seinem Freund die Hand hin. Ihre Hände klatschten ineinander, dass es klang wie eine saftige Ohrfeige. »Die Wette gilt. Das wird ein teurer Spaß für dich. Die kostet doch mindestens achtzig Euro?«

»Ziemlich genau einhundert. Ich habe drei Flaschen davon gekauft. Ich sage dir – ein Tröpfchen, wie du es selten auf die Zunge bekommst. Genau dein Geschmack. Was setzt du dagegen?«, fragte Zettler.

»Aus dem Hause Vietti einen Barolo Bussia von 1982. Meine Geduld hat den Wein wertvoll gemacht. Heute ist er gut hundertzwanzig Euro wert.«

Zettler pfiff anerkennend durch die Zähne und schwang sich aus dem Stuhl. »Ich mache mich auf die Socken. Muss ja irgendwie den Wein verdienen. Die ROGESA wartet. Wann treffen wir uns?«

»Wir sehen uns morgen. Vielleicht im Capris am Markt. Wir telefonieren, in Ordnung?«

»Alles klar. Waidmannsheil.«

Bremer wechselte wieder in sein Büro, rief bei Rohfeld an und wurde trotz der fortgeschrittenen Stunde sofort verbunden.

Eine tiefe, ruhige Stimme begrüßte Bremer. »Guten Tag, Herr Bremer. Rohfeld hier. Wenn Sie heute Abend noch nichts vorhaben, dann sollten wir uns im Elsässer Hof treffen. Ich lade Sie selbstverständlich ein. Wann habe ich denn schon mal die Gelegenheit, mit einem waschechten Kommissar zu plaudern?«

»Die Einladung nehme ich gerne an.«

»Ich freue mich.«

»Wie erkenne ich Sie?«

»Sie haben noch kein Fahndungsfoto von mir?«

»Vielleicht brauche ich eins nach dem Essen. Vom Koch.«

Rohfeld lachte freundlich. »Fragen Sie einfach den Oberkellner. Er wird Sie zu mir bringen.«

»Bis später.«

Bremer legte auf und trocknete sich an einem Taschentuch die Hand ab. Nur nicht krank werden jetzt, dachte er. Seine Hand tastete über die Stirn, aber alles war kühl. Wie eine Sturmböe zog der Hitzeschub vorüber. Vielleicht die Wechseljahre. Wird ja auch Zeit. Ich sollte mich endlich sterilisieren lassen. Kinder will ich sowieso keine mehr. Alles viel zu viel Aufwand. Das ist jetzt der sechste gute Vorsatz für diese Woche, rechnete Bremer nach. Und noch keinen einzigen in die Tat umgesetzt. Das kann ja was werden. Wenigstens mache ich bald Urlaub. Aber wo? Zwei Wochen Gomera. Valle Gran Rey. Rosa besuchen. Wandern, Ruhe, baden, gut essen. Das klingt verlockend. Vielleicht drei Wochen. Ich werde eine Presseerklärung herausgeben, in der ich zu drei verbrechensfreien Wochen aufrufe. So wie die autofreien Sonntage. Ohne Öl keine Autos, ohne Kommissar keine Morde. So einfach ist das.

Es klopfte leise an der Tür, Bremer rief laut »Herein!«. Zerb. Schielte um die Ecke. Machte einen Schritt. Hielt inne. Wartete. Schluckte.

»Komm doch rein, was ist denn los?«

Zerb schob sich näher, als müsste er jeden Moment eine unsichtbare Linie übertreten, die den sofortigen Untergang bedeutete.

»Na ja. Wegen vorhin«, druckste er herum.

»Was wegen vorhin?« Bremers Ungeduld war leicht zu spüren.

»Dass ich dich übergangen hab. Das tut mir furchtbar Leid. Ich weiß gar nicht, was in mich gefahren ist.«

Bremer rieb sich die Augen und seufzte tief. »Mensch, Rudi, das hab ich schon längst wieder vergessen.«

»Ehrlich?«

»Hab ich dich jemals angelogen?«

»Nein. Hast du nicht. Das war zwar nicht immer angenehm, aber in der Summe ist mir das lieber.«

»Na also. Gibt's was Neues?«

»Klar.«

»Raus mit der Sprache.«

»Noch mehr Blut.«

»Rudi!«

»Ali Cont. Fremdblut. Wie bei Müller und Heinrichs.«

»Seltsam. Also ist einer der Täter blutend wie ein Schwein durch die Gegend gerannt und hat dabei noch ein paar Leute gekillt. Absurd. Vollkommen absurd.«

»Du sagst es.«

»Danke, Rudi. Sonst noch was?«

»Na ja. Ich glaube, ich muss dir deinen besten Verdächtigen kaputtmachen. Kein Blut von Weisenstein an dem Messer von Birkau.« Zerb druckste rum.

»Red schon«, drängte Bremer.

»Die Schuhe. Dieselbe Marke, derselbe Fehler in der Sohle, aber der falsche Schuh. Birkaus Schuh hat Abnutzungsspuren. Nicht viel, aber es reicht. Die Spuren von den Tatorten zeigen nagelneue Schuhe. Tja, wenn Birkau kein Wandervogel wäre, hätten wir ihn festgenagelt, aber so ...«

Bremer nickte bedächtig

»Du hast nicht wirklich auf Birkau als Täter gesetzt?«

»So ist es. Das war's. Morgen früh, halb sieben?«

»In Ordnung, ja. Schlaf gut.«

Zerb schlich wieder hinaus. Immer noch grau, gezeichnet vom Verlust seines Freundes Heinrichs und der unfassbaren Gefühllosigkeit der Morde.

SECHS

Der Elsässer Hof war bis auf den letzten Platz belegt. Als Bremer an Rohfelds Tisch stand, dachte er wieder: Den habe ich doch schon mal gesehen. Er speicherte den Steckbrief: etwa hundertachtzig Zentimeter groß, untersetzt, rundes Gesicht, volles braunes Haar, nach hinten gekämmt. Eine kleine Narbe über der Oberlippe, braune Augen, Knubbelnase.

»Ohne Reservierung bekommen Sie hier keinen Platz.« Rohfeld war aufgestanden und hielt Bremer eine schlanke, feingliedrige Hand hin. Der griff herzhaft zu. Rohfelds Hand versteifte sich mit wachsendem Druck. Die Hände lagen einen Augenblick zu lange ineinander. Beide wollten den Fisch nicht von der Leine lassen, und keiner ließ sich die Hand umdrehen. Zwei Rudelführer unter sich. Sie lösten sich voneinander und nahmen Platz – vorsichtig, als wollten sie das Terrain abstecken.

»Ihr Gegner liegt wahrscheinlich im Krankenhaus?«

»Welcher Gegner?«

»Ihr Turban!«

»Ach Gott, ja. Sieht es wirklich so schlimm aus?«

»Es ist nicht zu übersehen.«

»Ein Luchs. Er wollte mich daran hindern, die Wohnung seines Herrchens zu durchsuchen.«

»Braves Tier.«

»Dafür kriegt das brave Tier lebenslänglich.«

»Eine harte Strafe für ein kleines Vergehen.«

»Angemessen. Der Staatsanwalt spricht von versuchtem Mord. Wahrscheinlich bleiben Narben zurück.«

»Besser im Gesicht als auf dem Rücken. Der Zoo wird sich freuen.«

»Nicht so sehr. Das Tierchen ist ziemlich verwöhnt. Hat noch nie einen Artgenossen gesehen, geschweige denn gerochen. Das Kuscheltier heißt übrigens Frida.«

»Frida. Ein seltsamer Name für einen Luchs.«

Rohfeld hatte nicht eine Sekunde gezögert. Wenn er den Luchs kannte, der Petsy hieß, so ließ er es sich nicht anmerken. Ein Vollprofi, dachte Bremer. Aus dem bekomme ich nichts heraus, was er nicht will.

Der Oberkellner störte. Mit grazilen Bewegungen platzierte er Brot und eine kleine Platte mit verschiedenen Pasteten auf dem Eichentisch. Die Pasteten lagen nicht einfach auf der Platte. Sie waren arrangiert wie eine Verheißung. Und sie dufteten nach Kräutern, nach Frische, dass Bremer der Saft im Mund zusammenlief.

»Greifen Sie ruhig zu.«

»Das lasse ich mir nicht dreimal sagen.«

Bremer griff nach dem Weißbrot, schnitt eine Messerspitze von jeder Pastete ab und verzehrte ein Stückchen nach dem anderen mit wachsendem Entzücken.

»Phantastisch, nicht wahr? Julien Bécombe ist ein Meister seines Faches und ein Revoluzzer dazu.«

»Ein Koch als Revoluzzer?«

»Er hat bis heute jeden Stern abgelehnt.«

»Deswegen ist er wohl hier in Saarbrücken gelandet?«

Rohfeld prustete vor Lachen. »Da ist was dran. Die Saarländer legen mehr Wert auf Sein als auf Schein. Das ist wohl eher der Grund als verwachsene Geschmacksnerven, die einen Hamburger nicht unterscheiden können von einem handverlesenen Tatar mit Eigelb von glücklichen Hühnern und Kräutern, die gerade von zarter Hand gepflückt wurden.«

»Wie bitte?« Bremer schwirrte der Kopf. Er hatte kein Wort verstanden.

»Ich wollte sagen, Bécombe fühlt sich hier wohl.«

»Ist das nicht töricht?«

»Bécombe wurde der Stern jahrelang verweigert, obwohl er ihn mehr verdient hätte als manche Schaumschläger. Jetzt braucht er ihn nicht mehr. Er ist glücklich. Was will man mehr.«

»Haben Sie bereits gewählt?« Wie in Meditation, so stand der Oberkellner plötzlich vor Bremer. Entspannt und doch aufmerksam, kein Schreibgerät in der Hand und auch keines der neuen elektronischen Systeme, die per Funk die Bestellungen in die Küche oder an den Tresen schicken, um die Gäste schneller bedienen und noch mehr Umsatz machen zu können.

Rohfeld nickte. »Wir nehmen die Kalbsnieren in Sherry.«

Frische Blumen, eine ganze Armee von Essgeräten aus Sterling-Silber, von denen Bremer einige nicht kannte, eine schwere Damastdecke, eine Kolonie Gläser, ein Kerzenleuchter, der echt golden das gedämpfte Licht des Kristallkronleuchters spiegelte, das Separee ausgekleidet mit Teppichen, die sich Bremer nie kaufen würde, so kitschig klebten sie an den Wänden. Alles furchtbar teuer und aufgeblasen – und dann Nierchen. Innereien. Mutter hatte gerne Nierchen gemacht. Mit brauner Soße, Kartoffelpüree und Kopfsalat. Dafür fünfundvierzig Euro ausgeben?

»Dazu einen Chardonnais. Oder nein. Rouge d'Ottrott. 1998. Das passt besser.«

Wenigstens ist der Wein nicht so teuer. Ottrott. Am Fuß des Mont St. Odile, und oben drauf das Kloster. Elsass. Wunderbar im Herbst. Wenn bei klarer Sicht die Vogesen die Wimpern kitzelten und die klare, würzige Luft sofort jeden schlechten Gedanken unterband. Eine gute Wahl, der Wein. Vor allem, weil er kühl serviert wurde.

Schon stand der Mundschenk am Tisch, präsentierte Rohfeld die Flasche, schenkte einen Probierschluck ein. Wie ein Könner schnüffelte, schmeckte und schmatzte Rohfeld, bis er zufrieden sagte: »Dieser Wein ist einem Ersten Kriminalhauptkommissar würdig. Ich danke Ihnen, George.« Weich floss »George« aus Rohfelds fleischigem Mund. Jedes einzelne »G« klang wie ein flach geklopftes »Sch«, sehr französisch. Der Mundschenk deutete eine Verbeugung an und füllte Bremers Kristallglas zu einem Drittel. Dann erst war Rohfeld an der Reihe. Der hob sogleich sein Glas.

»Auf dass die Mörder bald gefasst sind!«

»Darauf stoße ich gerne an.«

So fest der Händedruck der beiden gewesen war, so sanft stießen nun die Gläser aneinander, kündeten mit klarem, hellem Klang von ihrer edlen Abstammung und dem Gefühl der Männer für Zerbrechliches. Wieder maßen sich Bremer und Rohfeld. Tief blickten sie sich in die Augen, versuchten zu ergründen, was von außen nicht zu sehen war. Was will er von mir? Ist er der Drahtzieher?

»Ein guter Tropfen, nicht wahr, Herr Kommissar?«

»In der Tat. Gerade richtig für das Abendessen. Frisch, leicht, kühl, geradezu andächtig. Der Geist des Klosters erstreckt sich auch auf die Weinberge.«

Rohfeld lächelte anerkennend. »Sind Sie religiös? Wenn ich das fragen darf.«

»Sie dürfen, und Sie erhalten eine Antwort. Nein. Ich glaube nicht an Gott. Ich denke, Religion ist eine Erfindung von Männern, um Macht zu erlangen über die Welt, den Tod und die Frauen im Besonderen. Wer tatsächlich davon ausgeht, die Schöpfung sei das Werk eines rein männlichen Prinzips, der hat nichts verstanden. Das Universum ist dialektisch und wertfrei. Ich maße mir gar nicht an, auch nur einen Bruchteil des Universums durchdringen zu können. Deswegen bleibe ich ja hier auf unserem Planeten. Mein Glaube: Der Tod ist endgültig. Meine Gewissheit: Das Leben ist ebenso endgültig. Meine Lebensart: Der Tod macht mir keine Angst. Es ist der Weg dahin. Und den Weg kann ich wählen, das Schuhwerk ebenso.«

»Halleluja. Sie haben den falschen Beruf, mein Bester. Sie sollten Prediger werden. Eine Sekte gründen. Sie wären innerhalb kürzester Zeit reich, hätten immer Frauen, die Ihnen mit Freude zu Diensten wären, und müssten nie wieder das Elend des furchtbaren Weges zum Tod nachzeichnen. Denn das ist es doch, was Ihren Beruf ausmacht. Minutiös, Strich für Strich, Schicht für Schicht, wie ein Ölgemälde – realistisch bis ins letzte Detail zeichnen Sie den Pfad zur Hölle. Verzeihung. Das ist das falsche Bild. In Ihrer Welt kann keine Hölle existieren, da es keinen Himmel gibt. Also ist es der Pfad in die Nicht-Existenz. Welch scheußliches Wort.«

»Kompliment, Herr Rohfeld. So ist es.«

»So ist es? Ganz ohne Widerspruch? Kein Einwand?«

»Kein Einwand. Sie haben den Kern getroffen. Das Wesentliche.«

»Dann glauben Sie auch nicht an Zufall?«

»Nicht im Geringsten. Ich bin überzeugt von Ursache und

Wirkung der Dinge. Zufall umschreibt Abläufe, die so verwickelt sind, dass wir sie nicht erkennen und daher auch nicht erklären können.«

»Mein lieber Herr Bremer. Ich bin angenehm überrascht. Sie teilen meine Weltanschauung im – ja – im Wesentlichen. Darauf sollten wir trinken.«

Erneut stießen Gläser und Blicke zusammen. Und wieder der Gleichklang und die Machtprobe, die keiner gewann, denn beide dachten dasselbe: Ich werde herausfinden, ob dem wirklich so ist. Doch diesmal erkannte Bremer die wahre Augenfarbe seines Gegenübers: eine Mischung aus braun, grün und rot. Selten. Sanft stellte Bremer das Glas wieder ab, zog die Damastserviette aus dem goldenen Halter, der mit hellem Klang auf dem Boden landete. Schnell bückte sich Bremer unter den Tisch, blinzelte ein paarmal, um die Augen an das schummrige Licht zu gewöhnen, nahm die Unterwelt des Tisches wahr, ohne etwas Besonderes zu erkennen. Bevor Rohfeld etwas sagen konnte, lag der Halter wieder auf dem Tisch.

Feiner Duft nach Sherry stieg Bremer in die Nase. Der Oberkellner trabte an mit drei jungen Frauen, die Schüsseln und Platten trugen, auf denen das Abendessen thronte. Mit Andacht drapierte George Nierchen, zartes Gemüse und Wildreis auf Bremers antikem Porzellanteller, der wahrscheinlich so viel wert war wie ein Essen für zehn Personen beim Inder in der Cecilienstraße. Dort traf sich Bremer mit seinem Sohn, wenn der sich alle Schaltjahre mal nach Saarbrücken verirrte. Konzentriere dich auf das, was vor dir liegt, dachte Bremer. Rohfeld hatte schon den ersten Bissen im Mund und nickte Bremer aufmunternd zu.

»Ein wahrer Genuss, diese Nierchen. Ich kenne niemanden, der das besser kann.«

Vorsichtig kostete Bremer und musste an Fernsehwerbung denken. Eine wahre Geschmacksexplosion ließ seinen Gaumen jubeln.

»Das schmeckt ja phantastisch! Innereien sind mir normalerweise ein Gräuel.«

»Warum haben Sie nichts gesagt. Ich hätte etwas anderes bestellt.«

»Manchmal muss ich ausprobieren, ob meine Abneigungen noch wirksam sind. Zumindest bei diesen Nierchen sind alle meine Widerstände zwecklos. Bécombe ist ein Meister seines Faches – mit oder ohne Stern. Es spielt keine Rolle.«

»Gott sei Dank. Ich dachte schon, Sie würden mich wegen versuchter Körperverletzung ins Kreuzverhör nehmen.«

»Das gibt es sowieso nur vor Gericht.«

»Hier in Deutschland? Ich dachte, das gibt es nur in Amerika?«

»Paragraph 239 Strafprozessordnung. Einer von den Paragraphen, die man zwanzigmal liest und dann immer noch nicht verstanden hat. Vor Gericht versuchen dann ganz schlaue Rechtsanwälte, einen auf Perry Mason zu machen.«

»Zum Beispiel?«

Bremer lehnte sich zurück. »Anwalt: ›Erinnern Sie sich an den Zeitpunkt der Autopsie?‹ – Arzt: ›Die Autopsie begann gegen acht Uhr dreißig.‹ – Anwalt: ›Herr Meier war zu diesem Zeitpunkt tot?‹ – Arzt: ›Nein, er saß auf dem Tisch und wunderte sich, warum ich ihn aufschneide.‹

Das hat der Herr Anwalt noch überhört, aber der Arzt konnte es nicht lassen: Anwalt: ›Doktor, bevor Sie mit der Autopsie anfingen, haben Sie da den Puls gemessen?‹ – Arzt: ›Nein.‹ – Anwalt: ›Haben Sie den Blutdruck gemessen?‹ – Arzt: ›Nein.‹ – Anwalt: ›Haben Sie die Atmung geprüft?‹ – Arzt: ›Nein.‹ – Anwalt: ›Ist es also möglich, dass der Patient noch am Leben war, als Sie ihn aufschnitten?‹ – Arzt: ›Nein.‹ – Anwalt: ›Wie können Sie so sicher sein, Doktor?‹ – Arzt: ›Weil sein Gehirn in einem Glas auf meinem Tisch stand.‹ – Anwalt: ›Hätte der Patient trotzdem noch am Leben sein können?‹ – Arzt: ›Ja, es ist möglich, dass er noch am Leben war und jetzt irgendwo als Anwalt praktiziert.‹

Das hat dem Arzt übrigens eine saftige Strafe wegen Ehrbeleidigung eingebracht.«

Rohfeld platzte vor Lachen. Nach einer Weile putzte er sich die Tränen mit einem blütenweißen Stofftaschentuch aus den Augen.

»Bei mir erleben Sie höchstens eine peinliche Befragung«, setzte Bremer nach.

»Sie arbeiten mit mittelalterlichen Methoden?«
»Das sind die wirksamsten.«
»Darauf möchte ich dann doch lieber verzichten.«
»Gut. Beantworten Sie mir eine einzige Frage wahrheitsgemäß, und schon haben wir den dienstlichen Teil hinter uns. Haben Sie etwas mit den Morden zu tun?«
»Nein.«
Rohfeld gickelte immer noch. Die Frage war an ihm vorübergegangen wie ein Menü, das an einen anderen Tisch ging.
»Herr Kommissar, darf ich Sie um etwas bitten?«
»Sie dürfen.«
»Ich bitte Sie, verraten Sie mir, warum Sie mich verdächtigen.«
Bremer holte tief Luft. Bis jetzt waren nur die Morde an Müller, Heinrichs und Weisenstein an die Öffentlichkeit gelangt, trotz der undichten Stelle. Sollte er die Katze aus dem Sack lassen? Würde Rohfeld dann wackeln? Würde er nicht. Also halte ich die Klappe, dachte Bremer.
»Tut mir Leid. Ich kann Ihnen nur versichern, dass ich Sie im Grunde nicht verdächtige. Die Frage musste ich stellen, damit ich Sie von meiner endlos langen Liste streichen kann und eine Rechtfertigung für diesen Termin habe. Wenn Sie morgen Zeitung lesen, werden Sie einen möglichen Grund finden. Aber seien Sie nochmals versichert. Ich bin davon überzeugt, dass Sie nichts damit zu tun haben. Wir haben eine heiße Spur. Aber das bleibt unter uns. Ich wollte Sie schon lange mal kennen lernen. Schließlich wurde in Ihrem Haus die größte Imagekampagne entworfen, mit der das Saarland je für sich geworben hat.«
Rohfeld genoss Bremers Bewunderung. »Die Kampagne ist dringend nötig. Klein, aber fein. Das trifft es am besten. Von wegen rußgeschwärzte Gesichter. Das ist lange vorbei. Hightech, Anstand und Schnell-Abitur! Leistung bringen! Wachstum erzeugen! Auf der Gewinnerstraße marschieren! Anpacken, wenn andere noch träumen! Gute, alte Werte. Damit kann das Saarland die Zukunft gewinnen. Saarvoir vivre!«
Rohfeld hielt inne. Bremers Augenbrauen waren nach oben gesprungen und sagten ganz klar: So ein Schwachsinn!
»Da ist mir wohl der Werbe-Gaul durchgegangen«, sagte Roh-

feld. »Aber es stimmt schon: Das Saarland ist nicht so schlecht. Stahl und Kohle sind passé. Da heißt es, sich nach was Neuem umzuschauen. Und das passiert ja auch.«

»Zwanzig Jahre zu spät«, wandte Bremer ein.

»Zwanzig Jahre zu spät. Das ist nun mal die Trägheit unseres politischen Systems. Eine Diskussion darüber ist allerdings etwas zu schwere Kost für ein Essen, meinen Sie nicht, Herr Kommissar? Ich liebe das Saarland. Punkt. Da verzeiht man den einen oder anderen Schönheitsfehler. Und Sie?«

»Ich fühle mich hier wohl. Liebe? Das weiß ich nicht. Verbundenheit. Ich bin hier geboren. Meine Freunde sind von hier, und ich kenne jeden Winkel. Wenn ich über den St. Johanner Markt gehe, treffe ich Freunde und Bekannte, halte ein Schwätzchen, trinke einen Espresso. In Frankfurt geht das nicht. Da kann ich stundenlang herumlaufen und treffe nur abgehetzte, gestresste Manager. Ich mag die Überschaubarkeit, auch wenn es manchmal eng ist. Klein, aber fein – das klingt gut. Das trifft es. Ob das Liebe ist? Eher angenehme Gewohnheit.«

»Dessert?« George hatte sich angepirscht wie eine Katze.

»Einen Dialog aus schwarzer und weißer Mousse au chocolat für mich – und der Herr Kommissar?«

»Die frischen Feigen.«

George verneigte sich. »Eine gute Wahl, Herr Kommissar. Sie sind ein Feinschmecker, nicht wahr?«

»Nach diesem Essen neige ich dazu, einer zu werden. Bestellen Sie Monsieur Bécombe meine Komplimente.«

»Das werde ich mit Freuden.«

George schwebte von dannen, und Rohfeld zückte eine Zigarre.

»Stört Sie das?«

»Ja.«

»Gut.« Rohfeld steckte sie wieder weg und warf einen Blick über Bremers Schulter. »Riemler.«

»Chefredakteur der Saarbrücker Zeitung.«

»Sie kennen ihn?«

»Nicht persönlich.«

»Möchten Sie ihn kennen lernen?«

»Nicht jetzt.«

»Wie Sie wollen.«

»Ich habe noch eine Frage. Eine ganz persönliche. Glauben Sie, dass Wagner eine Chance gegen Rümert hat?«

»Nein. Nicht die geringste. Rümert ist beliebt bei den Menschen – er ist und bleibt Stadtpapa. Seine Skandälchen interessieren niemanden. Und dass er homosexuell ist und kleine Jungs begrapscht – also bitte! Vor Gericht ist es noch nicht geklärt, aber die dicken Spatzen pfeifen es von den Dächern. Böse Schlammschlacht. Aber nicht von uns. Wagner hat uns untersagt, mit Dreck zu werfen. Schade. Man muss es nämlich nur richtig anstellen. Wahrscheinlich schießen da Parteikollegen von Rümert. Obwohl ich es nicht gerne zugebe – wir kämpfen auf verlorenem Posten. Sagen Sie das bitte nicht Wagner. Der glaubt nämlich an seinen Sieg. Das muss er auch, sonst hält er den Wahlkampf nicht durch. Mehr als fünfunddreißig Prozent sind nicht drin. Im ersten Wahlgang. Rümert wird die absolute Mehrheit einfahren. Ganz klar.«

»Warum finanzieren Sie dann die Wahlkampagne?«

»Wagner hat mir mal geholfen. Ohne eine Gegenleistung zu verlangen. Jetzt bin ich dran. Leisten kann ich es mir. Außerdem ist es spannend. Und Wagner ist nicht so dumm, wie die meisten glauben. Die Arbeit mit ihm macht mir Spaß. Klar ist, dass er nach der Wahl politisch erledigt sein wird. Eine Chance hat er allerdings. Rümert ist draußen, wenn sich herausstellen sollte, dass an den Homovorwürfen doch etwas dran ist.«

»Wird es aber nicht«, stellte Bremer fest.

»Richtig.«

»Und die Wahrscheinlichkeit, dass Rümert kleine Jungs belästigt, ist verschwindend gering.«

Rohfeld nickte nur. »Aber es gibt noch eine Möglichkeit.«

»Welche?«, fragte Bremer.

Rohfeld lehnte sich in seinem Stuhl zurück. »Rümert stirbt vor dem Wahltag. Dann wird die Wahl verschoben. Und einen kompetenten Nachfolger gibt es nicht. Die Saarbrücker SPD hängt in den Seilen.«

»Die CDU aber auch, wenn sie nur Wagner aufzubieten hat.«

»In der Tat«, bestätigte Rohfeld.

»Also eine reine Personenentscheidung.«

»Korrekt.«

»Rümert ist Wagner im Weg.« Bremer nippte am Wein, ließ Rohfeld keine Sekunde aus den Augen, registrierte jede Bewegung, jede Geste, jede Nuance in Rohfelds Stimme.

»Wagner ist sich selbst im Weg. Die Zeit reicht nicht aus, einen Mann von Welt aus ihm zu machen. Und Rümert wird über kurz oder lang seine Unfähigkeit zum Verhängnis werden, die Partei im Zaum zu halten. Er hat schon lange die Kontrolle verloren. Was glauben Sie, in wie vielen städtischen Gesellschaften Rümert im Vorstand sitzt? An wie vielen Fronten Rümert kämpfen muss, zwischen wie vielen Stühlen er sitzt? Irgendwann fällt das auf ihn zurück. Aber nicht in diesem Wahlkampf.«

»Wagner würde das besser machen?«

»Natürlich nicht. Er würde einen schwarzen Filz installieren. Ohne Filz geht's nun mal nicht. Sie brauchen treue Gefolgsleute, um politisch erfolgreich zu sein.«

»Treu?«

»Einige sind wirklich treu und loyal und glauben an die Ideen der Partei.«

»Erstaunlich. Und der Rest?«

»Ihre Feigen, Herr Kommissar.« George war wieder eingeflattert, stellte frische Feigen vor Bremer hin. Der griff zu, genoss die unvergleichlichen Früchte und vergaß Politik, Mörder und Leichen für einen Moment.

Rohfeld löffelte geistesabwesend die Mousse in sich hinein. Er schien gar nicht zu merken, dass er ein Dessert für fünfzehn Euro mir nichts dir nichts seiner Verdauung zuführte, ohne Umweg über sein Lustempfinden. Das hatte nichts mit Genuss zu tun, dachte Bremer.

Plötzlich ließ Rohfeld den Löffel fallen. Sein Gesicht nahm die Farbe der weißen Mousse an. »Rümert ist tot! Ist er ermordet worden?«

Rohfeld wartete nicht auf Antwort. »Natürlich, sonst wären Sie nicht hier. Und ich hätte theoretisch ein Motiv. Und damit Wagner oder umgekehrt. Eine Verschwörung. Herrlich!«

»Wie ich schon sagte. Theoretisch ja, praktisch nein. Sie müssen wissen, nicht jeder theoretisch mögliche Verdacht wird auch ermittelt.«

»Sonst würden Sie nie einen Mörder fangen, weil auf zu viele Menschen Verdacht fällt. Habe ich Recht? Ist Rümert ermordet worden?«

»Ja. Heute Morgen. Sie werden das für sich behalten. Die Presse ist noch nicht informiert.«

»Damit Sie noch ein paar ahnungslose Verdächtige konfrontieren können, stimmt's?«

»Auch damit haben Sie Recht.«

Nach der Blässe des Schocks war jetzt wieder Farbe in Rohfelds Gesicht zurückgekehrt. »Sie wissen etwas nicht, was ich weiß. Über Wagner.«

»Reden Sie.«

»Wagner wird die Kandidatur niederlegen. Das ist so gut wie sicher. Er wird beantragen, die Wahl um ein Jahr zu verschieben, um so Waffengleichheit herzustellen.«

»Wagner wartet sein ganzes Leben auf diese Chance und gibt sie dann aus der Hand?«

Der spöttische Unterton entging Rohfeld nicht. »Es geht um alte Rechnungen. Wagner wollte Rümert schlagen, in einem ehrlichen Wettstreit. Die beiden kennen sich seit der Schule. Waren dicke Freunde, bis sie in unterschiedliche politische Lager gewechselt sind. Der Posten des Oberbürgermeisters ist für Wagner zweitrangig. Rümert besiegen. Darum ging es. Das wird Wagner treffen wie ein Keulenhieb.«

»Kann es nicht sein, dass Wagner von Anfang an klar war, dass er Rümert nicht besiegen kann? Dass er einen anderen Weg gewählt hat?«

»Also haben Sie ihn doch im Verdacht?«

»Ein Spiel. Eine Möglichkeit. Sehr reizvoll, finden Sie nicht? Vielleicht haben Sie ja einen Anhaltspunkt, der mich weiterbringt.«

»Kaum. Vergessen Sie's. Wir sind hier nicht im Wilden Westen. Beim besten Willen kann ich mir nicht vorstellen, dass ein Mörder – und damit ein geistig vollkommen kranker Mensch – zehn

Jahre lang eine Stadtratsfraktion führen kann. Unterwegs hätte er ein Dutzend Leute umbringen müssen, die ihm ans Leder wollten oder ihm im Weg standen.«

Der Kommissar lächelte milde. »Wir erleben es oft, dass die Fassade ein Palast ist, und dahinter verfault der Seelenmüll der Jahre, bildet Gase, bis es zur Explosion kommt.«

»Sie sind der Fachmann. Sie sagten, Rümert ist heute früh ermordet worden. Wann genau?«

»Gegen vier Uhr.«

»Damit ist Wagner aus dem Schneider. Er war gestern in Köln auf einer Tagung und kommt erst morgen Nachmittag zurück. Ein wasserdichtes Alibi.«

Bremer grinste Rohfeld schelmisch an. »Na los, denken Sie meine Gedanken!«

Rohfeld rieb sich mit Daumen und Zeigefinger seine feisten Wangen. »Das Alibi ist Ihnen vollkommen egal, da Sie davon ausgehen, dass Wagner sich nicht die Finger schmutzig gemacht hat. Und da komme ich ins Spiel. Der skrupellose Werbemann, dem alle Mittel recht sind.«

»Das ist eine Möglichkeit.«

»Und?«

»Ich werde Sie nicht mehr belästigen. Ich bin mir sicher, dass weder Wagner noch Sie irgendetwas mit der Sache zu tun haben.«

»Aber Sie sind mit der Absicht hierher gekommen, das herauszufinden, nicht wahr?«

»Sie haben das Rätsel gelöst.«

Rohfeld nickte ein paarmal anerkennend mit dem Kopf. »Geschickt eingefädelt, das muss ich Ihnen lassen.«

»Routine«, erwiderte Bremer und meinte es auch so.

Die Zeit war verflogen. Ein kurzer, knapper Händedruck, und die beiden trennten sich, ohne Gewissheit, ohne Kontrolle, voller Misstrauen.

Bremers Schreibtisch quoll über von Akten, Papieren und Notizen, die sehnsüchtig auf seine Bearbeitung warteten. Dass Bremer bis spät in die Nacht an seinem Schreibtisch verbrachte, war niemandem im Präsidium eine Bemerkung wert. Das gehörte zum

Alltag wie die Putzfrauen, die immer um sechs Uhr morgens anrückten. Bremers Überlegungen drehten sich immer wieder um den einen Gedanken, der ihm am Gollenstein kam. So klar, als gäbe es keine andere Möglichkeit.

Er erledigte einen Stapel Verwaltungskram, den er hasste und immer bis zum letzten Moment vor sich her schob. Dann streifte er durch die Stadt, mischte sich unter die Nachtschwärmer und beobachtete die Sonne, die über Saarbrücken aufging und einen weiteren heißen Tag versprach. Elfi servierte ihrem Kommissar das Frühstück, Zettler war nicht da. Um halb sieben traf er sich mit Zerb, der nichts Neues hatte. Der Aktenberg war wieder ein Stück gewachsen, obenauf prangte eine Pressemitteilung des Präsidiums mit der Bekanntgabe aller sechs Morde. Bremer prägte sich die Einzelheiten ein, damit er nicht den Fehler machte, den viele Verbrecher machten. Zu viel erzählen. Dinge erzählen, die sie gar nicht wissen konnten. Irgendwann, nach etlichen Telefonaten, schlief Bremer zwei Stunden in seinem Sessel.

SIEBEN

Erfrischt überflog Bremer einige Dutzend Vernehmungsprotokolle, las die Zusammenfassungen, speicherte Informationen ab wie ein Computer, formte Bilder aus den Einzelteilen. Menschen wuchsen aus den Akten heraus, die Ermittler hatten gute Arbeit geleistet, das spürte Bremer bei jedem Satz. Unbeugsam fraß sich Bremer durch die Akten, schluckte zum Mittagessen eine Pizza, ohne dass er sich dessen bewusst wurde, grub weiter, ohne Erfolg. Als es auf fünfzehn Uhr zuging, gab es immer noch kein überzeugendes Motiv. Außer dass Rümert aus dem Weg geräumt werden sollte. Und Rohfeld war der Henker. Warum verbeiße ich mich so in diese Theorie?, dachte Bremer. Rohfeld hat sich nicht die geringste Blöße gegeben. Ist das möglich nach sechs Morden? Keinerlei Regung zu zeigen? Jeden anderen Verdächtigen würde ich sofort von der Liste streichen. Das Einzige, was bleibt, ist mein Gefühl. Heftiges Klopfen unterbrach den Gedanken.

»Herein.«

Langsam öffnete sich die Tür so weit, dass ein blonder Lockenkopf hereinlugen konnte.

»Herr Bremer?«

»Korrekt.«

»Nicht zu übersehen.«

»Der Turban. Man hat Ihnen gesagt, der Bremer, der hat so einen Turban.«

Die Tür öffnete sich ganz, und eine Frau in Sonnengelb trat auf Bremer zu. Leichter Blazer, Bluse, der oberste Knopf geöffnet, knielanger, schmal geschnittener Rock, flache, leichte Schuhe, die es zuließen, wohlgeformte Zehen zu bewundern. Viel Frau. Sie streckte ihm eine lange, schmale Hand zum Gruß hin. Bremer stand auf, kam um den Schreibtisch herum, nahm vorsichtig die Hand und spürte angenehme Wärme, legte Zärtlichkeit in den

Händedruck, wünschte sich, mehr zu spüren von dieser Hand, dieser Wärme.

»Genauso ist es.«

»Hat man Ihnen auch gesagt, wie ich zu dieser Zierde gekommen bin?«

»Hat man.«

»Und?«

»Ein Luchs.«

Bremer war überrascht. Jetzt erst lösten sich die Hände voneinander, die sich selbstständig gemacht hatten.

»Das stimmt sogar. Und wer sind Sie?«

»Saskia Pierer, BKA, sehr erfreut, Sie kennen zu lernen.«

»Sie sind der Cult-Cop?«

»Treffer.«

»Verzeihen Sie meine Überraschung, aber man hatte mir einen Kollegen angekündigt.«

»Ist das ein Problem?«

»Absolut nicht. Ganz im Gegenteil. Herzlich willkommen. Ich kann Ihre Hilfe gut gebrauchen. Nehmen Sie doch Platz.« Bremer zeigte auf einen Stuhl vor seinem Schreibtisch.

»Haben Sie eine Zusammenfassung für mich? Dann könnten wir gleich an die Arbeit gehen. Die Formalitäten haben wir ja schon erledigt.«

Im Moment habe ich ständig mit schönen Frauen zu tun, dachte Bremer und reichte Saskia Pierer eine Akte. Gleich begann sie zu lesen, eine gute Gelegenheit für Bremer, sie ausgiebig zu bewundern. Etwa fünfunddreißig Jahre alt, große Augen, feine Nase, geschwungene Oberlippe, die Unterlippe ein wenig hervorgewölbt, filigrane Ohrmuscheln, eine feine weiße Narbe über der rechten Augenbraue. Schlank, aber nicht dünn, lange Gliedmaßen, feine blonde Härchen an den Beinen und ein Geruch, der Bremer direkt zwischen die Beine fuhr. Bellorz hat Recht, musste sich Bremer eingestehen. Aber keine Praktikantin. Saskia Pierer. Das passt. Hoffentlich zieht sich der Fall noch etwas. Diese Härchen auf den Beinen. Fein und blond. Kein Ehering. Das ist gut. Na dann, Martin. BKA. Wiesbaden – eine nette Stadt. Nah dran und trotzdem weit genug weg. Hast du dich gerade verliebt?

Sieht ganz danach aus. So schnell geht das. Bremer lächelte leise und genoss das Kribbeln im Bauch.

Pierer blickte auf und wedelte mit der Akte. »Gute Zusammenfassung. Vielen Dank.« Sie schaute sich um und fand schnell, was sie suchte. »Darf ich mal Ihre Saarlandkarte bemalen?«

Bremer nickte.

Sie zog Linien von Tatort zu Tatort, verband die Linien miteinander und trat einen Schritt zurück. »Was ist das?«

»Ein Fünfeck.«

»Sehr gut. Das ist richtig. Und zwar ein ganz besonderes. Ein umgedrehtes Pentagramm, Symbol für Satan. Zwar ein wenig gekippt, aber ansonsten mustergültig. Die zwei oberen Spitzen stellen die zwei Hörner dar. Die Wahl der Tatorte war kein Zufall. Davon bin ich überzeugt.«

Sie kam um den Schreibtisch herum, stellte sich neben Bremer, neigte den Oberkörper zum Schreibtisch hin, einige Zentimeter zu nahe. Bremer zog die Luft ein und schmeckte den Duft der Frau, schloss kurz die Augen, um besser genießen zu können.

»Hier ist noch was.« Ein Foto zeigte den zerschmetterten Schädel von Ali Cont, der bis zur Hüfte eingegraben war in den Grund des alten Steinbruchs am Peterberg, im Norden des Saarlandes, nur einen Steinwurf entfernt vom berühmten Hunnenring, den Kelten aufgehäuft hatten.

»Die Steinigung. Sehen Sie hier hinten?«

Ein sorgfältig lackierter Zeigefinger huschte elegant über das Foto. Keine Farbe auf den Fingernägeln. Klarlack. Bremer wünschte sich, in der Akte zu liegen und diesen Finger auf seiner Haut zu spüren.

»Ganz am Rand. Da liegen einige Steine herum. Erkennen Sie das Muster?«

Blau, dachte Bremer, als er in Saskia Pierers Augen versank. Blond, blaue Augen, intelligent, selbstbewusst. Das ist kein Zufall.

»Nun?«

Von blauen Augen zum blutigen Schauplatz. Bremer hatte plötzlich keine Lust mehr, einem Mörder hinterherzujagen, trotzdem antwortete er. »Drei Steine liegen verteilt an den Kanten eines gleichseitigen Dreiecks. Dazwischen gleichmäßig verteilt kleine Steine, die eine Verbindung herstellen zwischen den großen Steinen. Das ist uns aufgefallen, aber wir konnten nichts damit anfangen.«

»Gott sei Dank. Sonst wäre ich arbeitslos. Das ist eins der Symbole für die 666. Die Zahl des großen Tieres, des Satans. Die Täter haben nicht mit Symbolen gespart. An jedem Tatort haben sie eins zurückgelassen. Das nächste: Die blutige Inschrift: ›Der Herr ist mein Hirte‹. Da steckt auch ein Satanssymbol drin. Das ›t‹ und das ›e‹ bei Hirte. Es sieht so aus, als wäre der Schreiber abgerutscht und hätte das ›e‹ gerade noch so drangeschmiert. In Wirklichkeit hat er das Saturnzeichen gemalt. Das wird zwar auch in der Astrologie verwendet, aber hier ist es eindeutig satanisch. In der Szene ist Saturn der Beherrscher der schwarzen Magie. Wenn Sie es umdrehen, haben wir die Satansgabel. Der Bogen am Kreuz ist eine Sichel, die das Kreuz abschneidet, ein starkes, eindeutiges Symbol der Christenhasser.«

»Wie kommen Sie zum Teufel?«

»Meinen Sie meinen Chef?«

Beide lachten über den kleinen, harmlosen Scherz. Pierer fuhr sich durch die Locken und warf dabei den Kopf nach hinten, bot Bremer die Kehle an, wenn das nicht eindeutig war. Beherrsch dich, dachte Bremer nur.

»Es gibt wenige, die sich damit auskennen. Eine echte Marktlücke. Da bin ich – schwuppdiwupp – ganz schnell reingehuscht. Eine gute Wahl, denn der Bedarf an Informationen über satanische Gruppen ist groß und wächst ständig.«

»Wie man sieht.«

»Außerdem bin ich viel unterwegs. Erste Hilfe für Kollegen, Seminare, Weiterbildung.«

»Haben Sie schon ein Zimmer?«

»Man hat mir gesagt, ich werde im Hotel Fuchs untergebracht. Am – Moment …« Schnell zog Pierer einen Zettel aus ihrer Jackentasche.

»… St. Johanner Markt«, ergänzte Bremer.

»Richtig.«

»Machen wir weiter?«

»Gerne. Gerald Müller. Enthauptet. Haben Sie eine Aufnahme aus der Vogelperspektive?«

»Gehen wir in den Konferenzraum.«

Wie ein Gentleman ließ Bremer seiner Kollegin den Vortritt. Die bedankte sich, ließ dann aber Bremer wieder vorgehen, damit er den Weg zeigen konnte. Mit einer Verbeugung öffnete Bremer die Tür zum Konferenzraum und ließ Pierer wieder vor. Weber, der gerade in sein Büro ging, beobachtete den Balztanz und wunderte sich.

An einer Schautafel hing das gesuchte Bild. Pierer nahm einen Filzer, malte ein umgedrehtes halbes Fragezeichen mit einem abgeschnittenen Kreuz obendrauf, zeichnete damit die Blutspuren nach.

»Die Mörder haben mit dem Blut des Opfers das Kreuz der Verwirrung auf den Waldboden gesprüht. Eine menschliche Spritzpistole. Unglaublich. Blut-Graffiti. Die Römer haben dieses Symbol erfunden, um die Lehre des Christentums in Frage zu stellen. Das müssen mindestens drei Personen gewesen sein. Eine, die ihn enthauptet hat, und zwei, die ihn dann entsprechend bewegten. Dazu braucht man Kraft.«

»Also drei Männer?«

»Wahrscheinlich. Aber es gibt auch Frauen, die stark genug wären.«

»Warum ein Buddhist?«

»Kreuz der Verwirrung. Ist den Tätern doch gelungen, oder? Wer hier am Werk war, hat einen Rundumschlag gemacht. Jede spirituelle Anschauung, die nicht des Satans ist, muss vernichtet werden – das ist die klare Botschaft. Der Arm, der da eingepflanzt wurde – und das Schwert –, beides könnte auch das Kreuz symbolisieren. Oder eine Anspielung auf König Artus, dessen Schwert ja verzaubert war. Nur er konnte es aus dem Felsen ziehen. Wer weiß? Das Kreuz der Verwirrung ist auf jeden Fall eindeutig. Sehr gute Arbeit, Herr Bremer. Ihr Team hat alles Wichtige dokumentiert. Vor allem auch das, was Sie nicht deuten konnten. Glauben Sie mir, das ist nicht selbstverständlich.«

Das Kompliment veranlasste Bremer zu einem Vorstoß. »Sollen wir die Förmlichkeiten nicht lassen? Ich heiße Martin.«

»Saskia.«

Bremer war es egal, ob das Knistern, das er hörte, von ihren Händen kam, die noch einmal ineinander lagen, oder von Papier, das durch einen Luftzug bewegt wurde.

»Dann lade ich dich heute Abend zum Essen ein. Keine Widerrede«, sagte Saskia Pierer.

»Mit allergrößtem Vergnügen«, sagte Bremer. Er brachte seinen Puls wieder unter Kontrolle und gab Saskia die Fotos von Mosche Weisenstein.

»Ganz in der Nähe von Saarlouis liegt übrigens die Teufelsburg.«

Saskia nickte nur stumm und vertiefte sich dann in die Fotos. Es dauerte eine Weile, bis sie endlich fündig wurde. »Das muss die gehörnte Hand sein. Die Arme sind über den Kopf ausgestreckt worden, ein Bein angewinkelt. Damit grüßen sich eingeweihte Satanisten.«

Sie nahm eine Vergrößerung zur Hand. Die tödliche Wunde zog sich wie ein Halbmond von einem Ohr zum anderen. Wie eine blutige Kette.

»Eine Schächtung. Professionell ausgeführt. Ist Weisenstein vorher betäubt worden?«

»Das wissen wir noch nicht.«

»Und die anderen?«

»Müller sicherlich nicht. Heinrichs ebenfalls nicht. Die anderen sind noch in der Autopsie.«

»Wird nach Betäubungsmitteln gesucht?«

»Zerb sucht nach allem.«

»Gut. Und jetzt die Nummer sechs. Die Anzahl der Morde. Dieselbe Bedeutung wie die Steine. Die Zahl des Satans. Drei mal sechs ist achtzehn. Irgendwo werden wir noch einmal die Sechs finden.«

Die D-Moll-Toccata. Susanne Holt gab ihren Standort durch. Mainzerstraße 48, Büro der Jungen Union. »Ich bin mitten im Wahlkampf. Die brauchen jeden Mann und jede Frau. Es herrscht allgemeine Betroffenheit, aber auch Zuversicht, dass die Wahl jetzt gewonnen werden kann. Der nächste Wahltermin wäre in drei Monaten.«

»Und Wagner will nicht aufgeben?«

»Aufgeben? Wie kommen Sie darauf. Nein. Auf keinen Fall. Gleich marschiere ich zum St. Johanner Markt, wo ich Wagner das erste Mal sehen werde. Er kommt von irgendeiner Tagung direkt zum Stand der CDU. Der legt in der Tat großen Wert auf Nähe zu seinen Mitarbeiterinnen. Bis später.«

»Bis später.«

Bremer unterbrach die Verbindung nachdenklich. Pierer nahm den Faden wieder auf.

»Die Garrotte. Ein wahrhaft teuflisches Instrument. Anfangs war die Garrotte nur ein aufrechter Pfosten mit einem Loch in der Höhe des Halses. Das Opfer wurde auf einem Sitz vor dem Pfosten gefesselt, und ein Seil wurde um seinen Hals gelegt. Die Enden der Seile wurden durch das Loch im Pfosten gezogen. Der Henker zog langsam an beiden Enden des Seiles und erdrosselte so sein Opfer. Das war anscheinend nicht grausam genug.«

Bremer nickte und ergänzte: »Deswegen ersetzte man den Strick durch ein Metallband. Der Henker führte seine Arbeit aus, indem er seinem Opfer einen Keil in den Wirbel drehte und so das Rückgrat durchtrennte. Die Garrotte wurde in Spanien im achtzehnten Jahrhundert für Kapitalverbrechen eingeführt und bis zum März 1974 angewandt.«

Saskia Pierer hatte die Arme vor der Brust verschränkt und übernahm wieder. »Wenn du ganz langsam zudrehst, immer eine Achtelumdrehung oder weniger, dauert es mindestens eine Stunde, bis dein Opfer tot ist. Der Dorn schiebt sich ganz langsam zwischen die Nackenwirbel, drückt sie auseinander, durchschneidet Sehnen, Muskeln und Gefäße, verursacht Schmerzen, die nicht in Worte zu fassen sind. Wird der Dorn zu tief angesetzt, überlebt das Opfer mit einer Lähmung vom Hals abwärts. Natürlich nicht lange. Hier waren Könner am Werk.«

Saskia deutete auf den Toten. »Siehst du, wie der Rest des Körpers am Hals hängt? Alles ist erschlafft, aber das Metallband hält den Kopf fest, so dass es aussieht, als würde Friedrich Herz den Hals recken. Wie heißt der Bach da im Hintergrund?«

»Das ist die Oster. Sie entspringt ein paar Kilometer weiter am Weißelberg. Sagt dir das was?« Bremer grübelte einen Moment und fuhr fort. »Oster – Ostern. Eigentlich ein heidnischer Brauch.«

»Möglich. Wenn auch weit hergeholt. Ist egal. Die Täter haben ganz bewusst Hinweise hinterlassen. Deutlicher geht's nicht. Wir sollten uns die ›Dämonen des Teufels‹ vornehmen.«

»Zu deutlich. Das ist ein Ablenkungsmanöver. Jede Wette.«

»Ablenken von wem oder was?«

Bremer erklärte seine Theorie und gab zu, dass er keinen Anhaltspunkt habe. Dass Rohfelds Gewissen so rein und sauber schien wie die Jungfrau Maria. Obwohl Rohfeld Wagner wohl falsch eingeschätzt habe, denn Wagner würde den Wahlkampf nicht abbrechen. Dass niemand außer ihm selbst an die Verschwörung glaube. Dass er Informationen habe, nach denen die »Dämonen des Teufels« nicht überrascht waren von den Morden. Im Gegenteil.

»Gut. Dann knöpfen wir sie uns vor. Noch heute. Am besten sofort.«

»Die laufen uns nicht weg«, sagte Bremer und hob beschwichtigend die Hände.

»Bist du dir da sicher?«

»Wenn diese ›Dämonen des Teufels‹ fliehen wollten, hätten sie sich schon längst verzogen. Außerdem habe ich einen Mann eingeschleust und lasse das Gebäude überwachen. Du glaubst also auch nicht an meine Theorie?«

»Du sagst es. Es ist eine Theorie ohne Fundament. Ich halte es damit, wie ich es mit Gott halte. Ich kann ihn nicht beweisen und ihn nicht widerlegen. Er hat sich mir bis jetzt nicht offenbart, und ich habe ihn nicht aufgesucht. Also kümmere ich mich um die wichtigen Dinge.«

Die Tür schwang auf, als hätte jemand dagegen getreten. Zerb kam herein, beachtete Saskia Pierer gar nicht und stürzte sich sofort auf Bremer.

»Wir haben bei keiner Leiche Betäubungsmittel gefunden. Rümert hatte ein bisschen Alkohol im Blut, 0,15 Promille, also quasi nichts. Alle waren bei vollem Bewusstsein.« Er wollte schon wieder rausrennen, als er merkte, dass er noch eine Liste in der Hand hielt, die für Bremer bestimmt war. »Die Liste mit den Todeszeitpunkten. Ziemlich genau. Bitte schön.« Bremer nahm das harmlose Stück Papier.

Saskia wandte sich Zerb zu und streckte ihm ihre Hand entgegen. »Saskia Pierer, Bundeskriminalamt, angenehm.«

Zerb lief rot an, ergriff die Hand und stotterte ein »Zerb, Gerichtsmedizin, auch angenehm, 'tschuldigung, war nicht so gemeint« vor sich hin.

»Schon gut. Ist ja auch wirklich was los hier im Moment.«

Das strahlende Lächeln von Saskia Pierer trieb Zerb den Schweiß auf die Stirn. Bremer aber dachte, Saskia ist ein Engel. Gesandt von Gott, vom wem sonst, egal ob es ihn gab oder nicht. Um ihn, den braven Bremer, zu erlösen aus dem Jammertal der Einsamkeit.

Weitere Peinlichkeiten blieben Zerb erspart. Die Kollegen trafen ein, der Raum füllte sich, Bellorz trat auf, es war genau fünf Uhr am Dienstagnachmittag. Der Staatsanwalt übernahm die Leitung. Kurz stellte er Saskia Pierer vor und bedankte sich für die Pünktlichkeit der Anwesenden.

Zunächst ging es um Friedrich Herz. Viele Saarbrücker hatten ihn gekannt, weil er regelmäßig am St. Johanner Markt gepredigt hatte. Gott sei nicht tot, verkündete er, sondern es habe ihn nie gegeben. Er müsse es wissen, war er doch viele Jahre Katholik und dann auch noch Hindu, aber letztendlich sei es klar. Es gebe keine Götter, weder den christlichen noch die indischen noch sonst welche. Niemand nahm daran Anstoß, Herz wurde als harmloser Spinner abgetan. Sein Geld hatte er als Arbeiter in einer Gärtnerei verdient. Dort allerdings unterlag er der Schweigepflicht – zumindest was seine Anschauungen über Gott anging. Feinde? Keine auszumachen. Herz war ein Einzelgänger gewesen, der niemandem zu nahe rückte.

Saarbrücken war um eine Attraktion ärmer, dachte Bremer. Schade drum. Herz hatte ein Flair von London nach Saarbrücken gebracht. Der St. Johanner Markt als Speaker's Corner. Jetzt war Schweigen eingekehrt.

Da die Medien nicht schliefen, liefen die Telefone so langsam heiß. Bisher waren sechsundvierzig Hinweise eingegangen. Tendenz steigend. Ab morgen, wenn alle Morde eingehend von der

Öffentlichkeit in Augenschein genommen sein würden, würde die Lawine losbrechen. Dann würden Hunderte von Hinweisen eingehen, und allen musste nachgegangen werden. Bellorz hatte bereits signalisiert, dass weitere Ermittler von anderen Dienststellen abgezogen würden, obwohl die Dienststellenleiter tobten. Aber Innenminister Schuster und Polizeidirektor Haffner hatten deutlich gemacht, dass die Zeit drängte. Der Soko X war höchste Priorität eingeräumt worden. Alles, was nicht nötig war, um die innere Sicherheit des Saarlandes aufrechtzuerhalten, wurde ihr zugeordnet. Das erwartete der Mann auf der Straße. Niemand sollte behaupten können, die saarländische Polizei würde nicht alles tun.

Die Besprechung dauerte nicht lange. Ganz am Schluss rückte Schuster dann mit dem Ultimatum heraus: drei Tage. Dann musste was Brauchbares auf dem Tisch liegen. Oder es würden Personalentscheidungen getroffen.

Bellorz war klar, was das hieß. So langsam kam er sich vor wie in der Fußballbundesliga. Beim Trainerkarussell. Genau wie in der Liga brachte der häufige Wechsel nichts. Das war bewiesen. Köpfe mussten rollen, wenn der Ball nicht richtig lief, damit das Volk beruhigt und die Manager aus dem Schneider waren. Drei Tage insgesamt. Also noch sechsunddreißig Stunden, bis Schuster das zweite Ultimatum verkünden würde. Haffner wurde der Kragen auch schon enger. Sein Ton hatte sich deutlich verschärft.

Jetzt stand Bellorz vor den Beamten und hielt eine weitere Motivationsrede.

Bremer stand hinter ihm und hörte die D-Moll-Toccata. Zettler war dran. Atemlos. »Martin, ihr müsst kommen. Jetzt sofort. Ich habe Beweise, dass die ›Dämonen des Teufels‹ –« Die Verbindung brach ab.

Sofort trat Bremer vor, hob seine Hände und unterbrach Bellorz' Redefluss. »Ich habe soeben die Information erhalten, dass die satanische Gruppierung ›Dämonen des Teufels‹ in die Mordfälle verwickelt ist. Es besteht wahrscheinlich Gefahr für den Informanten. Wir müssen sofort, aber besonnen handeln. Oberhauser, Sie übernehmen die Gebäudesicherung. Kein Tamtam! Keine Sirenen, kein Blaulicht! Informieren Sie SEK und MEK, die sollen auf Samtpfoten anrücken. Ich werde sofort hinfahren und ganz einfach klingeln. Feldmannstraße 54. Noch Fragen?« Niemand rührte sich. Bellorz signalisierte Einverständnis. Bremer lief los, Pierer hinterher. Die Soko lief wie geölt.

Jetzt begannen alle durcheinander zu reden. Nur Zerb sagte nichts, sondern machte sich wie Bremer aus dem Staub. Auch Bellorz schwieg und wählte die Nummer des Untersuchungsrichters, um einen Durchsuchungsbefehl zu beantragen. Falsch. Um den Durchsuchungsbefehl abzuholen. Das war der Durchbruch. Sein Gefühl, dass es diese Satansbraten waren, hatte ihn nicht getrogen. Wie und warum, würde Bremer schnell herausfinden. Keine sechsunddreißig Stunden. Entspannung breitete sich aus. Vom Scheitel bis zum großen Zeh überflutete Bellorz der Kick des Jägers, der seine Beute erlegt hat. Der wieder einmal bewiesen hat, dass er der Beste ist. Denn das war Bellorz' Lebenszweck. Der Beste sein.

Die letzten Meter gingen sie zu Fuß. Saskia Pierer hatte durchgesetzt, dass sie mitkommen durfte. Ihre Drohung, die Einladung und das Du wieder rückgängig zu machen, hatte Bremer überzeugt. Als Pärchen konnten sie sowieso überzeugender auftreten, und Saskia würde ihm den Rücken freihalten.

Wie ein schlechter Zahn ragte die Nummer 54 aus den Jugendstilvillen heraus. Nicht weil das Gebäude ungepflegt war, sondern weil es neu war. Statt Ziegel ein graues Blechdach, statt Erker vorgezogene Terrassen, aufgehängt an Stahlträgern, die im Verbund mit ausgedehnten verspiegelten Glasflächen das Mauerwerk ersetzten. Mit grauem Marmor war die Treppe zum Eingang der »Dämonen des Teufels« belegt. Der Vorgarten gepflegt, bunt, einladend.

Saskia ist wirklich ein Profi, dachte Bremer. Die Waffe gesichert im Holster. Keine Spur von Unsicherheit. Locker, entspannt, als wären sie eingeladen zum Kaffee bei Freunden und nicht zum Tanz mit dem Teufel. Leute gingen vorüber, vollkommen ahnungslos. Vielleicht bricht hier gleich die Hölle los, dachte Bremer. Vielleicht fährt der Gottseibeiuns auf uns herab und klärt endlich die Verhältnisse.

Von weitem erkannten sie die Inschrift auf dem schwarzen Schild, in goldenen Lettern, ohne jegliche Schnörkel: »Dämonen des Teufels – Die wahre Kirche Satans«. Behände stiegen sie die Stufen hinauf. Kein Hinauszögern, kein Atemholen. Der Klingelknopf lachte ihnen teuflisch entgegen: Der Gehörnte persönlich lud dazu ein, auf sich aufmerksam zu machen. Bremer zog den Teufelskopf, und schon glitt die Tür zur Seite, gab einen weiten Flur frei, von Licht durchströmt, das aus allen Richtungen jeden Winkel erleuchtete. Und da stand er, der Leibhaftige mit zwei seiner Adepten. Mindestens zwei Meter groß, dünn wie eine Bohnenstange, schmales Gesicht, buschige Brauen, eine spitze Nase, schmale, tief liegende Augen. Nur die Hörner fehlten. Ein genaues Abbild des Klingelknopfes. Einen Huf konnte Bremer nicht erkennen. Die Füße wurden verdeckt von einem schneeweißen Gewand, weit ausgeschnittene Ärmel verbargen die Hände. Rechts davon eine zierliche Person, keine hundertsechzig Zentimeter groß, schmal wie ein Blatt Papier. Die linke Hand des Teufels maß mindestens einen Meter neunzig und war ausgestattet mit einem Brustkorb wie ein Fass.

»Habt keine Angst«, sagte der Teufel. »Wir werden euch nichts tun. Denn die Prophezeiung hat sich aufs Trefflichste erfüllt. Ich bin Theobald Jorczewski, der rechtmäßige Vertreter meines Herrn, des Satans, hier auf der Erde.«

Bevor Bremer reagieren konnte, hatte Saskia schon das Wort an die drei gerichtet.

»Sind es die sechs Zeichen, die sechs Opfer, ist das die Erfüllung der Prophezeiung?«

»So ist es«, sagte Jorczewski und verbeugte sich tief vor Pierer. »Sind Sie eine Eingeweihte?«

»Ich kenne Ihre Prophezeiungen, in der Tat. Sind Sie verantwortlich für die sechs Zeichen?«

»So ist es.«

Gleichzeitig zogen Bremer und Pierer ihre Waffen. Genug Mummenschanz, dachte Bremer. Denn jetzt geht eine andere Prophezeiung in Erfüllung.

»Keine Bewegung, Hände ganz langsam aus den Kutten raus,

und dann alle Mann hingelegt«, donnerte der Kommissar durch die Halle. Ohne Widerstand gehorchten die drei.

Bremer zog sein Walkie-Talkie und bestellte die Kavallerie. Keine fünf Sekunden vergingen, bis die schwer bewaffneten und bis zur Unkenntlichkeit vermummten Kämpfer hereinstürmten, die drei Lichtgestalten festnahmen und wie der Wind abtransportieren wollten. Bremer stellte sich dem Auftrieb in den Weg und stoppte damit abrupt die hektische Betriebsamkeit. Nur schweres Atmen war noch zu hören, als Bremer den Vertreter Satans eindringlich aufforderte, ihm den Aufenthaltsort von Heiner Wohlfarth alias Reiner Zettler mitzuteilen.

»Heute war ein Mann hier, der sich so nannte. Aber er ist vor etwa einer halben Stunde gegangen«, sagte der Chef-Satan. Böse blitzte Bremer Jorczewski an. »Das ist die Wahrheit«, sagte der, und schon ging die Prozession weiter. Als SEK und MEK mit fetter Beute abgezogen waren, enterte die Spurensicherung den Tempel des Satans. Zettler war nicht im Haus, und Bremer beschlich ein ungutes Gefühl, das er mit einem Anruf in der Redaktion an der Realität messen wollte. Bereits nach dem zweiten Klingeln wurde abgehoben, und kein Geringerer als Zettler meldete sich.

»Ja, Zettler, was gibt's?«

Als sich niemand meldete, fragte Zettler nach. »Hallo, wer ist denn da?« Dann blieb es eine Weile still. Schließlich sagte Zettler: »Ach verdammt, Martin. Deine Nummer steht ja auf dem Display. Ich hab ganz vergessen, dir Bescheid zu sagen, dass es mir blendend geht. Mein verfluchtes Handy ist ausgefallen. Kaputt. Einfach so. Mitten im Gespräch.«

Auf der anderen Seite der Leitung tat sich nichts.

»Martin, hallo, bist du noch dran?«

»Ist dir klar, dass wir gerade mit einer Hundertschaft wild gewordener Bereitschaftspolizisten die ›Dämonen des Teufels‹ hochgenommen haben?«

»Ja, das hoffe ich doch. Habt ihr die Bude schon links gemacht?«

»Wir sind dabei.«

»Ihr werdet euch wundern.«

»Red Klartext.«

»Ist alles für dich. Die ganzen Lorbeeren. Ruf mich nachher zurück, ich muss jetzt dringend in die Tasten hauen. Tschüss.« Und schon hatte Zettler eingehängt.

»War das noch ein Satan? Du siehst aus, als hättest du ein Gespenst gesehen.«

»Das war Zettler, Saskia. Der ist putzmunter.«

»Wer ist Zettler?«

»Mein Informant. Aber nicht weitersagen. Alles Weitere später.«

Saskia zuckte nur mit den Schultern und wandte sich Zerb zu, der triumphierend mit einer Plastiktüte ankam.

»Schuhe. Die Schuhe. Drei Paar. Jede Wette, dass –«

»Ich wette nicht«, unterbrach Bremer. »Jetzt nicht mehr. Also doch die Satansbraten. Das gibt keinen Sinn. Wie in einem Selbstbedienungsladen. Mörder im Sonderangebot. Mitnehmen, fertig. Kein Widerstand, als hätten die drei auf nichts anderes gewartet. Kann mir das mal jemand erklären?«

Saskia hakte sich bei Bremer unter, legte ihm eine Hand auf das Brustbein. Zerb fielen fast die Augen aus dem Kopf, und die anderen Kollegen fingen an zu tuscheln wie eine ganze Horde pubertierender Teenager.

»Ich kann es«, flüsterte sie in sein rechtes Ohr, dass es ihm heiß und kalt den Rücken herunterlief. Entschieden zog sie Bremer mit auf die Straße, drängte ihn ins Auto und bat ihn, ins Präsidium zu fahren, wo sie sich Jorczewski sofort vornehmen würden. Bremer verzichtete auf Widerstand.

Jorczewski saß Bremer gegenüber und zeigte keinerlei Regung. Zwei Beamte an der Tür, Saskia Pierer neben Bremer, Weber an der Seite des Tisches. Darauf Mikrofone, die jeden Ton aufzeichneten. In den Ecken unterhalb der Decke Videokameras. Jede Regung wurde eingefangen. Jorczewski gegenüber ein großes, einseitig verspiegeltes Fenster. Auf der anderen Seite standen Bellorz, Schuster und Haffner. Wie die Kaninchen vor der Schlange starrten sie auf Jorczewski. Nur ein leichtes Lächeln spielte um seine Lippen.

Bremer hatte ihm klar gemacht, dass er im dringenden Verdacht stand, sechs Morde begangen zu haben. Jorczewski nickte nur, lächelte sein Lächeln und sagte einfach: »So ist es.«

Seine Personalien hatte er ohne Zögern mitgeteilt. Theobald Jorczewski. Geboren am 6.6.1956 in Hannover. Wohnhaft Feldmannstraße 54, Saarbrücken. Die Angaben stimmten. Seine Eltern waren polnische Einwanderer gewesen. Beide seit vielen Jahren tot.

»Welche Prophezeiung ist in Erfüllung gegangen?« Bremer war ebenfalls völlig ruhig.

»Ich sagte es bereits.«

»Die sechs Zeichen. Sind damit die sechs Toten gemeint? Fred Baier? Volker Heinrichs? Fred Becker? Ali Cont? Mosche Felsenstein? Friedrich Herz?«

Was macht Bremer denn da? Das stand doch schon alles in der Zeitung?, dachte Bellorz hinter der Scheibe.

Jorczewski antwortete ruhig, lächelnd. »Ich kenne keinen Fred Becker. Und der Jude hieß Weisenstein. Mosche Weisenstein. Das erste Zeichen hieß Gerald Müller.«

»Sie haben gemeinsam mit Ihren Mitarbeitern die sechs getötet. Ist das richtig?«

»Das ist richtig.«

»Warum haben Sie Gerald Müller mit einem Krummsäbel enthauptet?«

Die Falle. Der Fangschuss, wie im Lehrbuch, dachte Bellorz und sandte ein Stoßgebet zum Himmel. Jetzt kommt es darauf an. Teufel noch mal, Jorczewski, gib die richtige Antwort, damit ich meinen Seelenfrieden finden kann.

Der rechtmäßige Vertreter des Satans veränderte sein Lächeln. Jetzt schmunzelte er wie ein Lehrer, der seine Schüler bei einem harmlosen Streich erwischt hat. Genüsslich antwortete er: »Das stand nicht in der Zeitung. Das können nur wir wissen, die Täter, richtig, Herr Kommissar? Sie sind ein guter Polizist. Schade, dass Sie nicht auf unserer Seite stehen. Gerald Müller starb durch sein eigenes Schwert, das allerdings vollkommen gerade war. Verziert mit Gold, Diamanten, sehr wertvoll.«

Auf der anderen Seite des Spiegels gratulierte Schuster Haffner und Bellorz. »Meine Herren, ich glaube, es gibt keinen Zweifel. Die Täter sind gefasst, der Rest ist Routine.«

Bellorz nickte. »Die Haftbefehle sind ausgestellt, im Haus wurden erdrückende Beweise gefunden, der Haupttäter ist geständig, die beiden anderen sagen ja und amen zu allem, was von ihrem Chef kommt.«

»Können wir damit an die Öffentlichkeit?«, fragte Haffner.

»Lassen Sie uns noch ein paar Stunden, damit die Sache wasserdicht ist. Der Effekt ist umso größer, je mehr wir wissen.«

»Kein Problem. Sagen wir, morgen früh um zehn? Pressekonferenz mit allem Pipapo. Alle Medien vor Ort, nicht nur bundesweit, sondern weltweit. Im Innenministerium. Was für ein Fest!« Schuster hatte schon ganz rote Bäckchen vor Aufregung. »Übrigens, Bremer soll mit nach vorne. Aus dem machen wir einen Helden. Geht das in Ordnung?«

»Mit allergrößtem Vergnügen. Wenn es einer verdient hat, dann Bremer«, sagte Bellorz.

Zustimmend nickte Haffner, der seine Karriere bei der Saarbrücker Polizei wieder fest im Griff hatte. Sechs kinoreife Morde in kürzester Zeit aufgeklärt. Das Saarland weltweit in den Schlagzeilen. Man sollte die Sache noch ein wenig strecken. Es war einfach zu schön, um wahr zu sein. Man sollte die Tatorte vermarkten. Damit die armen Schweine nicht umsonst gestorben sind. So ein bisschen wie Golgatha oder die Titanic. Marpingen war ja nicht schlecht, die Marienerscheinungen. Leider eine Eintagsfliege. Aber das hier. Genial. Der kalte Hauch der Ewigkeit bläst jetzt auch im Saarland. Haffner wollte gleich Dr. Freiwald anrufen. Als Chef der Öffentlichkeitsarbeit für die Staatskanzlei würde er entzückt sein.

Schuster und Haffner zogen ab, Bellorz blieb, um das Verhör zu beobachten.

»Warum haben Sie die sechs getötet?«

»Es war der Wille meines Herrn. Die sechs Zeichen kündigen die Rückkehr des Weltenretters an.«

»Wie ist Satan mit Ihnen in Verbindung getreten?«, fragte Pierer.

Jorczewski wandte sich ihr zu. »Sie sollten unserer Kirche beitreten, solange es noch Zeit ist. Lassen Sie sich von mir taufen. Hier und jetzt. Bereuen Sie Ihren bisherigen Lebenswandel. Ich spüre ganz deutlich, dass Sie mir nahe stehen, dass Sie bereits die ersten Initiationsriten hinter sich haben. Satan ist bei Ihnen. Oder Luzifer. Das trifft es besser. Sein Licht leuchtet hell in Ihnen. Er hat Sie gesandt, um meine Botschaft zu überbringen.«

»Frau Pierer wird das sicher nicht tun. Mit der Öffentlichkeit reden werden unser Pressesprecher, der Staatsanwalt, meine Person und einige andere ranghohe Polizisten. Frau Pierer ist hierfür nicht vorgesehen.«

»Wir werden sehen, was der Herr in seiner grenzenlosen Weisheit beschlossen hat.«

»Wie lautet die Botschaft?«, fragte Pierer und beugte sich vor, um Jorczewski zu fixieren, ihn auf sich zu lenken und ihm damit die Möglichkeit zu geben, frei zu reden.

Bremer hatte verstanden und zog sich zurück, schob seinen Stuhl ein Stück weg vom Tisch, nickte den Beamten zu, die sofort den Raum verließen. Nur Weber blieb, wo er war, so unauffällig, dass er von Jorczewski nicht mehr wahrgenommen wurde. Das Licht blieb hell, aber nicht unangenehm.

»Die Zeit der Finsternis ist vorüber. Die sechs Zeichen sind gesetzt. Der Weg ist geebnet. Der Schmerz und die Qual der ersten Märtyrer haben den Lichtbringer erbarmt. Er wird kommen und alle befreien aus Knechtschaft und Unwissenheit. Endlich wird die Menschheit frei sein vom Joch der Religionen, die ihn versklaven und sein edles Wesen verleugnen. Die ihn seiner vollkommenen Leidenschaft und Ekstase berauben. Die ihn missbrauchen, um zu herrschen und das Licht zu verhöhnen. Friede wird einkehren, denn niemand wird jemand anderem irgendetwas neiden. Die Kirchen werden Orte der Erbauung sein, die Moscheen werden nie wieder menschenverachtende Litaneien hören, und jeder kann hingehen, wohin er will, und leben nach seinem eigenen Willen, ohne andere zu belästigen. Die Angst vor dem Tod wird besiegt sein von allen Sterblichen, der Lichtbringer wird alle trösten. Denn Satan ist Luzifer, und Luzifer ist der Lichtbringer, der von Anbeginn der Tage gekämpft hat gegen die Götter der Finsternis, gegen die Dreierbande aus Vater, Sohn und Heiligem Geist, die nichts anderes im Sinn hatten, als schwarze Dunkelheit und Unnatürlichkeit zu werfen über die Erde. Wie sonst erklärt ihr euch die Inquisition und den Streit darüber, welcher Gott-Götze der wahre ist? Das Licht ist nahe. Wenn das siebte Zeichen vollzogen ist, ist der Tag der Verheißung gekommen.«

Ein dicker Klumpen bildete sich in Bremers Magen. Wie von einer Feder getrieben sprang er auf, stützte er sich auf die Tischplatte und brachte seine Nase ganz dicht an die von Jorczewski. »Was haben Sie vor? Soll noch jemand getötet werden? Reden Sie!«

Der leibhaftige Vertreter vergaß sein Lächeln nicht und antwortete: »Das siebte Zeichen wird vollzogen sein, wenn die zweiten Märtyrer Luzifers von weltlichen Gerichten verurteilt und ins Gefängnis geworfen wurden.«

»Das heißt also, dass Ihre rechtskräftige Verurteilung vor Gericht das siebte Zeichen ist und die Rückkehr Luzifers einleiten wird. Ist das so richtig?«

»Das ist so richtig.«

Erleichtert setzte sich Bremer wieder.

»Ich soll mich taufen lassen. Warum?« Pierer hatte sich im Stuhl aufgerichtet, die Ellbogen auf dem Tisch platziert und stützte ihren Kopf auf die ineinander verschränkten Hände.

»Der Lichtbringer wird alle richten, die ihre Aufgabe verleugnet haben. Die über das Wissen verfügten und bewusst gegen den Herrn gehandelt haben. Bischöfe, Mönche, Theologen, Philosophen. Gelehrte, so wie Sie. Das einfache Volk aber wird er erheben.«

Das sind keine Schmeicheleien, dachte Saskia Pierer. Wenn es Jorczewskis Satan gibt, dann Gnade mir Gott. Gut, dass dieser Mann einfach nur krank ist. Einer von vielen, die verblendet sind, und einer von den wenigen, zumindest in Deutschland, die ihren Fanatismus so ausleben. Plötzliche Müdigkeit erfasste sie; sie ließ sich in ihren unbequemen Stuhl zurückfallen wie ein nasser Sack und seufzte tief. Bremer verstand und übernahm.

»Wann haben Sie den Plan gefasst, Gerald Müller zu töten?«

»Nie.«

»Ohne Plan hätten Sie es nicht tun können!«

»Damit auch Sie mir folgen können, wiederhole ich es noch mal. Luzifer selbst hat den Plan entworfen, und in seiner unermesslichen Gnade hat er ihn mir offenbart. Wie hätte ich sonst alles ohne Fehler durchführen können? Woher hätte ich sonst die Namen gewusst der ersten Märtyrer, woher ihre Bestimmung, für die Rettung der Welt zu sterben, mit Qualen, die nur ein Erwählter erleiden kann? Seht ihr: Der Gott der Christen opferte nur einen. Luzifer aber schenkte uns sechs.«

Auf der anderen Seite des Spiegels stand immer noch Bellorz, fasziniert von den Abgründen, die sich vor ihm auftaten. Hatte Jorczewski nicht Recht? Schnell verdrängte er diesen Gedanken. Das ist ein schlechter Film, dachte Bellorz. Dieser Wahnsinnige hat sechs Menschen bestialisch ermordet, ohne mit der Wimper zu zucken. Und er glaubt jedes Wort, das er sagt. Aber das ist bei jedem Fanatiker das Gleiche. Bush glaubt ja auch an die Massenvernichtungswaffen im Irak. Verfolgungswahn. Oder er ist ein Lügner. Beides ist gleichwertig. Eine Nation, die vor Angst ganze Länder zerstört und im eigenen Land eine Bombe züchtet, gefährlicher als jeder Sprengstoff. Armut, Analphabetentum, Unwissenheit, Verzweiflung. Damit kann man die ganze Welt ins Chaos stürzen, in den Krieg. Das wissen wir nicht erst seit den Nazis. Was steckt hinter Jorczewskis Geschichte? Der Wunsch nach Unsterblichkeit? Ich sollte bald ein Wochenende frei machen und nachsehen, ob ich noch eine Familie habe oder ob meine Frau und meine Kinder schon geflohen sind. Was ich ihnen nicht verdenken könnte.

Inzwischen hatte Bremer Jorczewski nach Details gefragt.

»Wir gingen um halb fünf Uhr nachts zu Müller. Er öffnete uns die Tür und bat uns freundlich herein. Wie unser Herr es beschrieben hatte, stand das Schwert im Flur. Barbel, den ihr Heinz Beckert nennt und der sehr stark ist, fesselte und knebelte Müller. Er ließ es ohne Gegenwehr mit sich geschehen, als ob er darauf gewartet hätte.«

So ein Schwachsinn, dachte Bremer. Der Mann stand unter Schock. Konnte gar nicht mehr handeln. Wenn wir ihn fragen könnten, würde er sich wahrscheinlich nur noch an Bruchstücke erinnern. Traumatisierung. Fragmentierung des Gehirns nennt man das. Das Bewusstsein spaltet sich ab, um das Grauen zu ertragen. Entführung ist mit das Schlimmste, was einem Menschen passieren kann, ausgenommen lange Folter und quälender, langsamer Tod. Vollkommene Hilflosigkeit. Ausgeliefert ohne die geringste Chance, etwas dagegen zu tun. Da hilft kein schwarzer Gürtel in egal was. Es kommt zu massivem Gedächtnisverlust. Über Stunden, Tage, Monate, manchmal für den Rest des Lebens. Vollständige Lähmung der Abwehr, unfähig, irgendeinen klaren Gedanken zu fassen. Meistens Spätfolgen. So langsam geht mir dieser Kerl auf die Nerven mit seiner widerwärtigen Überheblichkeit.

»Wir verließen das Haus ungesehen und fuhren zum Schwarzenbergturm, der um diese Zeit vollkommen einsam dasteht. Am genau bezeichneten Ort ließen wir Müller niederknien, nahmen ihm den Knebel ab und erklärten ihm, warum er hier sei. Leider überfiel ihn dann die Todesangst, und wir machten es kurz. Ich und Set, den ihr Hubert Framke nennt, hielten Müller, Barbel hieb zuerst den Arm, dann den Kopf ab. So schnell, dass Müller es kaum merkte. Dann zeichneten wir mit dem Blut, das aus dem Hals spritzte, das magische Zeichen auf den Waldboden. Barbel rammte das Schwert ins Laub, dann schnitt er sich den Arm am Schwert auf und mischte sein Blut unter das des Märtyrers. Seine Wunde ist frisch, ihr werdet es nicht übersehen. Auch werdet ihr sein Blut untersuchen und feststellen, dass es am heiligen Ort verspritzt wurde. All das vollzog sich in tiefem Schweigen, denn der Herr hatte uns vorgeschrieben, keine magischen Formeln zu sprechen.«

»Ich brauche eine Pause.« Bremer war aufgestanden. »Saskia, wie steht es mit dir?«

»Könnte nichts schaden.«

Sie verließen langsam den Raum. Die Beamten, die vor der Tür gewartet hatten, platzierten sich rechts und links von Jorczewski. Dann kam Weber.

»Was hältst du davon?«, fragte er Bremer.

»Es passt. Nur die Täter konnten das mit dem Fremdblut wissen. Ganz klar. Diese Kreaturen sind reif für die Klapse. Sie werden lebenslänglich kriegen und dann Sicherheitsverwahrung.«

Mit beiden Händen massierte sich Bremer das Gesicht, vergaß seine Verletzung und zuckte, als ihn ein stechender Schmerz durchfuhr.

»Mist!«, schrie er. »Verdammt, das tut weh. Herrgott, bin ich blöd.« Und schon musste er grinsen, wurde aber sofort wieder ernst. »Noch eine halbe Stunde da drin, und ich vergesse mich. So was von einem eiskalten Killer ist mir noch nicht untergekommen. Auf jeden Fall können wir die Soko X auflösen. Der Rest ist Formsache. Weißt du, Saskia, noch nie habe ich so danebengelegen. Gut, dass ich Wagner nicht aufgemischt habe. Und das Essen mit Rohfeld war ein spannender Schlagabtausch. Irgendwann wird er Wagner stecken, dass ich ihn in Verdacht hatte. Aber dann wird es keinen Staub mehr aufwirbeln. Gehen wir essen?«

»Meine Einladung steht«, sagte Pierer.

»Ich mache weiter, Martin«, sagte Weber.

»Gut. Danke. Mein Handy ist aufgeladen und eingeschaltet. Du kannst mich jederzeit erreichen. Geh mit Jorczewski die einzelnen Fälle durch, fühl ihm richtig auf den Zahn.«

»Kein Problem. Ich bin fit und brenne darauf, den Kerl auszuquetschen.« Webers Augen leuchteten.

»Meldest du uns bei Bellorz ab? Sagen wir, morgen um neun Lagebesprechung. Du, Oberhauser, Bellorz, Holt, Klöber, Saskia und ich.«

»Geht klar. Ich wünsche einen angenehmen Abend.«

Pierer nahm Bremer am Arm. Wie ein altes Ehepaar zogen die beiden ab.

Hoffentlich lässt du den Fisch nicht von der Angel, dachte Weber. Gleichzeitig spürte er eine angenehme Wärme im Bauch. Ich wünsche ihm wirklich, dass er irgendwie zufrieden ist. Dass er vielleicht sogar so etwas wie Glück erleben kann. Kein Zweifel, ich mag ihn. Dann setzte Weber seinen besonders bösen Verhör-Blick auf, wofür er sich nicht anstrengen musste, und kehrte zurück in die Schlacht, die gewonnen schien.

ACHT

Bremer hielt die Tür seines Wagens auf. Pierer nickte ihm zu, stieg ein wie eine Prinzessin. Ihr Rock rutschte weit hoch, gab ihre Oberschenkel kurz frei, bevor sie den Stoff wieder nach unten zupfte und glatt strich. Bremer glitt hinters Lenkrad, und sie setzten ihre Unterhaltung fort.

»Dieser Informant, wer war das? Kein Polizist, richtig?«

»Reiner Zettler. Journalist. Mein Freund. Ein echter Freund. Absolut zuverlässig. Fachmann in Sachen Satan, so wie du.«

»Hat er in deinem Auftrag ermittelt?«

»Sozusagen ja. Er war scharf drauf, und es hat sich gelohnt. Der Tipp mit den ›Dämonen des Teufels‹ kam schließlich von ihm. Und er hat sich dort ein bisschen umgesehen, recherchiert, wie das Zeitungsleute so machen. Er ist Polizeireporter bei der Saarbrücker Zeitung.«

»Gewagt!«

»Kein Risiko. Wie bei ›Kobra übernehmen Sie‹. Wenn er erwischt wird, leugne ich, ihn zu kennen.«

»Hier in Saarbrücken? Da kennt doch jeder jeden. Ich wette, dass deine komplette Stammkneipe weiß, dass wir kommen!«

»Aber wir fahren gar nicht in meine Stammkneipe.«

»Sondern?«

Langsam stoppte Bremer den Wagen, fuhr rechts ran und nahm Saskias Hände in seine. »Wir fahren auf die Spicherer Höhen. Ins Gasthaus La Motte. Französisch. Heute ist ein Tag, den ich feiern will. Mit dir. Weil ich mich verliebt habe in dich.«

Saskia lächelte und gab Bremer einen leichten Kuss auf die Lippen, ohne die Augen zu schließen. »Das sollten wir feiern.«

Ein kurzer Blick in die blauen Augen, dann fuhr Bremer weiter, beide Hände am Lenkrad. Seltsam, dachte er. Einfach so. Ohne Warnung. Ohne Vorbereitung. Mein Herz rast. Ich möchte schreien, und trotzdem bin ich ruhig und still. Möchte den Moment nicht loslassen. Will weiterfahren, alles hinter mir lassen und Saskia entdecken. Hindert dich jemand daran? Die Mörder sind hinter Schloss und Riegel. Bellorz wird begeistert sein. Urlaub, Frau, alles so, wie er es geplant hat für mich.

»Kennst du Bellorz eigentlich schon lange?«, fragte Bremer unvermittelt.

Saskia runzelte die Stirn. »Seit heute. Warum?«

»Könnte ja sein.«

»Du fragst nicht ohne Grund. Raus damit.«

»Du wirst mich auslachen.«

»Wäre das so schlimm?«

Ich kenne diese Frau überhaupt nicht, und doch will ich ihr bedingungslos vertrauen. Das muss Liebe sein, dachte Bremer. Und wenn ich sie liebe, dann kann ich ihr auch alles erzählen.

»Na ja. Bellorz versucht seit einiger Zeit, mich zu verkuppeln. Er wollte mir schon eine Praktikantin ins Bett legen.«

Saskia lachte perlend, zärtlich, verstehend. »Ihr seid hier wirklich ein seltsamer Haufen. Bist du so in Not?«

»Bellorz glaubt es.«

»Das werden wir ja sehen.«

Saskia legte ihre linke Hand auf Bremers Knie. Akute Platznot in seiner Hose war die Folge.

»Du bist in Not!«

»Glaubst du mir trotzdem, dass ich in dich verliebt bin? Und nicht nur mit dir ins Bett will?«

»Ich glaube es nicht nur. Ich weiß es. Es war nicht zu übersehen. Mir ist es nicht anders ergangen. Wie ein Blitz. Ich kam in dein Büro, sah deinen Turban, und schon war es passiert.«

»Da bin ich Petsy was schuldig.«

»Petsy?«

»Der Luchs, nein, die Lüchsin, die mich so zugerichtet hat.«

»Müllers Luchs.«

»Ja.«

»Furchtbar.«

Beide schwiegen den Rest der Strecke. Die junge, zerbrechliche Liebe konnte die Toten nicht wieder lebendig machen.

Die Sonne stand noch hoch am Horizont. Die Sonnenwende war gerade erst blutig vorbeigezogen. Der Sommer hielt mit Macht Einzug.

Eine gute Zeit, sich zu verlieben, dachte Saskia Pierer und beobachtete Bremer. Ich mag Männer, die vorsichtig fahren. Die es nicht nötig haben, mit ihren Blechkisten die große Männlichkeit zu beweisen. Wenn er im Bett genauso viel Gefühl zeigt wie mit dem Gaspedal ...

Bremer nahm die letzte Kurve, bog auf den Parkplatz des La Motte ein und parkte aus reiner Routine mit dem Kühler zur Ausfahrt, damit er im Notfall ungehindert durchstarten konnte. Wieder hielt er Saskia die Tür auf.

Das Gasthaus La Motte, untergebracht in einem alten elssässischen Bauernhof, thronte auf den Spicherer Höhen über Saarbrücken. Bei klarem Wetter ging der Blick bis nach Völklingen.

Nicht weit davon, auf der Neuen Bremm, erinnerte ein Denkmal an das Saarbrücker Gestapo-Durchgangslager, das, wie die meisten seiner Art, urplötzlich aus dem Boden gewachsen ist, als der Zweite Weltkrieg für Nazi-Deutschland verloren war. »Ein KZ! Na so was«, sagten die Saarbrücker und schlossen sich dem kollektiven Vergessen an. Zumal das KZ auf der damaligen »Goldenen Bremm« besonders berüchtigt war. Tod durch Unterernährung, Vergewaltigung, Folter, Mord – ohne besonderen Anlass. Dass die Saarländer 1935 freiwillig Nazi-Deutschland beitraten – Ironie der Geschichte.

Saskia nahm Bremers Kopf in ihre Hände und drückte ihren Mund auf seinen. Voller Sehnsucht, Verheißung und Freude spielten ihre Zungen miteinander wie junge Hunde: tollten hierhin und dahin, erkundeten neugierig jeden Winkel, machten ulkige Geräusche, wollten gar nicht aufhören mit dem Spiel. Nach einiger Zeit trennten sie sich, widerwillig, um dann noch mal kurz zurückzukehren in die wohlschmeckende, warme Feuchtigkeit.

Jetzt war sich Saskia Pierer sicher. Bremer hatte kein Solo gespielt, sondern war auf sie eingegangen, ihr entgegengekommen, hatte sie einbezogen, sie führen lassen und selbst die Führung übernommen. Zuletzt umarmten sie sich wie zwei, die sich bald trennen müssen.

»Hast du Hunger?«, gurrte Bremer.

»Und wie.«

»Hähnchenflügel mit Knoblauch?«

»Göttlich.«

»Einen Bordeaux dazu?«

»Was sonst?«

»Weißbrot, frisch aus dem Ofen?«

»Lass uns reingehen.«

Das Paar beachtete nicht die Sandsteinstufen, die ein fahrender Steinmetz noch von Hand geschlagen und geformt hatte, in tagelanger Arbeit. Der mit seinem Werk zufrieden gewesen war und seinen Lohn mit Freude eingestrichen hatte, noch ein paar Tage Gast gewesen war im La Motte und dann weiterzog. So verliebt waren die beiden, dass sie nicht darauf achteten, dass ihnen ein Fahrzeug gefolgt war und sie ein Mann bei jeder Bewegung beobachtete.

Schon am Tor zum Biergarten begrüßte sie Jean, der seit fünfunddreißig Jahren dafür sorgte, dass im La Motte niemand lange warten musste.

»Ah, Monsieur le Commissaire. Welch eine Freude. Sind Sie endlich zum rechten Glauben übergegangen? Der Turban steht Ihnen gut.«

Jean verbeugte sich vor Saskia Pierer. »Ich bitte vielmals um Entschuldigung. Wo habe ich meine Manieren gelassen. Monsieur le Commissaire, Sie müssen mir sofort Ihre absolument reizende Begleiterin vorstellen, oder ich werde heute Abend kein Glas Wein mehr herausgeben.«

Bremer deutete eine Verneigung an. »Saskia Pierer, eine Kollegin vom BKA. Sie ist Fachfrau für alles Teuflische.«

»Oh là là, da ist sie bei Ihnen ja an der richtigen Adresse. Madame – oder Mademoiselle …?«

»Madame – obwohl ich nicht verheiratet bin.«

»Madame müssen bei unserem Commissaire auf alles gefasst sein. Aber wenn Sie sich mit dem Teufel auskennen, kann nichts passieren – oder alles.« Verschämt lachte Jean in sich hinein.

»Einen Tisch etwas abseits?«

Saskia Pierer nickte, denn Jean beachtete Bremer kaum noch, konzentrierte sich ganz auf die schöne Frau, die der Commissaire mitgebracht hatte. Ohne ihn zu warnen. Er hatte sie noch nie zuvor gesehen, wie bedauerlich, denn Jean liebte es, schöne Frauen zu bewundern. Mit kleinen trippelnden Schritten und schwingenden Hüften, die nahe legten, dass er schwul war, eilte Jean voraus, bot Pierer den Stuhl, dann Bremer, verschwand wie der Wind und war nach zwei Minuten wieder zurück mit zwei langstieligen Kelchen und einem Sektkühler, in dem eine Flasche Crémant d'Alsace darauf wartete, vom Korken befreit zu werden.

»Aus meinem privaten Regal, mon Commissaire, für Abende wie diesen. Très romantisch.« Jean ließ den Korken knallen wie einen Schuss, schenkte ein und verschwand, so schnell er gekommen war.

»Auf uns!«

»Auf uns!«

Tief versanken die Blicke ineinander, dann stießen die Gläser aneinander und verströmten eine Melodie von Zukunft, Liebe und Erfüllung.

Der Mann, der die beiden nicht aus den Augen ließ, dankte dem Kellner für den Logenplatz, den er den Turteltäubchen angewiesen hatte: ganz rechts, am Rand der Terrasse, weg vom Trubel, aber gut einzusehen von außen.

»Was wirst du morgen tun?« Bremer hatte sein Glas abgestellt und Saskias rechte Hand genommen. Sie erwiderte den leichten Druck und streichelte sanft seine Hand.

»Ich werde zurückfahren nach Wiesbaden.«

»Und übermorgen?«

»Ich werde auf einer Fachtagung in München einen Vortrag halten über die Gefahren des Satanismus in Deutschland.«

»Und dann?«

»Dann werde ich nach Hamburg fliegen, um meine Tochter zu besuchen. Dort bleibe ich bis Montag. Dann geht es wieder nach Wiesbaden ins BKA – Berichte schreiben.«

»Und dann?«

»Dann werde ich nach Saarbrücken fahren, um einen Kollegen der Saarbrücker Kripo zu besuchen. Bremer heißt er. Eifersüchtig?«

»Allerdings. Bei dem musst du aufpassen. Der ist ein alter Schwerenöter.«

Plötzlich wurde Saskia ernst. »Ich habe Angst.«

Bremer lüpfte die Augenbrauen. »Wovor?«

»Vor … vor so viel Gefühl. Ich kenne das gar nicht mehr. Meine letzte Liebe liegt sieben Jahre zurück. Ich bin ganz aus der Übung.«

Sie lächelte gequält. »Findest du das komisch?«

»Meine letzte Liebe liegt fünf Jahre zurück. Und ich habe zwei Kinder von zwei verschiedenen Frauen. Wie du siehst, bin ich Beziehungsspezialist.«

Ohne Warnung sagte Saskia: »Martin, ich liebe dich.«

Schon wollte Bremer entgegnen, dass man das doch gar nicht wissen könne, einen Tag, nachdem man sich kennen gelernt habe. Dass es Jahre dauere, sich lieben zu lernen. Schon spürte er dieselbe alte Angst. Liebe. Was für ein großes Wort. Liebe, Verantwortung, Einengung, Auseinandersetzung, Abgrenzung, sich auseinander leben, Trennung, Scheidung. Lauter furchtbare Dinge schossen ihm durch den Kopf. Aber durch den Bauch schoss ihm nur eins: Ich will nichts anderes hören. Dass sie mich liebt. Dass sie sich nach mir sehnt und verzehrt. Dass sie tausend Kilometer fahren würde, um mich einmal in die Arme zu schließen, mir einen flüchtigen Kuss auf die Wange zu geben. Dass sie schwanger sein will von mir. Und dass ihre Liebe ewig sein würde und sie alle Klippen umschiffen würden, dass die Leidenschaft nie enden würde und und und … Deshalb sagte Bremer, ebenso ernst und ebenso überzeugt: »Saskia, ich liebe dich!«

Tränen schossen ihr in die Augen, sie ließ sie fließen, und Bremer liebte jede einzelne, als Beweis der Liebe, die nicht im Kopf zu Hause ist. Vorsichtig tupfte er einige Tränen mit seinem Zeigefinger ab und kostete sie mit der Zungenspitze.

»So schmeckt deine Liebe«, sagte er. Saskia lachte, küsste ihn, und er trank die Tränen und die Liebe in vollen Zügen.

Jean stand ein wenig abseits. Die Zeit der Sommersonnenwende hat nichts von ihrer Magie verloren, dachte er. So ist es, seit es Menschen gibt, und so wird es sein, solange es Menschen gibt. Ein Schatten legte sich über Jeans Gedanken. Mon Commissaire und die Schöne – ein Paar, das im Krieg lebt, im Angesicht des ständigen Elends, des Schreckens, der Abgründe und Höhenflüge der Menschlichkeit. Das ist der Gleichklang ihrer Seelen. Wie am Vorabend der Schlacht. Wenn nur noch das Herz klopft und der Verstand sich weigert, nachzudenken über das, was so sicher kommt wie das Amen in der Kirche. Wenn die Vereinigung so mächtig ist wie das Leben, das daraus hervorgehen soll. Wenn der Baum spürt, dass er bald fallen wird, und seine letzten Blüten in Panik austreibt – egal, ob es Winter ist oder Frühling. Ach, alter Mann, deinen Pessimismus soll der Teufel holen. Freue dich, dass du miterleben darfst, dass der Commissaire liebt – und wenn es vielleicht nur ein paar Stunden sind. Spielt es eine Rolle, wie lange? Ist die Liebe nicht zeitlos? Und wird nicht oft Liebe genannt, was Gewohnheit ist? Genug Zeit vertrödelt, sagte sich Jean. Schnell ging er zum Tisch der Liebenden und fragte, was sie essen wollten.

»Hähnchenflügel mit viel Knoblauch!«, antwortete Saskia.

Der Crémant neigte sich dem Ende zu, die Knochen stapelten sich auf der Platte. Schweigend hatten die beiden gegessen, nur ihre Augen ließen nicht voneinander.

Gleichzeitig wuschen sie ihre Finger im bereitgestellten Gefäß, rieben sie trocken, schoben das Geschirr beiseite und fuhren fort, jedes Fältchen, jedes Härchen und jeden Finger an den Händen des anderen zu entdecken. Der Bordeaux fiel aus, der Sekt war schon mehr als genug gewesen, stattdessen schlürften beide einen heißen, schwarzen, süßen Espresso.

»Schwarz wie die Seele des Teufels«, sagte Bremer.

»So schlimm ist der Teufel gar nicht.« Saskia setzte ihre Tasse ab. »Der böse Satan ist die Erfindung der Christen. Vor allem im Mittelalter fiel es der Kirche nicht leicht zu erklären, warum Gott so viel Elend zuließ. Satan musste herhalten, um das Böse in eine Person zu kleiden. Um zu erklären, warum Menschen auf dem

Scheiterhaufen verbrannt werden mussten und warum sie vorher so gefoltert wurden, dass sie so oder so alles zugegeben hätten. Um die Schäfchen bei der Herde zu halten.« Schon war Pierer mittendrin im Geschäft. Ihre Programmierung lief genauso präzise ab wie bei Bremer, der ohne das leiseste Ruckeln umschaltete von Don Juan auf Kommissar.

»Welcher Gruppierung gehören die ›Dämonen des Teufels‹ deiner Meinung nach an?« Bremer gab sich nie mit einer einzigen Sichtweise zufrieden. Er zweifelte nicht an dem Fachwissen seines Freundes, aber die Erfahrung hatte ihn gelehrt, dass falsche oder nicht gestellte Fragen teuer werden konnten.

»Temple of Set. Aquino. Und ein bisschen Crowley. Jorczewski kehrt die christliche Heilslehre um. Nicht Gott ist der Retter, sondern Satan beziehungsweise Luzifer, der Lichtbringer, der Aufklärer. Satanismus per se ist noch nichts Schlimmes. Wie bei allen Religionen oder Weltanschauungen kommt es auf die Umsetzung an. Militante, fanatische Christen sind keinen Deut besser als bombende Islamisten, killende Satanisten oder schießende Zionisten. Sie alle missbrauchen die Macht, die eine Religion über Menschen haben kann, und das Vertrauen, das Menschen in ihre religiösen Führer setzen, ja setzen müssen. Religion kann Opium sein für die Menschen, aber auch Erlösung. Die Zeit der Aufklärung ist noch lange nicht vorbei.«

»Und die schwarzen Messen? Die Blut- und Sex-Orgien?«

»Sagt dir der Taxil-Schwindel etwas?«

»Nie gehört. Geht es da um ein Waschmittel?«

Saskia beugte sich über den Tisch und küsste Bremer. Dann lachte sie und fuhr fort. »Ich muss ein bisschen ausholen, ein wenig dozieren, Geschichtsunterricht, okay?«

Bremer nickte, und Saskia Pierer war in ihrem Element.

»Dass Freimaurer keine Handwerker sind, die umsonst arbeiten, ist dir klar?«

»Aber mit Steinen hat es etwas zu tun?«

»Richtig. Im Mittelalter bildeten sich die Bauhütten, Zusammenschlüsse der Werkmaurer, der Meister, die Kirchen, Kathedralen und Dome bauten. Deswegen stammen viele Ausdrucksweisen und Symbole aus dem Bauhandwerk. Im achtzehnten

Jahrhundert galten die Freimaurer als die schärfsten Gegner der Kirche. Ihr Ziel war es, den Menschen sittlich zu vervollkommnen. Das hieß: Selbstlosigkeit, Brüderlichkeit, Toleranz – Nation, Rasse, Glaube und Stand sollten keine Rolle spielen. Das war der Kirche natürlich ein Dorn im Auge. Die päpstliche Enzyklika ›Humanus Genum‹ von 1884 zeichnete die Freimaurer als Brut des Satans, als blutgierige Monster, die mit ihren menschenverachtenden Lehren die Welt in die Dunkelheit stürzen wollten. Natürlich nicht mit diesen Worten, sondern verschlüsselt, aber nicht weniger deutlich. Schließlich fand sich ein gewisser Leo Taxil, ein Aussteiger aus einer Freimaurerloge, der all diese Vorurteile bestätigte und noch einige hinzufügte, denn er habe alles selbst erlebt. Dann trat eine gewisse Diana Vaughan, eine leibliche Tochter des Satans, auf den Plan, die ebenfalls in den Schoß der Kirche zurückgekehrt sei und nun ihre Seele erleichtern müsse. Die Schriften wurden in alle Sprachen der katholischen Kirche übersetzt und fanden reißenden Absatz. Ein blendendes Geschäft. Zwölf Jahre lang führte Taxil alias Gabriel Jogand-Pagès die katholische Kirche an der Nase herum. Er erfand das klavierspielende Krokodil, das auf schwarzen Messen der Freimaurer für die nötige Stimmung sorgte. Seine Mitarbeiter lachten sich die Seele aus dem Hals, und Papst Leo XIII. gab seinen Segen, ganz der unfehlbare Vertreter Gottes auf Erden.«

Bremer lachte. »Das ist doch erfunden?«

Saskia verneinte. »Du kannst es überall nachlesen. Die reine Wahrheit.«

»Wie sieht es heutzutage aus?«

»In Deutschland gibt es Freimaurerlogen, inzwischen sogar gemischte und reine Frauen-Logen, wenn auch nicht unter dem deutschen Dachverband. Nicht alles ist Gold, was glänzt bei den Freimaurern, aber sie sind gesetzestreu, tolerant und frei von Missionsdrang. Sie agieren in Stille und Ruhe. Was wird daraus gemacht? Der Freimaurerei wird gleich das Etikett ›geheim‹ aufgeklebt. Den Satanisten ergeht es ähnlich. Manches teuflische Gedankengut steht den Freidenkern nicht fern, manches ist abstrus und einiges ekelerregend. Aber die große Masse ist harmlos. Jorczewski hätte so oder so gemordet. Irgendwie hätte er sich eine

Rechtfertigung gebastelt. Er hat nicht gemordet, weil er satanistisches Gedankengut angenommen hat.«

»Also ist Satanismus keine Gefahr für die Republik?«

»Satanismus ist so gefährlich wie die, die damit umgehen. Es gibt fast keinen satanischen Orden, der in der breiten Öffentlichkeit missioniert. Es ist eine Randerscheinung, die wir aber genau beobachten müssen, weil viele Menschen auf der Suche nach spiritueller Erfüllung sind – jenseits der großen Konfessionen. Ich provoziere gerne mit einem Satz, den mir vor Jahren mal eine junge Frau gesagt hat: ›Wer Gott in sich trägt, braucht keine Religion.‹«

»Klingt gut.«

»Ist ketzerisch. Bis 1969 hätte ich mich damit strafbar gemacht. Gotteslästerung war damals per Gesetz verboten und wurde vom Staat verfolgt.«

»Gibt es nun schwarze Messen, Sex-Orgien und Hurenpisse als Messwein?«

»Das gibt es. Wir haben einige Fälle von Kindesmissbrauch und sexueller Nötigung gehabt. Das Problem ist, dass die meisten ungern gegen ihre ehemalige Gemeinschaft aussagen. In einigen Fällen aus Angst vor Repression und in vielen Fällen aus Scham. Es gibt verschiedene Formen und Anlässe für schwarze Messen. Die Satanisten feiern damit ihren Gott, verkehren die christlichen Symbole, beschimpfen sie und verehren damit Satan oder Luzifer. Dann haben wir die Orden, die Sexualmagie praktizieren. Auf dem Leib einer Frau wird die Messe gehalten. Menschliches Sperma oder das Blut eines Opfertieres, manchmal das Blut eines Menschen, wird vermischt, auf eine Hostie geschmiert und den Teilnehmern und Teilnehmerinnen zum Essen gereicht. Danach wird getanzt, Drogen werden konsumiert und eine Orgie gefeiert, bei der alle Triebe ausgelebt werden sollen, zur Stärkung der Seele und des Körpers. Aber es gibt auch Gruppen, die genau das Gegenteil praktizieren: Es darf nicht zum Samenerguss kommen, der Samen soll zurückgehalten und in die Blutbahn geleitet werden, um über das Blut zum Gehirn zu gelangen. Sozusagen eine Eigensamen-Behandlung. Ob das wirklich übernatürliche Kräfte verleiht, wage ich zu bezweifeln. Interessant ist, dass Frauen in aller Regel die Rolle des Opfers, des Altars oder der Magd spielen, die dazu da ist, dem Mann als Katalysator zu dienen. Die Grenze zwischen freiwillig und Zwang ist sehr schmal.«

»Wie im richtigen Leben. Und es gibt Menschen, die das alles amüsant finden?«

»Es gibt eine kleine Szene, für die schwarze Messen unterhaltsam sind, die damit ihre gestauten Triebphantasien befriedigen. Jugendliche grenzen sich mit schwarzen Messen gegen die Erwachsenenwelt ab und üben ein wenig Vergeltung an den großen Kirchen. Eine Ventilfunktion wie Disco oder Fußball. Die meisten Fußballfans sind keine Hooligans, die meisten schwarzen Messen bewegen sich innerhalb der Legalität, oft außerhalb der Moral. Exorzismus gibt es ja auch noch, ganz offiziell von der Kirche abgesegnet. Die Moral unterliegt nicht dem Gesetz. Nicht mehr. Das ist ein Stück Freiheit, das ich nicht missen möchte. Und Sex ist ja nichts Schlechtes. Darin ist Satan meisterhaft.« Saskia grinste schelmisch.

»Warst du bei ihm in der Lehre?«

»Nicht nur bei ihm.«

»Du solltest mir Nachhilfe erteilen.«

»Das sollte ich.«

Jean eilte herbei mit der Rechnung, die Pierer bezahlte. Bremer bedankte sich artig.

Das Abendrot kündigte einen weiteren sonnigen Tag an und ließ die tristen Arbeitersiedlungen von Forbach aussehen wie ein Kunstwerk in Öl. Arm in Arm verließ das Liebespaar Jean und die Terrasse, schlenderte noch ein paar Meter hinauf zum amerikanischen Weltkrieg-II-Panzer, der dort mahnen sollte gegen den Krieg. Die Kinder, die auf ihm herumtollten, verstanden davon nichts. Die Tötungsmaschine diente als spannendes Spielzeug. Die Eltern hatten vom Krieg nur von den Großeltern der spielenden Kinder gehört – vielleicht. Und so geriet das Grauen des Krieges auf den Spicherer Höhen immer mehr in Vergessenheit; Legenden und Mythen rankten sich um die Helden, die dort zerfetzt wurden, denen der Bauch aufgeschlitzt wurde mit Bajonetten, die einsam starben, weil sie niemand herausholen konnte aus dem unablässigen Hagel der Geschosse, die Helden, die nach ihrer Mutter schrien, kläglich und voll Entsetzen. Dreimal waren die Hügel zum Schauplatz geworden für bestialische Gemetzel. Als Deutschland und Frankreich sich 1870 bis '71 zerfleischten; als der Größenwahn des deutschen Kaiserreiches zur Katastrophe führte. Und zuletzt im »tausendjährigen Reich«, das schon am ersten Tag zu lange gedauert hatte.

Solange Kinder auf dem Panzer spielen, schießt er wenigstens nicht um sich, dachte Bremer. Seit fast zwei Generationen haben wir keinen Krieg gehabt mit unseren Nachbarn. Aber überall auf der Welt führen wir Krieg. Ob wir es wollen oder nicht. Gegen Völker, Nationen, einzelne Menschen; gegen Ideale, Religionen und die Freiheit. Wir können uns nicht raushalten. Und wir tun es auch nicht. Ich stehe genauso im Kampf, gewinne viele Schlachten, aber den Krieg, den kann ich nicht gewinnen, und er wird nie aufhören, weil der Mensch ein Mensch ist. Aber heute Abend ist es schön. Einfach nur schön. Schön.

»Martin?«

Bremer öffnete die Augen. Die Welt war noch da und Saskia, die ihm voll Liebe und Zärtlichkeit ihren rechten Zeigefinger auf die Lippen legte, auch.

»Sag nichts. Das ist unsere Nacht.«

So ist es, dachte Bremer und hatte auf einmal alle Zeit der Welt.

Der Mann, der immer noch beobachtete, was Bremer und Pierer taten, hätte gerne die schöne Beamtin von hinten genommen. An einem Schreibtisch. Rock hoch, Höschen runter und rein. Kurz und heftig. Morgen gehe ich in den Puff, dachte der Mann. Wenn Jenny da ist. Besser kann ich hundert Euro nicht investieren.

Das Liebespaar fuhr in die Stadt, holte Pierers Gepäck im Hotel Fuchs ab. Dann fuhr Bremer hinauf zum Rotenbühl. Am Ende der Scheidter Straße, nur wenige hundert Meter vom Schwarzenbergturm und der Wohnung von Volker Heinrichs entfernt, stellte er den Wagen ab. Vor elf Jahren hatte er den Kaufvertrag für die Jugendstilvilla unterschrieben, von der er immer geträumt hatte.

Birgit hatte sie mit Leben erfüllt und manchmal seine Kinder, wenn sie den Weg fanden.

Über zweihundert Quadratmeter Wohnfläche – zu viel für einen einsamen Mann. Das war gestern. Heute bin ich wieder zu zweit. Saskia wird öfter hier sein, dachte Bremer. Das ist gut. Sie kann das Erkerzimmer im ersten Stock nehmen. Es ist hell, aber das sind ja alle Räume hier. Es ist groß. Ja, es ist das größte Zimmer im Haus. Für Saskia soll es nur das Beste sein.

»Martin, das ist ja traumhaft.« Pierer stand an der Vorgartenmauer und konnte kaum glauben, was sie sah. Der runde Erker, die großen Fenster, alles in Weiß, die geschwungene Treppe aus Marmor, der gepflegte Garten, uralte Kastanien, die Schatten spendeten, keine Rosskastanien – nein, die echten zum Essen. Und ein Walnussbaum. Wie muss es da drin wohl aussehen, schoss es Pierer durch den Kopf.

Der Mann, der die beiden beobachtete, schnalzte mit der Zunge. Nicht schlecht, dachte er. Für einen Kriminalbeamten. Wo der wohl das Geld her hat. Der Kasten hat mindestens eine Million gekostet. D-Mark. Ich kann einfach nicht in Euro rechnen. Dieser Euro bringt mich noch zur Verzweiflung. Hier wohnt er also, der Kommissar. Wie ein Krösus. Gut. Endlich kann ich nach Hause fahren. Ich bin müde. Und ich kann denen nicht mehr zusehen. Wie die umeinander scharwenzeln. Wie die Hunde. Hoffentlich wird die schwanger heute Nacht. Dann hätten sie eine dauerhafte Erinnerung. Der Mann lachte in sich hinein. Ich bin ein fieser Kerl, der gut kochen kann, dachte er. Jetzt lachte er lauthals, denn keiner konnte ihn hören, am wenigsten Bremer.

»Die Küche«, sagte Bremer. »Bleibt aber meistens kalt. Keine Zeit.«

»Wie schade.« Saskia Pierer ging herum, strich über die Arbeitsplatten aus Holz, die Töpfe aus Messing und Kupfer, prüfte die Schärfe der Messer, pfiff anerkennend durch die Zähne. »Die sind scharf.«

»Niemand soll unnötig leiden.«

»Wie oft bist du geschieden?«

»Nicht einmal. So habe ich meinen Frauen das Leben gerettet.«

»Wusstest du, dass ich selbstmordgefährdet bin? Ich glaube, ich sollte dich heiraten. Eleganter geht es nicht. Aktive Sterbehilfe.«

»Heiraten. Warum nicht. Ich kann morgen das Aufgebot bestellen. Einverstanden?«

»Einverstanden.«

»Ich mache es!«

»Ich bitte darum! Wie soll ich dich sonst heiraten.«

Bremer stutzte, ging zu ihr hinüber an die Spüle. »Du willst mich heiraten?«

»Ich sage ja. Heute Abend und wenn wir vor dem Standesbeamten stehen.«

»Das ist absoluter Rekord.«

»Davon gehe ich aus. Wo ist dein Luxus-Bad?«

»Eine Etage höher. Komm mit.«

Das Bad stellte alles in den Schatten. Wie ein kleines Mädchen lief Saskia Pierer hierhin und dorthin, schnupperte an Shampoos, Badesalz und Rasierwasser. Stieg die zwei Stufen zur Doppelbadewanne hoch, inspizierte sie wie eine Kennerin und fragte: »Massagedüsen?«

Bremer nickte.

»Whirlpoolautomatik?«

Bremer nickte.

»Heißwasserstrahler?«

Bremer nickte.

»Stereo, tiefer gelegt, sechzehn Ventile?«

Bremer nickte.

»Worauf warten wir?«

Pierer drehte den Hahn auf, prüfte die Temperatur, schüttete ein Pfund Badesalz hinein und ging dann Bremer an die Wäsche, wehrte seine Versuche ab, sie ebenfalls auszuziehen. Als er nackt vor ihr stand, nickte sie anerkennend. »Gut gebaut. Ein, zwei Kilo zu wenig, aber das kriegen wir schon hin. Nur der Turban ist ein bisschen hinderlich.«

Vorsichtig entfernte sie den Verband. Die Schnitte hatten sich bereits geschlossen, aber großer Belastung würden die Wunden nicht standhalten.

»Hast du Pflaster?«

Der nackte Bremer nickte und zeigte auf ein zierliches Toilettenschränkchen. Wie eine gelernte Krankenschwester versorgte Saskia seinen Kopf.

»Perfekt. Und jetzt ab mit dir in die Wanne. Ich gehe noch schnell was holen.«

Das heiße Wasser schmerzte im ersten Moment, doch das ging schnell vorüber, und Bremer spürte jeden einzelnen Knochen, jeden Muskel und eine Müdigkeit, die ihn schnell einholte. Schon war er eingeschlafen.

»Martin, aufwachen.«

Wie aus einer Ohnmacht kam Bremer zu sich und wusste im ersten Moment nicht, wo er war. Das Gesicht vor seiner Nase kam ihm bekannt vor. Genau. Das musste Saskia Pierer sein. Mein Badezimmer, meine Wanne. Ich bin zu Hause.

»Willst du die Show deines Lebens verpassen?«

Undeutlich quetschte Bremer etwas durch die Lippen.

»Das dachte ich mir. Und jetzt Augen auf. Das habe ich noch nie für irgendjemanden gemacht. Denke immer daran, egal, was kommen wird.«

Dann begann Saskia, sich auszuziehen. Mit einem Blick wie Honigtau streifte sie ihre Schuhe von den Füßen, warf sie scheinbar achtlos hinter sich. Mit langsamen Strichen massierte sie sich die Waden, kreiste um ihre zarten Knie, schob den Rock hoch, um die Oberschenkel zu verwöhnen. Dann fuhr sie mit beiden Händen durchs Haar, zerwühlte es, warf den Kopf nach vorne und hinten, ihr Atmen ging schneller, die Hüften begannen zu kreisen, schneller, dann langsamer, bis sie sanft schaukelten und ihr Rock wie ein Hula-Hoop-Reifen langsam zu Boden sank. Kein Schlüpfer kam zum Vorschein, sondern ein String-Tanga. Die perfekte Ausrede für eine Menge fehlenden Stoff – nackt und trotzdem angezogen.

Bremers Herz schlug in seiner Brust, als wollte es hinaus aus dem engen Käfig, um sich der Göttin, die nur eine Armlänge von ihm entfernt den Zauber der ganzen Welt heraufbeschwor, zu Füßen zu werfen und ihr ewige Treue zu schwören. Jetzt krabbelten die zarten Finger der Göttin die Knopfleiste der Bluse hinauf. Ein Knopf nach dem anderen sprang auf, gab den

Nabel frei, der jetzt gerade erfunden worden war, dann den Bauch, aufs Gramm richtig gepolstert, nicht zu mager und nicht zu weich, der untere Rippenbogen sprang Bremer an, sanft wie Irland, aber nicht so grün, Bremer musste grinsen, dann der Büstenhalter, der Verschluss vorne, das ist Stil, dachte Bremer. Die Jacke und die Bluse fielen gleichzeitig zu Boden. Pierer hielt einen Moment inne. Dann drehte sie sich um ihre eigene Achse, keine Perspektive bot auch nur den geringsten Fehler. Nichts Anzügliches. Nichts Unangenehmes. Nichts Schwüles oder Falsches. Eine Frau, die sich ihrer Schönheit bewusst war. Wie eine exotische Blüte, die sich langsam entfaltet und nur eins damit sagen will: Sieh her. Genieße es. Freue dich mit mir. Ich will alles, was mich ausmacht, mit dir teilen. Meine Liebe, meinen Körper, meine Lust, so oft wir es wollen. Aber versuche niemals, mich in eine Vase zu stellen.

Bremer bewunderte die geschmeidigen Muskeln unter der glatten, leicht glänzenden Haut. Den Büstenhalter entfernte Saskia ohne große Geste. Verschluss auf. Weg mit dem Ding. Es engt ein. Langsam drehte sie sich in einer Spirale zu Boden. Nur die Ausrede kleidete sie noch. Zu viel, dachte Bremer. Viel zu viel. Als hätte die Blüte Gedanken gelesen, streifte sie den Tanga ab. Mit einer fließenden Bewegung stand sie auf, präsentierte sich in all ihrer Pracht ihrem neuen Geliebten und sah in seinen Augen, dass er verstanden hatte. Ohne das Wasser aufzuwühlen, glitt sie neben ihm in die Wanne.

Während der nächsten sechs Stunden sprachen sie kein einziges Wort. Die Liebenden verließen ihre Körper, kehrten wieder zurück, sprangen, flogen, siedeten, schrien, wühlten, zögerten, fühlten, streichelten, wogten, Bremer brauchte keine Worte mehr, und Saskia, die Lehrerin, versank in den Wellen, die der gelehrige Schüler auslöste.

Nur die Erschöpfung hielt sie davon ab, noch einen Schritt weiter zu gehen und noch einen.

Die Unerbittlichkeit der grausamsten Folter der Menschheit holte auch diese Liebenden ein: Die Zeit stahl sich davon wie ein Taschendieb. Die Sonne, die sich weiterhin nur um sich selbst scherte, strahlte auf die beiden Körper, die mit einem Leintuch bedeckt ein Relief abgaben, das in jedem Museum einen besonderen Platz erhalten hätte. Der Wecker lärmte. So lange, bis die Welt wieder eindrang mit voller Wucht, wie eine Vergewaltigung.

Gemeinsam duschten sie sich, liebten sich noch einmal mit offenen Augen. Schon stand Bremer am Gleis und winkte dem Zug hinterher, der metallzermürbend anfuhr und Saskia mit sich schleppte.

NEUN

Um halb neun betrat Bremer das Präsidium. In seinem Büro lagen die Vernehmungsprotokolle, unterschriebene Geständnisse, Obduktionsberichte, ein Berg von Akten. Bellorz kam rein, ohne zu klopfen, entschuldigte sich und fragte, ob es irgendeinen Grund gäbe für Bremer, jetzt nicht in Urlaub zu gehen. »Ach ja, wo ist denn Frau Pierer?«, setzte er nach.

»Nach Wiesbaden gefahren.«

»Schon?«

»Sie hat zu tun.«

»Und?«

»Was und?«

»Frau Pierer war heute Nacht nicht im Hotel. Man hat sich schon Sorgen gemacht.«

»Lügen Sie nicht.«

»Gut. War sie bei Ihnen?«

»Ja. Und sie hat nicht auf der Couch geschlafen.«

»Geht es Ihnen gut?«

»Den Umständen entsprechend. Drei Stunden Schlaf sind einfach zu wenig in drei Tagen.«

»Das können Sie nachholen, wenn die Pressekonferenz vorbei ist. Hier ist Ihr Urlaubsgesuch. Drei Wochen. Ich habe schon unterschrieben.«

Schnell unterzeichnete Bremer, und Bellorz nahm das Stück Papier an sich, als wäre es eine Million Euro wert.

»Zufrieden?«

»Ja«, sagte Bellorz, machte aber keine Anstalten zu gehen.

»Was ist denn noch? Hat sich Frau Holt bei Ihnen ausgeweint? Dass sie unsterblich in mich verliebt sei?«

»Gott sei Dank nicht. Nein.«

»Was denn? Herrgott, machen Sie es doch nicht so spannend.«

»Wie lange arbeiten wir jetzt zusammen?«

Bremer rechnete kurz mit gerunzelter Stirn. »Seit neunzehn Jahren bin ich bei der Polizei. Fünfzehn Jahre. Es müssen fünfzehn sein.«

»Stimmt. Ich habe nachgesehen. Fünfzehn Jahre. Eine lange Zeit. Seit fünfzehn Jahren verkehren wir förmlich miteinander. Ich möchte Ihnen das Du anbieten.«

Ein Satanist bei der Beichte hätte Bremer nicht mehr überraschen können. Sein Gesichtsausdruck ließ Bellorz den Rückzug antreten.

»War ja nur so eine Idee.« Schon wollte er verschwinden. Aber Bremer war aufgesprungen und hielt ihn zurück.

»In Ordnung. Das ist eine gute Idee. Ich heiße Martin.«

Freudestrahlend griff Bellorz Bremers Rechte. »Sascha. Angenehm.«

»Wenn ich aus dem Urlaub zurückkomme, gehen wir mal einen trinken, Sascha. In Ordnung?«

»Machen wir.«

Schlag neun begann die Lagebesprechung. Weber und die Kollegen hatten ganze Arbeit geleistet. Drei Geständnisse, eines besser als das andere, eine erdrückende Beweislage, Müllers Ring fand sich an Framkes linker Hand, dieser Leichenfledderer – der Fall war geklärt, die Soko wurde offiziell aufgelöst. Bellorz dankte allen für die hervorragende Arbeit. Nur Bremer konnte sich nicht freuen. Bei dem Gedanken an drei Wochen Urlaub wurde ihm ganz flau im Magen. Ach ja, ich muss aufs Standesamt, dachte der Bräutigam.

Im kalten Licht der Neonröhren zauderte Bremer. Will ich wirklich eine Frau heiraten, die ich gerade mal einen Tag kenne? Gut, dass ich ein paar Tage Bedenkzeit habe. Erst mal ein, zwei Nächte darüber schlafen, dann sehen wir weiter. Schließlich ist Saarbrücken auch nicht an einem Tag erbaut worden.

Susanne Holt trat zu ihm. »Wie geht es weiter? Sind die falsch Verdächtigten wieder auf freiem Fuß?«

»Natürlich. Weber hat alles organisiert. Und ich mache drei Wochen Urlaub. Solange wird sich Oberhauser um Sie kümmern.«

Holt begutachtete ihre Schuhe. »Was ist mit dem Rehrücken?«
»Da sehe ich keine Probleme. Wie abgemacht am Sonntag?«
»Gut. Prima. Ich dachte schon ...«
»Falsch gedacht. Erst fragen, dann denken.«
»Geht klar, Chef.«
Bremer holte tief Luft. »Ich kann halt nicht raus aus meiner Haut.«
»Wäre schade.«
»Danke. Stört es Sie, wenn Frau Pierer dabei ist?«
»Vom BKA? Der Cult-Cop?«
»Genau.«
»Nein.«
Keine Enttäuschung, dachte Bremer. Sascha hat sich getäuscht. Susanne Holt will den Bremer nicht im Bett.
»Wo lebt eigentlich Ihr Vater?«, fragte Bremer unvermittelt.
»Mein Vater?« Holt war vollkommen verdutzt. »Meine Eltern leben schon lange nicht mehr. Ich bin bei meinen Großeltern aufgewachsen. Wieso fragen Sie?«
»Keine Ahnung. Kam mir gerade so in den Sinn.«
»Steht das denn nicht in den Akten?«
»Doch. War mir entfallen.«
»Kein Problem.«
»Gut. Dann sehen wir uns am Sonntag.«
»Wo ich wohne, wissen Sie?«
»Weiß ich.«
»Martin, kommst du?« Bellorz nahm Bremer am Arm. »Verzeihen Sie, dass ich Ihnen den charmanten Kommissar entführen muss, aber wir gehen jetzt Lorbeeren ernten. Eimerweise.«
»Viel Spaß.« Die Praktikantin drehte sich um und winkte zum Abschied.
Bremer verstand die Welt nicht mehr. Am liebsten wäre er sofort mit Holt in Urlaub gefahren. Dass sie ihn als Vaterersatz betrachtete, zwickte kräftig. Ich muss schlafen, dachte er. Alles werfe ich durcheinander. Meine Gefühle, Erinnerungen. Tatsachen. Nach der Pressekonferenz fahre ich nach Hause und schlafe mindestens zwei Tage am Stück. Wann kommt Saskia? Wir müssen noch etwas ausmachen. Sie wollte anrufen. Oder sollte ich anru-

fen? Verdammt. Ich weiß es nicht mehr. Mein Gedächtnis sieht aus wie ein gefüllter Schweinekoben, von allem etwas, viele Abfälle, durcheinander gematscht und stinkend. Ich muss mich frisch machen. Wasser. Kaltes Wasser ins Gesicht.

Schnell verschwand er auf einer Toilette, drehte den Hahn auf und klatschte sich händeweise Wasser ins Gesicht. Während er sich abtrocknete, bewunderte er seine Ringe unter den Augen, die Pflaster am Kopf und die Bartstoppeln. Jetzt fehlt nur noch die Sonnenbrille, dann sehe ich aus wie ein Bulle aus dem Fernsehen, dachte Bremer. Ich habe vergessen, mich zu rasieren, und keiner hat etwas gesagt. Wie ein Igel sehe ich aus. Und die Zähne? Bremer legte sein Gebiss frei, hauchte den Spiegel an. Der überlebte es, aber Bremer ekelte sich. So kann ich unmöglich vor die Kameras. Wie ein Straßenräuber sehe ich aus. Tragen Straßenräuber wirklich Dreitagebärte? So ein Quatsch. Wo ist Sascha. Ich muss ihm sagen, dass ich kneife.

Bremer stolperte auf den Flur, Bellorz direkt in die Arme, weil er mit seinen Füßen durcheinander kam und die Tür in die falsche Richtung aufschwang.

»Schau mich an. Was siehst du?«, flüsterte Bremer.

»Ich sehe Martin Bremer. Wie er leibt und lebt.«

»Wenn ich da reingehe, bedeutet das die Entleibung für mich. Ich muss hier raus. Ich halluziniere schon. Denke, dass ich mit einem Dreitagebart und Ringen unter den Augen in der Gegend rumlaufe.«

»Wunderbar, kein Problem. Du hast einen Dreitagebart und Ringe unter den Augen. Komm jetzt, es ist kurz vor zehn. Du siehst genau richtig aus.«

Bremer ließ sich mitziehen, ohne Gegenwehr, wie verhaftet. Bellorz drückte ihn an seiner linken Seite in einen Stuhl. Auf dem Tisch vor ihm stand ein Namensschild: »Martin Bremer, Erster KHK, Leiter Soko X«. Haffner, Schuster und zwei Pressereferenten hatten bereits Platz genommen. Auch sie wurden per Schild vorgestellt. Herzlich grüßten sie einander, die Vorfreude perlte aus allen Poren, mit Mühe blieben die Gesichter ernst. Haffner tippte ein paarmal auf das Mikrofon vor ihm, das einzige, das kein buntes Abzeichen trug, denn es war das Mikrofon der Polizei.

Alle anderen waren verziert mit wohlklingenden Namen wie SAT1, ARD, RTL, ZDF, CNN. Die Medienvertreter scharrten mit den Hufen. Die Scheinwerfer der Beleuchter hatten den kleinen Konferenzraum auf mindestens dreißig Grad aufgeheizt. Haffners Tippen ploppte verstärkt aus den Lautsprechern. Mit ernster Miene begann er das Spiel.

»Meine sehr verehrten Damen und Herren, ich begrüße Sie zur heutigen Pressekonferenz der Landespolizeidirektion Saarbrücken und des Saarländischen Innenministeriums. Ich gebe Ihnen eine kurze Zusammenfassung, danach können Sie Fragen stellen. Wir haben gestern drei Personen festgenommen, die unter dem dringenden Verdacht stehen, die Morde an Gerald Müller, Volker Heinrichs, Gerhard Rümert, Ali Cont, Mosche Weisenstein und Friedrich Herz begangen zu haben. Alle drei haben ein Geständnis abgelegt. Die Beweislast ist erdrückend. Haftbefehl ist bereits erlassen worden. Der schnelle Erfolg ist vor allem auf den vorbildlichen Einsatz der Soko X unter der Leitung des Ersten Kriminalhauptkommissars Martin Bremer zurückzuführen.«

Alle Kameras zoomten auf den übermüdeten Igel-Mann, und Bellorz' Kalkül ging auf. Der hat die letzten drei Tage nicht geschlafen, dachten die Gaffer an den Fernsehgeräten. Wahnsinn. Ein echter Cop. Cool. Wie in Amerika. Das Saarland hat echt was zu bieten!

»Außerdem möchte ich mich für die reibungslose Zusammenarbeit mit den Kollegen vom Bundeskriminalamt bedanken. Einige Details konnten Sie ja schon der Presseerklärung entnehmen. Ihre Fragen, bitte.«

Gönnerhaft nickte Haffner Reiner Zettler zu, der in der ersten Reihe saß und jetzt aufgestanden war.

»Reiner Zettler, Saarbrücker Zeitung. Wie sind Sie an den entscheidenden Hinweis gelangt?«

Zettler setzte sich, und Haffner nickte Bremer zu. Der hatte Zettler wie durch Watte gehört. Ganz langsam sickerte die Frage in sein Bewusstsein. Ich muss antworten, dachte er.

»Wir hatten einen V-Mann eingeschleust. Anhand der Informationen von Frau Pierer, unserem Cult-Cop vom BKA, konnten wir die Täter schnell einem Umfeld zuordnen.«

Zettler setzte nach. »Gab es auch noch andere Verdächtige?«

Bremer stockte der Atem. Was soll das, Reiner, sagten seine Augen und klebten an Zettler fest. Willst du mich hier hochgehen lassen? Aber Zettler wankte nicht. Er wartete auf Antwort.

»Selbstverständlich. Wie in jedem Fall. Angaben dazu unterliegen allerdings dem Datenschutz. Wir haben aber von Anfang an die Ermittlungen auf die satanische Gruppierung ›Dämonen des Teufels‹ konzentriert«, log Bremer ohne schlechtes Gewissen. Das mit Meilbaum war ein kleiner Nebenschauplatz gewesen, ein Kollateralschaden, einer von vielen, ohne die es nun mal nicht ging. So wie Birkau. Der war allerdings eine Zeitbombe. Bremer war sich sicher, diesen unverbesserlichen Nazi irgendwann einmal wiederzusehen. Und Wagner/Rohfeld – nichts als eine private Theorie, die von der Staatsanwaltschaft nicht ernsthaft in Betracht gezogen worden war. Darüber gab es ausreichend Aktenvermerke.

Das wusste Zettler, und er zögerte einen Moment. Als hätte er neun Stunden geschlafen, so ausgeruht fühlte sich Bremer schlagartig. Auf der Hut. Gewarnt. Witterte Gefahr. Aber Zettler bedankte sich artig und nahm wieder Platz. Keiner hatte Lunte gerochen. Niemandem war aufgefallen, was sich zwischen Zettler und Bremer abgespielt hatte. Ich muss mir Zettler vorknöpfen, dachte Bremer. Direkt nach der Konferenz. Vielleicht sehe ich ja Gespenster. Es ist nichts passiert. Also immer mit der Ruhe.

Der Rest der Fragestunde verging in gewohnter Routine. Immer wieder beobachtete Bremer seinen Freund Zettler. Nichts Ungewöhnliches. Als Schuster die Konferenz schloss, war Zettler so schnell verschwunden, dass Bremer ihn nicht greifen konnte. Er sah ihn am Ausgang kurz mit einem Kameramann von Globe-TV reden. Schuster kam herüber, schüttelte Bremer die Hand, bedankte sich und war schon über alle Berge. Haffner verdampfte ebenfalls in Windeseile. Nur Bellorz hatte noch einen Moment Zeit.

»Ein riesengroßer Erfolg, Martin.«

»Obwohl ich aufs falsche Pferd gesetzt habe.«

»Sei nicht so hart mit dir. Du hast die anderen Möglichkeiten nie aus den Augen verloren. Und du hast Zettler eingeschleust.

Das hätten wir so schnell nicht machen können. Der schnelle Erfolg geht auf dein Konto, ganz klar. Für Schuster und Haffner ist genug übrig geblieben, um dich als Helden zu präsentieren. Ist das nichts?«

»Jetzt kennt mich jeder Gauner im ganzen Saarland.«

»War das vorher anders? Die haben jetzt noch größere Angst vor dir.«

»Dein Wort in Gottes Ohr.«

»Und jetzt will ich dich drei Wochen lang nicht mehr sehen. Eins noch. Wer soll dich vertreten?«

»Weber.«

»Gute Wahl. Hätte ich auch vorgeschlagen. Haffner denkt genauso.«

Bellorz drückte Bremer die Hand. Nicht wie sonst, kühl und distanziert. Warm und herzlich. So kam es Bremer vor, und es war ihm unheimlich.

Langsam stieg er die Treppen hinunter, verabschiedete sich beim Wachhabenden, stieg ins Auto und fuhr in die Stadt.

Das Café Becker hatte noch einen Platz für Bremer. Der heiße Espresso erinnerte ihn daran, dass er ein fühlendes Wesen war. Die Saarbrücker Zeitung erinnerte ihn daran, mit Zettler ein Hühnchen zu rupfen. Bremer zückte sein Handy, wählte Zettlers Büronummer. Niemand hob ab. Zettlers Handy verkündete, er sei zurzeit nicht erreichbar.

Das wirst du büßen, dachte Bremer. Was sollte das? Diese Fragen. In die Enge hast du mich getrieben. Wut kochte hoch. Dann zerriss ein Knall die plüschüberzogene Beschaulichkeit. Im Reflex ließ sich Bremer vom Stuhl fallen, suchte Deckung, zog seine Waffe und sah an den Wänden helle Gewebefetzen kleben. Schreie drangen zu ihm durch. Aber es fehlte etwas. Kein Rauch, kein Feuer.

Auf allen vieren krabbelte Bremer ein Stück weiter, immer wieder sichernd, um bessere Übersicht zu gewinnen. Da stand Elfi, weinte und schrie gleichzeitig. Wie ein Schneemann sieht sie aus, dachte Bremer; dann erkannte er die Ursache der Explosion, steckte seine Waffe wieder ein, erhob sich und ging zu Elfi.

»Elfi. Ich bin es. Kommissar Bremer. Was ist denn los?«

Wie eine Sirene schniefte Elfi und prustete los, mit tränenerstickter Stimme: »Ich weiß nicht, wie das passieren konnte. Ich habe alles wie immer gemacht. Ich kann doch nichts dafür. Jetzt fliege ich bestimmt raus.« Und schon heulte sie weiter, dass es Bremer fast das Herz zerriss.

»Niemand wird Sie rausschmeißen. Dafür werde ich sorgen, das verspreche ich Ihnen. Und jetzt eins nach dem anderen.«

Elfi beruhigte sich so weit, dass sie verständliche Worte herausbrachte. »Die Maschine ist einfach geplatzt. Ich habe die Sahne eingefüllt, mit dem Hebel Druck aufgebaut wie immer, und dann ist sie einfach geplatzt.« Sie schaute sich um. Sahne auf dem Kuchen ohne Sahne, auf den Wänden, an der Decke, auf den Gästen, die redlich bemüht waren, sich zu säubern; Sahne auf der Kasse, Sahne in den Plüschbezügen, auf den Kolleginnen, nur nicht auf der Chefin, die gerade wie der Satan persönlich angerauscht kam. Ihre schrille Stimme gab Bremer den Rest.

»Sie sind gefeuert!«, quietschte die verschrumpelte Inhaberin, die kaum älter war als sechzig.

Bremer brüllte. Sofort herrschte im Café Becker absolute Ruhe.

»Sie ist nicht gefeuert. Oder ich mache Ihnen die Hölle heiß. Ich komme seit elf Jahren nur hierher, weil Elfi mich bedient.«

Andere Gäste mischten sich ein.

»Das geht mir genauso. Das war doch ein Unfall. Sind Sie nicht versichert? Das wäre aber äußerst unangenehm für Sie«, sagte ein älterer Herr mit Glatze. Immer mehr Gäste waren aufgestanden und scharten sich um Elfi, die Chefin und Bremer.

»Das habe ich in null Komma nichts rausgewaschen«, sagte eine Matrone, aus deren Rock sich drei Frauen eine komplette Garderobe hätten schneidern können.

»Sie können von Glück reden, dass Elfi nichts passiert ist. So eine Maschine darf doch nicht einfach in die Luft gehen. Wo leben Sie eigentlich? Wenn der Deckel Elfi ins Gesicht geflogen wäre, könnte sie jetzt tot sein.«

Die Chefin erbleichte.

Elfis Kolleginnen kamen hinzu und versicherten, das Café sei in einer halben Stunde wieder picobello. Angesichts der Übermacht der Meuterer zog sich die Chefin geschlagen zurück, und Elfi blieb da, wo sie hingehörte. Unter Tränen bedankte sie sich bei den Gästen, ihren Kolleginnen und Bremer, der eine Spur Vertrauen in das Gute im Menschen wiedergewonnen hatte.

Da er dem Sahneattentat unverschmutzt entkommen war, trank Bremer seinen Kaffee aus, bezahlte und machte sich auf den Heimweg.

Das Bett, in dem er noch vor wenigen Stunden eine neue Welt entdeckt hatte, lockte ihn nicht. Im Wohnzimmer legte er sich auf die Ledercouch, ohne sich auszuziehen. Innerhalb eines Herzschlages schlief er tief und fest.

Sein Unterbewusstsein feuerte eine Breitseite nach der anderen. Teufel, Engel, Blut und Sahne, Sperma und Knochensplitter, Schuhspuren, Katzen und Hunde wirbelten durcheinander, bescherten Bremer ein Gebirge aus Alpträumen. Immer tiefer stürzten die Erinnerungen, eine Schicht nach der anderen, eine Tür nach der anderen öffnete sich, gab frei, was dort seit Jahren schlummerte, in den unterschiedlichsten Schubladen, Kisten, Panzerschränken. Als einer sich öffnete und seinen Inhalt preisgab, war Bremer sofort hellwach. Wie ein Sportler federte er von der Couch hoch, rannte in sein Arbeitszimmer und weckte seinen Computer. Wieso dauert das so lange, dachte Bremer. Aber das Gerät war sich keiner Schuld bewusst, arbeitete wie immer, mit unmenschlicher Geschwindigkeit und der Dummheit und Bewusstlosigkeit, die Maschinen auszeichnet. Noch.

Endlich erschien die Aufforderung, Namen und Passwort einzugeben, und schon tauchte Bremer ein in das Universum der gesammelten Informationen, das nur denen offen stand, die sich als Rädchen des Polizeiapparates ausweisen konnten. Bremer wusste, wonach er suchte. Nach kaum fünf Minuten spuckte der Drucker das Ergebnis auf Umweltschutzpapier. So wie dieses Stück Papier zusammengesetzt ist aus Millionen Atomen anderer Papiere, so werde ich eines Tages meine Atome über die ganze Welt verstreuen. Bevor das passiert, habe ich noch etwas zu tun, dachte Bremer, telefonierte kurz und verließ das Haus, ohne den Computer auszuschalten.

Fünf Minuten später hielt er in der Bayernstraße vor einem der Hochhäuser, die in den oberen Wohnungen einen weiten Blick über die Stadt eröffneten und keinen einzigen Sozialhilfeempfänger beherbergten. Die lebten vorzugsweise auf der Folsterhöhe, wo die Stadtplaner gezeigt hatten, wie man ein Ghetto mitten in eine wunderschöne Landschaft pflanzt. Gott sei Dank hatten sie die Idee, direkt nebenan eine putzige Reihenhaussiedlung zu bauen, verworfen. Man stellt keinen Honigtopf neben einen hungrigen Bären.

Bremer hatte Glück. Sendling war tatsächlich zu Hause und immer noch bereit, Bremer zu empfangen.

»Aber nur fünf Minuten«, krächzte der Alte durch die Sprechanlage, »länger halte ich die Staatsmacht nicht aus«, ergänzte er bissig.

Der Aufzug funktionierte. Bremer drückte auf die zwölf, die dreizehn fehlte, abergläubische Architekten. Auch das gab es im einundzwanzigsten Jahrhundert. Bremer verließ die Kabine, durchquerte saubere Flure mit frisch gestrichenen Wänden, sah keine Spuren von jahrelangem Gebrauch.

Sendlings Wohnung war nicht zu übersehen. Die Tür stach heraus aus der peinlichen Sauberkeit rundum. »Frieden schaffen ohne Waffen«, verkündete ein Aufkleber. »Nazis raus aus Deutschland«, forderte ein anderer. Ein Plakat kündigte eine Demonstration an gegen den Aufmarsch rechtsradikaler Gruppen an der Goldenen Bremm. »Wir lassen nicht zu, dass das Andenken der Opfer des Holocaust beschmutzt wird«, stellte ein Schriftzug klar.

Die Tür war angelehnt, Bremer schloss sie hinter sich. Klar, dass Sendling keine Zeit verschwenden wollte. Der Flur war wie die Tür geschmückt mit Plakaten, die Gerechtigkeit forderten, gegen den Polizeistaat wetterten, Kapitalisten weit weg wünschten und allen die gleichen Rechte einräumten, egal, woher sie kamen. Auch sollte die Umwelt geschützt werden, Frauen nicht misshandelt und Kinder richtig erzogen werden, ohne Angst, zu selbstbewussten, denkenden Menschen.

Nach dreieinhalb Metern Plakaten trat Bremer in Sendlings Wohnzimmer. Vor dem Panoramafenster versank ein großohriger extrabreiter Fernsehsessel mit seinen rund gedrechselten Füßen mindestens vier Zentimeter tief in einem dicken schneeweißen Teppich. Zu Sendlings Füßen lag eine fette Katze, die Bremer fast übersehen hätte, wenn sie nicht den Kopf gehoben und ihn missmutig gemustert hätte, als wollte sie sich beschweren über den Eindringling, der ihre Ruhe störte. Genauso schneeweiß, das Fell ebenso dick und haarig wie der Teppich, ein Alptraum für Hausfrauen. Haare, Haare, überall Haare. Bremer zuckte, die Wunden an seinem Kopf zwickten.

Sendlings Füße steckten in grauen Filzschlappen, die mindestens eine Nummer zu klein geraten waren. Selbst die Füße schwabbeln von Fett, dachte Bremer und betrachtete den Fettkloß, der den Doppel-Sessel mühelos ausfüllte.

»Hätte nicht gedacht, dass du dich hertraust«, giftete Sendling ohne Gruß. »Aber wenigstens hat dir jemand auf den Kopf geschlagen. Das lässt hoffen.« Nur das Kinn wackelte, wenn der Kiefer beim Sprechen rauf und runter fuhr, wie ein Aufzug, der in Großküchen die Mahlzeiten transportiert. Bremer überhörte Sendlings Schadenfreude.

»Ich bin nicht freiwillig hier, das kannst du mir glauben.«

»Warum sollte ich dir dann helfen?«

»Es geht um eine gerechte Sache, das habe ich dir schon am Telefon gesagt.«

»Gerecht? Was du anfängst, kann nicht gerecht sein.«

»Du hasst mich immer noch, genauso wie damals.«

»Du irrst dich. Ich hasse dich mehr als je zuvor.«

»Hast du mich kommen lassen, um mir das zu sagen?«

»Ja. Damit du mich siehst. Damit du siehst, was du angerichtet hast. Damit du dich erinnerst und nie vergessen wirst.«

»Glaubst du ernsthaft, ich könnte das vergessen?«

»Das glaube ich allerdings.«

»Du irrst dich, wie so oft.«

»Du hast dich nie bei mir entschuldigt. Hast nicht gebeichtet. Hast gesagt, dass es richtig war, was du getan hast. Dass du nicht anders hättest handeln können.«

»So ist es. Daran hat sich nichts geändert. Wir haben stundenlang miteinander geredet. Dein ganzes Leben hast du mir erzählt.

Ich habe dir meines offen gelegt. Dir hat das Schicksal übel mitgespielt. Wie dein Vater zu Tode gekommen ist, wurde nie zweifelsfrei geklärt. Und dann komme ich daher und erschieße deinen Sohn.«

Sendling lief rot an. »Du hättest ihn laufen lassen können. Aber deine Karriere war dir wichtiger.«

»Ich war Polizist. Damals und heute. Er wollte mich töten.«

»Unsinn. Er hat dich ins Bein getroffen. Du hast zuerst geschossen. Getötet mit einem Kopfschuss. Ohne Not!«

»Du warst nicht dabei. Er zielte auf meinen Kopf. Nicht auf mein Bein. Seine Augen sprachen vom Tod. Von meinem Tod.«

»Nichts als eine billige Ausrede. Mein Sohn war kein Mörder!« Sendling schrie vor Wut, seine Katze sprang auf und verzog sich beleidigt in eine Ecke. Die Worte spuckte er aus, mit einer Fontäne an Speichel, die aber nicht weit genug spritzte, um Bremer zu treffen. Plötzlich hatte Sendling eine Waffe in der Hand, richtete sie auf Bremers Kopf. »Ich bin ein Mörder. Bald. Was hindert mich daran, dich einfach wegzupusten?«

Bremer blieb vollkommen ruhig. Sendling bluffte, das war klar. Im Gegensatz zu seinem Sohn, der Gewalt als legitimes Mittel des politischen Kampfes betrachtet hatte, würde Sendling senior niemals zuschlagen.

»Nichts könnte dich daran hindern.«

Mit Verachtung warf Sendling die Waffe auf den Teppich, griff hinter seinen Rücken und zog einen braunen Umschlag hervor.

»Warum soll ich dir das geben?«

»Weil es einen Menschen gibt, den du mehr hasst als mich.«

Mit einem verächtlichen Grinsen warf Sendling den dünnen Umschlag vor Bremers Füße. »Fass«, sagte er und begann schallend zu lachen.

Bremer hob den Umschlag auf, drehte sich um und verließ die Wohnung. Noch auf dem Flur hörte er Sendling keuchen und lachen, dass es ihm eiskalt über den Rücken lief.

Erst als er im Auto saß, riss er den Umschlag auf. Zufrieden startete er den Motor und fuhr los. Bremer, du bist schon eine Nummer, sagte er zu sich selbst. Die werden alle kotzen. Schuster, der sich in die Hosen macht, wenn die Statistik mal hinkt. Haffner, der am liebsten Morde inszenieren würde, um Aufmerksamkeit auf sich zu lenken. Bellorz, dem letztendlich die Größe fehlt, das Unmögliche zu denken – und zu tun. Und dieser Wurm von Flaumer. Angstbeißer. Schade, dass ich Susanne Holt nicht einweihen kann.

Bremer stoppte die Gedanken. Was ist los. Wo kommt denn das her? Warum bist du so wütend, Bremer? Weil Sendling auf meinen Nerven rumgetrampelt ist. Verdammt, ich würde seinen Sohn am liebsten wieder lebendig machen. Vielleicht hätte ich mich erschießen lassen sollen. Vielleicht hätte er ja im letzten Moment die Waffe auf mein Bein gerichtet. Aber dann hätte ich mich immer noch wehren können. Er musste mich ausschalten. Er hatte keine Wahl. Er oder ich. Ich war im Recht. Und doch habe ich mich schuldig gemacht. Ich werde mich immer schuldig machen, wenn ich einen Menschen töte, auch wenn es in Notwehr geschieht und vom Gesetz gedeckt ist. Der Tod ist endgültig. Für den Fettkloß bin ich nicht verantwortlich. Sendling ist schwach geworden. Hat sich fallen lassen in sein Selbstmitleid. Dafür kann ich nichts. Wir beide haben dieselbe Münze in der Tasche. Ich lebe auf der einen Seite, Sendling auf der anderen. Und die dritte Seite, das ist Sendlings Sohn. Da kreuzen sich unsere Wege. Wir sind für immer verbunden, bis zum Tod.

Reifen quietschten. Bremers rechter Fuß presste das Bremspedal zu Tode. Vor ihm stand ein Lastwagen. So dicht, dass er nicht einmal das Kennzeichen lesen konnte.

Hellwach fuhr Bremer nach Hause, duschte, kochte sich ein Essen, aß, legte alle Telefone lahm, wechselte die Bettwäsche, kuschelte sich in sein duftendes Nest, genoss das Alleinsein und schlief ohne Traum, bis die Sonne untergegangen war.

Kurz vor Mitternacht zog sich Bremer schwarz an, verstaute Taschenlampe und Einbruchswerkzeug in einer Tasche; steckte sein Maschinen-Gedächtnis in Form eines elektronischen Terminplaners ein; kontrollierte seine Waffe; packte Handschellen ein; verließ das Haus; ging zu Fuß los.

Der Mann, der ihn beobachtete, fluchte leise. Kein Mensch außer Bremer war auf der Straße. Wie sollte er ihm folgen, ohne entdeckt zu werden? Moment, dachte der Mann. Die Richtung ist eindeutig. Ich weiß, wo Bremer hin will. Deshalb beobachte ich ihn ja.

Als Bremer um die nächste Ecke verschwunden war, fuhr der Mann langsam davon.

Nach einer halben Stunde hatte Bremer sein Ziel erreicht. Der Trillerweg führte von der Talstraße hoch zum Triller, nach dem Rotenbühl ein Viertel für Reiche, auf der anderen Seite der Stadt, in Alt-Saarbrücken. Die Villa lag in einem Park, umgeben von einer schlecht verputzten Backsteinmauer. Ein Vergnügen, die Mauer hochzuklettern und auf der anderen Seite ebenso problemlos wieder hinunter. Keine Hunde, keine Wachanlage, einladend für Einbrecher wie Bremer. Käme es zu einem Disziplinarverfahren, würde es ihm schwer fallen zu rechtfertigen, was er gerade tat. Die schmiedeeiserne Tür leistete keinen Widerstand, und schon war Bremer in der Küche.

Der Halbmond stand klar am Himmel, beleuchtete Bremers Weg hinauf in die erste Etage, auf einer Treppe, die niemand überhören konnte, so ächzte sie unter jedem Schritt. Aber Bremer war sicher, dass keiner im Haus lauschte. Das Vögelchen war ausgeflogen, vergnügte sich auf irgendeinem Empfang. Personal gab es nicht, die Familie war schon lange zerfallen, Bremers Beute lebte allein hier. Der Schreibtisch. Wuchtig stellte er sich Bremer in den Weg. Einige hundert Kilogramm brachte der auf die Waage, massives Holz, Marmorplatte, Goldverzierungen. Bremer zog die oberste Schublade auf, wühlte. Nichts. Die anderen Schubladen. Nichts. Die Aktenschränke. Nichts als Geschäftspapiere. Er wechselte den Raum, fand nichts. Stieg eine Etage höher. Schlafzimmer. Ein Kleiderschrank. Bremer hörte sein Herz klopfen. Schuhe. Da standen sie. Gerade, als er ein Paar handgearbeitete in die Hand nehmen wollte, wurde es dunkel.

»Herzlich willkommen, Herr Kommissar.«

Eine Frauenstimme. Ich lebe, dachte Bremer, drehte seinen Kopf, die einzige Bewegung, die sein Körper zuließ. Eine junge Frau. Breitbeinig auf einem Sitzmöbel, das aussah wie ein Raumschiff, wie ein UFO. Viel Chrom, sehr teuer, sehr selten. Bremer blinzelte unbeholfen in grelles Licht. Umrisse flirrten um ihn herum. Sein Kopf explodierte in einem fort. Schmerzen schossen aus allen Richtungen in sein Bewusstsein. Die Stimme jagte ihm einen kalten Schauer über den Rücken.

»Überrascht, Herr Kommissar? Schmerzen? Unwohlsein? Der Herr Kommissar ist sprachlos. Verzeihen Sie, ich bin unhöflich. Mein Name ist Anselm. Anke Anselm. Ich bin Ihr Henker. Freut mich, Sie kennen zu lernen.«

Panik. Bremers Körper weigerte sich, zu atmen. Schnürte ihm die Kehle zu, schnitt die Gedanken ab. Er wurde ohnmächtig.

Anke Anselm lächelte, stand auf und fühlte Hunger. Ich werde mit ihm schlafen, bevor er stirbt. Daran gibt es keinen Zweifel, dachte sie. Dann verließ sie den Raum.

Zurück blieb Bremer, der sich zurückgezogen hatte in die Gebärmutter. Dort war er sicher. Dort konnte er neu anfangen. Einen Ausweg suchen. Nicht sterben. Nicht sterben. Nicht sterben.

ZEHN

Susanne Holt langweilte sich. Der Computer vor ihr starrte sie schweigend an. Der Bericht wollte ihr nicht von der Hand gehen. Eine Körperverletzung. Drei besoffene Idioten, die sich gegenseitig an die Gurgel gegangen waren und jetzt im Krankenhaus ihren Rausch ausschliefen. Zwei davon stadtbekannt, der Dritte neu im Geschäft. Wer angefangen hatte, war nicht zu ermitteln. Sechs Zeugen gab es, drei Versionen. Keiner würde Anzeige erstatten, der Staatsanwalt hatte Besseres zu tun und würde das Verfahren einstellen, mangels öffentlichen Interesses. Also arbeitete sie den ganzen Tag für den Mülleimer. Hoffentlich überlebe ich die drei Wochen, bis Bremer wieder da ist. Oberhauser ist ja nett, aber er gebärdet sich wie eine Glucke.

»Damit Sie sich von dem anstrengenden Einsatz erholen können«, hatte er gesagt und keinen Einwand gelten lassen. »Sie dürfen sich nicht überfordern, sonst klappen Sie im entscheidenden Moment zusammen.« Holt war so sauer gewesen, dass sie zusätzliches Schießtraining beantragt hatte. Zusammen mit Klöber und Flaumer war sie gegen ein paar einheimische Kommissare angetreten, die anscheinend nur auf der Kirmes Waffen in der Hand hatten. Immerhin zeigten sich die Kollegen als faire Verlierer, gratulierten und zahlten anstandslos die ausgehandelte Siegesprämie: einhundert Euro pro Nase.

Weber war danach zu ihnen gekommen und wollte wissen, warum sie so gut schießen konnten. Er war der Einzige gewesen, der mithalten konnte. Alle drei hatten dieselbe Geschichte: Vater oder Onkel waren im Schützenverein, und wenn die anderen Kinder Fußball spielten oder häkelten, standen die drei am Schießstand.

Am Sonntag, bei Kaffee und Rehrücken, werde ich Bremer darauf ansprechen. Dass Oberhauser zwar nett ist, aber ziemlich langweilig, dachte Holt. Schließlich hat Bremer mir versprochen, mich auszubilden, und zwar richtig. Der Computerbildschirm schwieg vor sich hin. Susanne Holt gab sich einen Ruck und griff in die Tasten.

Klöber kam rein, setzte sich zu ihr, ließ den Kopf hängen.

»Was ist los?«, fragte sie.

Klöber seufzte tief, hob ein wenig den Kopf. »Ich verstehe einfach nicht, wie Bremer sich so täuschen konnte. Vollkommen daneben.«

»Du hast ihm nicht geholfen, das Gegenteil zu beweisen. Gekniffen hast du.«

»Du hast Recht. Nenn mich ruhig Feigling.«

»Das hast du gesagt.«

»Aber ich will ein guter Polizist werden, mich an die Gesetze halten.«

»Dann hättest du Bremer verpfeifen müssen.«

»Das geht auch nicht. Ich kann's ja verstehen. Manchmal nerven mich die ganzen Vorschriften auch. Was mich wundert, ist, dass Flaumer nicht mitgezogen hat. Der ist doch sonst bei allem dabei, was irgendwie gegen die Alten geht.«

»Er heißt ja nicht umsonst Klein-Schimi.«

»Mit Betonung auf klein.«

»Ich glaube, der würde lieber heute als morgen Bremers Schreibtisch übernehmen. Der Streber.«

»Aber er ist gut.«

»Das ist er. Leider.« Holt wuschelte Klöber durch die schwarzen Locken. »Du bist kein Feigling, nicht für mich.«

Ein kleines Lächeln zog seine Kuss-Lippen nach oben. »Danke, Susanne. Dann mach ich mal meinen Bericht fertig. Was für ein Mist.«

»Wo bist du denn dran?«

»Die Wohnungseinbrüche. Ist wirklich absurd. Gestern haben die am Eschberg, in so einer Reihenhaus-mit-Gärtchen-Siedlung eine Wohnung ausgeräumt.«

»Ja und?«

»Keiner hat was gesehen. Das verstehe ich nicht. Die Diebe haben einfach alles eingepackt, und ab durch die Mitte. Die müssen doch mit einem Lkw angerückt sein. Heute weiß keiner mehr, was mit dem anderen los ist. Wegschauen ist die Devise. Wohnungen werden zum vorläufigen Grab. Die Leute sterben, und keiner vermisst sie.«

»Ich vermisse Bremer«, sagte Holt.

»Geht mir genauso. Ist ein harter Hund, aber ein Spitzenbulle.«

»Obwohl er Fehler macht?«

»Ist ja auch nur ein Mensch, oder?«

»Weise Erkenntnis. Nicht vergessen, Werner! Das gilt auch für uns.«

»Klaro. Was machst du heute noch?«

»Patrick-Abend. Morgen muss er wieder zurück nach Hannover.«

»Ihr seht euch nicht so oft?«

Holt fixierte Klöbers Augen. Da war nichts außer freundschaftlichem Interesse. Gut, dachte sie. Denn mehr ist nicht drin bei Werner. Verheiratet, zwei Kinder. Nichts für mich. »Wir sehen uns oft genug.«

»Aha!«

»Du brauchst dein Nest?«

»Wenn ich heimkomme, freue ich mich auf meine Süßen. Auf alle drei.«

»Schön.«

»Ja. Gut. Ich mach mal weiter. Danke.«

»Bis morgen dann.«

»Bis morgen. Und schlaf gut.«

»Du auch, und grüß deine Süßen.«

Der Familienvater-Bulle winkte und schloss die Tür so leise, als befürchtete er, böse Geister zu wecken. Susanne Holt verdrängte den Gedanken an Kinder und brachte den Bericht zu Ende. Dann wollte sie nach Hause, um mit ihrem Goldschatz eine zünftige Abschiedsnacht zu feiern. Morgen würde sie übermüdet, aber befriedigt die nächsten Idioten festnehmen, verhören und wieder freilassen. Und das die nächsten vierzig Jahre? Mal sehen, sprach der Blinde, dachte sie, nahm die Formulare aus dem Drucker und legte sie Bellorz ins Fach.

Gerade als sie das Präsidium verlassen wollte, brummte ihr Bellorz hinterher.

»Laufen Sie doch nicht weg, Frau Holt.«

»Ich laufe ja gar nicht weg«, entgegnete sie spitz. »Was gibt's denn?«

»Sie wissen doch, wo Bremer wohnt?«

»Nein, weiß ich nicht.«

»Macht nichts. Das finden Sie leicht. Bitte bringen Sie ihm das hier. Muss auch nicht heute sein. Morgen früh reicht auch.« Bellorz hielt ihr einen dicken, braunen Umschlag entgegen. Sie griff zu, und bevor sie etwas sagen konnte, war Bellorz mit einem kurzen »Danke. Bis morgen« verschwunden. Die Adresse war mit akkuraten Buchstaben auf dem Umschlag vermerkt: Scheidter Straße 134.

Bremers Instinkt hatte blitzschnell reagiert und alle Schotten dicht gemacht; verhindert, dass sich der Körper vom Verstand, die Seele vom Körper und der Verstand von der Seele auf Dauer trennten. In durchsichtigen Blasen trieb Bremer jetzt in seinem Bewusstsein umher, verbunden mit dünnen Leitungen, die allmählich wieder Informationen durchließen. Ganz vorsichtig schlich sich Bremer zurück in die Realität, Millimeter für Millimeter, leicht wie ein Wasserläufer. Bremer bildete Instanzen. Organisierte seinen Kopf. Über allem thronte der Weise; der wusste, dass es immer einen Ausweg gibt, auch aus den verfahrensten Situationen; der den Überblick hatte; der den richtigen Moment kannte, wann was zu tun war. Dem Weisen zur Linken saßen und standen der Professor, der Forscher, der Wissende, eine ganze Universität aus Spezialisten für fast jedes Problem. Der Weise musste nur an eine Sache denken, und schon sprangen sie los und ruhten nicht eher, bis alles beisammen war.

Zur Rechten prüften die Krieger ihre Waffen und Kräfte, ohne Unterlass, warteten nur auf die Befehle, um jeden Gegner sofort zu vernichten. Dem Weisen zu Füßen saß der Narr, der immer wieder Witze zum Besten gab, die Krieger ärgerte, weil sie aussahen wie geschmückte Ochsen, und die Universität verspottete, weil noch keiner der Herren Professoren je ein Lied gesungen hatte. Dem Weisen aber gab der Narr gute Ratschläge, gerade so, wie sie ihm einfielen.

Im Saal verteilt standen die ängstlichen, zitternden Bürger, denen der Weise jetzt mit sanfter Stimme Mut zusprach.

»Wir sind in einer schwierigen Situation. Ich erkenne, dass eure Angst berechtigt ist. Deswegen nehmt Platz. Reden wir darüber. Reden wir darüber, was wir alles tun können, um zu verändern. Ich werde eure Hilfe brauchen. Deswegen besinnt euch auf all das, was ihr seid, was ihr könnt. Könnt ihr sehen?«

»Ja«, sagten die Bürger, die jetzt schon weniger ängstlich waren.

Bremer öffnete die Augen. Das UFO stand immer noch am selben Platz, ohne Frau. Die Schmerzen waren zwar nicht verschwunden, aber die Muskeln gehorchten wieder. Zögernd richtete er sich auf. Ein Bunker, dachte er. Die Wände und Decken: roher Beton. Der Boden: purer Estrich. Die Türen: schwere Schotten aus millimeterstarkem Stahl. Ausreichend, um ein Schiff daraus zu bauen. Lüftungsrohre, dick wie mein ganzer Leib. Vielleicht kann ich ja da hindurch ... Unsinn. Bleib vernünftig, Bremer. Durch die Tür wirst du gehen, zurück in die Freiheit, das steht fest. Ein Waschbecken. Warmes und kaltes Wasser. Rasierzeug, Zahncreme, Zahnbürste, Seife. Eine Toilette, kein Eimer, wenigstens etwas. Der Tisch. Den habe ich vorhin gar nicht gesehen. Eine dicke Glasplatte auf verchromten, geraden Beinen. Ohne jeden Schnörkel. Mein Lager. Eine Feldliege. Die Matratze hart, die Decke dünn, aber es ist ja warm hier drin. Stickig.

Da im Schatten drückt sich noch ein Regal herum. Konserven sind aufgereiht, geordnet nach Größe, Art und Inhalt: Fisch, Ravioli, Erbsen, Möhren, Fleisch. Nudeln in durchsichtigen Verpackungen. Italienische aus Hartweizengrieß. Die Guten. Nudeln.

Dann fiel Bremers Blick auf die Uhr, die an der Wand hing und vor sich hin tickte. Erleichterung durchfuhr ihn, ein wenig Wärme kehrte zurück. Eine Uhr. Der Strom der Zeit reißt nicht ab. Wo ist *meine* Uhr? Bremer hob das linke Handgelenk. Die Kette, mit der er an den Heizkörper gefesselt war, und seine Handschellen rasselten um die Wette. Dingfest gemacht mit meinen eigenen Handschellen. Die Uhr? Weg. Dienstwaffe. Weg. Papiere. Weg. Schlüssel. Weg. Handy. Weg. Gürtel. Weg. Schnürsenkel. Hatte ich keine. Mein Terminplaner. Weg. Alles weg. Nur die Kleider haben sie mir gelassen. Wie in Untersuchungshaft. Mein Sakko, meine Hose, meine Unterhose, meine Schuhe.

Es gibt Menschen, die haben weniger. Die frieren und müssen sich ständig ducken, wegen der Bomben oder weil Scharfschützen üben. Kinder in Afrika, die nicht wissen, wer sie sind, weil sie zu viel Hunger haben. Daran sterben. Am Hunger. Hilft mir die Weltrangliste der Elenden wirklich? Ja. Ein Kind in Afrika, das vor Hunger bewusstlos ist, hat keine Hoffnung mehr. Selbst wenn mein Todesurteil bereits unterschrieben ist. Ich habe noch Hoffnung. Der Appetit ist mir vergangen. Aber ich werde essen müssen, damit ich stark bleibe. Für den entscheidenden Moment. Wie groß ist der Raum? Sechzehn Quadratmeter ungefähr. Vier mal vier Meter. Das kommt hin. Warum bin ich hier? In einem Bunker, mit nichts als meinen Handschellen und meinen Kleidern am Leib?

Metallisches Quietschen kündigte einen Gast an in Bremers neuer Heimat. Die Frau kam herein und ein Mann, den Bremer noch nie gesehen hatte.

Die Frau hatte Bremers Handy. Der Mann eine Pistole. Eine Glock. Eine Grizzly Magnum. Fünfzehn Kugeln. Könnte mir auch gefallen, dachte Bremer. Ist was für Linkshänder. Beidseitige manuelle Sicherung. Stoppt jeden zuverlässig wie ein Vorschlaghammer auf die Stirn. Gute Lebensversicherung.

»Schönes Stück, nicht wahr«, sagte der Mann mit einer dunklen Mikrofonstimme. »Damit Sie nicht damit Bekanntschaft machen müssen, sollten Sie jetzt genau das tun, was meine Kollegin Ihnen sagt. Dass ein Fluchtversuch sinnlos ist, haben Sie sicherlich bereits erkannt. Schließlich sind Sie ja Fachmann.«

»Ich werde kooperieren«, sagte Bremer.

Der Mann pfiff durch die Zähne. »Kooperieren. Ein großes Wort gelassen ausgesprochen.«

Die Frau drängelte. »Los jetzt. Sie ändern die Ansage Ihrer Mailbox auf dem Handy. Hier ist der Text.« Sie reichte ihm ein Blatt Papier.

Bremer verzichtete auf die üblichen Spielchen. Was, wenn nicht, wir werden Sie foltern, na gut, wenn das so ist, und so weiter und so fort.

Mit normaler Stimme sprach er die Meldung auf: »Hallo, hier ist die Mailbox von Martin Bremers Handy. Ich bin nicht erreichbar. Für niemanden. Ich brauche meine Ruhe. Vielen Dank.«

Sofort nahm die Frau das Handy wieder an sich. Ohne ein weiteres Wort verließen die beiden Entführer den Raum. Bremer zog sich zurück, entfernte sich so weit von der Realität, dass er sich entspannen konnte.

»Noch einmal«, forderte Holt. »So viel Zeit muss sein.«

Patrick gehorchte, und für eine halbe Stunde versanken beide wieder im Taumel ihrer warmen, jungen Körper und Seelen.

Ein langer Abschiedskuss, und dann war Holts Liebe unterwegs. Es ist immer dasselbe, dachte sie. Ich schaue ihm hinterher, und die Angst, ihn nie wiederzusehen, kriecht mir einfach unter die Bluse. Ob ich will oder nicht. Eine Stunde lang muss ich das ertragen, und dann ist es vorbei. Wie ein Grippe-Quickie. Am besten gehe ich jetzt frühstücken. Ins café schrill oder zum Ubu Roi oder ins café kostbar? Es ist warm. Also café kostbar.

Sie überquerte die Straße, tauchte ein in ein kleines Hinterhof-Paradies. Wilder Wein rankte hoch an der ehemaligen Lagerhalle, die lange leer stand und dann mit Leben gefüllt wurde von Idealisten, die einen Traum hatten und es nicht dabei beließen. Seit fünfzehn Jahren kämpften dort die Leute mit ihren Ansprüchen und den Stolpersteinen, die der Alltag ihnen reichlich in den Weg legte. Bis jetzt hatten sie gesiegt. Es gab keinen Chef, sondern nur Verantwortlichkeiten. Gemeinsame Entscheidungen, bei denen alle mitwirkten, oder fast alle, nichts ist perfekt.

Holt fühlte sich wohl hier, bestellte Milchkaffee und ein Croissant von der Bäckerei Schaus, überflog die Saarbrücker Zeitung und studierte sorgfältig die Süddeutsche. Nach einer guten Stunde brach sie auf, kehrte zurück auf die Straße, ging ein Stück in Richtung Bremers Haus, als ein Gedankenblitz sie dazu brachte, umzukehren.

Beim Türken an der Ecke kaufte sie Fladenbrot und gefüllte Weinblätter – handgewickelt. Dann wusste sie, was noch fehlte. Ein Geschenk. Ein kleines Mitbringsel für ihren Chef. Ein Buch für Bremer. Nicht erst am Sonntag, wenn er zum Kaffee kommen würde, nein, jetzt gleich bei der Übergabe des dicken braunen Umschlags. Sie ging die Nauwieserstraße wieder zurück in Richtung Stadtmitte, vorbei an den kleinen Geschäften, die den Reiz des Nauwieser Viertels ausmachten. Hier hatten die Leute tatsächlich noch die Muße, beim Einkauf zu plaudern. Bei Janny und Tina kaufte Susanne Holt ihr Gemüse und ihr Obst, manchmal die selbst gemachten Bouletten, ohne Konkurrenz in der Stadt, oder Krautsalat, natürlich auch selbst gemacht. Sie bog in die Cecilientraße ab, bewunderte die Auslage der Bäckerei Schaus, deren Croissants dafür verantwortlich waren, dass sie zugenommen hatte in letzter Zeit. Das Ziel stand fest. »Der Buchladen« in der Försterstraße, eine Ecke weiter. In der Auslage schrien die Bücher um Aufmerksamkeit. »Kauf mich«, rief eins, »ich erzähle dir alles über Beziehungen zwischen Mann und Frau.« – »Unsinn«, sagte ein anderes, »das hat doch keine Ahnung. Ich weiß, warum Frauen immer noch nicht gleichberechtigt sind in Deutschland.« – »Wenn du mich nicht kaufst, verpasst du die Reise zum Mittelpunkt deiner Seele«, schmeichelte das nächste. »Unwichtig, alles unwichtig. Lest alles über die Globalisierung, jetzt, sofort.« Immer wirrer priesen die Bücher ihre Vorteile an, bis Susanne Holt sich die Ohren zuhielt und den Laden betrat.

Einen Moment schaute sie sich suchend um. Paul kam hinter dem Tresen hervor und fragte, ob er ihr helfen könne. »Kannst du«, sagte sie und dachte: Ich bin zum dritten Mal in diesem Laden und duze mich schon mit dem Chef. Quatsch. Er ist ja gar nicht der Chef. Auch falsch. Er ist einer von fünf. Drei Chefs und zwei Chefinnen. Und trotzdem funktioniert der Laden seit mehr als fünfundzwanzig Jahren. Oder deswegen? Ist ja auch egal. Hauptsache, ich finde das richtige Buch. Außerdem kriege ich hier einen Kaffee und was zum Knabbern. »Für einen, der in Urlaub fährt. Was zum Entspannen.«

Paul nickte wissend. »Ein Krimi. Ganz unblutig. Ein Kommissar aus München, der Vermisste sucht. Ungeheuer spannend.«

»Es ist für einen echten Kommissar.«

»Ach so. Welche Interessen hat er denn?«

»Ich kenne ihn erst seit ein paar Tagen.«

Paul runzelte die Stirn. »Also etwas Unverfängliches.« Balletttanzend durchquerte er seinen Laden. Griff hier und da ein Buch, stellte ein anderes wieder zurück, schnalzte mit der Zunge, schüttelte den Kopf und kam schließlich mit einem einzigen Buch in der Hand zurück. »›Das Gesicht‹ von Joachim Zelter. Es geht um Literatur. Den ganzen Zirkus und den ganzen Apparat, um Kritiker und Verleger, um Autoren und Werbewahnsinn. Göttlich. Bitterböse, zuckersüß. Witz, Humor und Philosophie auf jeder Seite. Ein Meisterwerk. Ein Lesegenuss. Für jeden, der gerne ein richtig gutes Buch liest.«

»Wenn du das sagst. Gekauft.«

»Soll ich es als Geschenk einpacken?«

»Nein, das geht so.« Holt bezahlte, Paul gab ihr das Wechselgeld und fragte, ob sie auch Polizistin sei.

»Anwärterin zur Kriminalkommissarin. Ich mache hier mein Praktikum.«

»Und?«

»Was und?«

»Macht es Spaß?«

»Ja«, antwortete Susanne Holt spontan, nahm ihr Buch, grüßte und verließ den Buchladen.

Gut gelaunt spazierte Holt zu Bremers Haus, zwanzig Minuten in aller Ruhe, ohne nachzudenken. Die Scheidter Straße führte leicht bergauf, gesäumt von alten Rosskastanien, die in voller Blüte standen. Wie Kerzenleuchter, dachte Holt wie schon Tausende vor ihr. Die Sonne tat ihr Bestes, um die Kastanien-Lüster zum Leuchten zu bringen.

Vor Bremers Haus stand ein Möbelwagen. Mit Aufschrift. Mit Telefonnummer. Fleißige, starke Arbeiter trugen die Einrichtung heraus und verstauten sie sorgfältig. Mit Decken wurden die kostbaren Möbel gegen Kratzer geschützt. Einer der Packer zurrte stabile Bänder fest, damit nichts ins Rutschen geraten konnte. Echte Profis.

Susanne Holt hielt einen an. »Was machen Sie da?«

Der antwortete freundlich und zuvorkommend. »Der Herr Bremer zieht um.«

»Wusste ich gar nicht.«

»Er hat uns kurzfristig bestellt. Moment mal gerade.« Der Packer sprang vom Wagen, kletterte ins Führerhaus. Holt ging ihm hinterher. Er reichte ihr eine Auftragsbestätigung. Möbeltransport von Saarbrücken nach Bremen, unterschrieben von Martin Bremer. Sie zuckte die Achseln, dankte dem Packer und ging weiter bergauf. Der Asphalt versiegte, ging in einen Waldweg über. Sobald sie außer Sicht war, zückte sie ihr Handy und rief Bellorz an.

Zwei Stunden später war die Saarbrücker Einbruchserie aufgeklärt. Die Packer sangen wie die drei Tenöre. Sie seien nur Teil einer bundesweit agierenden Organisation. Der Trick sei einfach: Feststellen, wer wenig Kontakt hat zu den Nachbarn. Arbeiten am helllichten Tag. Möbelwagen, gefälschte Auftragsbestätigung. Kein Problem. Die Leute glauben doch alles, was man ihnen vorsetzt. Es muss nur gut aussehen und ins Bild passen. Keiner habe bis jetzt nach irgendetwas gefragt. Die Leute würden einen Gorilla im Supermarkt nicht sehen, wenn sie ihn nicht sehen wollten. Der Kram werde nach Russland geschafft. Von dort gehe es weiter, überall dorthin, wo es Geld und Bedarf gebe. Die Drahtzieher kenne man nicht. Und wenn, würde man sich eher die Zunge rausschneiden, als Namen preiszugeben. Mit Zeugenschutzprogrammen solle man ihnen vom Hals bleiben. Einbruchdiebstahl, ein paar organisierte Geschichten – ein paar Jahre Knast ist besser als ein kaltes Grab.

Da gab es auch für Bellorz und alle seine Verhörspezialisten kein Weiterkommen. Immerhin. Der Bande war das Handwerk gelegt. Purer Zufall plus Susanne Holt, die zwar nichts dafür konnte, aber in der Situation besonnen gehandelt hatte. Das gab auf jeden Fall ein Sternchen in der Akte. Das hatte Bellorz ihr gleich gesagt und sich bedankt.

Jetzt saß Susanne Holt in ihrem Dachzimmer im Nauwieserviertel und überlegte sich, dass sie in ihrem ganzen Leben nicht so viele Sternchen ernten könne, um auszubügeln, dass sie bei Bremer einen braunen Umschlag hatte mitgehen lassen, ausgetauscht gegen den, den sie Bremer von Bellorz überbringen sollte. Der gestohlene Umschlag lag vor ihr wie das Gebetbuch des Teufels und schrie, sie möge ihn doch endlich öffnen, denn darin sei die Wahrheit und die Offenbarung und die Lösung. Warum habe ich diesen gottverdammten Umschlag mitgenommen?, fragte sie sich zum hundertsten Mal. Es gab keinen Grund dafür. Keinen. Na ja, einen. Oder zwei. Höchstens drei. Neugier, Misstrauen und Bremer, der gesagt hatte, nichts ist so, wie es scheint. »Frau Holt!«, hatte er gesagt. »Wenn Sie stichhaltige Beweise haben, ein Motiv, die Gelegenheit und das Mittel – dann sollten Sie mindestens noch einmal das Gegenteil annehmen. Sie sollten alle, die mit im Spiel sind, einfach als Täter definieren und den Beweis führen. Wenn einer übrig bleibt, ist er mit allergrößter Wahrscheinlichkeit der Richtige.«

Ich sollte ehrlich sein. Zumindest mit mir selbst. Den Umschlag habe ich mitgehen lassen, weil ich glaube, dass er Bremers Ermittlungen beinhaltet. Weil ich besser sein will als die anderen.

Wie ein Gewitter klang das Knistern, als Holt den Umschlag öffnete und vier Bögen Papier herausnahm. Sie überflog den Text und rief Bellorz zum zweiten Mal an.

Genau um dreizehn Uhr öffnete sich die Bunkertür. Herein trat der Mann. In der Rechten die Glock, in der Linken ein Tablett. »Mittagessen, Herr Kommissar.«

Bremer richtete sich auf, sein Magen knurrte so laut, dass der Mann es hören konnte.

»Da komme ich ja gerade noch rechtzeitig.« Mit einem Schwung stellte er das Tablett auf den Glastisch. »Feldsalat mit Speck und Croutons. Wildpaté forrestière, französisches Bauernbrot. Dazu einen Beaujolais von '99, kein schlechter Tropfen. Und natürlich Wasser. Gutes, klares Wasser aus den Vogesen. Als Nachtisch darf ich anbieten: Pflaumenkompott mit Sahne.« Der Mann lächelte Bremer an, wartete.

»Da ich Hunger habe, werde ich das essen.«

Der Mann hörte auf zu lächeln und zeigte auf die Speisen. »Was Sie hier sehen, ist allererste Sahne, Herr Kommissar. Ich hoffe, dass Sie es genießen werden.«

Bremer sagte nichts mehr, rasselte mit der Kette und begann, den Salat in sich reinzustopfen.

Entsetzen packte den Mann. »Herr Kommissar!« Seine Stimme versagte ihm fast. »Das ist kein Hamburger mit Fritten.«

»Weiß ich«, nuschelte Bremer mit vollem Mund. »Hamburger schmecken anders, in der Tat.«

»Man sagte mir, Sie seien ein Gourmet.«

»Bin ich ja, bin ich ja.« Bremer stopfte weiter. Der Mann wandte sich ab und ließ ihn allein.

Bremer hörte auf zu stopfen, leerte das Weinglas und schenkte aus der Karaffe nach. Immerhin ein halber Liter, dachte er. Das tut gut. Der Gegner bringt mir die Waffen, die ich brauche, um zu überleben. Wein, Essen, Zuwendung. Sieht alles gar nicht schlecht aus. Ich bin Teil eines komplizierten Planes. Sonst wäre ich nicht mehr aufgewacht. Komplizierte Pläne sind instabil. Ich werde die Schwachstelle finden und den Plan kippen. Das ist sicher. Bremer tafelte weiter, ließ keinen Krümel übrig.

Zum Abräumen kam die Frau. Anke Anselm. Die Henkerin. Sie sieht gut aus, dachte Bremer. Eine Sünde wert. Im Angesicht des Todes. Gehört es sich, mit seinem Henker zu schlafen?

»Habe ich Sie erschreckt, Herr Kommissar?«

»Das haben Sie. Ja. Ich hatte Todesangst.«

»Sie sind ohnmächtig geworden wie ein junges Ding, das nicht mehr atmen kann, weil das Korsett zu eng ist.« Anselm schmunzelte.

»So war es.« Bremer zeigte keine Regung.

»Ist das nicht peinlich?« Sie schmunzelte noch mehr.

»Nein.« Immer noch keine Regung.

»Sie sind doch ein Mann!« Mehr schmunzeln konnte sie nicht, also gab sie es auf.

»Sie sollten mir dankbar sein, dass ich Ihren Horizont etwas erweitert habe.« Nach wie vor keine Regung.

»Was wissen Sie von meinem Horizont?«

»Nur, dass ich ihn erweitert habe. Sie dachten, Männer fallen nicht in Ohnmacht. Jetzt wissen Sie, dass das falsch war.« Bremer schmunzelte, Anselm wurde stocksteif, ihre Lippen hart.

»Wir werden noch sehen, zu welchen Horizonten ich Sie führen kann, mein Kommissar.« Sie machte auf dem Absatz kehrt und stampfte hinaus wie ein trotziges Kind.

Treffer, dachte Bremer. Beide sind so leicht zu durchschauen wie ein faules Alibi.

Eine Stunde nach dem Essen begann Bremer mit seinem Programm. Zuerst probierte er aus, welche Reichweite ihm die Kette ließ. Fast zwei Meter. Ausreichend für alle Übungen. Dreißig Situps. Für die Bauchmuskeln. Fünfzig Kniebeugen. Für die Schnellkraft. Fünfundzwanzig Liegestützen. Die Arme sollten zupacken können, wenn es so weit war. Zehn Rumpfbeugen, fünfundzwanzigmal Knie anziehen, Dehnung aller Muskeln. Fußkicks, Faustkicks, die mit der linken Hand seltsam ausfielen und ziemlichen Lärm verbreiteten. Zwei Stunden Programm. Das Hirn durchblutet. Im Körper ein gutes Gefühl. Eine halbe Stunde Entspannung. Nichts denken. Halb zehn. Zeit für die Abendtoilette.

Sorgfältig putzte sich Bremer die Zähne. Einen nach dem anderen. Betrachtete jeden genau. Stellte fest, dass sein Zahnarzt mit ihm so schnell kein Geschäft machen würde. Fuhr mit dem Zeigefinger über sein Gesicht. Erstaunlich. Keine Spur von Falten. Glatt wie ein Kinderpopo. Auch die Stirn. Obwohl er oft und viel nachdachte, war das spurlos an seiner Stirn vorübergegangen. Kein Dackelsyndrom. Die Augen. Wach, grau, glänzend. Bremer lächelte sein Spiegelbild an. Siehst du, sagte er zu sich selbst. Das ist schon mal ein Grund, hier lebend rauszukommen.

Die Türen des Versammlungssaales sprangen auf, und eine Meute Panik-Hunde brach herein. Der Weise erschrak, die Bürger schrien, die Wissenschaftler brachten sich in Sicherheit. Die Krieger wussten nichts zu tun und glotzten nur. Gegen Panik-Hunde konnte man nicht kämpfen. Bremer zuckte zusammen. Lebend hier herauskommen. Und wenn nicht? Bist du dann tot? Natürlich bist du dann tot. Wenn du nicht lebend hier herauskommst. Dumme Frage. Die Verbindungen begannen sich zu lösen. Bremers Herz raste, schlug bis zum Hals, der Atem ging kurz, zu kurz. Schon blieb der Sauerstoff aus, der Brennstoff für den Weisen und die Wissenschaftler. Keuchend lehnte Bremer über dem Waschbecken und sehnte sich nach erlösender Ohnmacht.

Da kam die Mutter, knuffte und puffte die Hunde, befahl ihnen Sitz und Platz und Aus. Leise winselten die Hunde und kuschten vor der lachenden Mutter. Bremer atmete ruhig, das Blut strömte wieder gleichmäßig, Mutter schickte die Hunde nach draußen, der Wächter solle sie zurückbringen in den Park, wo sie sich austoben könnten, ordnete sie an, und niemand wagte, der Mutter zu widersprechen.

Bremer hob den Kopf, der Spiegel war immer noch da, seine Augen glanzlos, mit dunklen Ringen darunter; etliche Falten auf der Stirn. Die habe ich vorhin gar nicht gesehen. Langsam ließ er sich auf seiner Pritsche nieder, legte sich hin und schloss die Augen.

Verzeih mir, dass ich so spät komme, sagte die Mutter. Ich hatte noch zu tun, du weißt ja, wie es ist. Der Weise nickte, lächelte gequält und wandte sich wieder seinen Gedanken zu. Mutter dachte ein wenig mit, fand, dass es richtig war, und kümmerte sich dann um die Bürger. Ging herum, begrüßte alle, fragte nach Wehwehchen und Problemen, gab Ratschläge, machte einen Termin aus, setzte sich hierhin und dorthin oder gab eine Anordnung an die Bediensteten, die alle fleißig und willig halfen. Bald erfüllte Frieden den Saal. Bremer war eingeschlafen.

Anke Anselm stand vor ihm. Schade, dass ich noch warten muss, mein Kommissar. Heute Nacht wäre die richtige Nacht. Auf dem Höhepunkt würdest du sterben. In der Ekstase der Leidenschaft die Ekstase des Todes. Du wärest mir über den Tod hinaus dankbar für diese Erfahrung, mein Kommissar. Aber du musst verzichten, weil das Schicksal einen anderen Tod für dich bestimmt hat. Einen, der für den Kommissar unwürdig ist. So ist das harte Leben. Nichts bekommt man geschenkt. Auch nicht den Tod. Der Tod. Das wohl schwierigste Kapitel des Lebens.

Bremer schlief so fest, dass er den Kuss von Anselm auf seiner Stirn nicht spürte. »Bis bald, mein Kommissar«, sagte der Henker zum wehrlosen Bremer.

Bellorz hatte Holt zur Schnecke gemacht. Ihr angedroht, sie auf der Stelle rauszuschmeißen. Mit gesenktem Kopf hatte sie alles über sich ergehen lassen. Wenn er ihr nur glauben würde. Und handeln. Das war jetzt angebracht. Es war schon fast achtzehn

Uhr. Es wurde Zeit. Dann konnte er sie immer noch zerquetschen.

»Ich gehe ja freiwillig.«

»Wann Sie gehen, das entscheide ich«, donnerte Bellorz, und Holt wusste, dass sie jetzt besser den Mund hielt.

Zum vierten Mal las Bellorz das Dossier über einen Mann, den er vollkommen falsch eingeschätzt hatte. Dass Rohfeld Kontakte zu Satanisten gehabt hatte, war nicht zu leugnen, bedeutete aber noch lange nicht, dass Bremers Theorie richtig war.

»Frau Holt. Wir haben drei Geständnisse. Alles passt.«

»Darf ich ...?«

Bellorz nickte unwirsch.

»Vielleicht hat Rohfeld gemeinsame Sache gemacht mit den ›Dämonen des Teufels‹. Ihnen Geld gegeben. Sie unterstützt. Wie auch immer. Sie zu seinem Werkzeug gemacht.«

»Wie Sie wollen. Ich werde Jorczewski mit Rohfeld konfrontieren. Sie dürfen sogar dabei sein, damit Sie einsehen, dass nichts dran ist an dem ganzen Kram.«

Bellorz ließ Jorczewski in sein Büro bringen. Bewacht wurde er von zwei aufmerksamen Beamten, die sofort zuschlagen würden, sollte Jorczewski die geringste falsche Bewegung machen.

Bellorz verzichtete auf ein Vorspiel.

»Sie haben einen Komplizen. Wir haben ihn festgenommen, und er ist genauso gesprächig wie Sie.«

Jorczewski zog die Augenbrauen fragend hoch. »Das muss ein Trittbrettfahrer sein. Wir haben keine Komplizen gehabt. Das wäre unser nicht würdig.«

»Geben Sie es doch zu, Jorczewski! Warum schützen Sie ihn? Das nützt Ihnen nichts. Sie können es ruhig zugeben. Das Gefängnis erwartet Sie so oder so.«

»Es tut mir Leid. Ich würde Ihnen gerne helfen. Aber wir lügen nicht.«

Bellorz rastete aus und schrie Jorczewski an. »Sie lügen nicht, aber sechs unschuldige Menschen bestialisch abschlachten! Sie sind vollkommen krank. Sie sind abartig, widerwärtig. Sie kotzen mich an.«

Den Beamten befahl er mit ruhigerer Stimme, ihm dieses

Scheusal aus den Augen zu schaffen. Schnell packten sie den Vertreter des Teufels auf der Erde und schafften ihn wieder in seine Zelle.

»Bewachen Sie ihn gut. Wenn er abhauen sollte, ist Ihnen die ewige Hölle sicher«, rief Bellorz hinterher.

Susanne Holt war es mehrfach eiskalt über den Rücken gelaufen. So hatte sie Bellorz noch nicht erlebt. Dagegen ist Bremer ein Lämmchen, dachte sie. Bellorz' Wut ist monströs. Wozu ist dieser Mann fähig?

Als hätte er ihre Gedanken gelesen, sagte er: »Nein, ich bin nicht für die Todesstrafe. Niemand hat das Recht, das Leben eines anderen gegen dessen Willen zu beenden. Der Staat am allerwenigsten. Alles andere ist der Anfang der Barbarei.«

Langsam wich das Blut aus Bellorz' Gesicht. »Rohfeld hat mit der Sache nichts zu tun. Sind Sie jetzt davon überzeugt?«

»Nein.«

»Unfassbar. Sie sind nicht zufällig Bremers Tochter?«

Gegen ihren Willen musste Holt lächeln. Der Gedanke gefiel ihr. Bremer mein Papa. Warum nicht. Ich könnte einen brauchen.

Versöhnlich fuhr Bellorz fort. »Ich werde vergessen, was in der letzten Stunde vorgefallen ist, wenn Sie mir versprechen, die Finger von der Geschichte zu lassen. Bremer ist in Urlaub. Und da bleibt er. Basta.«

»Gut.« Hinter ihrem Rücken verschränkte Holt alle verfügbaren Finger übereinander, um dem Schwur die Gültigkeit zu nehmen.

»Ich sehe Sie morgen. Weber hat Ihr Programm. Gute Nacht.«

Erschöpft verließ Holt das Präsidium. Eins war ihr klar geworden. Hätte Bellorz sie rausgeworfen ... nur nicht daran denken. Sie warf ihren Schutzengeln Küsschen zu und beachtete nicht die Kollegen, die sich an die Stirn tippten. Die andere Erkenntnis goss ihr Blei in die Glieder. Ich werde mein Leben lang anecken, querdenken, mir Feinde machen und jagen, wenn andere schon lange im Kino sitzen oder in der Disco abtanzen. Wirst du das mitmachen, Patrick? Und Bremer? Was war mit Bremer? Bremer, mein Ersatzpapa?

Die Stadtschenke war bis auf einen Gast leer. Holt setzte sich an den Tresen und bestellte bei Sigrid einen Whiskey. Langsam lief er ihre Kehle hinab, verbreitete sein warmes Feuer. Der Alkohol entkrampfte.

»Hast du einen Moment Zeit, Sigrid?«

»Für dich immer.«

Die beiden Frauen hatten sich kennen gelernt, als Holt einen pöbelnden Besoffenen auf die Straße befördert hatte. Sigrid hatte sich daraufhin beim Polizeisportverein zum Jiu-Jitsu angemeldet. Holt hatte sie gewarnt. »Du brauchst drei Jahre intensives Training, bis du es mit einem aufnehmen kannst, ist dir das klar?« Sigrid hatte nur geantwortet: »Deswegen wird es Zeit, dass ich anfange. Mit fünfundvierzig bin ich eine echte Kampfmaschine.«

Jetzt wartete sie darauf, dass Holt ihr Herz ausschüttete.

Aufmerksam hörte die Wirtin zu. Fragte hier und da nach. Runzelte die Stirn. Grub sich die Finger in den Nacken. Schenkte für beide Whiskey nach. »Ich glaube, du weißt die Antwort.«

Holt stöhnte. »Du hast Recht.«

Zehn Minuten später saß sie auf dem Boden ihres Wohnzimmers, hatte die Kopie von Rohfelds Lebenslauf vor sich und lernte ihn auswendig. Dann rief sie Reiner Zettler an. Eine halbe Stunde später trafen sie sich zur Lagebesprechung.

Zettler war vollkommen perplex. Rohfeld in seiner Jugend Mitglied im Temple of Set, fast fünf Jahre lang – das hatte er nicht gewusst. Allerdings nicht im Saarland. Damals lebte Rohfeld noch in seiner Geburtsstadt Hamburg. Zettler nahm Holt mit in die Redaktion. In seinem Büro umriss er die Ideologie des Temple of Set und dessen Gründers Dr. Michael A. Aquino.

»Rohfeld weiß also bestens Bescheid über Satan«, stellte Zettler fest. »Und was fangen wir damit an?«

»Wir müssen rausfinden, ob Rohfeld schon mal im Zusammenhang mit Gewaltverbrechen stand.«

»Sie glauben, er hat die ›Dämonen‹ benutzt. Wie auch immer.«

Holt nickte nur. Zettler dachte nach. »Wenn das stimmt, haben wir den Sechser im Lotto. Ist Ihnen das klar?«

»Ist mir klar.«

»Warum macht Martin – Bremer nicht weiter?«

»Vielleicht tut er das ja.«

»Ich glaube, er hat einfach die Schnauze voll.«

»Das glaube ich nicht.«

»Ich kenne ihn seit dreißig Jahren.«

»Ich habe mit ihm gemeinsam ermittelt. Bremer glaubt nicht an das Offensichtliche.«

»Das macht ihn furchtbar unbequem.«

»Das macht ihn zum hervorragenden Ermittler.«

»Gut. Also brauchen wir eine neue Sichtweise. Neue Grundvoraussetzungen, Axiome. Axiom eins: Rohfeld ist in die Morde verwickelt. Axiom zwei: Bremer ermittelt weiter. Folgerung?«

»Bremer ist nicht in Urlaub.«

»Richtig. Er ist Rohfeld auf der Spur. Und er weiß irgendetwas, das wir nicht wissen.«

»Aber was? Und wo steckt er? Auf seinem Handy hat er sich abgemeldet.«

»Keine Ahnung. Martin hat das schon öfter gemacht. Wie vom Erdboden verschluckt und dann taucht er plötzlich wieder auf.«

»Wenn er Rohfeld auf der Spur ist und Recht hat, dann ist er in Gefahr. Das weiß er.«

»Logisch.«

»Wir wollten am Sonntag zusammen Kaffee trinken. Wenn er das nicht absagt und nicht kommt, hätten wir einen Hinweis. Kaffee! Gibt's hier so was?«

»Sicher. Kommen Sie mit.« Zwei graue Flure weiter lud ein Schild in die Kaffeeküche ein. Während die Droge durchlief, telefonierte Zettler mit dem Archiv. Sie möchten doch bitte bei den Kollegen in Hamburg anfragen. Alles über Rohfeld und Satanismus in der Hansestadt von '75 bis '79.

Mit großen Tassen in der Hand kehrten die beiden zurück in Zettlers Reich. Nach zehn Minuten klingelte Zettlers Apparat. Enttäuscht hängte er wieder ein. »Nichts zu machen. In Hamburg rührt sich keiner mehr. Morgen früh ab neun.«

»Gut. Morgen früh um neun bin ich wieder hier.«

»Und wer geht auf Gangsterjagd, wenn Sie blau machen?«

»Kein Problem. Oberhauser wird begeistert sein, wenn ich ihm sage, dass ich einen halben Tag frei nehme.«

»So einen Chef hätte ich auch gerne.«

Zettler brachte Holt zum Ausgang, kehrte in sein Büro zurück und führte ein Telefongespräch.

ELF

Bremer wachte auf. Seit dreißig Jahren habe ich nicht mehr am Nachmittag geschlafen, dachte er. Ein Blick auf die Uhr. Sechs. Abend. Nichts ist passiert. Keiner weiht mich ein. Ich verbringe meinen Urlaub in einem Bunker, meine Reiseleiterin ist ein durchgeknallter Yuppie, der Oberkellner hat einen Blick, mörderischer als jeder menschenfressende Tiger.

Leise quietschte die Bunkertür. Eine andere Frau trat ein, setzte sich auf das UFO und begutachtete den Gefangenen einige Minuten. Bremer tat dasselbe. Hosenanzug, grau. Spitze Nase, keck. Falten um die großen dunklen Augen, tief eingegraben. Gesichtsfarbe grau. Die Furche zwischen Nase und Oberlippe, mit einem roten Pickel verziert. Schmale, gerade Lippen. Höchstens Ende dreißig, obwohl sie älter aussah. Tabakgeruch wehte zu Bremer herüber, von dem ihm übel wurde. Aber er beherrschte sich.

»Geht es Ihnen nicht gut?«, fragte er.

Die Frau blickte in Bremers Augen. »So ist es.«

»Was fehlt Ihnen denn?«

»Bäumer. Monika Bäumer ist mein Name. Entschuldigen Sie, dass ich mich nicht vorgestellt habe. Was mir fehlt?«

Sie senkte ihren Blick. Bremer empfand Mitleid, so elend sah Monika Bäumer aus.

»Mein Mann ist gestorben.«

»Das tut mir Leid.«

»Ich bin einer Ihrer Entführer, und es tut Ihnen Leid?«

»Sie müssen ungeheure Trauer empfinden.«

»Ja. Er hat den Haushalt immer in Ordnung gehalten. Jetzt muss ich mir eine Putzhilfe einstellen. Eine Fremde. Das ist furchtbar. Und gekocht hat er. Wie ein Profi. Nur im Bett hat er versagt. Ich musste mir immer Liebhaber suchen, aber das war in Ordnung für ihn. Für mich auch. Sex und Liebe – das sind zwei paar Schuhe, nicht wahr. Wenn ich nach Hause gekommen bin, hat er schon den Tisch gedeckt und Kerzen angezündet und mich fröhlich empfangen.«

Bremer unterdrückte den Impuls, laut zu schreien. Vor ihm saß eine Gottesanbeterin, mit starken Zangen und Kiefern, die verstimmt war, weil ein Männchen nicht so gut gemundet hatte. »Wie lange waren Sie verheiratet?«

»Verheiratet? Gott bewahre. Ich war noch nie verheiratet und werde es auch nie sein.«

»Warum?«

»Männer mutieren nach der Heirat zu Ungeheuern. Nein. Falsch. Männer mutieren vor der Heirat zu liebenswerten Geschöpfen. Nach der Heirat zeigen sie dann ihr wahres Gesicht, haben auf einmal Macht über die Frauen und nutzen das skrupellos aus.«

»Aber Sie nannten Ihren Lebensgefährten ›Ihren Mann‹.«

»Einer meiner Männer. Der Mann, der mein Zuhause organisiert hat.«

»Wie viele Männer haben Sie denn?«

»Hatte. Sechs. Das ist eine gute Zahl. Einer für zu Hause. Robert. Der gerade gestorben ist. Zwei für den Urlaub. Je nachdem, ob sportlich oder kulturell. Manchmal fahre ich auch allein und suche mir vor Ort einen. Kein Problem. Zwei fürs Bett. Abwechslung ist die Mutter der Befriedigung. Ebenso wie die Zungenfertigkeit. Und einer für die Seele. Dem ich mein Herz ausschütten kann. Der mich versteht. Sie.«

»Bin ich deswegen bei Ihnen zu Gast?«

»Nein.«

»Warum bin ich hier?«

»Das kann ich Ihnen nicht sagen.«

»Wie ist Robert gestorben?«

»Ein Unfall. Ich habe nichts damit zu tun. Hausmänner leben gefährlich. Von der Leiter gestürzt, durch das Fenster hindurch. Sechs Stockwerke. Sofort tot.« Eine Träne drückte sich aus Bäumers rechtem Auge. Sie schniefte, zog ein Seidentuch aus der Tasche und tupfte das Tränchen ab.

Bremer lehnte sich nach vorne, legte seine Hand auf ihr Knie. »Sie werden darüber hinwegkommen, da bin ich mir sicher.«

Bäumer nahm Bremers Hand und drückte sie herzlich. »Vielen Dank, Herr Kommissar. Ich wusste, Sie sind ein guter Mensch. Bis bald.«

Schnell stand sie auf und schloss die Tür wiederum leise wie ein Mäuschen.

Bäumer ist meine Kandidatin, dachte Bremer. Ich werde ihr Seelsorger. Das ist der Keil, den ich brauche, um das Trio zu sprengen. Die werden sich gegenseitig zerfleischen wie tollwütige Hunde. Anke Anselm ist eitel bis zum Platzen. Sie will mich erobern, mit mir spielen, ihre Macht als Frau demonstrieren. O ja, Anke. An mir wirst du dir die Zähne ausbeißen. Glaubst du wirklich, du kannst Saskia das Wasser reichen?

Tränen schossen in Bremers Augen. Saskia. Wo ist die Liebe geblieben? Weg. Einfach weg. Wie meine Brieftasche. So ist es halt. Nichts zu machen. Für Liebe habe ich keine Zeit. Ich habe eine Aufgabe, die ich lösen muss. Darauf muss ich mich konzentrieren. Nicht auf die Vergangenheit. Nicht auf das, was schon ewig zurückliegt. Gestern. Vorgestern. Es ist heute, sieben Uhr. Wo bleibt das Abendessen? Ich habe Hunger.

Bremer musste noch eine halbe Stunde warten.

Als der Mann mit dem Tablett hereinkam, wie immer die Glock in der anderen Hand, sinnierte Bremer gerade über das Stockholm-Syndrom. Entführungsopfer solidarisieren sich mit ihren Entführern, entwickeln Gefühle, verlieben sich, damit sie die Situation ertragen. Keine schlechte Strategie, dachte Bremer. Aber sie raubt einem die Handlungsfähigkeit. Diese drei Monster werde ich den Rest meines Lebens verachten.

Er betrachtete den Teller. Kalbsragout, feine Bohnen, Spätzle. Dazu einen ausgezeichneten '99er Ciró. Rot, Vanille, Italien. Nichts rührte er an.

Der Mann schüttelte den Kopf. »Was ist denn los mit Ihnen? Sind Sie beleidigt, weil wir Sie entführt haben? Ist es das? Gekränkter Männerstolz? Trauma, Primärsymptom? Rache?«

»Nein, das ist es nicht.«

»Reden Sie schon, Mann, ich habe nicht den ganzen Tag Zeit!«

»Sie sind unhöflich.«

»Soll ich einen Knicks machen?«

»Sie sollen sich vorstellen.«

Der Mann stutzte, lächelte. »Bei allen guten Göttern. Ich bitte vielmals um Entschuldigung. Peter Standers. Ihr Leibkoch.«

Bremer streckte ihm seine Hand hin. Standers zögerte, entsicherte die Glock, richtete sie auf Bremers Kopf. Der blieb ganz ruhig und schüttelte Standers' große, warme Hand, ließ los und wandte sich dem Abendmahl zu. Hoffentlich nicht das letzte, dachte Bremer und grinste. Die Kette rasselte, als er ein paar Bohnen mit der Gabel aufspießte.

Standers schaute Bremer zu. »Echter Genießer, was? Ist aber auch wirklich gut.«

Bremer schwieg. Ja, verdammt. Es war gut. Sehr gut. Wann hatte er das letzte Mal so oft so gut gegessen? Rausschreien wollte er das. Aber Standers wartete darauf, und deswegen schwieg Bremer.

»Habe ich selbst gekocht. Nur die besten Zutaten. Alles frisch. Kräuter. Bio-Fleisch. Spätzle handgeschabt. Man muss ja heutzutage aufpassen, dass man sich nichts einfängt. BSE oder so was.«

Was für ein Schwätzer, dachte Bremer. Mindestens zehn Kilo Fett zu viel, zu viel Alkohol, redet, redet, redet Bullshit, nichts als Bullshit. Ein Gesicht wie ein fettiger Pfannkuchen.

»Beim Sex ist das ja auch so. Man sieht halt nicht, ob jemand Aids hat. Prüfen Sie das nach, bevor Sie ficken?«

Bremer schluckte gerade ohne jegliche Leidenschaft ein paar Spätzle herunter und glotzte Standers nur ausdruckslos an. Der plapperte weiter.

»Ich glaube, das ist Ihnen egal. Also, das Mäuschen, das Sie neulich dabeihatten, die ist bestimmt sauber, oder? Haben Sie gefragt? Ob sie Aids hat?«

Bremer schaffte es. Pickte einfach ganz ruhig weiter, als ob Standers nach der Uhrzeit gefragt hätte. Irgendwo, weit ab von seinem Bewusstsein, schwor sich Bremer, Standers zu liquidieren.

»Ich habe nicht gefragt. Dazu hatte ich gar keine Zeit. Wir haben die ganze Nacht gevögelt, dass die Bude gewackelt hat. So was Geiles hab ich noch nie erlebt. Wollen Sie Einzelheiten?«

Standers' Unterkiefer klappte nach unten und wieder hoch. »Schmeckt's?«, fragte er tonlos und lief langsam rot an.

Bremer schwieg. Ich werde dir alle meine Affären erzählen, in bunten Farben, bis dir die Samenstränge zu den Ohren rauskommen, aber dein Essen werde ich nicht mit einem Wort loben, darauf kannst du Gift nehmen, dachte er.

»Bei Monika und Anke sind Sie nicht so schweigsam.« Standers verzog ärgerlich sein Pfannkuchengesicht. »Sind ja auch Frauen. Aber machen Sie sich keine Hoffnungen. Die sind unbestechlich. Bei denen werden Sie nicht landen.«

Fast hätte Bremer das Ragout wieder ausgespuckt, aber er unterdrückte den Impuls, lauthals loszulachen. Du mieses, kleines, geiles, frustriertes Stück Dreck, dachte Bremer.

Standers schoss vom Raumschiff hoch. »Ab morgen gibt es nur noch Wasser und Brot. Das ist ja Perlen vor die Säue. Sie sind ein verwöhnter Snob, Herr Kommissar! Genau das sind Sie. Aber ich habe hier das Sagen. Punkt.«

Das werden wir noch sehen. Bremer hob den Kopf, grinste Standers an, öffnete seinen Mund und ließ einen Fleischbrocken auf den Teller zurückplumpsen. Standers wurde blass und stürmte hinaus. Bremer speiste mit Vergnügen weiter. Vor allem der Ciró lief ihm die Kehle hinab wie Öl. Die erste Runde geht an mich, dachte Bremer zufrieden. Schlaf ist genauso wichtig wie essen. Es ist jetzt halb neun.

Bremer hing noch eine Stunde seinen Gedanken nach; dann absolvierte er seine Abendgymnastik; schließlich wusch er sich, so gut es eben ging, putzte sich die Zähne und legte sich in sein Bett. Morgen muss ich ausgeschlafen an mein Tagwerk gehen, sonst bekomme ich erhebliche Probleme, dachte Bremer und löschte das Licht.

»Gute Nacht«, flüsterte er in den dunklen Raum hinein. »Bis morgen. Träumt was Süßes, ihr da draußen.«

»Ich bin mit Reiner Zettler verabredet.«

Der Wachmann musterte Susanne Holt misstrauisch, dann nahm er den Hörer ab, fragte nach und winkte sie schließlich durch. »Wissen Sie, wo das Büro von Herrn Zettler ist?«

»Weiß ich«, knurrte sie, ohne den Kettenhund eines Blickes zu würdigen.

Warum müssen Flure und Büros immer grau sein, dachte Holt. Angeblich, weil das beruhigt. Deswegen sind Pflanzen meistens grün. Vor allem die Bäume im Wald. Dieses penetrante Grün regt mich immer ungeheuer auf, wenn ich ein paar Stunden wandere. Im Herbst erst. Wenn das Grün zu Rot wird. Und Goldbraun – alle Schattierungen, die man sich vorstellen kann. Geradezu gehirnzersetzend. Oder am Mittelmeer, wenn die Sonne scheint und das Meer ruhig ist. Blau. Unendlich blau. Grauenhaft. Psychofolter. Man sollte die ganze Welt eingrauen, dann wäre Ruhe. Am allerschlimmsten sind bunte Blumen! Das ist doch vorsätzliche Körperverletzung.

Zettler kam ihr entgegen, wedelte mit ein paar Blättern. »Bingo«, rief er erfreut. Wie ein Wachmann nahm er sie am Arm und dirigierte sie in sein Büro.

»Hier, lesen Sie selbst.«

Holt nahm die Papiere. »1978. Mysteriöser Todesfall in Hamburg. Rohfeld wird mehrmals verhört, aber der Staatsanwalt erhebt keine Anklage. Die Ermittlungen werden eingestellt. Rohfeld ist damals siebenundzwanzig Jahre alt und arbeitet als PR-Berater. Der Tote war, wie Rohfeld auch, Mitglied im Temple of Set. Ein paar Tage vor seinem Tod ist er aus der Sekte ausgetreten. Man fand bei ihm einen Brief, in dem er schrieb, er würde es nicht mehr aushalten, er müsse jetzt endlich in der Öffentlichkeit darüber reden.«

Zettler ergänzte. »Es war nur nicht klar, worüber. Über seine gescheiterte Ehe, die Scheidung, seine Kinder, die ihn verachteten. Oder über die Sekte. Oder über seinen cholerischen Chef, der ihn ständig drangsalierte. Oder über seine generelle Lebenskrise, aus der er keinen Ausweg wusste: Auf jeden Fall schrieb er die Zeilen, legte sie auf den Küchentisch und sprang vom Balkon. Sechzehn Stockwerke. Kein Kompromiss.«

»Die Kollegen haben nicht die geringste Spur von Rohfeld am Tatort gefunden.« Holt legte die Papiere weg.

»Wir wissen nicht, ob es ein Verbrechen war.«

»Aber wir wollen es mal annehmen. Das macht die Sache leichter. Was wissen wir über die Sekte? Ihr Auftritt, Herr Zettler!«

»In den Vereinigten Staaten wurde 1975 der Temple of Set als gemeinnützige Kirche mit einhergehender Steuerbefreiung staatlich anerkannt. Dr. Michael A. Aquino ist der Gründer des Temple of Set und hat eine ganz ähnliche Einstellung zu Satan wie unsere ›Dämonen des Teufels‹: Der Satan ist eine Person, der Gegenspieler des christlichen Gottes, und wird zurückkehren, um zu herrschen. Im Prinzip der Glaube an die Bibel, nur umgekehrt. Verehrt werden sollte Satan, so Aquino, unter dem altägyptischen Namen ›Set‹. Vielleicht wollte Aquino auch nur den bitteren Beigeschmack des Begriffes ›Satan‹ vermeiden. Das würde zu seinem Beruf passen. Er war Offizier in der US-Armee und zuständig für Spionageabwehr und Desinformation. Klar, dass er ein Meister der Täuschung gewesen sein muss. Nicht zu reden von seinem psychologischen Wissen. 1987 berichtete das amerikanische Nachrichtenmagazin Newsweek, dass Aquino und dessen Frau in eine Untersuchung wegen satanischen Ritualmissbrauchs von Kindern verwickelt wären. Eines der missbrauchten Kinder hätte angeblich Aquino und dessen Frau als Täter sowie deren Haus als Tatort identifiziert. Die Ermittlungen verliefen jedoch im Sand.«

»Ein vermintes Terrain. Oft können Straftaten nicht nachgewiesen werden, weil die Opfer schweigen oder sich gar nicht darüber im Klaren sind, dass sie überhaupt Opfer sind. Dazu kommen immer wieder Betrüger, die sich als Aussteiger bezeichnen und nicht eine Minute der Sekte angehörten, aus der sie ausgestiegen sein wollen. Das habe ich von Saskia Pierer. Der Cult-Cop vom BKA.«

Zettler verschränkte die Arme vor der Brust. »Ah, die Hübsche.«

Holt winkte ab. »Männer! Also kennt Rohfeld die Doktrin der ›Dämonen des Teufels‹. Es kann ihm nicht entgangen sein, dass ein Ableger des Temple of Set sich in Saarbrücken eingenistet hat.«

»Korrekt.« Zettler setzte sich an seinen Schreibtisch und musterte Holt. Schade, dass sie Kommissarin werden will. Ich hätte sie sofort als Volontärin eingestellt. Schnell, intelligent, effizient, hartnäckig und bildschön. Das hilft in manchen Situationen enorm.

»Der sich aus dem Fenster gestürzt hat, wie hieß er noch?«
»Alfred Sendling«, antwortete Zettler.
»Wie alt war er?«
»Dreiundsechzig.«
»Kurz vor der Rente. Und dann der Freitod?« Holt blickte skeptisch.
»Selbsttötung kennt keine Altersgrenze.«
»Wenn Rohfeld ihn aus dem Fenster geworfen hat, welches Motiv könnte dahinter stecken?«
»Sendling hat Rohfeld angeblich beim Chef des Temple of Set angeschwärzt. Rohfeld soll mit Frauen ziemlich grobe Sexspielchen gemacht haben. Im Namen des Satans. Kein gutes Image für die Sekte, die gerade mitten im Aufbau steckte und von allen Seiten misstrauisch beäugt wurde. Allerdings hat sich keine Zeugin gefunden.«
»Angst?«, fragte Holt.
»Wahrscheinlich. Kaum ein halbes Jahr später, Anfang '79, flog Rohfeld achtkantig aus der Sekte raus.«
»Also hat es ihm nichts genutzt«, stellte Holt fest.
»Nicht nur das. Sein Auftritt als Satanist hat ihn in Hamburg seine Existenz gekostet. Er verlor fast alle Kunden. Deswegen hat er sich ins Saarland verzogen. Da wusste niemand etwas von einem satanischen Rohfeld.«
»Bis auf die Person, die Bremer das Dossier zugespielt hat.«
Zettler nickte nur. Je mehr er mit dem Fall beschäftigt war, desto mehr glaubte er an Bremers Verschwörungstheorie. Wollte daran glauben. Wenn ich Beweise finde, dachte Zettler, dann bin ich von heute auf morgen ein Top-Journalist. Dann ade, Saarbrücker Zeitung. Bonjour, Stern, Spiegel, Süddeutsche. Vielleicht gehe ich zum Fernsehen. Keine schlechte Idee. Raus aus dem Kleinstadtmief. Dann kann Riemler mich mal hintenrum mit seinem kleinkarierten Provinzgeschwätz.
»Darf ich mal?« Holt beugte sich über den Schreibtisch. Zettler nahm eine Nase ihres angenehmen Geruchs. Das Parfum der Frauen.
Holt tippte wild auf die Tastatur ein, dann stieß sie einen spitzen Schrei aus. »Sehen Sie sich das an.« Sie trat zurück, Zettler

bewunderte INPOL, die neue webbasierte Datenbank der Polizei.

»Das ist das fehlende Puzzlestück. Dreimal Sendling. Alle drei tot. Alfred, Peter, Wilfried. Vater, Sohn, Enkel.«

Zettler reichte Holt feierlich die Hand. »Gratuliere. Wenn Sie mal die Schnauze voll haben von der Polizei – ich nehme Sie jederzeit. Und ich zahle anständig.«

»Danke für die Blumen. Wir müssen Bellorz einweihen. Uns läuft die Zeit davon.«

Missmutig knallte Standers das Tablett auf den Tisch. Milchkaffee, Croissant, Brötchen, Schinken, Marmelade, Käse, Tomaten, Lachs, weiße und rote Trauben. Nach der Morgengymnastik hatte Bremer mächtig Appetit und freute sich auf ein echtes Genießer-Frühstück. Aber so weit war es noch nicht. Erst musste er ein bisschen mit Standers spielen. Gelangweilt pickte er eine Traube auf und schoss sie quer durch den Raum in Richtung Toilettenschüssel.

»Daneben«, sagte er und pickte die nächste. Diesmal plumpste sie in die Schüssel. »Jetzt mal eine Rote ins Waschbecken. Wollen wir wetten? Zehn zu eins, dass ich treffe.«

Standers lief rot an. Mit geschwollener Halsschlagader beugte er sich zu Bremer, schlug ihm die Traube aus der Hand und brüllte. »Sie Schwein!«

Bevor Bremer zufassen konnte, war ihm Standers entwischt. Wie an einem Gummi gezogen flog Standers zurück, atmete heftig und legte die Glock auf Bremer an. Der pickte eine weitere Traube und versenkte sie im Waschbecken. Standers spannte den Hahn, krümmte den Finger. Bremer schoss eine Traube ab.

Anselm rauschte herein, schlug die Glock zur Seite, ein Schuss löste sich, zu Tode getroffen stürzte eine Raviolidose aus dem Regal. Bremer pickte noch eine Traube und erzielte einen Treffer in die Toilettenschüssel. Hitze staute sich in seinem Kopf, nur mit Mühe atmete er ruhig weiter. Knapp vorbei ist auch daneben, dachte er. Sein Magen revoltierte, leise, keiner konnte die Angst hören, die Bremer hinwegspülte wie ein Tsunami. Noch eine Traube. Das entspannt. Und noch eine.

Von weitem hörte er Anselm toben. Standers sei ja wohl das größte Arschloch auf Gottes weiter Erde, und er solle doch in einen VHS-Kochclub gehen und ob er nicht mitbekommen hätte, dass Bremer immer alles aufessen würde bis zum letzten Krümel und dass der Chef ihm die Haut abgezogen hätte bei lebendigem Leibe, wenn Bremer etwas passiert wäre, und er wüsste ja, dass der Chef damit keine Scherze mache. Eine Schusswunde, so eine Scheiße, das wäre unser Ende, gib mir die Glock, damit ist jetzt Schluss, schaff dich raus und komm mir heute nicht mehr unter die Augen, du Vollidiot von einem Waffennarr. »Was, wenn Bremer die Knarre erwischt hätte. Keiner von uns würde lebend hier rauskommen. Kretin, Schwachkopf. Flachwichser!«

Mit einem Donnerschlag krachte die Tür ins Schloss. Anselm baute sich vor Bremer auf, die Arme in die Hüften gestemmt, und gurrte: »Sie sind gut. Verdammt gut. Aber nicht gut genug. Standers ist so berechenbar wie ein brünstiger Elch. Das haben Sie schnell kapiert. Gratuliere. Sie haben den Tanz eröffnet. Wir sehen uns.« Weg war sie.

Bremer brachte sein Zittern unter Kontrolle und zwang sich das Frühstück auf. War sein Leben an ihm vorübergezogen? Nein. Hatte er zu Gott gebetet? Nein. Waren ihm irgendwelche bedeutenden Worte eingefallen? Nein. Er hatte genug damit zu tun gehabt, seine Exkremente bei sich zu behalten und nicht in die Hose zu pinkeln. Ein verfluchter Reflex, dachte Bremer. Raus mit dem Mist aus allen Öffnungen, damit ich schnell abhauen kann.

Aber mit dieser verdammten Kette geht das nicht. Wenn ich in die Hose geschissen hätte, wäre es vorbei gewesen. Vorbei mit dem coolen, starken, unheimlichen Bullen, der nicht mit der Wimper zuckt, selbst wenn ihm eine Glock gleich das Gehirn zerstäubt. Die Anselm muss feucht zwischen den Beinen sein, so feucht wie ich unter den Armen. Ausgezeichnet, der Lachs. Und der Käse. Ein Traum. Bremer leckte sich sorgfältig die Finger ab. Finger, ich spüre sie. Zärtlich biss er sich in den rechten Unterarm. Dann in den linken. Langsam massierte seine rechte Hand seine linke Brust, dann die rechte, dann den Nacken, beide Hände formten aus dem Gesicht Grimassen, das tat gut, zuletzt bildeten die Hände eine Maske, die sein Gesicht einhüllten und schützten. Dann weinte Bremer. Leise, ohne seinen Oberkörper zu bewegen. Heiß rutschten die Tränen die Wangen hinunter und tropften auf den Boden. Fünf Minuten weinte Bremer. Dann war es gut, und er beendete das Frühstück.

Um halb elf kam Standers, ohne Glock, räumte schweigend, mit versteinerter Miene das Geschirr ab. Bremer räkelte sich auf seinem Bett. Als Standers sich zum Gehen wandte, rief er ihm hinterher: »Johann, wo bleibt der Tee?« Lauthals lachte der Gefangene los.

Standers zögerte einen Moment, dann drehte er sich um. »Johann ist stets zu Diensten. Johann wird noch zu Diensten sein, wenn der gnädige Herr sich in Luft aufgelöst hat.« Jetzt lachte Standers, drehte sich um und ging.

In Bremers Hals steckte ein Pfund Gelächter und verstopfte ihm die Kehle. Er würgte, hustete, röchelte, bis er wieder frei atmen konnte. Also doch. Sie wollten seinen Tod. Wann? Wie? Warum? Wie ist das, wenn man tot ist. Bremer versuchte sich das vorzustellen. Immer an derselben Stelle musste er zurückweichen. Unmöglich. Das kann ich mir nicht vorstellen. Es ist nicht wie schlafen. Nicht wie Ohnmacht. Es ist wie ... Die Worte kamen nicht. Die Bilder kamen nicht. Nur das Grauen kam und mit dem Grauen die Schwäche, die Panik, das Zähneklappern. »Nichts als leben will ich!«, schrie Bremer, doch niemand hörte ihm zu, die Mauern des Bunkers wussten ihr Geheimnis zu wahren. Immer wieder schrie Bremer den Satz, bis er erneut in Tränen ausbrach, bitterlich heulte, flennte, alles laufen ließ, mit allem um sich warf, was er erreichen konnte, tobte, Gott verfluchte und den Teufel, seine Mutter, die ihn geboren hatte, und die ganze Welt, die sich um ihn nicht kümmerte. Bis zur Erschöpfung tobte Bremer, dann ließ er sich auf sein zerwühltes Bett fallen und schlief einen unruhigen Schlaf, der einer Bewusstlosigkeit gleichkam.

Mutter war überrascht von dieser Attacke. Das hatte sie noch nie erlebt. Ein Vulkan war ausgebrochen, aus den tiefsten Kellern waren die feurigen Tentakel emporgeschossen und hatten alles verzehrt, was sich ihnen in den Weg stellte. Kein Wasser hatte die

Glut löschen können. Alle waren zurückgewichen, hatten schnell erkannt, dass sie machtlos waren. Sie warteten einfach, bis es vorbei war. Jetzt herrschte wieder Ruhe, die Tentakel hatten sich weit zurückgezogen, und alle halfen fleißig beim Aufräumen. Der Schaden war geringer als befürchtet. Schnell standen alle wieder an ihrem Platz und tuschelten, immer noch ein wenig aufgeregt über den Vorfall.

Bremer wachte auf, weil er geträumt hatte, er sei gefesselt. Anselm stand über ihm. Er war gefesselt.

»Ich werde jetzt mit Ihnen schlafen«, sagte sie in aller Friedfertigkeit. »Die Nummer mit Standers war geil, dass muss ich Ihnen lassen.«

Mit Händen und Füßen war Bremer an der Pritsche festgezurrt.

»Vergessen Sie's. Glauben Sie wirklich, ich kriege einen hoch?«

»Das werden wir gleich sehen.«

Anselm zog den Reißverschluss an Bremers Hose auf und pulte sein Glied heraus. Schlapp wie ein Regenwurm lag es in Anselms Hand.

»Nicht sehr prickelnd, da muss ich wohl etwas nachhelfen.«

Sie begann, mit beiden Händen zu reiben. Nichts.

»Das tut nur weh«, sagte Bremer. »Turnt total ab. Ich will nicht, und damit basta.«

Anselm zog sich Hose und Schlüpfer aus und setzte sich rittlings auf Bremers Schoß.

»Das fühlt sich an wie ein Wischmopp.«

Die Vergewaltigerin schmunzelte. »Jetzt weiß ich, warum Sie keine Frau haben. Sie haben Reinigungsgeräte. Welchen Staubsauger benutzen Sie?«

»Warum machen Sie das?« Bremer fixierte Anselm.

»Weil ich es kann. Weil ich dazu Lust habe. Weil ich noch nie einen Kommissar gebumst habe.«

»Dabei wird es bleiben.«

»Und wenn ich Ihnen verspreche, Sie hier lebend rauszubringen? Ist das ein Angebot?«

»Vergessen Sie's.«

Anselm zog ihre Bluse aus, zeigte feste große Brüste, deren Warzen erigiert und mit Blut voll gepumpt waren.

»Männer können sich nicht entziehen. Nackte Brüste machen Männer geil.«

Bremer schloss die Augen. Stellte sich die Nachbarskatze vor, die er im Garten gefunden hatte. Weiße Maden krabbelten ihr aus den Augen, der Bauch war aufgeschlitzt, der Geruch unerträglich. Sofort zog sich das Blut aus seinem Glied zurück. Anselm strich mit den Brustwarzen über sein Gesicht. Immer wieder. Zog sein Hemd hoch und streichelte und küsste seine Brustwarzen. Bewegte sich immer weiter rhythmisch hin und her. Die Katze verblasste. Saskia schlich sich in Bremers Erinnerung. Ihre duftende Haut. Anselm bewegte sich schneller, saugte Bremers Glied ein, das hart wurde wie Stein. Presste die Brüste auf Bremers Mund, eine Warze flutschte zwischen seine Lippen, aber anstatt zuzubeißen, lutschte er daran. Immer schneller ging der Ritt, Anselm schrie vor Lust, Bremer stieß gegen sie, saugte die Warzen, stieß immer weiter, immer tiefer, bis beide im Orgasmus verglühten. Bevor Bremers Glied schlaff wurde, war Anselm abgestiegen, hatte sich angezogen, die Fesseln gelöst und betrachtete ihr Opfer.

»Auch Sie, Herr Kommissar. Fleisch, Blut, Sperma und Mann. Männer sind Vergewaltiger. Sie bringen keine Lust, sondern Schmerz und Tod. Armselige Geschöpfe seid ihr. Das Einzige, das euch beherrscht, ist der Trieb.«

Jedes Wort traf Bremer mitten ins Herz. Trotzdem wich er ihrem Blick nicht aus. »Nichts anderes war es. Trieb. Fortpflanzung. Alt wie das Leben selbst. Ein Reflex. Ich konnte es nicht verhindern. Aber ich habe es versucht. Ich habe nein gesagt. Sie haben mir genauso Gewalt angetan wie ein Mann, der eine Frau zwingt. Der das Nein nicht akzeptiert. Weil es ihm um die Macht geht. Weil er in Wirklichkeit nichts als ein Waschlappen ist, ein mieser, kleiner, dreckiger Feigling. Sie sind nicht einen Deut besser. Sie haben mich beschmutzt. Ich schäme mich.«

»Sie Ärmster. Haben Sie jemals in Ihrem Leben geileren Sex gehabt? Sie hätten es genießen sollen. Denn es war das letzte Mal. Bis bald, mein Kommissar.«

Einsam blieb Bremer zurück. Hohl in seinem Inneren, wund und taub und überzeugt, dass er gerade seine Henkersmahlzeit verspeist hatte.

Bellorz' Büro war untypisch. Natürlich hingen an den Wänden die obligatorischen Bilder von Claude Jaté, dem Saarbrücker Maler, der immer noch am St. Johanner Markt seine Werke feilbot, bei Beuys gelernt und seine persönliche Revolution gegen das Establishment nie aufgegeben hatte. Natürlich stand der obligatorische Schreibtisch in der Gegend rum, beladen mit Akten. Natürlich stand ein eleganter Laptop auf dem Schreibtisch und ein Bild von Bellorz' Familie daneben. Bellorz bearbeitete immer viele Fälle gleichzeitig. Aber wenn er etwas zu besprechen hatte, lud er seine Gäste ein, es sich gemütlich zu machen. Eine Couch, bequeme Sessel, ein hübsches Tischchen, auf dem jetzt Tassen standen, eine Kanne mit Kaffee, Milch, Zucker und ein paar Plätzchen.

Zum dritten Mal kratzte sich Bellorz am Kopf. »Das ist ja alles schön und gut, aber Sie müssen mir eines erklären: Warum sollten Jorczewski und Co. freiwillig lebenslang ins Gefängnis gehen? Sie haben die Morde begangen, daran besteht kein Zweifel. Die Beweislage ist eindeutig. Was nützt Ihnen das schönste Geld, wenn sie eingesperrt sind?«

Zettler schüttelte den Kopf. »Ich glaube nicht, dass es um Geld geht. Die drei sind vollkommen fanatisiert. Rohfeld hat sie angestiftet. Davon gehe ich aus.«

»Frau Holt?«, fragte der Staatsanwalt.

»Ich weiß es nicht. Und es ist im Moment auch nicht von Bedeutung. Bremer ist nicht erreichbar. Er ist nicht zu Hause, sein Handy sagt, dass er sich im Urlaub erholt. Es gibt keine Buchung auf seinen Namen, nirgends. Wenn unsere Theorien stimmen, ist Bremer entweder untergetaucht, um verdeckt zu ermitteln, was ihm schwer fallen wird. Jeder, der Tagesschau guckt, kennt sein Gesicht. Nein, Martin Bremer ist in Gefahr, das steht für mich fest. Er muss Rohfeld auf die Spur gekommen sein. Der Beweis dafür ist die Akte über Rohfeld. Wenn wir nicht schnell handeln, haben wir Bremer vielleicht auf dem Gewissen.«

»Martin hält große Stücke auf Sie, Frau Holt. Deswegen werde ich mich jetzt für eine gewisse Zeit in Ihre Idee hineinversetzen und annehmen, dass Rohfeld der Drahtzieher ist und Martin in ernster Gefahr, wahrscheinlich in Rohfelds Gewalt. Erstens. Wir müssen leise sein wie die Mäuschen. Kriegt Rohfeld irgendetwas mit, ist Martin tot und Rohfeld weg. Zweitens. Wir haben nicht den geringsten Schimmer, wo Martin sein könnte. Drittens. Ohne Lärm zu machen wie die Elefanten, können wir Rohfelds Immobilien nicht durchsuchen. Wir können nur observieren.«

»Ich werde Rohfeld zum Interview bitten. Ein Porträt für die Zeitung. Vielleicht finde ich ja was raus.«

»Nein.« Bellorz schüttelte den Kopf. »Diese Ermittlungen leite ich, und deswegen werde ich keine Zivilisten an die Front schicken. Sie bleiben im Hintergrund, ich halte Sie auf dem Laufenden. Wir haben gute Leute, auch für verdeckte Ermittlungen.«

Zettler zuckte die Achseln. »In Ordnung. Hauptsache, es passiert etwas.«

Bellorz stand auf. »Wir werden herausfinden, ob Sie Recht haben. In aller Stille. Wenn nicht, wird keiner etwas davon erfahren.«

Weber und Oberhauser kamen dazu. Sie vereinbarten die Observation von Rohfeld, seinem Haus und der Agentur. Baupläne wurden angefordert, die vertrauenswürdigsten Beamten ausgesucht und auf Geheimhaltung eingeschworen. Holt durfte an Bellorz' Seite bleiben.

Wie ein unsichtbarer Schatten legte sich die Beobachtung über Rohfelds Reich. Ohne Ergebnis. Sogar der alte Trick mit den Stadtwerken brachte nichts. Die Keller der Gebäude waren ganz normale Keller. Genauso, wie auf den Bauplänen eingezeichnet. Inzwischen beteiligten sich vierunddreißig Beamte an dem Einsatz, der gar keiner war.

Nach zwei Tagen blies Bellorz das Unternehmen ab.

Es gab nicht den geringsten Hinweis, nicht die kleinste Unregelmäßigkeit.

»Wenn Bremer nach seinem Urlaub nicht zurückkommt, werden wir weitermachen«, hatte Bellorz vor versammelter Mannschaft gesagt. »Das ist ja nicht das erste Mal, dass er zwei, drei Wochen spurlos verschwindet. Irgendwelche Einwände?«

Da sich niemand regte, dankte Bellorz für den überdurchschnittlichen Einsatz und machte sich an seine Arbeit. Holt hielt sich an Weber, der gleich mit ihr loszog, um eine gefährliche Körperverletzung zu untersuchen.

Bremer schreckte hoch. Die Kugel drang in seinen Kopf und sprengte ihn wie eine Wassermelone. Seit Jahren hatte ihn dieser Traum verschont. Jeden Augenblick erlebte er, als wäre es gestern gewesen. Wilfried Sendling hätte ihn getötet. Ohne jede Regung. Denn Sendling hatte höhere Ziele, die von einem unbedeutenden Bereitschaftspolizisten nicht gestört werden durften. Die Befreiung der arbeitenden Bevölkerung Deutschlands. Die Beseitigung des menschenverachtenden kapitalistischen Systems.

Bis zu diesem Tag im Oktober 1983 hatte sich Bremer immer darüber lustig gemacht. Wer so schwere und lange Begriffe verwendet, kann ja gar nicht zum Ziel kommen, witzelte er mit seinen Kameraden.

Erst Jahre später begriff Bremer die ganze Tragik eines Wilfried Sendling. Verblendet. Nichtsdestoweniger ein Verbrecher. Mord und Bankraub waren nur die Spitze des Eisbergs. Dass in Deutschland vieles faul war – keine Frage. Daran hatte sich bis heute nichts geändert. Aber die Waffen schwiegen. Es herrschte kein Krieg. Sendling aber wollte den Krieg, den Bürgerkrieg, weil er selbst keinen Frieden fand. Dafür brauchte er Geld. Das wollte er sich dort holen, wo seine Intimfeinde zu Hause waren. In den Banken. Symbol schlechthin für den Kapitalismus. Doch diesmal ging es schief. Kaum war Sendling mit seinen Komplizen in der Bank, löste ein Angestellter stillen Alarm aus. Innerhalb von drei Minuten wimmelte es im Frankfurter Bankenviertel von Polizei. Mobiles Einsatzkommando, Sondereinsatzkommando, Bereitschaftspolizei und die Terroristenjäger. Bremer wurde mit den anderen Kollegen ins Bankenviertel verfrachtet und mit der Bewachung einer Straße beauftragt, in der außer ein paar Mülltonnen nichts Gefährliches zu sehen war. Sendling und seine Leute schossen sich den Weg frei. Dabei starben drei Bankräuber und sechs Beamte. Trotz kugelsicherer Westen. Sendling kam durch, rannte wie ein Hase, wild um sich schießend, und lief Bremer, der sich ein paar Straßen weiter langweilte, direkt in den Weg. Peinliche Panne. Sendling legte auf Bremers Kopf an, atmete durch, schloss die Augen. Eine und eine halbe Sekunde. Das war Sendlings Todesurteil. Vier Meter Asphalt trennte die beiden voneinander. Sendlings Atmen und Bremers Faulheit retteten ihm das Leben. Seine Waffe steckte ungesichert im geöffneten Holster. Bremer zog und schoss, ohne zu zögern. Eine und eine halbe Sekunde. Die Kugel durchschlug Sendlings Stirn, drang in sein Gehirn ein und pilzte sich auf. Das dauerte zwölf Tausendstel Sekunden. Sendling verriss die Waffe beim Abdrücken und traf Bremers Oberschenkel. Als die Kollegen eintrafen, war Bremer bereits ohnmächtig vor Schmerz. Sendling starb, bevor er auf der Straße aufschlug. Ein Treffer genau zwischen die Augen, wie im Training. Wie ein Falke schwebte der Tod über den Sendlings und stieß nach Belieben zu.

Bremer wischte sich den Schweiß ab. Vier Uhr in der Früh. An Schlafen war nicht mehr zu denken. Der Traum von seinem und Sendlings Tod riss große Lücken in seine Verteidigungslinien. Ich sollte mich vorbereiten, dachte Bremer. Auf den Tod. Angst perlte hoch, drohte ihn zu ersticken.

Ausgelöscht sein. Dunkel, kalt. Das Nichts. Das Ende. Nach wie vor unvorstellbar. So komme ich nicht weiter. Ich muss mir den Tod versüßen. Weiterleben nach dem Tod. Das ist es. Gute Droge. Komme ich überhaupt in den Himmel? Wenn ich meine Sünden bereue, auf jeden Fall. Ziemlich einfache Sache. Das Leben lang sündigen wie der Satan und dann auf dem Sterbebett alles beichten und bereuen. Gut. Also, lieber Gott.

»Ich bereue meine Sünden und bitte dich um Vergebung«, sagte der Kommissar laut.

Bremer wartete einen Moment.

Nichts.

Du hast vergessen, die Hände zu falten. Und auf die Knie musst du. Wie konnte ich das vergessen. Bußfertig sandte Bremer sein Gebet abermals zu Gott. Nichts. Der Tod schwebte immer noch drohend über dem Sünder und jagte ihm das Entsetzen durch die Seele.

An den Händen kann es nicht gelegen haben. Wahrscheinlich akzeptiert Gott keine Ungläubigen. Satan wird sich freuen. Eine verlorene Seele mehr. Verlorene Seele. Warum? Die Hölle muss gar nicht die Hölle sein. Gott versteht was von Öffentlichkeitsarbeit. Seine Pressesprecher haben ganze Arbeit geleistet. So wie der Taxil-Schwindel. Und jetzt der Höllenschwindel. Also zu dir, Satan.

Bremer legte sich wieder hin, überkreuzte die Beine, wie er es bei Mosche Weisenstein gesehen hatte, und streckte die Arme über den Kopf nach hinten.

»Nimm mich zu dir, Satan, Herr der Welt, und gib mir die ewige Sünde und das ewige Leben. Dem Christengott schwöre ich ab und verlache die Hostie.«

Keine Wirkung. Gott strafte ihn nicht für seine Lästerung, und Satan blieb beleidigt in seinem Büro.

O Satan, du Weichei. Du lässt dir eine Eins-a-Seele entgehen. Ist deine Hölle ausgebucht? Du magst keine Polizisten, das wird es sein. Damit scheidet der Glaube der Christen aus. Abgehakt.

Die glücklichen Jagdgründe der Indianer Nordamerikas! Das ist es. Die Weißen haben die »ewigen« Jagdgründe daraus gemacht. Wie sind die Aufnahmebedingungen? Ehrlich, tapfer, ein ganzer Mann, kein Selbstmörder. Polizisten sind nicht ausgeschlossen. Gut. Nach dem Tod jagen in einem sonnigen, warmen Tal, Büffel ohne Ende. Will ich das? Nach ein paar Jahrhunderten wird auch das langweilig. Ihr müsst wohl ohne mich jagen. Und Manitu? Dem kann man ja nicht mal eine E-Mail schicken. Manitu ist keine Adresse, keine Person wie Gott oder Satan. Manitu ist das Wunder, das allem innewohnt. Die Kraft, die jedem Stein, jeder Pflanze, den Wolken, Menschen, einfach allen Teilen der Schöpfung eine Seele verleiht. Neben den Büffeln, dem Land, dem Gold und dem Leben der Indianer haben die Weißen sich auch Manitu einverleibt und ihn kurzerhand zum einfachen Gott degradiert.

Wenn das so weitergeht, werde ich als namenlose Seele in irgendeinem Vakuum herumirren. Kein schöner Gedanke. Wenn es kein ewiges Leben sein kann, dann die Wiedergeburt. So lange, bis ich alle meine Aufgaben erledigt habe und ins Nirwana eingehen darf, den ultimativen Seelenzustand der Glückseligkeit.

Bremer wälzte sich herum, war fast schon wieder eingeschlafen. Was nützt mir ein Leben als Korkeiche oder Kellerassel, als Regenwurm oder Floh, wenn ich mich nicht erinnere. Dann kann ich genauso gut einfach sterben und basta.

Die Angst weckte Bremer wieder auf.

»Es gibt keinen Ausweg«, sagte er zu Herbert, eine der Konserven, denen er inzwischen Namen gegeben hatte. »Irgendwann wirst du aufgemacht, und das war's dann. Vielleicht wirst du recycelt. Auch nicht schlecht. Ich werde auch recycelt. Zuerst die Würmer, die Bakterien, dann werde ich zu Humus, Pflanzen ernähren sich von mir, alles lange bekannt. Kein Trost.«

Bremer fluchte vor sich hin, als ihm ein Gedanke kam. Wenn ich jemanden festnehme, und er leistet Widerstand, dann muss ich Gewalt anwenden, um das Unvermeidliche durchzusetzen. Der Tod ist unvermeidlich. Ebenso die Angst davor. Je mehr ich mich der Angst entgegenstemme, desto größer wird sie, desto mehr verliere ich mein Leben aus den Augen. Ich darf Angst haben vor dem Tod. Das ist menschlich. Keine Religion der Welt kann mich vor dem Tod schützen. Trost kann sie bieten und Sicherheit und Gemeinschaft und Sinn. Solange sie nicht die alleinige Wahrheit für sich beansprucht. Wer Gott in sich trägt, der braucht keine Religion? Nein! Wer Gott in sich trägt, der ist Religion. Ich kann also zu Gott beten oder zu Mohammed. Kann über mein Karma nachdenken und mit Vishnu einen netten Nachmittag verbringen. Alle stehen sie mir offen, die Götter, denn ich bin es, der die Religion mit Leben füllt, und die Götter sind mein, denn ich erschaffe sie. Die Götter gehören mir. So wie der Tod. Er ist nicht mein Feind. Der Tod ist Teil meines Lebens. All die Jahre habe ich mir etwas vorgemacht. Keine Angst vor dem Tod, habe ich immer gesagt. Falsch. Falsch. Falsch.

Die Mutter stieg hinab zu den Kerkern und öffnete der Angst das Verlies. Endlich bist du frei, dachte die Mutter. Wie ein kleines Kind kuschelte sich die Angst an die Mutter und fragte, ob sie jetzt wieder ans Licht dürfe. Mutter nickte und warf noch einen Blick ins Verlies. Die Grundfesten hatte die Angst angegriffen, ganze Blöcke aus dem Fundament geschlagen, so verzweifelt war sie gewesen, solch eine Kraft hatte sie entwickelt, eingesperrt, nur weil sie manchmal unangenehm war. Aber das war ja ihre Aufgabe. Jetzt musste sie nicht mehr toben und kreischen und Erdbeben auslösen und die Brunnen vergiften.

Bremer schlief ein.

ZWÖLF

»Herr Kommissar! Aufwachen. Es ist schon neun Uhr. Ihr Frühstück.« Monika Bäumer hatte das Tablett abgestellt und Bremer einige Minuten beobachtet, wie er friedlich schlummerte. Schade, dachte sie. Ein angenehmer Mann. Er versteht mich.

Bremer schlug die Augen auf. Bäumer wich einige Schritte zurück.

»Guten Morgen, Herr Kommissar«, sagte sie freundlich und lächelte.

Verschlafen rieb sich Bremer die Augen und grüßte ebenfalls. Seine Angst war auf ein erträgliches Maß geschrumpft, sein Kopf klar, gewappnet mit seinem Plan.

»Was gibt es denn Schönes heute?«

»Eier, drei Minuten, Pfannkuchen mit Fenner Harz, Orangensaft, Kaffee, Brot, Brötchen.«

»Phantastisch. Sie verwöhnen mich. Möchten Sie mit mir frühstücken?«

»Ich trinke gerne eine Tasse Kaffee mit Ihnen.«

»Nehmen Sie doch Platz.«

»Danke.«

»Gerne.«

Bäumer schenkte ein, sie hatte vorsorglich zwei Tassen mitgebracht, zu Recht gehofft, dass Bremer sie einlud.

»Was ist mit Standers?« Genussvoll köpfte Bremer das Ei.

»Beleidigt. Standers glaubt, dass sich die ganze Welt um ihn dreht. Keine Ahnung, warum der Chef ihn noch nicht abserviert hat.«

»Rohfeld?«

»Der Chef wird sich Ihnen vorstellen, wenn er es für richtig hält.« Bäumer blieb undurchschaubar.

Unglaublich, dachte Bremer. Eis und Feuer so dicht beieinander.

»Verstehe. Wie geht es Ihnen? Nach dem herben Verlust Ihres Hausmannes?«

»Oh, gut. Ich habe einen Ersatz gefunden. Er weiß zwar noch nichts von seinem Glück, aber er zappelt schon an der Angel.«

»Warum bin ich hier?«

»In Freiheit sind Sie eine Gefahr für uns.«

»Warum?«

»Sie waren uns auf der Spur.«

»Werden Sie mich töten?«

»Ja. Aber Sie werden keinerlei Schmerzen haben. Das verspreche ich Ihnen.«

Es hat geholfen, dachte Bremer. Meine Angst flackert auf, meldet, dass ich bedroht werde. Versetzt mich in Alarmbereitschaft. *Meine Angst.* Aber sie will mich nicht mehr zerstören.

»Das weiß ich zu schätzen.«

»Verurteilen Sie mich, Herr Kommissar?«

Der letzte Pfannkuchen verschwand in Bremers Mund. Er kaute gründlich, schluckte, schob das Tablett weg und setzte sich gerade hin.

»Erwarten Sie Absolution von mir?«

»Nein. Ich erwarte eine ehrliche Antwort. So wie ich Ihnen gegenüber ehrlich bin.«

»Ich verurteile Sie nicht.«

»Warum?«

»Die Richter werden Sie verurteilen. Und Sie werden für alle Zeit ins Gefängnis gehen oder in die Irrenanstalt.«

»Hassen Sie mich?«

»Nein.«

»Das verstehe ich nicht.«

»Wie sollten Sie das verstehen. Ihnen fehlt jedwedes Gefühl des Mitleids. Sie quälen und töten Menschen ohne Regung, nur um Ihre Ziele zu erreichen.«

»Aber es ist gerecht. Diese Welt gehört den Starken, den Schnellen und den Schlauen. Jeden Tag sterben Menschen. Im Krieg. Weil sie rauchen. Am Arbeitsplatz. Weil sie nicht mehr leben wollen. Weil sie jemand anderem im Weg sind. Das ist das Gesetz der Natur. Unsere menschlichen Gesetze sind schwach.

Die Todesstrafe sollte wieder eingeführt werden. Auge um Auge, Zahn um Zahn. Der Mörder sollte so sterben, wie er sein Opfer hat sterben lassen.«

»Das wäre für Sie unangenehm.«

»Wäre.«

»Glauben Sie tatsächlich, dass Sie davonkommen?«

»Davon bin ich überzeugt. Sie sind ein kleiner Störfaktor, der einfach zu beseitigen ist. Wenn Sie wollen, gebe ich Ihnen Medikamente. Zur Beruhigung. Sie werden den Rest Ihres Lebens glücklich sein und den Tod gar nicht wahrnehmen.«

»Das ist ungewöhnlich mitfühlend von Ihnen, aber nein danke.«

»Wie Sie wollen. Sie sind ein außergewöhnlicher Mann.«

»Sie sind ein außergewöhnlicher Mensch, Frau Bäumer. So wie Ihre Kollegin.«

»So?«, fragte Bäumer spitz. »Diese alte Schlampe außergewöhnlich?«

Bremer erzählte von seiner Vergewaltigung. Befriedigt stellte er fest, dass Bäumer kochte vor Wut. Ich gehöre dir, nicht wahr, dachte Bremer. Deine Kollegin hat dein Spielzeug missbraucht. Das gibt Ärger. Setz es durch, das Recht der Stärkeren. Auge um Auge. Erledige Anselm.

»Anselm verurteile ich. Sie behandelt mich wie ein wertloses Stück Dreck.«

Bäumer verließ wortlos vor Wut den Raum.

Bremer vollzog sein Ritual. Reinigung. Meditation. Ertüchtigung. Planung.

Standers kam herein. Mit Glock und Bremers Handy. »Sie rufen jetzt Susanne Holt an. Sagen Ihren Termin zum Kaffee heute Nachmittag ab. Hier ist der Text. Geben Sie sich Mühe, sonst werde ich Sie leiden lassen.«

Bremer lief es eiskalt über den Rücken. Er wählte Holts Nummer. Die Mailbox meldete sich, und Bremer gehorchte. Im Plauderton, als säße er vor einem bunten Cocktail am weißen Sandstrand, las er den Text ab. »Hallo, Frau Holt. Ich muss leider unsere Verabredung absagen. Wenn ich zurück bin, holen wir unser Treffen nach. Ich wünsche Ihnen eine gute Zeit.«

Standers riss ihm das Handy aus der Hand, Bremer hustete,

dann war die Verbindung unterbrochen. Einen Moment später war Bremer wieder allein.

Auf dem Tisch stapelten sich Baupläne. »Und?«, fragte Zettler.

Raschke beugte sich über einen der Pläne. »Hier.« Er tippte mit seinem sehnigen Zeigefinger auf einen Grundriss von Rohfelds Haus am Triller. »Ein Atomschutzbunker. Komplett ausgestattet. Vier Räume. Zusammen hundertzwanzig Quadratmeter. Der Eingang innerhalb des Hauses ist bestens getarnt. Und es gibt einen Tunnel, der nach draußen führt. Genial. Der Ausgang ist genau hier.« Raschke zeigte auf einen Punkt in der Nähe von Rohfelds Anwesen.

»Wann wurde das gebaut?«

»Gleich nachdem Rohfeld das Anwesen gekauft hat. Ohne Baugenehmigung natürlich.«

»Hatte Rohfeld Angst vor dem Atomkrieg?«

»Nein. Er fürchtete Cattenom. Vier französische Atommeiler mit jeweils 1440 Megawatt Leistung, keine fünfundzwanzig Kilometer Luftlinie von Saarbrücken entfernt. Im Bunker kann er bequem zwei Monate warten, bis man ihn rausholt.«

»Rohfeld hat unbemerkt einen Atombunker gebaut? Was hat er mit dem ganzen Aushub gemacht?«

»Sein Gelände ist groß genug. Er hat es verteilen lassen. Zwischen den Bäumen. Laub drauf. Fertig. Hat eine Menge Geld gekostet, aber Rohfeld hat genug. Seine Agentur geht gut, und er hat ein Vermögen geerbt.«

»Du bist ein Genie, Jörn. Wo hast du das her?«

»Pures Glück.« Raschke richtete sich auf. »Vor sieben Jahren habe ich die Frau eines Schreiners observiert. In Kiel. Glücklicherweise konnte ich ihn beruhigen. Sein Schatz war treu wie Gold und er daraufhin redselig. Nach ein paar Bierchen hat er mir von seinem ungewöhnlichsten Auftrag erzählt. Die Innenausstattung von Rohfelds Atombunker in Saarbrücken. Per Vertrag hatte Rohfeld seine Handwerker zum Schweigen verpflichtet. Und er hat gut bezahlt.«

»Woher stammen die Pläne?«

»Ich habe damals ein geologisches Gutachten anfertigen lassen. Ultraschall. Infrarot. Alles, was die Technik hergibt. Zeigt jeden Hohlraum. Archäologen wenden das Verfahren an. Nicht billig, aber der Erfolg gibt mir Recht.«

»Was ist mit Wagner?«

»Sauber. Dafür lege ich meine Hand ins Feuer. Unbeliebt, aber kein Killer.«

»Jetzt zu Rohfeld.«

»Nichts Neues. Ehrgeizig, gnadenlos, brutal. Gefürchtet bei seinen Untergebenen. Geachtet bei seinen Auftraggebern, die keinen Grund zum Klagen haben. Beste Verbindungen zu Wirtschaft und Politik. Rohfeld macht erstklassige Arbeit.«

»Das Umfeld?«

»Drei wichtige Personen, Rohfeld absolut ergeben. Anke Anselm. Peter Standers. Monika Bäumer. Das polizeiliche Führungszeugnis genauso sauber wie bei Mutter Theresa. Alle Spezialisten. Alle skrupellos wie ihr Chef, knallharte Geschäftsleute. Aber das ist noch kein Straftatbestand. Und kein Indiz für Serienmord. Sonst müssten wir die halbe Republik einsperren.«

»Keine Frage. Aber langsam wird ein Muster deutlich. Und Möglichkeiten. Was hast du über die drei?«

»Nicht viel. Anselm turnt ständig in anderen Betten herum. Keine feste Beziehung. Bäumer hält sich gleich mehrere Männer. Standers geht regelmäßig in den Puff, Domina, Leder, Peitsche. Ein ganz normaler Kunde. Von ausgesuchter Höflichkeit, zahlt ohne Murren, verlangt nichts, was nicht vereinbart ist. Die drei leben ihre Phantasien aus und machen ansonsten ihre Arbeit.«

»Hört sich für mich krank an.«

»Wieso? Standers ist weit über fünfzig und vergreift sich nicht an wehrlosen Frauen. Er will das so und belästigt niemanden damit. Für die Huren ist es ein einträgliches Geschäft mit einem sicheren Kunden. Bäumer macht das, wovon viele nur träumen: der richtige Mann für die richtige Gelegenheit. Und Anselm? Hier.«

Raschke schob Zettler ein Foto von Anselm hin. »Wäre doch schade, wenn so ein Prachtweib nur an einen einzigen Mann verschwendet wird.«

»Nichts für mich«, sagte Zettler und meinte es auch so. »Aber du hast Recht. Bin ich das moralische Maß aller Dinge?«

»Gott sei Dank nicht«, sagte Raschke, und beide lachten herzlich.

»Die Rechnung übrigens nicht an die Redaktion. An mich privat diesmal. Bleib in der Nähe. Vielleicht brauche ich dich noch.«

Raschke nickte nur und machte sich auf den Weg.

Zettler vertiefte sich in die Lebensläufe. Martin muss Recht haben, dachte er. Sonst wird das ein teurer Spaß. Zwei Stunden las er, ohne irgendeinen brauchbaren Hinweis zu finden. Dann strich er einen Satz rot an. Gut, dass Frau Holt mir die Akten besorgt hat. Langsam kommen wir der Sache näher. Er blätterte weiter und wurde fündig. Rohfeld hatte eine Schwäche. Eine ganz spezielle, die in der Regel nur Frauen haben. Das muss Martin gefunden haben. Und dann ist er zu Rohfeld nach Hause. Den Beweis suchen. Dabei haben sie ihn kassiert. Wenn ich damit zu Bellorz gehe, bin ich die Story los. Und es ist noch lange nicht gesagt, dass mir der Staatsanwalt auch glaubt. Zettler schloss die Akte, dann seine Augen und schickte ein Stoßgebet zum Himmel: Herr, gib, dass ich Recht behalte.

Pünktlich um zwölf Uhr dreißig quietschte die Eisentür von Bremers Gefängnis. Anselm flatterte herein, angezogen mit einem schwarzen Rollkragenpullover, einer schwarzen Satinhose. Schwarze flache Schuhe machten die Totengräberin komplett. Ohne Bremer eines Blickes zu würdigen, verzog sie sich zum Waschbecken und betrachtete ihre Fingernägel. Standers, die Glock im Hosenbund, mit einem Tablett, das so groß war, dass er es mit beiden Händen tragen musste, stapfte herein. Er stellte das Tablett ab, räumte es leer und deckte den Tisch mit zwei Gedecken. Serviette, Weingläser, wie im besten Restaurant. Er nahm seinen Platz neben dem Tisch ein.

Bremer wusste, jetzt kommt Rohfeld. Vorher stellte Bäumer einen Dekantierer, bis zur Hälfte gefüllt mit rubinrotem Wein, in die Mitte des Tisches, zündete Kerzen an und zog sich zum Regal zurück. Betont weiblich ihr Aufzug. Kurzer Rock, leichte Bluse, kein Büstenhalter, Pumps. Ihr trauriger Blick streifte Bremer. Standers ignorierte den Kommissar, und Anselm betrachtete weiter ihre Fingernägel.

Rundum zufrieden stolzierte Rohfeld herein, nickte seinen Vasallen zu und setzte sich Bremer gegenüber.

Sofort schenkte Standers Wein ein.

»Zum Wohl«, sagte Rohfeld, hob sein Glas.

Bremer tat es ihm gleich, stieß mit an, die Gläser klangen fröhlich durch den Bunker. Der Wein brachte ihn zum Schwärmen. So etwas war ihm noch nie auf die Zunge gekommen.

»Mein bester. Nur für Sie, Herr Kommissar.«

»Womit verdiene ich diese Ehre?«

»Heute gibt es etwas zu feiern.«

»Das wäre?«

»Das Gelingen des perfekten Verbrechens.«

»Ich höre.«

»Erst wird gegessen. Auf nüchternen Magen ist das selbst für einen Kommissar zu schwere Kost. Darf ich?«

Bremer nickte, und Rohfeld legte vorsichtig drei Lammkoteletts auf Bremers Teller. Dazu gesellten sich junge Bohnen im Speckmantel und Kartoffelrösti.

»Etwas Deftiges ist angemessen. Schließlich haben wir noch ein gutes Stück Arbeit vor uns. Guten Appetit.«

Wie der Wein, so das Essen, dachte Bremer. Hervorragend. Schweigend aßen sie, Bremer vergaß, warum er hier war, und die Zuschauer freuten sich auf das, was kommen würde.

Bremer spießte die letzte Bohne auf, schob sie in seinen Mund, kaute sie, als wäre sie das Letzte, das er in seinem Leben genießen könnte. Vorsichtig legte er die Gabel auf den Teller, wischte sich den Mund ab und stellte fest: »Sie werden mich ermorden.«

Rohfeld nickte. »Natürlich. Aber das ist Ihnen schon lange klar, nicht wahr? Sie haben sich hervorragend gehalten. Mein Kompliment. Wir werden Ihren, äh, Abgang würdig in Szene setzen, ganz wie es einem Ersten Kriminalhauptkommissar zusteht. Lassen Sie sich überraschen. Sie werden zufrieden sein. Und als Bonus haben Sie noch einen Wunsch frei.«

»Erklären Sie mir: Wie haben Sie diese armen Teufel dazu gebracht, sechs Menschen bestialisch zu Tode zu quälen? Und alle Schuld auf sich zu nehmen?«

»Auf diese Frage habe ich gewartet. Ich muss sagen, darauf bin ich besonders stolz. Wir haben Zeit, also sollen Sie die Geschichte von Anfang an hören.«

Rohfeld nickte seinen Adjutanten zu, die daraufhin den Raum verließen, nicht ohne vorher den Tisch abzuräumen.

»Lassen Sie mir Ihr Spielzeug hier, Standers.«

Ohne eine Regung sicherte Standers seine Waffe und reichte sie dem Gebieter.

»Das Ganze hat angefangen mit einer Wette.«

»Wagner wird Oberbürgermeister.«

»Exakt. Eine dumme Wette, kein nennenswerter Einsatz. Der Reiz lag darin, dass es so gut wie unmöglich schien. Bis wir auf die zündende Idee kamen. Es ist nahe liegend, dass wir einige Zeit gebraucht haben. Sie sind der Einzige, der Grips genug hatte, das zu erkennen. Und genau darin lag der Schwachpunkt des Plans. Rümert beseitigen, ohne dass ein politisches Motiv unterstellt werden konnte. Die Lösung: Ein Nest ›Dämonen des Teufels‹, ein Ableger des Temple of Set, das wissen Sie ja. Und Reiner Zettler, Ihr Freund von der Saarbrücker Zeitung. Der ist so berechenbar wie Ebbe und Flut. Wir wussten, dass er sich auf Satanismus spezialisiert hatte. Bei den ›Dämonen des Teufels‹ war er zwar nicht persönlich bekannt, aber bei vielen anderen im Saarland. Es gibt Listen. Zettler hat genau so gehandelt, wie wir es erwartet haben. Hat angebissen, geschnüffelt, die Beweise gefunden, hat Sie informiert, und Sie sind mustergültig mit der ganzen Mannschaft angerückt. Was für ein Spaß! Sehen Sie, Herr Kommissar, so organisiere ich meine Kampagnen. Nichts überlasse ich dem Zufall. Ich werde Ihnen alles beichten, aber vorher sagen Sie mir, was Sie bei mir gesucht haben und warum. Wie haben Sie mein kleines Geheimnis gelüftet?«

Bremer brauchte einen Moment zum Verdauen. Sein Ego schrumpfte auf die Größe eines Bauern im Schachspiel, der herumgeschoben und bei der erstbesten Gelegenheit geschlagen wird. Aber der Bauer kann sich in die Dame verwandeln, dachte Bremer, und den König matt setzen. Wenn er weit genug kommt. Bis zur gegnerischen Grundlinie. Ich stehe kurz davor.

»Dreierlei. Erstens: Sie erzählten mir, Wagner würde den Wahlkampf aufgeben. Aber Wagner denkt gar nicht daran, die Chance seines Lebens aus der Hand zu geben. Im Gegenteil. Seine Kampagne hat neuen Schwung bekommen, die Partei wittert Morgenluft. Sie haben mir diese Fehleinschätzung ganz bewusst serviert. Um mich zu verwirren und davon abzubringen, Sie als Drahtzieher zu verdächtigen. Zweitens: Rümert fällt aus dem Muster heraus. Er ist nur politischer Würdenträger, nicht religiöser. Heinrichs war Pfarrer, Weisenstein Vorsitzender des Rates der Juden, Cont ein angesehener Moslem, Herz ebenfalls eine Person des öffentlichen Lebens, der seine religiösen Anschauungen jedem unter die Nase rieb. Müller ist kein hohes Tier als Buddhist. Das liegt aber daran, dass es keine hohen buddhistischen Würdenträger gibt im Saarland. Also wählten Sie eine schillernde Persönlichkeit. Schwul, Food-Entwickler, reich, exzentrisch. Als Satanist hätte ich mir einen katholischen Würdenträger ausgesucht, nicht einen Politiker.«

»Das waren auch unsere Bedenken. In der Tat. Sie haben mich durchschaut. Ich wollte Sie tatsächlich ablenken. Der Fehler war aber ein anderer: Ich habe Sie unterschätzt. Ihnen entgeht nichts. Ihre Sensoren sind äußerst fein. Aber diese Hinweise reichen nicht aus, um Karriere und Reputation aufs Spiel zu setzen und bei mir einzubrechen. Sagen Sie schon. Ich will lernen.«

»Drittens: Ihre Eitelkeit.«

»Ich verstehe nicht.«

»Sie tragen die Lösung an Ihren Füßen.«

Rohfeld blieb vollkommen ungerührt. Bremer fuhr fort.

»Wir haben an einem Tatort einen vierten Schuhabdruck gefunden. Nur einen. Mit einem schönen Signet auf der Sohle.«

Rohfeld wurde lebhafter. »Bei unserem Treffen. Sie sind unter den Tisch abgetaucht, um meine Sohlen zu begutachten! Warum haben Sie mich nicht sofort verhaftet?«

»Konnte ich nicht. Ich wollte tatsächlich nur den Serviettenhalter aufheben. Ich habe nicht auf Ihre Schuhe geachtet, sie aber wahrgenommen. Später erst wurde mir klar, dass das Signet dasselbe war. Ich hatte dieses Detail aus den Augen verloren. Mein Fehler. Aber ich konnte es natürlich nicht beweisen. Niemand hätte mir geglaubt. Also musste ich bei Ihnen einsteigen, um die Schuhe zu finden.«

Rohfeld zog den rechten Schuh aus und hielt Bremer die Sohle hin. »Mein einziger Fehler. Ich dachte, ich hätte alle anderen Abdrücke verwischt. Einer ist mir durchgerutscht. Ihr Pech, dass ich mich von diesem einen Paar Schuhe nicht trennen kann. Das muss ich jetzt nachholen. Ja, Herr Kommissar, Sie haben mich bei einem Fehler erwischt. Aber es kommt darauf an, den Fehler wieder gutzumachen. Genau das werde ich tun. Ich werde Ihnen dieses Paar Schuhe mit auf die Reise geben. Ein Fehler reicht nicht aus, um Rohfeld zu stürzen.«

Bremer konterte. »Wer einen Fehler macht, macht auch zwei. Oder drei.«

Rohfeld zog die Stirn in Falten. »Sie machen mich geradezu nachdenklich. Das hilft Ihnen zwar nichts, aber es ist ein schöner Erfolg für Sie.«

Jetzt habe ich ihn angeschossen, dachte Bremer und nutzte die Gelegenheit. »Sie haben den Vater von Peter Sendling auch auf dem Gewissen, stimmt's?«

»Natürlich. Mein Gesellenstück. Mein Meisterstück legte ich ein paar Jahre später ab. Aber das ist jetzt nicht das Thema. Sendling hat mich erpresst. Womit, spielt keine Rolle.«

Wie viele hat er umgebracht?, fragte sich Bremer. Peter Sendling. Natürlich. Der musste auch aus dem Weg geräumt werden.

»Was haben Sie mit Peter Sendling gemacht, nachdem ich bei ihm war? Haben Sie ihn auch aus dem Fenster geworfen?«

»Wo denken Sie hin. Als Standers kurz nach Ihnen bei Sendling war, kam er zu spät. Wie ein Hefeteig lag dieses Menschschwein in seinem Sessel und schwabbelte nicht mehr. Wahrscheinlich Herzinfarkt. Das war Ihr Verdienst, Herr Kommissar. Sie müssen ihn mächtig aufgeregt haben.«

Bremer schauderte. Sendling hatte sich totgelacht. Totgelacht. Alle Sendlings tot. Gründliche Arbeit. Gratuliere. »Standers hätte ihn umgebracht?«

»Selbstverständlich. Mit Sendlings eigener Waffe. Die lag vor ihm auf dem Teppich. Astreiner Selbstmord.«

»Zurück zum Thema. Jetzt sind Sie dran, Rohfeld.«

»Jorczewski und seine zwei Clowns sind unschuldig.« Rohfeld grinste genüsslich, lehnte sich im UFO zurück und kippte sich ein Glas Wein in den Rachen.

Bremer glotzte nur vor sich hin. »Jetzt verstehe ich gar nichts mehr.«

Der Gebieter stellte sein Glas ab. »Das habe ich auch nicht erwartet. Das kann nur verstehen, wer genauso fanatisch und bescheuert ist wie diese Satans-Witzfiguren. Seit Jahren warten die auf diese sieben Zeichen. Wie in der Bibel. Wenn alle Zeichen eingetreten sind, kommt das Jüngste Gericht über die Welt. Das werden sie Ihnen doch gesagt haben. Es ist so einfach. Geben Sie den Leuten, was sie haben wollen, was sie sehen wollen, und versuchen Sie niemals, das mit Ihren eigenen Maßstäben zu messen. Unsere Medien funktionieren so, die Wirtschaft funktioniert so, die Religionen funktionieren so, die Politik macht keine Ausnahme. Menschlich. Wahre Menschlichkeit. Unser ganzer fetter Wohlfahrtsstaat hat nicht mehr Horizont als Kühlschrank, Auto und Fernseher. Wenn die Kassen leer sind, werden als Erstes die Theater aufgegeben, die Orchester, die Experimente, all das, was den Mensch über die Tiere erhebt. Das fällt nicht weiter auf. Es sind zu wenige, die das stört. Über Bildung wollen wir gar nicht reden. Die wird ja noch nicht einmal in Zeiten voller Kassen vernünftig betrieben. Die Politik lügt, dass sich die Balken biegen, angefangen bei den Massenvernichtungswaffen im Irak über die Wahlkämpfe bis hin zu unseren Renten und den Wahlversprechen. Ich bin kein Teil dieser Gesellschaft. Verstehen Sie das? Ich habe mich ausgeklinkt. Mein eigenes Reich gegründet. Mit meinen Gesetzen. Ich verdiene mein Geld mit Tücken, Tarnen, Täuschen. Andere nennen das Werbung und Öffentlichkeitsarbeit. Dieses Land ist meine Kuh, die ich nach Belieben melke. Dreiundachtzig Millionen Deutsche. Ein paar mehr oder weniger. Was soll's. Ich habe bis heute alle verarscht, und das werde ich auch in Zukunft tun. Jorczewski hat vor einem halben Jahr eine transzendentale Erfahrung gemacht. Satan ist erschienen und hat die sieben Zeichen angekündigt. Hat angekündigt, dass er sechs Menschen opfern werde. Hat ihm befohlen, die Schuld auf sich zu nehmen, denn dann werde er die Herrschaft der Erde wieder übernehmen und ihn zu seinem Statthalter machen.«

»Das glaube ich nicht.«

»Sind Sie wirklich so naiv? Wie viele Menschen sind felsenfest davon überzeugt, dass Gott tatsächlich als Person existiert? Millionen. Fast das gesamte deutsche Volk hat geglaubt, dass Juden vernichtet werden müssen. Ergebnis: fünfzig Millionen Tote, die halbe Welt in Schutt und Asche. Und noch mal. Wo sind die Massenvernichtungswaffen im Irak? Bremer, der Glaube versetzt nicht Berge, der Glaube zertrümmert Nationen, zerreibt ganze Völker, als wären sie Dreck unter den Nägeln der Mächtigen. Frauen, die sich in die Luft sprengen. Frauen, die Geiseln nehmen. Frauen! Das ist eine neue Dimension. Merken Sie das nicht? Dagegen ist meine kleine Inszenierung geradezu harmlos.«

»Also gut. Weiter.«

»Wir haben Jorczewski was in den Kaffee getan, als er allein war, ihn hierher gebracht. Er war begeistert. Standers hat Satan gemimt, wir haben ihn zeitgemäß ausgestattet mit schwarzem Dreiteiler, Aktenkoffer und supermodernem Ich-kann-alles-außer-Teekochen-Handy. Eine nette Holoprojektion mitten in den Raum zeigte die Welt unter der Herrschaft Satans und gestattete Jorczewski einen kleinen Einblick in den Palast, in dem er als Stellvertreter über die Erde herrschen würde. Jorczewski hat geflennt wie ein kleines Kind. Ist doch klar. Alles, woran er geglaubt hat, erweist sich als wahr. Sein Gott spricht zu ihm. Jorczewski geht kein Risiko ein. Sobald er verurteilt ist und im Knast landet, öffnet sich die Hölle, sein Chef tanzt an und macht Tabula rasa, setzt ihn als Verwalter der Erde ein. Feine Sache. Wir haben ihm noch ein paar Aufgaben mitgegeben, damit wir sicher sein konnten, dass er nicht ausschert.«

Anselm kam herein. »Wir brauchen Sie oben, Chef. Die Staatskanzlei. Es geht um die neue Saarlandbroschüre.«

»Wir sehen uns zum Abendessen. Freuen Sie sich. Sechs Gutenachtgeschichten.«

Die Tür schloss sich vor Bremer, der sich hinlegte und schwor: »Wenn ich hier lebend rauskomme, werde ich gegen die Todesstrafe kämpfen.« Dann schloss er die Augen. Er verdrängte die Vision des Todes und träumte von grünen Wiesen, weißen Stränden, der Zärtlichkeit von Saskia und einem heißen Espresso auf dem St. Johanner Markt. Schnell schlief er ein.

Ein kleiner Junge sprach zu ihm im Schlaf. Mein Bruder,

träumte Bremer. Mein Zwillingsbruder. »Schau«, sagte der Zwillingsbruder. »Mama ist da. Sie hat dir was mitgebracht.«

»Was hat sie *dir* mitgebracht?«, fragte Bremer.

»Nichts«, antwortete der Bruder. »Ich brauche ja nichts.«

Mama versteckte das Geschenk hinter ihrem Rücken. Die karierte Schürze roch frisch gebügelt, und Bremer konnte es kaum erwarten. »Hier, nimm«, sagte Mama. Sie hielt ihm ein kleines braunes Päckchen hin. Schnell riss Bremer das Papier auf. Zum Vorschein kam das Flugzeugmodell, das er sich so gewünscht hatte.

»Ja!«, rief er immerzu, lief um Mama herum, drückte ihre Beine ganz fest, sprang an ihr hoch, sie nahm ihn auf den Arm, küsste und herzte ihn, und beide tanzten durch die Küche.

Selig lächelte Bremer im Schlaf und träumte sich weiter durch die letzten Stunden seines Lebens.

Grübelnd saß Zettler am Schreibtisch. Plötzlich wurde ihm heiß. Die Hände schwitzten so, dass ein Blatt Papier daran kleben blieb. Jetzt ergab alles einen Sinn. Auch der Anruf von Leinen vor ein paar Tagen. Wie immer hatte der ROGESA-Ingenieur drauflos geschwatzt, als hätte er nichts anderes zu tun. Unwichtige Details aus seiner Arbeit, Klatsch und Tratsch von der Hütte. In seinem Wortwasserfall blitzte ein Tropfen auf, der Zettlers Zukunft bestimmen würde. Zettler hatte gar nicht richtig zugehört, aber jetzt erinnerte er sich an jedes Wort.

»Kennen Sie Maximilian Rohfeld?«, hatte Leinen gesagt. »Der war neulich hier und wollte was von mir. Die Agentur von dem hat unsere Internetseiten gemacht und die Geschäftspapiere und alles. Daher kenne ich ihn. Bei der Geschäftsführung hat er ein paar dicke Steine im Brett. Raten Sie mal, was der von mir wollte …« Zettler erinnerte sich gut, was Rohfeld wollte. Einen Barren. Einen ganz besonderen. Nicht aus Gold und doch ungleich wertvoller. Der Kreis schloss sich. Alles oder nichts. Schnell wählte Zettler eine Nummer, erkannte die Stimme und gab genaue Orts- und Zeitangaben durch. Als er den Hörer wieder auflegte, zitterten seine Hände. Das Telefon klingelte, Zettler erschrak, nahm ab, versuchte vergebens, das Zittern zu unterdrücken. Riemler. Wollte wissen, ob es irgendetwas Neues gab. Ob Zettler Informationen hätte, die andere nicht hatten. Wie immer. Zettler versprach ihm eine Sensation. Riemler war zufrieden. Wann die Sensation denn spruchreif sei? Innerhalb der nächsten vierundzwanzig Stunden. Riemler schnurrte, legte auf. Zettler stellte sich vor, wie er Riemler die Kündigung vor die Füße werfen würde.

Dann rief er Susanne Holt an, hielt sich nicht mit Formalitäten auf, sondern beorderte sie ohne Verzögerung in sein Büro. Eine Viertelstunde später saß sie Zettler gegenüber, der ihr Rohfelds Bunker zeigte und die offensichtlichen Schlüsse zog.

»Das würde passen«, sagte Holt. »Bremer hat mir den Termin für heute Nachmittag abgesagt. Ganz fröhlich hat er auf meine Mailbox geredet, aber auf eine Art und Weise, die nicht zu ihm passt. Im Hintergrund summte ein Gebläse, dann veränderte sich die Akustik. Bremer hustete. Aber das Husten kam von weiter weg. Da war viel Raum dazwischen. Als hätte ihm jemand das Handy weggenommen. Es klang hohl wie in einem Bunker.«

»Wir müssen handeln. Alles passt. Heute Nacht gehen wir auf die Pirsch. Ich habe bereits Verstärkung angefordert. Wie steht es mit Ihren Kameraden? Klöber und Flaumer?«

»Vergessen Sie's.«

»Einen Versuch wäre es doch wert?«

Holt legte die Stirn in Falten, zog ihr Handy aus der Tasche, rief Klöber an, erklärte ihm die Situation, machte ihm die Konsequenzen klar und war vollkommen überrascht, als Klöber sich sofort auf den Weg machte.

»Flaumer rufe ich nicht an. Der ist zu ehrgeizig. Dem traue ich zu, uns in die Pfanne zu hauen, nur um die Konkurrenz ein wenig zu lüften. Zwei Anwärter im Jahrgang weniger, bessere Aufstiegschancen für Streber und Schleimer.«

»Wer kommt noch in Frage?«

»Weber.«

Holt behielt Recht. Weber war schon unterwegs, bevor Zettler einmal Luft holen konnte. »Damit sind wir zu fünft: Meine Verstärkung, Weber, Klöber, Sie und meine Wenigkeit«, sagte er.

»Ich möchte Ihnen ja nicht zu nahe treten, aber …«

»Sie trauen mir einen solchen Einsatz nicht zu, richtig, Frau Holt?«

»So ist es. Wenn wir Recht haben, wird es heftig. Sie haben ja noch nicht einmal eine Waffe.«

Wie ein Schelm grinste Zettler, griff in seine Schublade und zog einen 38er Special Revolver von Smith & Wesson heraus.

»Sie haben einen Waffenschein?«

»Selbstverständlich. Und ich übe regelmäßig.«

»Schon mal einen umgelegt?«

»Nein.«

»Hoffen wir, dass es so bleibt.«

»Haben Sie ...?«

Holt schüttelte den Kopf. »Im Dienst habe ich noch nicht einmal einen Warnschuss abgeben müssen. Gott sei Dank passiert das immer den anderen. Aber ich bin schussfest.«

»Wie ein Polizeihund?«

»Genau so. Keine Regung, wenn's knallt.«

»Alle Achtung.«

»Nur Training.«

Leise klopfte es an der Tür. Raschke trat ein, Zettler stellte ihn vor. »Jörn Raschke, unsere Kavallerie, Susanne Holt, Kommissaranwärterin für den Kriminaldienst.« Die beiden drückten sich respektvoll die Hände.

»Jörn sieht zwar aus wie ein Hänfling, ist aber ausgebildeter Einzelkämpfer und hat schon so manchen Einsatz hinter sich. Außerdem weiß er alles, kann alles und ist unbesiegbar.« Alle lachten.

Wieder klopfte es. Klöber und Weber, jeder mit einer Tasche in der Hand. Raschke nickte Weber zu. Die beiden kannten sich.

»Das ist eine gute Nachricht, dass du mit von der Partie bist, Jörn.«

»Gleichfalls«, gab Raschke zurück.

»Genug Familientratsch.« Zettler packte die Pläne von Alt-Saarbrücken auf den Tisch. »Wir gehen davon aus, dass Martin in Rohfelds Haus in der Lohmeyerstraße festgehalten wird. Wir haben einen Atomschutzbunker und einen unterirdischen Gang, der zur alten Notkirche führt. Das Grundstück hat alten, dichten

Baumbestand, ist also schwer zu überwachen. Wir werden das Grundstück von fünf Seiten einkreisen und beobachten.«

Klöber hatte aufmerksam zugehört und fragte: »Wie lange sollen wir das Spielchen machen? Die können den Kommissar dort noch Wochen festhalten oder ihn einfach erschießen.«

»Schon richtig«, entgegnete Zettler, »aber es ist unwahrscheinlich.«

Jörn runzelte die Stirn. »Weißt du was, was wir nicht wissen?«

»Ich habe eine Vermutung.« Mist, dachte Zettler. Jörn ist einfach zu gerissen. Wenn ich die Wahrheit sage, bin ich raus aus dem Geschäft. »Geburtstag. Heute Nacht wird der Geburtstag von Aleister Crowley gefeiert. Eine schöne Möglichkeit für einen weiteren satanischen Mord.«

Weber mischte sich ein. »Aber die satanischen Brüder sitzen im Knast.«

»Wenn wir Recht haben und Rohfeld der Drahtzieher ist, sollte es kein Problem für ihn sein, irgendein Bekennerschreiben zu fälschen, in dem sich eine satanische Splittergruppe für den Tod an Martin verantwortlich bekennt.« Zettler blickte in die Runde. Er gewann wieder Oberwasser. Sie hatten es geschluckt. Tatsächlich.

Weber gab den Ausschlag. »Ein gutes Argument. Da wir sowieso im Trüben fischen, gibt es kaum eine Alternative. Wir werden uns die Nacht um die Ohren schlagen. Aber wenn sie heute nicht kommen, gehen wir anders vor. Dann hilft nur die Brechstange. Klar?« Alle nickten, und Zettler übernahm wieder.

»Also. Das Grundstück grenzt an Reppersberg-, Lohmeyer- und Charlottenstraße. Die Reppersbergstraße macht genau hier eine Kurve und wird dann zur Charlottenstraße. Auf diesem Knie steht die alte Notkirche. Bis auf die Kirche gehört das Grundstück Rohfeld. Deswegen platzieren wir uns so: Klöber, Sie übernehmen die Nordseite mit Blick auf die Kirche. Fred geht hier in Stellung.« Zettler markierte mit einem dünnen roten Filzstift ein brachliegendes Wiesenstück direkt gegenüber dem Südausgang des Grundstücks. »Damit hast du auch das Haus im Blick, falls sie nicht den Tunnel benutzen. Frau Holt, Sie verstecken sich an der Westseite. Da ist eine kleine Bresche in der Mauer, die mit Gestrüpp zugewachsen ist. Quetschen Sie sich durch, bis Sie freie

Sicht haben. Jörn legt sich auf der Ostseite auf die Lauer, und ich werde mich in die Kirche schmuggeln und den Pfarrer spielen. Fragen?« Schweigen. »Gut. Wenn wir hier rausgehen, ist Jörn der Teamchef.«

Raschke fragte nach den Waffen und war zufrieden. Holt, Klöber und Weber hatten sich die neue Sphinx AT 2000 Special angeschafft, eine absolut zuverlässige Waffe mit fünfzehn Patronen pro Magazin im Kaliber neun Millimeter. Raschke selbst schwor ebenfalls auf eine Sphinx: die Grand Master mit Zielhilfe und .40er Kaliber von Smith & Wesson. Elf Patronen passten davon in ein Magazin.

»Genug Feuerkraft, um ein paar Halunken hopszunehmen«, sagte Zettler, und alle wussten, dass sie keinen Spaziergang vor sich hatten.

Weber packte seine Tasche aus: Interkom mit Kehlkopfmikrofonen, Ohrstöpsel und Sendeeinheiten, aufgelegt auf eine Sonderfrequenz des Polizei-Bündelfunks. Mit Störelektronik ausgerüstet, damit niemand die Plaudereien der Sondereinheit belauschen konnte. Zettler staunte nicht schlecht. Weber sagte nur: »Beziehungen muss man haben – und ein gut gefülltes Konto an kleinen Gegengeschäften.«

Raschke steuerte Nachtsichtgeräte und schwarze Sturmhauben bei. Susanne Holt schlug vor, auf Förmlichkeiten zu verzichten. Sie streckte Raschke die Hand hin. »Ich bin Susanne.« Der lächelte. »Jörn, sehr angenehm.«

Alle nickten, nannten ihre Vornamen, reichten sich die Hände. Ein gutes Gefühl. Eine verschworene Gemeinschaft. Bis auf Zettler.

»Wie befreien wir Bremer?« Klöber fragte. »Falls er noch lebt«, ergänzte er.

Raschke kratzte sich am Kopf. »Schwere Frage. Das kommt auf die Situation an. Der schlechteste Fall, der Worst Case: Bremer ist an einen Bewacher gefesselt. Dann müssen wir warten, bis er frei ist.«

»Was tun wir, wenn auf Bremer angelegt wird?« Zettlers Einwurf.

»Gezielter Tötungsschuss. Und zwar gleichzeitig. Ich werde

die Zielpersonen verteilen. Dann zähle ich auf drei. Bei drei wird geschossen. Die Zielperson muss sofort unschädlich gemacht werden. Ansonsten stehen die Überlebenschancen für Bremer schlecht. Wir müssen Verletzungen von Bremer in Kauf nehmen.«

Susanne Holt meldete sich. »Reiner. Schaffst du das wirklich?«

Der Journalist sagte nichts, sondern ließ Raschke die Frage beantworten. »Ich habe Reiner bei der Bundeswehr ausgebildet. Wir trainieren regelmäßig, damit wir nicht faul und fett werden.«

Holt war noch nicht zufrieden. »Warum hast du mich das nicht gefragt? Ob ich das schaffe?«

»Reiner hat mir einiges über dich erzählt. Ansonsten habe ich schon viele Frauen im Kampf gesehen. Kämpfende Frauen sind wie Maschinen. Die hältst du nicht mehr auf, wenn sie mal losgelegt haben.«

»Aha«, sagte Holt.

Raschke grinste, gab letzte Anweisungen.

»Wir treffen uns um zwanzig Uhr bei mir zu Hause. Mainzerstraße 78. Schwarze, bequeme Kleidung. Noch Fragen?«

Zettler wartete, bis alle gegangen waren.

Die Nummer, die er wählte, kannte er inzwischen auswendig. Sofort meldete sich eine raue Stimme. »Alles klar?«

»Ja«, antwortete Zettler und legte sofort wieder auf.

Gott steh mir bei, dachte der Journalist. Mein ganz persönlicher Pakt mit dem Teufel. Mit beiden Fäusten trommelte er auf seinem Hinterkopf herum, als wolle er rausklopfen, was da drin vor sich ging.

»Schlafen Sie, Bremer?«

Der Chef der Viererbande hatte sich gesetzt, sein Opfer beobachtet, es bedauert, ihn töten zu müssen, und sich über diese Gefühlsregung gewundert.

Bremer öffnete langsam die Augen, kämpfte sich zurück in den Alptraum, der Realität geworden war. »Sie haben sicherlich nichts dagegen, wenn ich liegen bleibe?«, fragte er, ohne eine Antwort zu erwarten. Die kam auch nicht.

»Zuerst haben wir ein Konzept gemacht. Wie müssen die

Morde aussehen, wer kommt dafür in Frage, wie können wir die ganze Sache am besten verstecken. Haben ein Drehbuch geschrieben, ein Storyboard angefertigt mit allen Szenen, allen Hinrichtungen. Wie beim Film. Dann haben wir unsere Märtyrer überwacht, Gewohnheiten herausgefunden und Strategie und Zeitplan festgelegt. Ein perfekter Feldzug. Es lief wie am Schnürchen, ein Genuss.«

»Ihre Sinnlichkeit ist hinlänglich bekannt«, brummte Bremer.

Ohne auf Bremer zu achten, redete Rohfeld weiter. »Gerald Müller. Ein ideales Opfer.«

»Wie haben Sie das mit dem Luchs gemacht?«

»Nichts einfacher als das. Anke Anselm hat geklingelt, so gegen halb fünf am Sonntagmorgen. Müller hat durch den Spion eine junge, sympathische Frau gesehen, den Luchs eingesperrt und dann die Tür geöffnet. Wir sind rein, haben das Schwert gefunden, ihn mit Standers' Glock bedroht und ohne Gegenwehr mitgenommen. Kein Mensch auf der Straße. Kein Zeuge. Nichts.«

»Der Luchs muss sich selbst die Tür geöffnet haben«, sinnierte Bremer. »Wussten Sie von dem Schwert?«

»Nein. Wir hatten ein eigenes dabei. Ein Samurai-Schwert von erlesener Qualität. Mein Einfühlungsvermögen sagte mir, dass Müller seinen Kopf lieber durch die eigene Klinge verlieren würde.«

»Ich bewundere Ihr Taktgefühl zutiefst. Werden Sie mit mir genauso einfühlsam umgehen?«

»Nein.«

»Sie sehen mich überrascht.«

»Sie hätten es sich nicht mit Standers verderben sollen.«

»Wie ungeschickt von mir. Der gute Standers. Diese Seele von einem Mensch. Wie ging es mit Müller weiter?«

»Am Schwarzenbergturm haben wir uns nicht lange aufgehalten. Wir lösten die Fesseln, zwangen Müller auf die Knie, und Bäumer erledigte die Sache. Sie kann mit Schwertern umgehen, das muss man ihr lassen. Standers und ich haben ihn dann herumgeschwenkt und das Zeichen gemalt. Gar nicht so einfach. Hätten wir vorher nicht geübt ...«

Bremer hob seine Augenbrauen und Rohfeld verstand.

»Nein. Nicht mit einer echten Leiche. Das wäre sogar uns zu viel gewesen. Wir haben ein Dummy gebaut. Eine Puppe mit dem Gewicht von Müller. Auf den Rumpf haben wir eine Spritzpistole gesteckt.«

»Das Blut. Was ist mit dem Blut von Heinz Beckert, der rechten Hand von Jorczewski? Wie kam es an die Tatorte?«

»Das war eine unserer Aufgaben, die wir gestellt hatten. Er ließ sich Blut abzapfen, hinterlegte es an einer vereinbarten Stelle, wir holten es ab und mischten es unter das Blut der ›Märtyrer‹. Die Opferung von Gerald Müller hat keine fünf Minuten gedauert. Er hat nicht gemuckt.«

»Das war bei Heinrichs anders?«

»Allerdings. Anke diente wieder als Türöffner. Wir drangen ein, und Heinrichs begann, sich zu wehren. Ein starker Mann. Standers hat ihn niedergeschlagen und geknebelt, etwas unsanft, aber auf jeden Fall war dann eine Zeit lang Ruhe. Heinrichs kam schnell wieder zu sich, strampelte wie ein Ferkel, das zur Schlachtbank muss, aber er hatte keine Chance. Ich hätte nicht gedacht, dass Nägel sich so leicht durch Hände und Füße hindurchschlagen lassen. Wie durch Butter.«

»Wer hat den tödlichen Stoß geführt?«

»Ich.«

»Warum?«

»Der Genuss. Sie mit Ihrer Moral und Ihren Gefühlen können das nicht verstehen. Es gibt nichts Erhebenderes. Sex ist fade dagegen. Töten macht mich zu Gott. Oder Satan. Nennen Sie es, wie Sie wollen. Leben zeugen und Leben zerstören. Nach Gutdünken. Das ist göttlich.«

»Stellen Sie sich eine Welt vor, in der jeder so handelt.«

»Warum sollte ich. Eine solche Welt ist nicht möglich. Jede Welt erträgt nur eine bestimmte Anzahl Götter. Einer davon bin ich. In aller Bescheidenheit.«

Was für ein Irrenhaus, dachte Bremer und fühlte nichts. Keinen Hass, keine Abscheu, keinen Rachegedanken. Ich bin einer Naturgewalt ausgeliefert, dachte der Kommissar. Es ist vollkommen unmöglich, durch diesen Wahnsinn durchzudringen, weil der Wahnsinn zur Normalität geronnen ist. Die Normalität liegt wie ein weißes Tuch über dem Wahn. Das ist nicht nur bei Rohfeld so. Er ragt nur als Spitze des Eisberges heraus. Rohfeld ist wie eine Lawine. Wer hineingerät, hat wenig Chancen, zu überleben. Wenig heißt, er hat Chancen. Es gibt Suchtrupps, Lawinenhunde, Bergwacht. Vorausgesetzt, jemand rechnet mit der Lawine. Nicht zu vergessen die unglaubliche Verkettung von Ursache und Wirkung: Der Zufall. Die Hälfte aller Fälle habe ich gelöst, weil ich diesen »Zufall« suche, ihn gelten lasse. Weil ich alles, was ich sehe, abtrenne von meiner Person, meiner Weltanschauung, meiner Stimmung, vom Frühstück und meinen Eitelkeiten. Gelingt mir das nicht, wird es schwierig. Dann kann ich froh sein, wenn der Täter neben der Leiche steht, die Waffe in der Hand, mit blutigen Händen, und gar nicht weiß, was er da angestellt hat. Routine. Im Grunde langweilig, obwohl jeder Fall wie ein Fingerabdruck seine Einmaligkeit in jedem Detail beweist. Wird meine Akte irgendwann geschlossen? »Vermisst« aufgestempelt in roter Farbe? Was wird in meinem Grab liegen? Und meine Seele? Ruhelos wird sie umherirren und erfolglos versuchen, mit den Lebenden Kontakt aufzunehmen, um den Namen des Mörders zu flüstern.

Die Einsamkeit überfiel Bremer, das Selbstmitleid im Schlepptau. Seine Augen tränten kurz, dann hörte er wieder seinen Mörder plaudern.

»Sie glauben nicht, wie Rümert gestorben ist. Sein letzter Spaziergang führte ihn direkt in unsere Arme und dann auf den Scheiterhaufen. Das Holz haben wir übrigens in mehreren Bündeln vorher versteckt und dann in der Nacht am Gollenstein aufgeschichtet und angezündet. Rümert war die Ruhe selbst. Er schien nur traurig zu sein. Nicht überrascht, keine Angst. Das legt sich, dachte ich, aber Pustekuchen. Er begann zu singen. Wie die Christen, die von den Römern zum Vergnügen des Volkes abgefackelt wurden. Standers ist fast verrückt geworden. Er wollte Rümert schon erschießen. Das durfte aber nicht sein, hätte uns verraten, die Kugel hätte das Muster zerstört. Sehen Sie, wenn das Opfer keine Angst hat, versaut das den Kick. Wie beim Coitus interruptus. Für Standers ist das die Hölle. Deswegen mag er Sie auch nicht besonders. Ginge es nach ihm, würden Sie bei vollem

Bewusstsein sterben. Und vorher würde er sie noch ein wenig foltern. Standers ist Spezialist. Er liebt die eigenen Schmerzen, wenn er von einer Frau gedemütigt und verletzt wird. Mit der Peitsche, mit Nadeln und Zigarettenkippen. Mit Worten. Er liebt die Schmerzen anderer, wenn er die Grenzen des Erträglichen auslotet. Das bleibt Ihnen erspart.«

»Mein Dank ist Ihnen gewiss«, sagte Bremer.

»Ich muss ihn eng führen. Wehe, wenn er losgelassen. Wie ein Rudel blutgieriger Rottweiler. So ist Standers. Wie ein Rottweiler. Von Natur aus ein netter kleiner Erdenbürger. Neugierig, mit großen Augen, angewiesen auf die Liebe seiner Eltern. Auf Fürsorge. Er hat Pech gehabt. Man hat ihn scharf gemacht. Quasi abgerichtet. Ihm jedes Gefühl ausgetrieben. Das Übliche. Seine Eltern haben ihn verkauft an Kinderficker. Er hatte keine Wahl. Vor Gericht würde ihm seine Kindheit viele Jahre Gefängnis ersparen. Er hat sich entschieden.«

»Die wenigsten Opfer werden zu Soziopathen, warum Standers?«

»Woher soll ich das wissen? Veranlagung? Lust? Keine Ahnung. Wenn ich das wüsste, wäre mir der Nobelpreis sicher.«

»Den Nobelpreis für Grausamkeit haben Sie sich bereits redlich verdient.«

»Danke für die Blumen. Aber selbst ein Gott wie ich muss manchmal Dinge tun, die ihm missfallen. Wenig Spaß hatte ich mit Ali Cont. Steinigen ist etwas für Barbaren, für Menschen ohne Stil. Standers hingegen wollte nur noch steinigen. Cont ist oft und langsam gestorben. Jeder Stein ein Tod. Unappetitlich.«

»Aber einen Menschen verbrennen ist stilvoll?«

»Die Kraft des Feuers reinigt. Wer verbrannt wird, ist auf das Jenseits gut vorbereitet.«

»Wie sieht Ihr Jenseits aus? Eine ewige Folterkammer, und Sie sind der oberste Folterknecht?«

»Ich weiß nicht, wie das Jenseits aussieht, ich weiß nur, dass es eins gibt. Aber es wird keine Hölle sein und kein Paradies. Niemand wird urteilen über andere.«

Rohfeld dachte nach.

»Genau«, rief er aus. »Das ist es. Sie inspirieren mich, Herr

Kommissar. Wie schade, dass unsere Bekanntschaft heute Nacht endet. In meinem Jenseits kann sich jeder seine Welt erschaffen, wie er es möchte.«

»Ein verlockender Gedanke. Dann lebe ich zurzeit in Ihrem Jenseits, wenn ich Sie richtig verstanden habe. Sie haben sich Ihre eigene Welt geschaffen, ohne Rücksicht auf irgendetwas oder irgendjemanden.«

»Nicht ganz, Herr Kommissar. Nicht ganz. Ich bin trotz allem immer noch bedroht. Es ist zwar unwahrscheinlich, aber angenommen, man kommt mir auf die Schliche. Dann lande ich, wie Sie richtig erkannt haben, für den Rest meines Lebens im Knast. Und das wäre die wahre Hölle für mich.«

»Das wünsche ich Ihnen von Herzen.«

»Natürlich. Aber zurück zur Sache. Cont war harte Arbeit. Die Grube ausheben, den Mann ruhig stellen und eingraben. Zwanzig Minuten lang mit Steinen werfen. Es musste alles echt aussehen. Also habe ich geworfen. Nur das ist echt. Drücken konnte ich mich nicht. Das hätte meine Autorität untergraben. Und es gibt Schlimmeres, als einen Mann zu steinigen.«

»Das interessiert mich. Was ist schlimmer, als einen Mann zu steinigen?«

»Operetten. Als Knabe hat mich meine Mutter immer in die Oper geschleppt. Meinen Vater habe ich nicht gekannt, aber das Geld von ihm kannte ich und lernte es hassen. Denn meine Mutter hatte nichts anderes zu tun, als Geld auszugeben. Mit vollen Händen. Hätte ich nicht gehandelt, wäre nichts übrig geblieben.«

»Wurde Ihre Mutter entmündigt?«

Rohfeld lachte. »So kann man es auch ausdrücken. Ich habe sie umgebracht. Ein Unfall. Klassisch. Badewanne, Föhn auf Tauchstation. Ende. Ich in großer Trauer. Armer Bub, der keine Eltern mehr hat.«

»Wie alt waren Sie?«

»Fünfzehn. Mein Vermögen wurde vom Familiennotar treuhänderisch verwaltet. Er machte seine Sache gut. Mit einundzwanzig war ich reich und studierte mit großer Freude Psychologie und Politik.«

»Eine bemerkenswerte Karriere.«

»Handgearbeitet. Alles unter Kontrolle.«

»Haben Sie denn nie Angst gehabt, erwischt zu werden?«

»Angst ist das einzige Gefühl, das sich von Zeit zu Zeit bei mir einschleicht. Ich lasse es zu, denn die Angst hat mich vor vielen Fehlern bewahrt. Überwältigen wird sie mich nie. Ich lebe im Hier und Jetzt. Wie ein Tier. Der Moment zählt.«

»Trotzdem planen Sie.«

»Planen ist ein Stück des Momentes und das wichtigste Instrument, um meine Welt zu gestalten.«

»Das ist vernünftig.«

»So langsam fangen Sie an, mich zu verstehen, richtig?«

»Verstehen – ja. Gutheißen – niemals. Sie sind eine Eiterbeule, die ich am liebsten herausschneiden würde.«

»Todesstrafe, wie?«

»Nein. Ketten, ein dunkles, tiefes Verlies, in dem Sie jeden Tag genießen können und nachdenken über das, was Sie anderen angetan haben. Ihre ganz persönliche Hölle.«

»Ihr Undank ist mir gleichgültig. Mosche Weisenstein war wieder so ein widerspenstiger Fall. Weisenstein hing kopfüber am Haken, das Blut schoss ihm in den Kopf, aber er wurde nicht ohnmächtig. Standers hatte durchgesetzt, den Schnitt führen zu dürfen. Er ließ sich Zeit. Setzte das Messer an. Wartete. Lächelte. Nahm Weisensteins Kopf in die Hand. Der zitterte, sagte aber kein Wort. Das Messer drückte fester, Weisenstein zuckte vor Schmerz zusammen, aber kein Laut ging über seine Lippen. Dann rastete Standers aus und zog mit einem Ruck durch, ließ Weisensteins Kopf los und zog sich beleidigt zurück. Ein gnädiger Tod. Schnell und fast schmerzfrei. Die Juden sind schon genug gequält worden.«

»Höre ich da eine Spur Mitleid heraus?«

»Was Hitler gemacht hat, war unnötig. Sinnlos. Dumm. Anstatt die Juden umzubringen, hätte er sie besser für seine Zwecke eingesetzt. Feindbilder gab es doch genug. Hitler und ich haben nichts gemeinsam. Hitler war größenwahnsinnig, emotional und verbohrt. Ein Fanatiker wie die ›Dämonen des Teufels‹. Unbelehrbar, unberechenbar, ein Knecht des Kapitals obendrein. Letztendlich ein Schwächling.«

»Und Sie bringen reihenweise Leute um wegen einer Wette.

Wegen Ihres Ehrgeizes. Weil Sie nicht verlieren können. Sie und Hitler – ein schönes Paar. Sie passen hervorragend zusammen.«

»Dann müssen Sie uns aber noch ein paar andere Gesellen zusprechen.« Rohfeld feixte.

»In der Tat.«

»Sie trauen sich nicht, Herr Kommissar!«

»Richtig.«

»Weil Sie damit Tabus verletzen. Weil Hitler die Inkarnation des Teufels ist, der Ablenker von all den anderen Teufeln, den kleinen und großen. Es gibt viele Hitlers auf dieser Welt und viele Rohfelds, aber nur einige haben die Mittel und die Gelegenheit und die Eier. Als Deutscher müssen Sie sowieso die Klappe halten. Die Erbsünde.« Lachend schlug sich Rohfeld auf die Schenkel.

Bremer blieb ruhig. »Ja. Ich bin Erbe. Nicht der Schuld, sondern der Verantwortung, dass sich so etwas nie wiederholen wird. Der Holocaust darf nie vergessen werden. Der Holocaust ist Symbol für alles Böse, auch das Böse, das hier und heute geschieht. Satan ist ein Abziehbild.«

»Viel Spaß dabei. Während Sie sich Ihren Illusionen hingeben, arbeite ich an meiner Welt. Der Letzte im Bunde war Friedrich Herz. Raten Sie mal, wer sich die Garrotte ausgedacht hat?«

»Monika Bäumer. Wer sonst.«

»Kompliment. Sie hat es so spannend gemacht, dass unser Zeitplan fast ins Wanken geriet. Bei Herz konnte sich Standers von Weisenstein erholen. Standers hatte mindestens einen Orgasmus.«

Säure stieg aus Bremers gequältem Magen hoch. Was ich hier erlebe und für unmöglich halte, geschieht jeden Tag tausendfach auf diesem Planeten, dachte er und war geneigt, in hoffnungslose Depression zu verfallen. Das ist es, was mich umbringt. Wenn ich nicht weiterkämpfe. Laut sagte er: »Sind Sie unfehlbar?«

»Keine leichte Frage. Ich mache Fehler. Das haben Sie bewiesen. Trotzdem bin ich unfehlbar. Niemand wird mir auf die Schliche kommen. Das Gegenteil muss erst noch bewiesen werden.«

»Das wird geschehen. Kein Polizist verschwindet einfach so. Ihre Komplizen sind instabil und gefährlich. Ihr Wahnsinn wird sich selbständig machen, sobald Sie unter Druck geraten. Auf Dauer haben Sie keine Chance.«

»Machen Sie sich ruhig froh, das verstehe ich gut. Es ist nicht einfach, wenn der Tod auf einen zugeht, langsam und unaufhaltsam. Haben Sie Angst?«

»Ja.«

»Haben Sie noch Fragen?«

»Ja.«

»Und?«

»Sie machen sich viel Mühe mit mir. Warum erschießen Sie mich nicht einfach? Solange ich atmen kann, werde ich kämpfen.«

»Denken Sie an Katz und Maus. Dann haben Sie Ihre Antwort.«

»Warum sind Sie beim Temple of Set rausgeflogen?«

»Alles Weicheier. Gesetzestreue Kleinbürger, genauso bigott mit ihrem Satanismus wie der Papst und seine ganze Religionsmaschinerie. Ekelhaft.«

»Ihre Überheblichkeit ist bemerkenswert.«

»Mein lieber Kommissar. Wir sind waschechte Soziopathen ohne Chance auf Heilung, und wir wissen es. Ehrlich gesagt, ich will gar nicht geheilt werden. Schlechtes Gewissen gibt es nicht für uns. Wirklich nicht. Das ist die größtmögliche Freiheit. Ob ich eine Katze erschieße oder einen Menschen, ist für mich ein und dasselbe. Ich lösche Leben aus. Es muss nur einen Sinn haben. Einen Grund. Ich würde eine ganze Stadt ausradieren, wenn es für mich von Bedeutung wäre. Genauso würde ich eine Katze aus dem Wildbach retten und mein Leben dafür einsetzen, wenn mich das weiterbringen würde. So einfach ist das. Mein Problem ist nur, dass ich nicht frei agieren kann. Dass ich blockiert bin durch die dummen Gesetze in diesem Land. Also muss ich sehr präzise planen und mir einiges ausdenken.«

Bremer nickte. »Dem gibt es nichts hinzuzufügen.«

»Die Fronten sind geklärt«, bestätigte Rohfeld.

Die anderen drei kamen herein. Standers trug einen kleinen Fernseher, Bäumer einen Videorekorder und Anselm ein Videoband.

Bremer staunte. »Gibt's zum Abschied einen netten Familienabend?«

»Todesangst drückt Ihre Seele zusammen, und Sie tun so, als wären Sie der coole Bulle. Sie enttäuschen mich schon wieder«, sagte Anselm, vermied aber direkten Blickkontakt.

»Es tut mir wirklich Leid, dass ich Ihre Erwartungen von extrageilem Sex nicht erfüllen konnte. Warum bitten Sie nicht mal Ihren Kollegen Herrn Standers um Beistand?«

»Du hast mit dem da gevögelt?« Wie ein Spatz im Winter plusterte Standers sich auf und stach mit seinem linken Zeigefinger nach Bremer.

»Hat sie, und wie. Sie hat mich regelrecht vergewaltigt, Standers. War nicht übel. Und Sie armer Kerl müssen mit einem Handtuch ins Bett gehen. Das tut mir wirklich Leid.« Die Glock sprang in Standers' Hand und zielte auf Bremer, dann auf Anselm, dann wieder auf Bremer. Der legte nach. »Sie kam angekrochen wie eine läufige Hündin. Wollte es mir beweisen.«

Rohfeld rührte sich nicht, schaute sich die Szene amüsiert an. Bäumer kam aus ihrer Ecke, einen Lederriemen in der Hand. Den zog sie Standers über sein Hinterteil, dass es nur so klatschte.

»Schluss jetzt«, brüllte sie. »Du bist ein unartiger kleiner Junge. Steck dein Spielzeug weg, sonst wird Mama richtig böse.«

Als wäre ihm Gott erschienen, schrumpfte der Tobende zu einem Bengel zusammen. Schnell steckte er die Waffe weg und verdrückte sich in eine Ecke.

»Die Erziehung hört nie auf, Herr Kommissar. Guter Versuch. Sie sind wirklich ein Profi. Schade, dass Sie Ihre Nase in meine Angelegenheiten gesteckt haben.«

Standers räusperte sich.

»Was gibt es denn noch?«, fragte Bäumer, die Bändigerin.

»Ich wollte mich nur bei Anke entschuldigen. Es ist nicht so, dass ich dir den Spaß nicht gönne, aber der Bremer hat mich wirklich fertig gemacht. Hat mein Essen ausgespuckt. Das ist doch eine Beleidigung. Das kann ich doch nicht durchgehen lassen. Und mit so einem vögelst du. Das ist doch eklig. Der muss doch bestraft werden.«

Anselm winkte ab. »Kein Thema. Er kriegt, was er verdient, die Höchststrafe. Also was soll's. Du und ich passen sowieso nicht zusammen. Ich stehe nicht auf Sado-Maso und Leder. Freunde?«

»Freunde!«, sagte Standers und grinste wie ein kleiner Junge, der einen Fußball geschenkt bekommt.

»Es reicht jetzt. Können wir weitermachen?«, fragte Rohfeld.

Standers schloss die Geräte an, Anselm legte das Videoband ein, und schon konnte Bremer sich bewundern. Wie er seine Gymnastik machte. Wie Standers ihm das Essen brachte. Wie er in Todesangst sein Spiegelbild betrachtete. Wie er Selbstgespräche führte. Wie Anselm auf ihm saß und sie gemeinsam im Orgasmus stöhnten. Von den Zehen her breitete sich Taubheit aus in Bremer. Lähmte nacheinander Füße, Beine, Hände, den ganzen Körper. Er bemerkte nicht, wie der wahre Vertreter des Teufels auf Erden und seine Erzengel lachend den Bunker verließen, der zu Bremers persönlichen Hölle geworden war.

DREIZEHN

Alle hatten sich in Zettlers Domizil in der Mainzerstraße eingefunden. Die Sonne wollte gar nicht untergehen. Nicht heute. Nur langsam überwältigte die Dunkelheit das Licht, erwürgte es schließlich von gleißendem Gelb über Orange, Türkis und Tiefblau zu Grau bis hin zu Schwarz. Der Mond blieb in seinem Versteck hinter ein paar Wolken, und die Sterne funkelten um die Wette. Der schwarze Stoff speicherte die Wärme, die schnell zu Hitze wurde und dem kleinen Trupp den Schweiß aus den Poren trieb. Die kugelsicheren Westen trugen das Ihre dazu bei. Nur Holt schwitzte nicht. Wie in der Sauna. Wenn Patrick schon leer gelaufen war, hatte sie immer noch trockene, heiße Haut.

Weber verteilte die Ohrhörer und Mikrofone, testete jedes sorgfältig. Jeder erhielt eine Ersatzbatterie. Für alle Fälle. Schwarze Mützen, die nur die Augen freiließen.

Vor fünf Jahren hatten hier noch Druckmaschinen gerattert, hatten Künstler Bücher gebunden, Handarbeit, seltene Stücke, Auflagen nicht höher als hundert Exemplare. Der Inhaber lag jetzt auf dem Friedhof, und die Druckerei war nur ein Jahr nach ihm gestorben. Ideale Räume zum Trainieren. Mitten in der Stadt, Mainzerstraße, die tagsüber fast so viele Autos schlucken musste wie die Stadtautobahn, die Saarbrücken erbarmungslos in zwei Teile schnitt, immer entlang der Saarwiesen und dem Staden, wo sich im Sommer trotzdem Tausende trafen zum Flanieren, Sonnen, Spielen. Im Taumel der sechziger Jahre hatten die Stadtplaner wie betrunken die Schneise mitten durch das Herz der Stadt geschlagen. Damals wurde Auto gefahren. Zu Fuß gegangen war man ja genug. Die große Freiheit. Die Staus der Innenstadt sollten aufgelöst werden. Die historische Schlossmauer stand im Weg. Kein Problem. Einfach ein paar Meter nach hinten versetzt, Stein für Stein, um der Hochwasserumfahrung Platz zu machen. Schon damals war klar: Mindestens vier Tage im Jahr würde die Stadtautobahn ein Nebenfluss der Saar werden. Mit der Regelmäßigkeit der Jahreszeiten wird die Autobahn überflutet. Verkehrschaos herrscht dann in der Stadt.

An vieles haben sich die Saarbrücker gewöhnt: an Bettler in der Fußgängerzone, die gegen den Widerstand der Saarbrücker Einzelhändler gebaut wurde und inzwischen die Geschäfte auf der ehemaligen Bahnhofstraße florieren lässt. An Tausende Kaugummiflecken auf den sündhaft teuren Platten der Fußgängerzone. An die regelmäßig ausschwärmenden Reporter des Saarländischen Rundfunks mit den Jahr für Jahr gleichen Fragen. An den Tatort-Kommissar Max Palü, der tatsächlich ab und zu mit dem Fahrrad gesichtet wurde. Aber nicht an die Überflutung der Stadtautobahn. Daran gewöhnt man sich nicht. Nicht in hundert Jahren. Geradezu trotzig stürzen sich alle bei Hochwasser auf die Strecke, wohl wissend, dass der Stau nicht eine Stunde wie immer, nein, mindestens drei Stunden, mit ein wenig Glück sogar den halben Tag dauert, wenn auf der Hochwasserumfahrung jemand die Nerven verliert und ein Unfall die letzten freien Stückchen Asphalt verstopft. Die Saarbrücker Zeitung schimpft dann wie immer über diese dumme Autobahn, die viel zu dicht an die Saar gebaut worden ist. Der Aktuelle Bericht des Saarländischen Rundfunks ist vor Ort, gibt alle halbe Stunde die Pegel und Hochrechnungen durch, wann die Autobahn wieder befahrbar sein wird. Forderungen für einen Umbau werden laut, und die verantwortlichen Politiker kramen ihre Statements vom vergangenen Jahr hervor: »Zu teuer, andere Maßnahmen zuerst, wir können nichts dafür, steht auf der Tagesordnung« und so weiter und so fort.« Wenn es besonders viel Wasser gibt oder Redakteure Lesernähe beweisen wollen, gibt es Nachschlag. Umfragen, Expertenmeinungen und scharfe Kommentare.

Heute aber lag die Wasserlinie der Saar so weit wie schon lange nicht mehr vom Asphalt der Autobahn entfernt. Die Trockenheit dauerte an. Die saarländischen Flüsse führten kaum noch Wasser.

Zum zwanzigsten Mal fragte Raschke die Positionen ab. Schärfte allen ein, dass sie auf keinen Fall eigenständig handeln durften, egal, was auch passierte. Dann verordnete er eine Stunde geschlossene Augen. Entspannung. In voller Montur, um sich daran zu gewöhnen, um die Montur als Teil des Körpers zu akzeptieren. Zuletzt hatte Weber noch einmal klar gemacht, dass alle sich auf ein Spiel mit dem Feuer eingelassen hatten.

Wenn ich rausfliege, dachte Weber, steige ich bei Raschke ein. Auch nicht schlecht. Gutes Geld, sein eigener Herr sein. Aber ohne Macht. Und viel Kleinkram. Ehebrecher beschatten. Besser nicht. Martin Bremer ist ein verdammt guter Chef. Immer neue Gedanken strömten herauf, Weber ließ alle kommen, bis Ebbe einsetzte und er aufhörte zu denken, ohne jedoch zu schlafen.

Klöber fingerte an seinen Schnürsenkeln herum, die Hände nass. Er fürchtete nicht die Konsequenzen, denn er war überzeugt, das Richtige zu tun. Simple Angst vor dem Unbekannten. Angst, verletzt oder getötet zu werden, drohte ihn zu lähmen. Das kannte er von sich, und er wusste, dass sich die Angst mit dem Beginn des Einsatzes zurückziehen würde. Trotzdem hasste er es.

Holt, Zettler und Raschke lagen auf dem Boden, die Augen geschlossen. Ohne Regung konzentrierten Sie sich auf das Kommende.

Wie immer, wenn es gefährlich wurde, verabschiedete sich Raschke vom Leben. Zog Bilanz, stellte fest, dass er gut gelebt hatte und jetzt in den Kampf zog. Weiter dachte er nicht.

Gedanken-Geier, dachte Zettler. Immer dieselben Gedanken-Geier kreisen um mich herum. Halt durch. Nur noch wenige Stunden, und du hast dein Ziel erreicht. Wenn alles klappt. Wenn ich nichts übersehen oder vergessen habe. Wenn alle das tun, was sie tun sollen, und wenn meine Informationsquellen sauber waren. Habe ich die richtige Zeit angegeben? Den Ort? Werden sie da sein? Wird alles funktionieren? Immer weiter drehten die Geier ihre Runden, bis Zettler schwindelig wurde und alle Geier abschoss, verdrängte, eingrub, sich auf sein strahlendes Leben nach morgen konzentrierte.

Ruhe durchströmte Holt. Frieden, Kraft, die Gewissheit, genau dort zu sein, wo sie sein wollte, in genau diesem Moment und in den nächsten Stunden, mit Menschen gemeinsam ein Ziel zu verfolgen und es zu erreichen, alles dafür zu geben und alles zu nehmen.

»Es ist so weit«, sagte Raschke. »Auf an die Front.«

Schweigend verließ der Trupp das Trainingslager und teilte sich auf.

Unsanft weckte Standers den Kommissar, der den Keulenhieb der totalen Überwachung noch immer nicht verdaut hatte. Die Erkenntnis, von Anfang an ein Spielzeug gewesen zu sein, hatte die Fundamente seiner Festung zerbröselt wie einen trockenen Schwamm, der unter den Reifen eines voll geladenen Vierzigtonners gerät. Breitbeinig stellte sich Anselm vor Bremer, riss von der Klebebandrolle einen breiten Streifen ab und verschloss damit Bremers Lippen. Sofort schoss sein Puls hoch, das Herz schlug gegen die Brust, als wolle es fliehen, sich in Sicherheit bringen.

Bäumer löste die Kette von der Heizung und fesselte Bremer mit Handschellen an sich. Sie trug keine Waffe, im Gegensatz zu den anderen drei. Anselm hielt einen zierlichen Lady-Rossi-Revolver in der Hand, hervorragend geeignet für den Nahkampf. Rohfeld fuchtelte mit einem Peacemaker vor seiner Nase herum. Bremer konnte nicht umhin, das seltene Stück zu bewundern. Jetzt war das Spiel vorbei. Langsam kehrte Bremer zurück aus dem Nichts, weckte seine letzten Reserven.

»Los, los. Schlaft nicht ein, raus jetzt hier«, nörgelte Rohfeld.

Standers stieß den Todeskandidat vor sich her, Bäumer ließ der Kette etwas Spiel.

Endlich komme ich raus, dachte Bremer. Wenn auch nur zu meiner Hinrichtung. Aber wie. Wo? Werden sie mich foltern? Verdammt, ich hätte fragen sollen. Jetzt ist es zu spät.

Bäumer zog nach rechts. Eine weitere Bunkertür, die ins Dunkle führte. Eine Taschenlampe wies den Weg, der Tunnel war betoniert und rund. Fünf Minuten später stoppte der Marsch. Auf einem kleinen Monitor konnte Bremer aus der Vogelperspektive einen Park erkennen. Eine Schieferschindel ragte von unten ins Bild. Die Notkirche. Eine kleine Holzkirche, schnell erbaut, in der nach dem Krieg die Überlebenden Gott dankten und ihn verfluchten, dass er ihre Lieben genommen hatte, mit derselben Inbrunst, die sie in einem mächtigen Dom an den Tag gelegt hätten. Rohfeld gab grünes Licht, in fünf Sekunden waren alle raus aus dem Tunnel, verschwanden hinter einer Baumgruppe, durchquerten zügig den Park und stiegen in einen Transporter mit verspiegelten Fensterscheiben.

Webers Flitzer stand keine fünf Meter von seinem Beobachtungspunkt entfernt. Raschke hatte seinen Jeep knapp fünfzig Meter weiter um die Ecke geparkt.

Weber tränten schon die Augen. Die Bäume standen so dicht, dass er keine Einzelheiten erkennen konnte. Das Nachtsichtgerät klebte in seinem Gesicht wie festgewachsen. Nichts. Seit drei Stunden keine Veränderung. Er setzte das Fernglas ab, rieb sich die Augen, zählte bis vier, setzte seine Beobachtung fort.

Holt massierte sich zur gleichen Zeit den Nacken, der ganz steif war und schmerzte. Was machen wir, wenn sie nicht kommen? Flüsternd teilte sie ihren Gedanken den anderen mit.

»Geduld«, mahnte Zettler. »Wir haben noch die ganze Nacht. Plan B mit der Brechstange startet erst morgen. Ihr seid doch langweilige Observationen gewohnt.«

»Ich bin nervös«, gestand Holt ein. »Ich halte jetzt mal die Klappe.«

Weitere zweiundfünfzig Minuten musste sie warten, bis sie aus den Augenwinkeln plötzlich eine Bewegung wahrnahm. Vorsichtig schob sie sich ein wenig aus ihrer Deckung, spähte über das Gebüsch hinweg. Holt stockte der Atem. Sie kamen. Tatsächlich! Bremer an Bäumer gefesselt. Raschkes Fotos waren gut. Rohfeld, Standers, Anselm. Sofort meldete sie. »Ich sehe alle Zielpersonen. Bremer wohlauf, aber an Bäumer gefesselt. Sie verlassen das Grundstück, steigen in einen dunkelblauen Van. Saarlouis-T-3456. Fahren los in Richtung Talstraße.«

Sofort antwortete Raschke. »Lasst sie nicht aus den Augen. Hinterher. Schnell!«

Klöber war zur Stelle, stieg ein, Weber saß schon hinterm Steuer, hatte sich die Maske vom Gesicht gerissen, Holt ließ sich auf den Beifahrersitz fallen. Er legte den Gang ein, gab Gas, ließ die Kupplung kommen, sah aus den Augenwinkeln ein Fahrzeug heranrasen und legte eine Vollbremsung hin. Ein Taxi preschte aus der Seitenstraße, hupte, stellte sich quer. Der Fahrer stieg aus, schimpfte wie ein Rohrspatz, kam zu Weber und Holt herüber, verlangte, sie sollten aussteigen. Wie blöd müsse man sein, einfach loszufahren, ohne nach rechts zu schauen.

Holt sprang aus dem Wagen, hielt dem Mann ihren Dienstausweis vor die Nase und brüllte aus vollem Hals: »Sie können von Glück sagen, dass wir es eilig haben, ansonsten würde ich Sie festnehmen wegen versuchtem Mord! Sie sind mindestens achtzig gefahren. Und jetzt verpissen Sie sich ganz schnell und machen den Weg frei, oder wir verarbeiten Ihre Scheißkiste zu Schrott!«

Als hätte ihn ein Hammer getroffen, wich der Mann zurück, sprang in sein Taxi und zischte ab.

Holt stieg wieder ein, Weber fluchte. »Weg. Die sind weg.«

Raschkes Stimme bebte vor unterdrückter Wut. Er biss fast in das Lenkrad seines Jeeps, er hatte keine Chance gehabt, dem Van zu folgen. »Das ist ja wohl nicht möglich. Diese Taxi-Fuzzis sollte man bei lebendigem Leibe –«

Zettler unterbrach. »Ich habe noch ein Ass im Ärmel.« Schnell packte er ein kleines Peilgerät aus, stellte es auf eine Frequenz ein und las das Signal ab. »Ich habe sie. Sie fahren Richtung Nordwest. Moment.« Es dauerte eine endlose Minute, bis Zettler sich wieder meldete. »Autobahn Richtung Saarlouis. Ganz klar. Tempo und Richtung stimmen. Auf geht's.«

Weber und Raschke gaben Gas. Als sie die Autobahn erreicht hatten, schaltete Raschke das Interkom ab und fragte Zettler, was das sollte. Mit dem Peilgerät? Warum er das nicht vorher gesagt habe? Wann er die Wanze gepflanzt hätte?

Zettler starrte auf den Asphalt. »Bitte frag jetzt nicht. Ich habe einen Grund. Du wirst ihn rechtzeitig erfahren.«

Raschke kniff die Augen zusammen. »Das gefällt mir nicht. Die Aktion ist zu heiß, als dass wir uns Geheimnisse leisten könnten.«

»Bitte, Jörn. Vertrau mir. Habe ich dich jemals enttäuscht?«

»Nein. Und ich empfehle dir dringend, dass es dabei bleibt. Also gut. Dieses eine Mal.« Schweigend fuhren sie weiter durch die Nacht.

Eingequetscht wie eine Sardine kam sich Bremer vor. Anselm und Bäumer hielten ihn mit eisernem Griff. Durchtrainiert bis in die letzte Faser, dachte Bremer. Die kann ich nicht einfach zur Seite schieben. Die machen Hackfleisch aus mir. Der richtige Moment wird kommen. Das ist sicher. Bald werde ich wieder frei sein. Standers steuerte den Van ruhig und sicher. Nicht auffallen. Klar. Wie Schatten bewegen sich die Mörder unter uns. Aber das ist immer so. Wenn ich einen Mann verhafte, der gerade seine Kinder abgeschlachtet hat, weil er selbst ein absoluter Versager ist, dann ist er immer der nette Nachbar von nebenan gewesen, dem man das niemals zugetraut hätte. Alle sind schockiert. Keiner kann sich irgendetwas erklären. So ist es. Niemandem sieht man an, ob er ein Heiliger ist oder ein Monster. Und Nachbarschaft besteht nur noch aus neidischen Blicken auf den neuen Gartenzwerg oder das neue Auto oder die neue, viel zu junge Frau und am übelsten: ein neuer, viel zu junger Mann. Die Familien sind zerrissen, die neuen Netze werden gerade geknüpft und sind löchrig. Alle schreien nach mehr Sicherheit und sind sich selbst der schlimmste Feind. Aliczik hat das erkannt und versucht ein Stück dieses Netzes zu sein. Vergeblich. Ein Tropfen auf den heißen Stein. Außerdem ist er Polizist und nicht Sozialarbeiter. Bremer verscheuchte die Gedanken und bewunderte die bunten Scheinwerfer, die das Weltkulturerbe Völklinger Hütte zu einem farbenprächtigen Diamanten veredelten. Die Rohre, Hochofenkessel und Winderhitzer leuchteten in Rot, Gelb, Grün und Lila. Als hier die Hochöfen noch Eisen schmolzen, gab es vor allem Staub. Überall. Auf der Wäsche, den Autos, den Häusern, den Menschen. Immer. Nur in Dillingen legen sich die Stahlkocher und Ingenieure noch mit den hitzigen Ungetümen an, die das Roheisen ausspuckten, heiß und glühend, als hätten sie eine direkte Verbindung in die Hölle.

Weiter ging die Fahrt, für Bremer die reine Folter. Der mit Hunderten kleiner Lampen gesprenkelte Schattenriss der Hochofengruppe Dillingen hob sich ab vom tiefschwarzen Himmel, der Mond noch immer verborgen. Der Van bog von der Autobahn ab, Ausfahrt Dillingen Süd, und Bremer wollte nicht glauben, was er erkannte. Feuerbestattung, dachte Bremer fassungslos. Die werfen mich in den Hochofen.

Rohfeld nickte, als hätte er seine Gedanken erraten. Leise knirschend hielt der Van in einem kleinen Gebüsch am Ufer der Prims. Standers ließ das Seitenfenster hinuntergleiten. Zischend und plärrend und rasselnd schien das Stahlwerk seine Einladung auszusprechen. Anselm zog dem Kommissar das Klebeband von den Lippen.

»Werden Sie mich bei lebendigem Leib in den Hochofen werfen?«

Rohfeld hob abwehrend die Hände. »Verzeihen Sie, Herr Kommissar. Natürlich nicht. Das ist nicht nötig. Wir werden Sie kurz vorher betäuben. Nichts werden Sie spüren. Sie sollen einfach nur verschwinden. Was mich betrifft. Standers ist da natürlich anderer Meinung.«

»Aber ich bin ein braver Soldat und gehorche den Befehlen meines Meisters«, deklamierte Standers und hob seine Rechte militärisch an die nicht vorhandene Mütze.

Rohfeld stieg aus, Bäumer zog Bremer mit, Anselm und Standers blieben hinter dem Gefangenen. Der Boss der Viererbande hob die Arme und öffnete sie, die Handflächen zum Himmel, als wolle er ein Gebet sprechen.

»Ist das nicht ein erhebender Anblick? Ofen eins bis sechs. Kokerei. Walzwerk. Hier wird Stahl hergestellt, der in aller Welt zu jedem Zweck verwendet wird. Beeindruckend, nicht? Wir haben die Internetseite gestaltet und die Geschäftspapiere erneuert. Natürlich haben wir das Werk besichtigt. Für Sie, Herr Kommissar, haben wir Hochofen vier vorgesehen. Ein äußerst zuverlässiges Gerät.«

Bremer hatte seine Betäubung abgeschüttelt, aber es fiel ihm immer schwerer, bei klarem Verstand zu bleiben. »Gute Idee. Der Hochofen leistet ganze Arbeit.«

Standers mischte sich ein. »Nichts wird von Ihnen übrig bleiben. Selbst ein Betonkopf wie Sie hält zweitausend Grad nicht aus. Da nützt Ihnen Ihre Sturheit gar nichts.«

Rohfeld stimmte zu. »Wo er Recht hat, hat er Recht, der Standers. Sie werden ohne die geringste Spur aus dieser Welt verschwinden. Inklusive meiner verräterischen Schuhe. Noch trage ich sie an meinen Füßen. Aber ich werde sie als Grabbeigabe für Sie spenden. Hätten Sie nur nicht versucht, unsere Ruhe zu stören, einen Keil zwischen uns zu treiben! Wie Sie sehen, eine schlechte Idee.«

Bremer nickte. »Dem gibt es nichts hinzuzufügen. Ich habe Sie alle unterschätzt. Mein Fehler. Ein tödlicher dazu.«

Die vier nickten, Bremer fragte: »Wie geht es weiter?«

Rohfeld gab bereitwillig Auskunft. »Die Prims ist höchstens dreißig Zentimeter tief und ebenso träge wie die Pförtner an den Werkstoren. Wer rechnet schon mit einem Einbruch in das Hüttengelände? Niemand. Da gibt es nichts zu holen. Den Zaun können Sie weghusten. Bis zum Hochofen vier haben wir hervorragende Deckung. Lagerhallen, Schrotthaufen, ausgemusterte Maschinen, kaum beleuchtet. Ein Kinderspiel. Wir kommen ungesehen bis zur Begichtungsanlage.«

Standers wollte schon fragen, aber Rohfeld kam ihm zuvor. »Damit wird der Hochofen beschickt. Abwechselnd Koks und Eisenerz mit einigen Zutaten, damit das Roheisen richtig lecker wird.«

»Delikat«, sagte Standers und fuhr sich mit der Zunge über die Lippen.

Rohfeld fuhr fort. »Wir packen Sie auf den Skip, das ist der Wagen, der alles transportiert, wünschen gute Reise, und zehn Minuten später segeln Sie in den Hochofen, zusammen mit dem Möller.«

»Noch einer?«, fragte Standers, grinste.

»Da sieht man mal wieder, dass du aus Hannover kommst. Möller, das ist die Mischung, von der ich gerade geredet habe. Allerdings werden Sie davon nichts mehr mitbekommen, Herr Bremer. Denn oben auf der Gichtbühne, am Hochofenkopf, wo Sie der Skip in den Hochofen spucken wird, weht ein heißer Wind. Einhundertfünfzig Grad sind da nichts Besonderes. Sie werden gesotten, dann zerquetscht, und bevor Sie im flüssigen Eisen landen, haben die Gichtgase Sie schon längst in ihre Bestandteile zerblasen. Der Hochofen wird noch nicht einmal rülpsen, wenn er Sie gefressen hat. Gut, nicht?«

»Die Anlage wird mit Video überwacht. Da kommen Sie nie durch!«

»Das ist ein kleiner Haken. Richtig. Die Lösung? Bäumer!«

»Kein Problem. Wir legen die Videoanlage lahm. Ein Kurzschluss in einem Verteiler. Und im Skip ist sowieso keine Kamera installiert. Da staubt es übler als im Inneren eines Sandsturms. Simpel, die ganze Sache.«

»Die werden die Anlage abschalten.«

Die Viererbande brach in schallendes Gelächter aus. »Ihre Eltern waren wohl Bauern?«, grölte Standers.

Anselm übernahm es, Bremer aufzuklären. »Einen Hochofen kann man genauso wenig abschalten, wie man einem Tornado den Weg vorschreiben kann. Das ist kein Holzkohlegrill. Sechstausend Tonnen flüssiger Stahl, jeden Tag. Die Hälfte an glühender Schlacke. Versuchen Sie mal, einen Vulkan auszupusten. Wegen eines unbedeutenden technischen Zwischenfalls, der in einer halben Stunde behoben ist, werden nicht Hunderttausende Euro aus dem Fenster geworfen.«

Gegen seinen Willen musste Bremer seinen Henkern Respekt zollen. Gelingt euer Plan, dachte er, dann seid ihr mit großer Wahrscheinlichkeit aus dem Schneider. Keine Leiche – kein Verfahren. Die Täter gefasst. Alle zufrieden. Kein Handlungsbedarf. Wenn ich nicht zurückkomme, werde ich irgendwann für tot erklärt, und das war's. Das perfekte Verbrechen. Von den Zehen her breitete sich wieder die Taubheit aus in Bremer. Lähmte nacheinander Füße, Beine, Hände, den ganzen Körper. Zwei Minuten kämpfte er, bis er die Kontrolle über sich zurückgewonnen hatte.

Sie machten sich auf den Weg, Rohfeld trug die Tüte mit den Ersatzschuhen. Die Böschung war sanft, gerade mal drei Meter hoch, Kiesbrocken, manche einen Meter hoch, lagen verstreut im Flussbett. Oder war die Prims eher ein Bach? Egal, dachte Bremer. Das ändert nichts am Ergebnis. Auf der anderen Seite ebenfalls kein Hindernis. Im Gegenteil. Der Weg zum Hochofen lag im Dunkeln. Das rötliche Licht der Werksbeleuchtung zog einen klaren Trennstrich zwischen Licht und Dunkel. Jenseits der Linie war nichts zu erkennen. Warum auch? Außer Schmutz, altem Eisen und leeren Fässern gab es hier nichts zu sehen. Nach wenigen

Minuten erhob sich vor ihnen der Hochofen vier mit seinen Röhren, durch die der heiße Wind fuhr, um aus dem Erz das Eisen herauszuschmelzen. Kein Wort wurde gewechselt. Standers trennte sich von der Gruppe, wieselte zum Verteilerhäuschen, öffnete die Tür und schaltete die Stromversorgung für die Videokameras aus. Anselm nahm eine Spritze aus der Tasche, zog die Schutzhülle ab und setzte an, Bremer das Betäubungsmittel ins Blut zu jagen. Der trat aus, traf Anselms Hand, ihr fiel die Spritze aus der Hand, und Bremer zertrat sie wie eine Assel. Rohfeld verzog das Gesicht und forderte Anselm auf, eine neue Spritze aufzuziehen.

»Ich hatte nur die eine dabei«, stotterte Anselm.

Rohfeld kochte vor Wut. Die Sünderin bekam kein Wort heraus, Bremer freute sich über seinen kleinen Sieg und die Gewissheit, dass alle nervöser waren, als sie zugaben.

»Na ja, Standers wird sich freuen. Er wird Sie erschießen. Sonst geben Sie ja doch keine Ruhe.«

Standers kam zurück, erfreut über Anselms Fehler und die Aussicht, Bremer hinrichten zu dürfen.

In der Leitzentrale hatte der überwachende Ingenieur bereits den Reparaturtrupp informiert und widmete sich wieder seinen Messinstrumenten. Eine halbe Stunde würde es dauern, hatte man ihm gesagt. »Kein Problem«, hatte er geantwortet. »Alles ruhig hier.«

»Treffer.« Weber nahm das Nachtsichtgerät ab. »Der Van steht direkt am Hüttengelände, ein Stück Zaun ist eingedrückt. Ihr wisst, was das bedeutet?«

Raschke nickte. »Ein heißes Grab für Bremer. Spurlos. Wir haben keine Zeit zu verlieren. Wir müssen zu den Aufzügen.«

»Aber welcher Hochofen?«, fragte Klöber.

Zettler antwortete. »Eins und vier sind zurzeit in Betrieb.«

»Wir fangen mit eins an. Wenn sie da nicht sind, ist die Frage beantwortet. Beeilung, keine Rücksicht auf Deckung.«

Sie sprinteten los. Hochofen eins kam in Sicht. Nichts.

»Sie sind an Hochofen vier«, rief Raschke. »Schnell, wir dürfen keine Sekunde verlieren.«

Klöber und Raschke schafften die hundertfünfzig Meter in siebzehn Sekunden. Eine Person stand am Fuß des Förderaufzuges.

Anselm drehte sich um und sah zwei maskierte Männer auf sich zurennen. Ohne Zögern hob sie ihre Waffe und feuerte irgendwohin. Gleichzeitig hatten sich Raschke und Klöber hingeworfen und abgerollt, ihre Waffen gezogen und das Feuer gezielt erwidert.

Wie ein harmloses Ploppen klangen die vier Schüsse, die gegen den Lärm des Stahlwerkes anbellten. Im Todesschock stürzte Anke Anselm zu Boden, den Kopf nach hinten gerissen. Sie starb mit dem Gedanken, dass sie auch im Tod die Kontrolle über die Männer behalten hatte.

Der Rest der Viererbande und der Todeskandidat hatten nichts mitbekommen. Bäumer zerrte Bremer wie einen störrischen Esel an der Kette hinter sich her. Staub überall, Gestank und Lärm. Vor den Mischmaschinen, die täglich Tausende von Tonnen Erz und Koks durcheinander schüttelten, wirkte das Hinrichtungskommando wie Ameisen. Standers schob, Bäumer zog Bremer eine Eisentreppe hoch, die zum Förderhaus des Aufzuges führte; beide waren mit dünnen Blechen verkleidet war, von außen konnte niemand beobachten, was sich im Inneren zutrug. Rohfeld machte sich an der Tür zu schaffen, Standers hielt Bremer seine Glock an den Kopf.

Wenn ich nur die Hände frei hätte, dachte Bremer. Standers passt auf wie ein Schießhund. Wenn ich einen Fehler mache, erschießt er mich augenblicklich.

Klöber und Raschke hatten den zerstörten Körper nicht beachtet. Sie kauerten zehn Meter entfernt von Bremer, unsichtbar im Schatten des Förderhauses.

»Wir müssen warten. Eine falsche Bewegung, und Bremer ist tot«, flüsterte Klöber.

»Sie werden ihn so oder so gleich erschießen. Spätestens, wenn sie ihn auf den Förderwagen gelegt haben.«

Weber meldete sich. »Schießt in die Luft. Wir müssen uns bemerkbar machen. Wenn sie entdeckt sind, nehmen sie Martin als Geisel. Das ist unsere einzige Chance.«

Bevor Raschke abdrücken konnte, flammten Scheinwerfer auf.

Standers fuhr herum, schockiert, unfähig zu denken. Bäumer duckte sich hinter Bremer, und Rohfeld stieß die Tür auf. Bäumer ließ sich in das Förderhaus fallen, zog Bremer mit sich, beide landeten im Staub. Rohfeld brüllte Standers zu, er solle endlich reinkommen, ob er da draußen Urlaub machen wolle. Standers gehorchte, richtete seine Glock auf Bremer.

»Stirb jetzt!«, sagte er.

Rohfeld schlug die Waffe zur Seite, die Kugel ging durch die Verkleidung wie durch Papier. »Idiot. Wir brauchen Bremer als Geisel. Erst mal müssen wir hier weg. Schnell. Zum Hochofen, auf die Gichtbühne. Da können wir uns verteidigen und die Bedingungen aushandeln«, befahl er.

Bäumer gehorchte sofort, zog Bremer hoch, öffnete die Tür und stieß ihn auf die Plattform.

Wie im Abendlicht lag das Gelände, lange Schatten und harte Kontraste verwandelten das triste Industrieterrain in eine gespenstische Bühne. Das Stromaggregat schnurrte wie ein Kätzchen, produzierte den Strom für die Festbeleuchtung. Die Lampen waren am Boden versteckt, sorgfältig verteilt von einem wahren Lichtkünstler, so grell, dass die Farben hysterisch in die Augen sprangen. Bremer hatte jegliche Farbe verloren. Graues Gesicht, schwarze Ringe unter den Augen, aber keine Panik mehr darin.

»Nicht auf die Scheinwerfer schießen«, rief Rohfeld von hinten. »Die sollen genau sehen, was hier vor sich geht. Dass wir ihren Kommissar in unserer Gewalt haben. Die werden erst verhandeln, das ist sicher, also keine Panik.«

Der Kameramann von Globe-TV konnte sein Glück nicht fassen. Diese Bilder würden ihn berühmt machen. Die anderen hatten gekniffen. Sie hätten gelernt aus dem Gladbeck-Drama. Wiederholungen gefallen nicht. Nur die Techniker von Ü-Wagen drei, die hatten erkannt, worum es hier ging. Das waren halt Profis. Sie würden es nicht bereuen. Der Kameramann zoomte näher. Er hatte den Kommissar sofort erkannt. Zettlers Material – allererste Sahne.

»Reiner, das wirst du büßen«, zischte Raschke in sein Mikrofon. »Du hast mich verarscht. Woher hast du gewusst, wo sie ihn hinbringen?«

Zettlers Stimme wankte nicht. »Ein Ingenieur hat mich angerufen. Getratscht. Dass Rohfeld heute Nacht einen kleinen Barren vom Drei-Uhr-Abstich des Viererers haben will. Den kriegen normalerweise Angehörige von Leuten, die ins Eisen gefallen sind. Die verdampfen auf Nimmerwiedersehen. Puff – weg. Deshalb gibt es ein Stückchen vom Abstich, als Erinnerung. Vielleicht schwirren ja ein paar Atome vom Pechvogel darin herum.«

»Du hast die ganze Sache geplant. Du hast mich benutzt wie ein Stück Klopapier, du –«

Susanne Holt unterbrach. »Ihr könnt euch weiterstreiten, wenn wir Bremer haben. Lebend!«

Raschke lenkte sofort ein. »Entschuldigung. Natürlich. Du hast Recht.«

Hinter Bremer schwitzte Bäumer. Sie hatte keine Waffe, Standers hielt Bremer die Glock an den Kopf. Er stinkt wie ein Schwein, dachte Bremer.

»Los, macht doch voran«, drängte Rohfeld von hinten. Das Viererknäuel tastete sich die Stahltreppe hinunter, dann im Rückwärtsgang, den Kommissar als Schutzschild, auf die erste Ebene des Hochofens. Fünf Meter unter ihnen liefen Schienen, auf denen die Torpedowagen das flüssige Eisen abtransportierten.

Mindestens zwanzigtausend Watt, dachte Weber und erkannte die Kamera, die sich in sicherer Entfernung postiert hatte. Zettler. Natürlich. Da steckt ein Sender dahinter, Profis. »Ich verständige jetzt Bellorz und das MEK«, sagte Weber, und niemand erhob Einspruch.

Bremer und seine Henker waren inzwischen auf fünfundzwanzig Meter hinaufgestiegen. Völlig ausgepumpt sank Standers auf die

Knie und rang nach Atem. »Ich kann nicht mehr«, rasselte es aus seinem Rachen.

»Weiter, Mann. Wir müssen weiter. Los, komm, reiß dich zusammen, du Schlappschwanz«, giftete sein Boss.

Wut kochte in Standers hoch. »Ich bin erledigt!«, schrie er. »Weil du Scheiße gebaut hast. Tot. So oder so. Gefängnis ist schlimmer als der Tod. Bremer nehme ich mit. Und jeden, der sich mir in den Weg stellt.«

Er kam auf die Beine, hechelte noch ein paarmal, legte an und schoss. Bäumer riss an der Kette, Bremer strauchelte, die Kugel streifte seinen Arm.

Die nächste Kugel fegte Standers von der Plattform. Rohfelds Peacemaker riss ihm ein faustgroßes Loch in die Brust. Der Einschuss im Rücken war kaum zu sehen, als Standers, bereits tot, auf dem Boden aufschlug und eine Staubfontäne aufwirbelte.

Bäumer griff zu und hatte Standers' Glock in der Hand, die ihrem Besitzer nicht gefolgt war, sondern am Rand der Plattform auf einen neuen Herrn wartete. Sie richtete das Mordinstrument auf Rohfeld. »Ich will nicht sterben. Geh, wohin du willst, aber ich bringe den Kommissar nach unten und lebe weiter. Auch im Gefängnis. Das ist mir egal.«

Rohfeld senkte seine Waffe, lenkte ein. »In Ordnung, du hast Recht. Das Spiel ist aus.«

»Leg die Waffe hin. Ich traue dir nicht.«

Rohfeld bückte sich, stolperte und drückte ab.

Plötzlich stand Zettler vor der Kamera. Ein Anruf beim Chef vom Dienst bei Globe-TV hatte gereicht. »Einen Ü-Wagen habt ihr! Geil! Wir gehen sofort auf Sendung. Habt ihr einen Moderator? Ja? Ich liebe euch!«, hatte er ins Telefon gebrüllt.

Darauf hatte Zettler gewartet. Im Studio rechtfertigte der Nachrichtensprecher gerade die Unterbrechung des Programms. »Wir unterbrechen für eine Sondersendung. Im Fall der Sektenmorde im Saarland haben sich neue Hinweise ergeben. Ein Kommissar der saarländischen Kriminalpolizei ist von vier mutmaßlichen Drahtziehern entführt worden. Vom Tatort am Hochofen vier der Dillinger Hütte im Saarland berichtet unser Reporter Reiner Zettler.«

In voller Kampfmontur, nur ohne Maske, stand Zettler vor der Kamera, wartete auf das Zeichen und legte los. »Ein Sonderkommando des saarländischen Landeskriminalamtes hat die Entführer in die Enge getrieben. Noch ist der erste KHK Bremer, Leiter der Saarbrücker Mordkommission, in der Gewalt von zwei Tätern.«

Zettler trat zur Seite, so dass die Kamera die Vorgänge am Hochofen einfangen konnte.

Rohfelds Schuss traf Bäumer in die Wade. Bäumers Schuss riss Rohfeld die Waffe aus der Hand. Der Peacemaker segelte den Hochofen hinunter, die Glock hinterher; Bäumer war aus dem Gleichgewicht gekommen, ruderte mit den Armen, um nicht von der Plattform zu stürzen. Vergeblich. Sie rutschte ab, schlug mit dem Oberkörper auf, die Luft verpuffte schlagartig aus den Lungen und mit der Luft die Kraft, sich festzuhalten. Sie fiel. Nach zwei Metern straffte sich die Kette ruckartig. Hautfetzen rissen von Bremers Handgelenk ab, Blut quoll hervor. Bremer stöhnte auf vor Schmerz. Sein Arm wurde ihm ausgerissen, so fühlte es sich an. Der Ruck zerrte ihn an die Kante der Plattform, er ließ sich auf den Bauch fallen, half mit der Rechten, das unerträgliche Gewicht der Frau zu halten. Stück für Stück rutschte Bremer über die Kante. An einem seidenen Faden aus Stahl hängt mein Leben, dachte er. Jetzt ist der Moment gekommen.

Stumm starrte Zettler auf seinen Freund, der dort oben um sein Leben kämpfte. Nichts fühlte er in diesem Moment. Gelähmt blieb er stehen. Das Auge der Kamera aber saugte gierig die Bilder ein, spuckte sie in Millionen Haushalte, auf Millionen Mattscheiben, vor denen die Menschen standen oder saßen, Bier tranken, ohne hinzusehen, nach Chips grapschten und ihre Augen nicht losreißen konnten von dem Kommissar, an dessen blutiger Hand eine Frau hing. Und das im Stahlwerk.

Weber ahnte, dass Rohfeld Bremer den Todesstoß versetzen wollte. Er riss die Sphinx hoch, doch bevor er überhaupt gezielt hatte, feuerten Holt, Raschke und Klöber aus allen Rohren, aber nicht auf Rohfeld direkt, denn der war inzwischen unbewaffnet. Sie legten eine Wand aus Geschossen zwischen ihn und Bremer.

Schnell zog sich Rohfeld zurück, kletterte eine Ebene weiter nach oben. Weber steckte die Waffe wieder ein und sprintete los.

Bremer schwitzte. Seine Muskeln begannen aufzugeben, immer näher rutschte er an den Abgrund. Dem Tod entronnen und schon wieder kurz davor, dachte er. Hört das heute nicht mehr auf? Dann konzentrierte er sich wieder auf seinen Arm und die Schmerzen, die er vergessen musste, um nicht abzustürzen, so kurz vor dem Ziel.

Die Kamera zielte jetzt auf Weber, der den Fuß des Hochofens erreicht hatte. Dann schwenkte sie zurück auf Bremer, der Stück für Stück über die Kante rutschte. Zwanzig, vielleicht fünfundzwanzig Sekunden. Dann würden der Kommissar und die Frau abstürzen. Ohne die geringste Chance, zu überleben.

Weber sprang die Stahlstufen hinauf, seine Lunge brannte, er ließ nicht nach, obwohl er wusste, dass er zu spät kommen würde. Es gab nur noch eine Möglichkeit, Martin Bremer zu retten.

Raschke hatte das erkannt, gab die Anweisung durch. »Zielt alle auf das Handgelenk der Frau. Konzentriertes Feuer. Aber schießt nicht Bremer runter, klar? Wir haben keine Wahl.«

Haben wir wirklich keine Wahl?, dachte Susanne Holt. Doch. Ich kann wählen. Schießen oder nicht schießen. Niemand zwingt mich. Ich entscheide. Jetzt.

Holt zielte, drückte ab. Das Projektil riss einen Fetzen Fleisch aus der Hand.

Klöber stand vollkommen ruhig. Nicht eine Sekunde hatte er gezögert. Für ihn gab es kein Problem. Bremer musste leben, die Frau hatte ihre Chance gehabt und vertan. Er traf fast dieselbe Stelle, ein paar Fetzen mehr. Bäumer kreischte wie am Spieß. Holt standen die Tränen in den Augen. Klöber zielte sorgfältig, drückte ab. Das Handgelenk hielt.

Noch zehn Sekunden. Mit den Fingerspitzen hielt sich Bremer an einem Metallvorsprung fest. Seine Muskeln übersäuerten, wurden hart, verloren ihre Fähigkeit, sich zusammenzuziehen. Ein Finger nach dem anderen löste sich. Er verlor den Halt.

Zettler hatte das Mikrofon einfach fallen lassen. Der Kameramann fluchte und schaltete die Moderation auf das Studio um. Wie vom Teufel gehetzt rannte Zettler Weber hinterher, der erst die Hälfte der Strecke zurückgelegt hatte.

Bremer rutschte ein Stück weiter, fast wäre er gefallen, da hakten sich die steifen Finger in die Löcher der Bodenplatte ein, dass die Gelenke knackten. Gnadenfrist.

Weber sah gar nicht hin. Stufe für Stufe erkämpfte er mit unverminderter Geschwindigkeit. Die letzten Reserven machte er frei. Zettler war bereits die Puste ausgegangen. Nur langsam kam er nach.

Raschke machte seinen Job. Zielen, atmen, Herzschlag, Druckpunkt, Feuer. Sein Geschoss durchschlug Bäumers Handgelenk, aber die Hand hielt, und Bremers Kräfte waren schon längst am Ende. Hätte er in seiner Gefangenschaft nicht trainiert, der Tod wäre ihm schon vor Minuten gewiss gewesen. Seine Finger lösten sich, sein Oberkörper drehte sich, so dass sein linkes Bein bereits in der Luft hing, langsam kippte er über die Plattform.

»Sperrfeuer!«, schrie Raschke. Alle ballerten los, zielten in die richtige Richtung, nur weg von Bremer. Eine Kugel nach der anderen jagte zum Hochofen empor, wie ein Hornissenschwarm stürzten sie sich auf das zierliche Handgelenk der Frau, die Bremer leben lassen wollte, um selbst zu leben, ein faires Geschäft. Sinnlos. Ihr Tod war sicher. Drei Sekunden. Dann trennte das Gewicht des Körpers die Hand vom Arm. Bäumers Schmerzensschreie gingen über in den Todesschrei, den das Krachen der Waffen verschluckte.

Zerschmettert blieb Bäumer im Staub liegen, die Kamera hatte den Fall verfolgt, jetzt schwenkte sie wieder nach oben, fing die Hand ein, die sich aus der Handschelle löste und neben Bäumer in den Dreck fiel.

Bremer schwankte noch einen Moment zwischen Leben und Tod, dann flog er rückwärts ans Geländer, wie eine Stahlfeder reagierten seine Muskeln mit einem letzten Zucken.

Die Spezialeinheit stellte das Feuer ein, schwieg. Erleichtert waren sie, dass Bremer lebte. Entsetzt waren sie über das, was sie getan hatten. Ihre Grausamkeit war nicht geringer gewesen als die der Mörder. Der Unterschied war, dass sie litten. Dass sie grausam gewesen waren, um ihren Freund, ihren Vorgesetzten, ihren Kollegen zu retten. Dass sie auf der anderen Seite standen. Das ist es, dachte Holt. Auf der anderen Seite stehen. Hoffentlich ist es immer die richtige.

Zettler blieb stehen und weinte vor Freude und Scham und der Erkenntnis, dass er seinen besten Freund verloren hatte an seinen Ehrgeiz, an den Baal, an den Götzen, an die Illusion, in der er täglich lebte, der er seine Existenz schuldete. Mit unsicheren Schritten zog er sich zurück vom Ort seiner größten Niederlage.

Weber hatte Bremer erreicht, nahm ihn in die Arme, streichelte ihm den Kopf, sprach ihm Trost zu. Jetzt sei er in Sicherheit, alles sei vorbei, das Leben sei zurück.

Die Linse der Kamera kannte keine Gnade. Jedes Bild war Geld und Ruhm und Quote. Die heilige Quote. Jedes Gefühl, je stärker, desto besser, drang ein in die Millionen Spanner, Gaffer und Voyeure, die an den Fernsehgeräten jubelten und feierten, als wären sie es gewesen, die Bäumer bei lebendigem Leibe das Handgelenk zerschossen hatten.

Manche starrten entsetzt auf die Bilder, die sich einbrannten und in Jahren noch lebendig sein würden. Die einsickerten in das Unterbewusstsein der Menschen und sie veränderten, ohne dass sie das Geringste davon merkten. Die Gewalt hielt Einzug, die Gewalt, die letztlich über die Gewalt gesiegt hatte. Auge um Auge, Zahn um Zahn.

Rohfeld lebte noch. Er hatte erkannt, dass die Scheinwerfer ihn getäuscht hatten. Da stand keine Hundertschaft, keine Kavallerie, sondern ein zusammengewürfelter Haufen Hobbycowboys und eine Kamera. Eine Kamera. Die Jahre fielen von Rohfeld ab wie der Putz von einer feuchten Wand. Bald bin ich frei, dachte er. Das ist mein Tag.

Er querte die Plattform, schwang sich auf einen Gang, der genau über die Schienen führte, auf denen ein Torpedowagen wartete mit frischem, weiß glühendem Eisen. Die Luke geöffnet, um die Gase herauszulassen, ansonsten wäre das Gefährt explodiert wie eine Handgranate. Selbst in fünfundzwanzig Metern Höhe waberte die Luft noch heiß.

Rohfeld legte sorgfältig seine Jacke ab, seine Uhr und seine Brieftasche. Jetzt umfing ihn tiefer Frieden. Ein Frieden, den er noch nie gefühlt hatte.

»Es gibt keinen Zufall«, sagte er zu dem Stahl. »All das hier hat einen Sinn, den ich bald begreifen werde. Ich habe gelebt wie ein Gott, jetzt sterbe ich wie ein Gott.«

Schon wurden die Sirenen lauter. Immer mehr Lichter strömten zum Hochofen. Die Kamera sandte weiter ihre Signale. Alle starrten nach oben, wussten, Rohfeld würde springen, niemand konnte ihn davon abhalten, und niemand wollte es wirklich. Wenn der Tod irgendwem Freiheit geben konnte, dann Rohfeld.

Bremer blickte auf zu Rohfeld. Selbst seinen Tod inszeniert er wie einen Werbespot, dachte er. Spring, ja, spring. Damit nimmst du mir den letzten Triumph. Keinen von euch konnte ich ohrfeigen. Und du, Rohfeld, größter Feigling aller Zeiten, gehst in den Tod, um dich der Verantwortung zu entziehen. Nimmst den einzigen Beweis mit dir. Deine Schuhe. Du trägst sie an den Füßen. Nur dieses eine Paar. Ich verachte dich. Mehr als je zuvor.

Als hätte Rohfeld Bremers Gedanken gelesen, wandte er sich dem Kommissar zu, lächelte und winkte ein letztes Mal. Dann sprang er. Kurz flackerte und brodelte es, dann war Rohfeld nur noch eine unbedeutende Verschmutzung in achthundert Tonnen flüssigem Eisen.

Sanitäter vertrieben Weber, untersuchten Bremer, versorgten seine Verletzungen, nichts Gravierendes, zumindest äußerlich. Sie stützten ihn, als er langsam vom Hochofen herunterstieg, im Scheinwerferlicht, übertragen in die Wohnzimmer der Menschen, die ein weiteres Mal abgelenkt wurden von ihren eigenen Problemen angesichts des Wunders von Dillingen, das sich vor ihren Augen abspielte.

So bezeichnete der Moderator von Globe-TV den spannenden Abend. Dabei vergaß er die anderen Wunder, das von Bern, von

Lengede, von Marpingen. Eine Wunder-Inflation erfasste das Land. In einer Welt, die undurchschaubar geworden war, mussten Wunder her. Bestens geeignet, um an den Wurzeln des Übels vorbeizugraben. Wo Religion versagte, Politik langweilte, schufen Wunder eine neue, wunderbare, heile Welt.

Bremer blinzelte ins Licht, fühlte sich wie eine Motte, die verbrennen muss, aber unfähig ist, sich dagegen zu wehren. Die Anspannung war abgerissen, so plötzlich, wie sie begonnen hatte.

»Schlafen will ich«, sagte Bremer, »nur noch schlafen.«

Die Blaulichter schlugen auf Bremer ein wie Peitschen, das Spalier der applaudierenden Kollegen wurde für Bremer zum Spießrutenlauf. Jedes Klatschen explodierte wie ein Schuss, das Licht biss in seine Augen, die lachenden Gesichter verliefen zu dämonischen Fratzen. Schweißgestank biss in Bremers Nase, sein Körper war ihm abhanden gekommen, er fühlte keinen Schmerz, nur Druck, unendlichen Druck in jeder Zelle.

Mutter zog zitternd den Vorhang zu. Bremer sank in Ohnmacht, entkräftet an Leib und Seele, ein Stöhnen ging durch Millionen Kehlen. Die Sanitäter winkten ab, nur eine Ohnmacht, signalisierten sie, keine Sorge, der Held ist gesund, er wird euch bald in Folie verpackt ausgeliefert, damit ihr ihn euch ins Regal stellen könnt. Die Türen schlossen sich, das Fest war zu Ende. Ohne Blaulicht fuhr der Krankenwagen mit seiner kostbaren Fracht ins Hospital der Dillinger Hütte, wo ein Einzelzimmer auf ihn wartete, Infusionen, Beruhigungsmittel und Menschen, die sich der Hysterie der Ereignisse nicht anschlossen.

Zwei Tage schlief Bremer ohne Unterbrechung. Dann öffnete er die Augen, schaute sich um und versuchte, sich zu erinnern.

VIERZEHN

Bellorz lief wie ein Tiger den Flur hinauf und hinunter. Fast halb sechs, Mittwochabend. Martin hatte niemanden zu sich gelassen, nur kurz telefonisch die Fakten an Weber durchgegeben. Er hatte sich vollkommen abgeschottet. Zum Verrücktwerden. Der vierte Tag seit seiner Rettung. Der Kameramann war verhaftet worden, zwei Stunden später war er wieder auf freiem Fuß. Weber suspendiert, Holt suspendiert, Klöber suspendiert, Raschke die Lizenz entzogen. Vorläufig. Ermittlungsverfahren gegen Zettler. Martin natürlich auch vorläufig suspendiert. Nachrichtensperre verhängt. Nichts durfte nach außen dringen, bevor Martin nicht in den Deal eingewilligt hatte. Den trug Bellorz bei sich.

Endlich öffnete sich die Tür, ein Arzt winkte Bellorz herein.

»Martin!«

Bremer saß aufrecht im Bett, lächelte, streckte die Hand hin. Der weiße Verband wirkte wie ein Armreif. Bellorz griff vorsichtig zu, aber der Patient drückte kräftig.

»Ich bin zurück«, sagte Bremer und strahlte in voller Blüte.

Bellorz schaute sich um, entdeckte die Blumen, die er hatte schicken lassen, ein üppiges Bouquet, achtzig Euro, das hatte noch nicht einmal Haffner zum zwanzigsten Dienstjubiläum bekommen. Eine einsame rote Rose fiel ihm auf, die in einer schlanken Vase auf Bremers Nachttisch stand. Eine Karte lehnte daran. Bremer folgte Bellorz' Blick.

»Neugierig?«

»Von Saskia Pierer, nicht wahr?«

»Du bist ein Meisterdetektiv. Ja.«

»Und?«

»Willst du die Karte lesen?«

»Darf ich?«

Bremer nickte und reichte dem vollkommen verdutzten Staatsanwalt den schmucklosen Karton. Der ließ sich das nicht zweimal sagen, klappte auf und kniff die Augen zusammen. Keine Liebesbeteuerungen oder Schwüre. Nicht einmal Erleichterung darüber, dass Bremer noch lebte. Nur ein Satz, drei Worte. »Ruf mich an!« und ein Buchstabe: »S.«.

»Zufrieden?« Bremer grinste, Bellorz fehlten die Worte.

»Dem großen Bellorz, der Inkarnation des letzten Wortes, fehlt die Luft. Mein Ausflug hat sich wirklich gelohnt.«

Bellorz atmete durch und folgerte messerscharf. »Du bist wieder in Ordnung, eindeutig!«

»Größtenteils, ja. Die haben hier fähige Psychologen. Ich werde noch einige Sitzungen mit denen verbringen. Das erleichtert die Sache ungemein. Was ist passiert, seit ich umgekippt bin?«

Bellorz druckste ein wenig herum. Bremer kam ihm zuvor. »Du hast uns erst mal allesamt vom Dienst suspendiert. Kein Problem, Sascha. Ich habe wirklich Mist gebaut. Allein losziehen, in eine Wohnung einbrechen. Wie ein Anfänger. Dafür verdiene ich einen Denkzettel.«

»Den hast du ja wohl schon bekommen, Martin. Übertreib nicht.«

»Und?«

Bellorz legte das Geständnis ab. »Ja, ich habe euch suspendiert. Inoffiziell. Wir haben Nachrichtensperre verhängt. Wir haben ein Problem. Wir wissen nur, dass Rohfeld und seine Komplizen dich entführt haben. Hinweise auf einen Zusammenhang mit den Sektenmorden gibt es nicht. Wir haben alles auf den Kopf gestellt. Nichts. Den einzigen Beweis hat Rohfeld mit seinem Sprung in den Stahl vernichtet. Die Schuhe. Und das Videoband ist nicht gefunden worden.«

Bremers Miene verdunkelte sich für einen Moment. »Ihr habt meine Zeugenaussage. Hast du mit Richter Rebald geredet?«

»Eben. Schlechte Karten, hat er gesagt. Die Beweislage ist eindeutig. Die Geständnisse stehen. Wir haben alles doppelt und dreifach geprüft. Keiner will weitere Ermittlungen.«

Bremer spürte Zorn aufsteigen. »Warum hat Rohfeld mich entführt? Das Motiv, Sascha, das Motiv!«, sagte er lauter als nötig.

Bellorz schaute aus dem Fenster. »Enthüllung seiner Vergangenheit. Dann wäre er hier erledigt gewesen.«

»Niemals! Das reicht nicht, um mit vier Leuten einen Kommissar im Hochofen zu versenken.« Bremer fuchtelte mit seinen Armen herum.

»Es reicht denen, die zu entscheiden haben. Schuster und Haffner haben einen Vorschlag. Wir vergessen die ganze Geschichte, wenn du deine Verschwörungstheorie endgültig aufgibst.«

Bremer blies seine Backen auf wie ein Ochsenfrosch. »Schlechte PR, wie? Zuerst Riesentamtam, wir sind die Besten, Schnellsten und Schönsten. Und jetzt stellt sich heraus, dass die Falschen im Knast sitzen. Peinlich, peinlich. Ein Kommissar wird entführt und nur deswegen gerettet, hochdramatisch vor laufender Kamera, weil sein Stellvertreter, zwei Praktikanten, ein Privatschnüffler und ein Pressemann schlauer sind als die ganze Polizei. Und entschlossen handeln, ohne Rücksicht auf die Konsequenzen. Hör zu: Das ist das Ende meiner Karriere bei der Polizei, das steht fest.«

Beschwichtigend hob Bellorz die Arme. »Jetzt mach mal langsam, Martin. Das ist ein Fehler. Du wirst die Öffentlichkeit nicht überzeugen können. Du hast keine Chance gegen den Apparat.«

»Ich habe überlebt, weil ich gekämpft habe und keine Sekunde lang von meiner Überzeugung abgewichen bin. Glaubst du ernsthaft, dass ich jetzt den Schwanz einklemme und euer billiges Spielchen mitspiele? Diese lächerlichen ›Dämonen des Teufels‹ sind zwar vollkommen verrückt, aber sie sind keine Mörder. Die Mörder sind tot. Ohne mich. Das ist widerlich.«

Bellorz war in sich zusammengesunken. Martin hat Recht, dachte er. Was habe ich gemacht? Nichts. Herumgesessen bin ich und habe wie ein Wald-und-Wiesen-Staatsanwalt vor Haffner und Schuster gekuscht.

»Also gut«, sagte Bellorz mit Kraft in der Stimme. »Vorschlag: Ich gebe dir deine Truppe und zwei Tage, um etwas zu finden. Danach, ich flehe dich an, nimm das Angebot an. Es ist sinnlos, dass du dich dagegen wehrst. In Ordnung?«

»Teil eins ja. Teil zwei? Weiß ich noch nicht. Hand drauf, Sascha.«

Bellorz schlug ein, Bremer sprang aus dem Bett, zog sich an und fuhr mit Bellorz ins Präsidium, wo seine Truppe schon wartete. Wieder einmal hat Bellorz alles geplant und vorhergesehen, mich durchschaut, dachte Bremer.

Das Wiedersehen mit seinen Rettern, ausgenommen Zettler, gab Bremer neue Kraft. Er dankte allen, sie umarmten sich herzlich, und schon war der Kommissar wieder bei der Sache. »Wir haben eine Bellorz-Einheit, um Beweise zu finden.«

»Bellorz-Einheit?«, fragte Raschke.

»Zwei Tage. Ultimatum. Das muss er aus irgendeiner Krimi-Serie haben.«

Alle lachten befreit. Dann gab Bremer seine Anordnungen. Als Erstes Aktenstudium. Wie immer. Auffälligkeiten aussieben. Möglichkeiten abprüfen. Bis heute Abend. Zwanzig Uhr.

»Wir treffen uns hier. Viel Glück.«

Der Held der Medien vertiefte sich in seine Erinnerungen. Ließ die Ereignisse ablaufen wie ein Video. Immer wieder. Die Psychologen hatten ihm den Tipp gegeben. Nicht verdrängen. Schmerzhaft, aber mit jeder Version erinnerte er sich an mehr Einzelheiten, mit jeder Version nahm die Panik ab, die ihn überfiel. Immer weiter drang er vor, jetzt konnte er die ganze Zeit seiner Gefangenschaft betrachten, ohne abschalten zu müssen. Wie im Halbschlaf saß er da und drückte plötzlich den Pausenknopf. Dann führte er ein Telefongespräch, legte auf und grinste wie eine satte Katze, die am Ofen liegt.

Zwei Tage später lud Bremer zum Kaffee. Über Schuster hingen dunkle Gewitterwolken, sein Blick jagte allen außer Bremer Angst ein. Haffner nervös, Bellorz ungeduldig.

»Ich hoffe, Sie haben mir etwas zu sagen, Bremer«, grollte der Innenminister. »Ich verlasse Kabinettssitzungen nur, wenn es um Leben oder Tod geht.«

Bremer lächelte sein Versicherungsvertreter-Lächeln. »Herr Schuster, ich werde Sie nicht enttäuschen. Haben Sie noch einen Moment Geduld.« Schuster schnaubte, Haffner schwitzte und Bellorz hüstelte.

Die Tür schwang auf, Zerb rauschte herein, einen Laptop in der Rechten, einen Holzkasten mit Reagenzgläsern in der Linken. Schnell schloss er den Laptop an den Beamer an, sortierte die

Reagenzgläser, legte sich ein paar Blatt Papier zurecht und nickte Bremer zu.

»Sie wissen alle, dass Rohfeld mir gegenüber ein ausführliches Geständnis abgelegt hat. Dass es sein Schuh war, dessen Abdruck wir an einem der Tatorte gefunden haben. Niemand von Ihnen bezweifelt, dass ich die Wahrheit sage, das ehrt mich, allerdings nützt es mir nichts, da ich keine Beweise habe, die ein Gericht von meiner Theorie überzeugen könnten.«

Bremer legte eine Kunstpause ein, wartete, bis Schuster kurz vor der Explosion stand.

»Das hat sich geändert.«

Die Wolken über Schusters Kopf verdunkelten sich noch mehr. Haffner wischte sich den Schweiß mit einem weißen Taschentuch ab, und Bellorz spitzte die Ohren.

Bremer fuhr fort. »Wir brauchen nur ein einziges Glied in der Kette der Geständnisse der ›Dämonen‹ zu sprengen. Dann ist der Beweis erbracht, dass sie lügen.«

Schuster konnte nicht an sich halten. »Das wissen wir alles. Entweder sagen Sie jetzt, was Sache ist, oder ich gehe.«

Bremer lächelte ein Krokodilslächeln. Schade, dachte er, dass der Moment gleich vorüber sein wird.

»Wir haben den Beweis gefunden. Wie so oft lag er direkt zu unseren Füßen. Blut. Wir fanden erhebliche Mengen Blut von Heinz Beckert an den Tatorten. Nur, dass Heinz Beckert es nicht dorthin gebracht haben kann. Herr Zerb, bitte.«

Bremer löschte das Licht, der Beamer flammte auf, eine Grafik zeigte Blutproben. Zerb erklärte.

»Sie sehen hier Blutproben von Beckert. Die rechte haben wir am Schwarzenbergturm gesichert. Die linke habe ich Beckert gestern Abend abgenommen. Ich habe den Gerinnungsfaktor getestet. Einwandfrei. Bei der Probe vom Tatort ist die Gerinnungsfähigkeit erheblich eingeschränkt. Das Blut wurde haltbar gemacht, und zwar nicht zum Zweck einer Transfusion, sondern allein zum Zweck, es aufzubewahren. Beckert hat aber erzählt, er habe sich mit dem Schwert am Tatort verletzt und das frische Blut mit dem des Opfers vermischt. Eine glatte Lüge. Das Schwert, mit dem Müller getötet wurde und mit dem sich Beckert geritzt haben will, weist keinerlei Blutspuren von ihm auf. Daraufhin haben wir die Armwunde von Beckert unter die Lupe genommen. Sie stammt nicht von der Tatwaffe.«

Weber, unrasiert und mit Ringen unter den Augen, kam ohne Klopfen herein, legte einen Stapel Papiere vor Bremer hin und ließ sich in einen Stuhl fallen.

Ohne hineinzuschauen, schwenkte Bremer die Papiere wie eine Fahne über seinem Kopf. »Beckert hat sein Geständnis widerrufen und bestätigt, was Rohfeld erzählt hat. Wir haben aufgrund seiner Aussage ein Dokument sichern können, das bei einer Person außerhalb unserer Fahndung versteckt war. Es handelt sich um ein Pergament, auf alt getrimmt, mit den genauen Anweisungen Rohfelds alias Satan. Die Untersuchungshaft hat Beckert geläutert. So hat er sich Gefängnis nicht vorgestellt. Die anderen beiden haben keinen Millimeter nachgegeben. Noch Fragen?«

Langsam setzte sich Bremer und genoss in vollen Zügen den Triumph.

»Saubere Arbeit, Bremer«, sagte Schuster. »Ich glaube, wir reden ein paar Takte unter vier Augen.«

Haffner entfernte sich steif, Bellorz grinste, Zerb ließ fast den Laptop fallen, und Weber schlug Bremer auf die Schulter.

»Was wollen Sie?«, eröffnete Schuster, als die beiden allein waren.

»Nichts, was Ihnen wehtut.«

»Reden Sie schon.«

»Wir drehen die Sache so: Um die tatsächlichen Täter in Sicherheit zu wiegen, hat eine Sonderkommission ermittelt. Ich und die vier Rebellen. Zettler hat uns ja den Gefallen getan, das bereits in die Welt zu posaunen. Dabei werde ich geschnappt. Das Sonderkommando haut mich raus. Fertig. Die Suspendierungen werden aufgehoben, es folgen keine Disziplinarverfahren, aber auch keine Belobigungen. Ich bin mir über mein Fehlverhalten im Klaren. Gras wächst über die Sache, und alle sind zufrieden.«

»Was ist mit Zettler?«

»Zettler wird die Klappe halten, sonst ist er erledigt.« Bei mir ist er sowieso erledigt, dachte Bremer. »Das Ermittlungsverfahren stellen wir ein.«

Schuster brauchte nicht lange zu überlegen. »Sie sollten in die Politik gehen, Bremer. Ich könnte Sie brauchen.«

»Danke für die Blumen, aber ich bin ein Bulle und bleibe auch einer.«

Unerwartet behände wuchtete sich Schuster aus seinem Stuhl, die Wolken hatten sich verzogen, die Sonne lachte wieder. »Wir sind uns einig.« Mit Handschlag besiegelten sie den Pakt.

Das Hemd hatte Bremer seit Jahren nicht getragen. Reine Seide, das Geschenk einer Chinesin. Eine wunderbare Frau, die in ihr Land zurückgekehrt war. Die Hose an seinen Beinen war nagelneu. In der rechten Tasche spürte er das Gewicht des Eisenbarrens von Hochofen vier. Der Staden lag einsam, nur ein paar Nachtschwärmer waren unterwegs. Bremer schüttelte seine Schuhe von den Füßen und zog Bilanz. Sieben Morde. Müller. Heinrichs. Rümert. Cont. Weisenstein. Herz. Standers. Zweimal Tötung aus Notwehr. Ein Selbstmord. Eine belogene, zufriedene Öffentlichkeit. Eine ermordete Freundschaft. Bremer weinte kurz. Mein Leben hätte ich ihm anvertraut. Meine Hand habe ich für ihn ins Feuer gelegt, und er hat sie geröstet, ohne dass ich es gemerkt habe. Schluchzend zog Bremer den Korken aus der Flasche, die ihm Zettler vor die Haustür gestellt hatte. Alte Heulsuse, sagte er zu sich selbst. Dann fiel ihm etwas ein. Ich lebe. Rubinrot strömte der Wein ins Glas, edel, duftend, kein Tropfen ging daneben, obwohl Bremer laut losplärrte. Schnell beruhigte er sich, schaute sich um. Die Saar, träge, ölig, ohne das leiseste Plätschern. Die Stadtautobahn mit hetzenden, lärmenden Fahrzeugen, selbst um diese Uhrzeit, kurz vor Mitternacht. Die Büros – verlassen, einsam, vielleicht glücklich. Der Vollmond, hell und rund gemalt in den Himmel, überstrahlte wie eifersüchtig die anderen Sterne. Die Wiese kitzelte an seinen Fußsohlen.

»Auf uns!«, rief Bremer dem Mond zu. Mit einem tiefen Zug leerte er das Glas, warf es hinter sich, nahm sich vor, Saskia anzurufen, und freute sich auf morgen, das nur noch fünf Sekunden weit entfernt war.

Dank

Ohne euch wäre der Roman nie zustande gekommen:
Ulrike Conrath – Peter Tiefenbrunner – Brigitte Janson – Sonja Hager – Didi Conrath – Barbara Scheck – Dorothee Schank – Ferdinand Schank – das gesamte Emons-Team, im Besonderen Stefanie Rahnfeld

Ihr wisst, warum.